L'AS DE CŒUR

Collection New Romance® créée par Hugues de Saint Vincent,
dirigée par Arthur de Saint Vincent
Ouvrage dirigé par Sylvie Gand

Image de couverture : © Shutterstock
Couverture : Ariane Galateau

Pour la présente édition,
© 2021, New Romance, Département de Hugo Publishing
34-36 rue La Pérouse
75116 PARIS
www.hugoetcie.fr

ISBN : 9782755689471
Dépôt légal : décembre 2022
Imprimé par Corlet
N° d'impression : 23070458 - août 2023

MORGANE MONCOMBLE

NEW ROMANCE®

L'AS DE CŒUR

Hugo Roman

Règles de base du poker

Le croupier distribue deux cartes à chaque joueur, une par une. Les deux joueurs situés à la gauche du donneur sont appelés **petite blinde** et **grosse blinde**.

Le premier tour de mises démarre par le joueur immédiatement à la gauche de la grosse blinde. Ce joueur, en fonction des cartes qu'il a en main, peut :

- **Se coucher**. Il jette alors ses cartes et se retire définitivement de la partie.
- **Suivre la grosse blinde**, c'est-à-dire qu'il met dans le pot la même somme que celle qui a été déposée par la grosse blinde.
- **Relancer**. Il mise alors une somme supérieure à celle qui a été déposée par la grosse blinde.

Une fois que le premier joueur a pris sa décision, c'est au tour du joueur qui se trouve à sa gauche, et ainsi de suite. La petite blinde et la grosse blinde peuvent soit s'aligner sur les mises des autres joueurs, soit relancer. S'il y a relance, un second tour de mises s'effectue alors.

Lorsque le premier tour de mises est terminé, trois cartes sont retournées au centre de la table par le donneur. Ces cartes sont appelées **le *flop***.

Le deuxième tour de mises démarre avec le joueur à gauche du donneur. Dans ce nouveau tour, chaque joueur a la possibilité de dire :

- **Check**. Le joueur peut checker, c'est-à-dire qu'il ne mise pas de somme supplémentaire dans le pot. Il peut checker seulement si les joueurs d'avant n'ont pas misé non plus.

- **Miser.** Il décide de mettre dans le pot la somme qu'il souhaite.
- **Relancer**. C'est-à-dire miser une somme plus importante si un joueur a déjà misé.
- **Suivre**. Si un joueur a déjà misé, égaliser cette mise dans le pot.
- **Se coucher**. Il jette alors ses cartes et se retire définitivement de la partie.

Lorsque le deuxième tour de mises est terminé, une quatrième carte commune est retournée au centre de la table. Cette carte s'appelle **le tournant**.

Le troisième tour de mises peut commencer comme le précédent. Lorsque ce tour est terminé, une cinquième carte commune appelée **la rivière** est retournée au centre de la table. Une fois que les joueurs ont fini de miser, ceux qui sont toujours dans la course (c'est-à-dire les joueurs qui ne se sont pas couchés) montrent leurs cartes. C'est le joueur qui a la combinaison de cartes la plus importante qui gagne la manche, il remporte alors l'ensemble du pot.

Combinaisons de cartes au poker

Le joueur qui gagne une manche au poker est celui qui a la plus grande combinaison entre ses cartes et/ou les cinq cartes retournées sur la table.

Voici le détail des combinaisons au poker, de la plus petite à la plus grande :

- **LA PAIRE** : si vous possédez deux cartes identiques.
  ATTENTION : si deux joueurs finissent une manche avec chacun une paire, c'est celui qui aura la carte la plus forte qui remportera le pot.
- **LA DOUBLE PAIRE** : si vous possédez deux paires de cartes.
- **LE BRELAN** : vous possédez un brelan si vous avez trois cartes identiques.
- **LA QUINTE/SUITE** : vous possédez une suite si cinq cartes de couleurs différentes se suivent.
- **LA COULEUR/FLUSH** : vous possédez une couleur si vous avez, avec votre main et les cinq cartes de la table, cinq cartes de la même couleur. C'est-à-dire cinq carreaux, cinq cœurs, cinq piques ou cinq trèfles.
- **LE FULL** : vous possédez trois cartes identiques ainsi qu'une paire.
- **LE CARRÉ** : vous possédez quatre cartes identiques.
- **LA QUINTE FLUSH** : vous avez cette combinaison à partir du moment où vous avez cinq cartes qui se suivent (LA SUITE) qui sont de même couleur (LA COULEUR).

▪ **QUINTE FLUSH ROYALE :** Pour avoir une quinte flush royale, il faut les cinq plus grosses cartes du jeu qui se suivent, c'est-à-dire : l'as, le roi, la dame, le valet et le 10, et que ces cinq cartes soient d'une seule et même couleur.

Prologue

LEVI

Mars. Saint-Pétersbourg, Russie.

— Non ! je gronde en me débattant comme un démon. Lâchez-la ! Elle n'a rien fait !

Des bras puissants me retiennent en arrière tandis que je hurle, les larmes noyant mon visage déformé par la panique. Ils ne peuvent pas faire ça. Ils n'ont pas le droit de l'arracher à moi, pas comme ça, pas maintenant. J'ai besoin d'elle autant qu'elle a besoin de moi.

Elle ne tiendra même pas une seconde dans l'endroit où ils l'emmènent. Je suis le seul à pouvoir la protéger, je l'ai toujours été.

Même si j'ai failli à mon devoir jusqu'ici.

— C'est moi le coupable ! je beugle encore une fois, désespéré. Arrêtez ! Vous vous trompez de personne !

Je crie de rage, donnant un énième coup de coude dans l'estomac du policier qui m'enserre, et je m'élance vers elle. Tout le monde crie autour de moi, certains tentent de me retenir mais je réussis à l'atteindre et à encercler ses épaules frêles de mes bras. Ses épaules si douces et si familières sur lesquelles je suis monté tant de fois étant petit. Des épaules sur lesquelles ont reposé tant de soucis sans que je puisse l'en soulager…

Tout est ma faute. Je sanglote misérablement contre ses cheveux, comme un enfant de cinq ans, la suppliant de ne pas m'abandonner, et je sais qu'elle m'enlacerait si ses bras n'étaient pas menottés dans son dos.

— Levi. Arrête de pleurer. Ça va aller, mon ange.

— Gamin, tu dois la laisser partir.

Non. Non. Et pourtant, je ne peux rien y faire. Trois policiers me tirent en arrière si fort que je m'écroule à genoux, les épaules tremblantes. Ma mère me sourit au loin. Elle ne pleure pas. Au contraire, elle est très calme.

— Ne fais pas de bêtises, d'accord ? me dit-elle d'une voix ferme. Arrête de pleurer. On se voit bientôt. Je t'aime.

Je secoue la tête, incapable de retenir mes larmes. Des inconnus la prennent alors par le bras et l'emmènent enfin. Elle m'adresse un dernier clin d'œil, puis me tourne le dos. J'ai l'impression de m'éteindre à mesure que la meilleure partie de moi s'éloigne à grands pas.

Qu'est-ce que je suis censé faire, maintenant ? Je suis encore en état de choc. Je tremble comme une feuille, tellement fort que je suis incapable de me relever lorsque mon oncle me rejoint. Il me tapote les épaules, me rappelant d'être un homme, et me ramène chez lui ; là où je vais probablement vivre jusqu'à ma majorité.

Je n'ai droit à aucun mot compatissant, rien pour me rassurer. Il fait comme si rien ne s'était passé, comme si ma mère n'allait pas pourrir en prison pour avoir assassiné mon père.

Maman, pourquoi as-tu fait ça ?

Après cette fameuse journée au tribunal, je ne la revois que très rarement. On m'autorise à lui rendre visite, et même à l'appeler une fois par mois. Elle me répète constamment que tout se passe bien pour elle, qu'elle s'est même liée d'amitié avec d'autres femmes détenues. Je ne la crois pas, mais je fais semblant. Quand vient mon tour, je fais tout comme elle : je mens. Je lui dis que j'ai de bonnes notes, que je ne bois pas trop et que j'évite de faire la fête tard le soir. J'aimerais que ce soit vrai, mais comment supporter toutes les émotions qui m'assaillent jour et nuit sans de telles distractions ?

J'ai envie de mourir.

On me répète de continuer à vivre ma vie, à ne pas sécher les cours, à tout faire pour rendre ma maman fière. Au lieu de quoi, je deviens un adolescent en colère. En colère contre mon père, contre ma mère, contre moi-même. Mais surtout contre un seul homme. Parce qu'il faut toujours un coupable à nos peines, n'est-ce pas ?

Il apparaît dans le journal quelques semaines après l'incident. Il est plus connu que je ne le pensais ; un entrepreneur devenu millionnaire avant quarante ans (cent dix millions d'euros, rien que ça) grâce à une application de streaming musicale, mais aussi un habitué des casinos et des tournois de poker.

Je fixe le papier glacé, le cœur bouillonnant de haine, tandis que la journaliste lui demande son avis sur la « mort tragique » de mon père, grand joueur de poker. Tito Ferragni, son rival et Némésis numéro un, a apparemment répondu :

« C'est malheureux, bien entendu... Qui l'aurait cru ? Mais vous savez, on dit que le malheur des uns fait le bonheur des autres. Les vivants doivent bien continuer de vivre ! Et j'imagine que plus rien ne se dresse entre la victoire et moi, désormais. »

J'ouvre grand la bouche devant la traduction russe, indigné. Il a osé... Il a osé dire une chose pareille dans le journal. Il se fiche totalement de ce qui s'est passé. Mon père a dédié sa vie à cette rivalité, c'était tout pour lui, bien plus que ce que ma mère et moi signifiions dans son cœur. Mais Tito n'a aucun honneur ni aucune loyauté. Il se réjouit tout simplement d'avoir plus de chances de gagner maintenant que mon père est mort.

C'est lui qui a commencé. Il a trahi et humilié mon père le premier. Il est le centre de tous nos problèmes. Tout est sa faute. C'est à cause de lui si j'ai eu une enfance pourrie, si mon père est mort, si ma mère est actuellement en prison pour dix longues années. Et il a l'audace de s'exprimer ainsi à la télé... libre et impuni, si ce n'est riche et admiré de ses pairs.

Le regard perçant fixé sur le papier, je me fais une promesse muette : peu importe combien de temps cela prendra, peu importe ce que cela me coûtera, Tito Ferragni va payer.

Je n'ai plus rien à perdre de toute façon.

— Monsieur Ivanovitch, voulez-vous que je répète la question ?

Je sors brutalement de ma rêverie éveillée, prenant conscience du groupe de journalistes tassés autour de moi. Je m'en veux de repenser à cette sombre période de ma vie lors d'un tel moment, surtout devant un public. Je savais qu'ils m'attendaient lorsque je suis descendu de ma chambre d'hôtel. À dire vrai, Thomas lui-même les a fait venir à ma demande. J'ai besoin qu'ils portent un message pour moi.

Je tiens ouverte la portière arrière de mon taxi, pensif. Je ne suis plus l'adolescent de dix-sept ans que j'étais quand mon père est décédé. Ma rancœur et ma soif de vengeance sont toujours là, mais elles se sont adoucies, assagies. Je suis devenu patient et calculateur plus qu'impulsif et pressé.

— Excusez-moi, vous disiez ? je demande poliment.

— Les WSOP commencent dans deux mois et vous avez déjà annoncé votre participation. Vous êtes arrivé deuxième au *Main Event* l'année précédente, si bien que tout le monde vous attend au tournant. Vous gravissez les échelons à une vitesse jamais vue jusqu'ici, pas même de la part de votre propre père. Quelques mots concernant vos objectifs ?

Je fais mine de réfléchir, le vent hivernal de Saint-Pétersbourg sifflant sous mon manteau. En vérité, j'attendais cette question avec impatience. Je repense aux mots qu'a eus Tito ce soir-là, sur le papier. À son air réjoui à l'idée de ne plus avoir aucun rival de taille. Mais surtout, je repense à notre première rencontre.

J'avais vingt et un ans et je venais de dépenser toutes mes économies dans le prix d'entrée au tournoi – dix mille euros, pas un centime de plus ni de moins. Lorsque nous nous sommes enfin retrouvés à la même table, j'ai tenu à lui serrer la main. Il a semblé amusé par mon culot – ou ma stupidité –, et quand il m'a demandé si j'étais un fan, je lui ai dit exactement ce que je m'étais promis quelques années plus tôt, dans un anglais très approximatif : « Je suis celui qui vous détrônera. Levi Ivanovitch. Souvenez-vous de mon nom. »

Je souris en repensant à la vitesse à laquelle son air arrogant s'est effondré. Il a tout de suite reconnu mon nom, évidemment, le même que son vieil ami défunt. Pourtant, il ne me considérait pas encore comme une menace.

C'était il y a six ans.

— Pour être honnête avec vous... dis-je face à la caméra, le micro tendu vers moi. Il s'agit de ma dernière année aux WSOP.

Leurs yeux s'écarquillent de surprise et tous s'avancent davantage encore pour me demander plus de détails. Je lève la main, si bien qu'ils s'immobilisent tous, silencieux. J'en profite pour percer la caméra de mon regard orageux, espérant que quelque part dans le monde, à Venise ou ailleurs, Tito Ferragni me regarde et pisse dans son froc.

— J'ai décidé de prendre ma retraite de joueur professionnel.

Tous s'offusquent au même moment. Je me nourris de leur ébahissement, ivre d'excitation. *Le plan est bel et bien lancé.*

— Déjà ?

— Vous êtes pourtant si jeune ! Pourquoi cette décision ?

Un journaliste en particulier attire mon attention quand il fronce les sourcils et lance avec ardeur :

— Qu'est-il arrivé au jeune homme plein d'ambition que nous connaissons ? Je me rappelle votre première année au *Main Event* ; vous aviez dit, et je cite : « Je n'arrêterai qu'une fois que je serai numéro un. »

Je hoche la tête, imperturbable.

— C'est vrai. Et puisque j'ai décidé que ce sera ma dernière année, je vous laisse en tirer la conclusion que vous souhaitez.

— Êtes-vous en train d'assurer votre victoire ?

Il le sait déjà, mais il veut m'entendre le dire. Je n'hésite pas une seule seconde – ce n'est pas mon genre.

— Effectivement.

Ma voix intérieure ricane en m'insultant de connard arrogant. Je ne peux pas le nier.

— Vous semblez très confiant. Tito Ferragni, votre plus grand adversaire à ce jour, et précédemment celui de votre père, a également confirmé sa venue...

— Tito est très fort, mais il manque cruellement d'originalité. Il faut dire qu'entre son mariage qui prend l'eau et son entreprise qui fait faillite, il se fait vieux ! dis-je avant d'ajouter, certain que lui et lui seul reconnaîtra ces mots : C'est malheureux, bien entendu. Mais vous savez... on dit que le malheur des uns fait le bonheur des autres.

Chapitre 1

ROSE

Mai. Macao, Chine.

J'ai terriblement besoin d'argent.

Mais mon cerveau croit avoir besoin d'une deuxième voiture de sport, et c'est bien mon problème.

Cela fait deux semaines que je suis en Chine et j'ai déjà été bannie de quatre casinos. Il faut croire que les Chinois ne sont pas très différents des Italiens ; les deux ne m'aiment pas beaucoup. Pourtant, moi, je les apprécie.

J'aime entrer dans un casino pour la première fois, la cacophonie des machines et des cris victorieux frappant contre mes tympans, un sentiment à la fois d'envie et d'euphorie. J'aime me poser à une table de poker et voir tous ces hommes prétentieux me sous-estimer en reluquant mon décolleté et mon rouge à lèvres Burgundy.

Mais le meilleur moment, c'est quand leurs moues méprisantes se transforment en regards mauvais à mesure que je les plume. La plupart du temps, ils persistent – question de fierté.

— La chance du débutant, à ce que je vois, commentent-ils toujours dans ma direction, comme pour expliquer leur défaite.

Les plus orgueilleux iront jusqu'à ne plus avoir de jetons entre leurs mains. Ceux-là sont mes préférés. J'adore les voir se ridiculiser. L'odeur de leurs billets est encore meilleure que celle des autres, tant est que ce soit possible ; surtout quand je les dépense en chaussures de luxe.

Le voilà, mon problème. Soit je continue de jouer jusqu'à tout perdre à la roulette, soit je claque l'intégralité en séances intenses de shopping. Ma dernière folie : acheter une Ferrari F8 Tributo rouge sang en sachant pertinemment que je ne resterai pas longtemps en Chine. C'est au volant de ce petit bijou que j'arrive devant le Venetian, l'un des quelques casinos du pays qui ne m'ont pas encore bannie.

La nuit est tombée sur Macao, permettant au bâtiment de briller de mille feux. Je m'extirpe de ma voiture et tends les clés au voiturier. Le bruit de mes talons aiguilles est semblable à des coups de fouet contre le béton.

— Bienvenue au Venetian, m'accueille-t-on en anglais.

Il paraît que le Venetian de Macao est le plus grand casino du monde. Forcément, je devais voir cela de mes propres yeux. Inspiré de la ville de Venise, il a le mérite de posséder ses propres canaux intérieurs ; des couples profitent d'un moment nocturne romantique dans des gondoles flottant sur une eau turquoise. Je l'avoue, on s'y croirait presque.

Cela me rend nostalgique de la maison. Je suis née à Florence, en Italie, mais j'ai toujours eu ce besoin d'explorer le monde. Je ne m'arrête jamais quelque part plus de quelques mois. Si c'était drôle au début, je commence doucement à fatiguer… J'ai l'impression de n'être chez moi nulle part.

Je traverse le grand hall d'un pas déterminé, laissant mon regard embrasser les lieux avec excitation. C'est toujours la même chose : l'adrénaline qui court dans mes veines et fait battre mon cœur plus fort dans ma poitrine, l'appel irrésistible des lumières et des bruits de machines à sous, l'envie ensorcelante de parier une petite fortune sans savoir si je vais gagner ou tout perdre, juste pour ressentir *quelque chose*.

Je dois être faible, car je suis incapable d'y résister. J'ai besoin d'argent et il est hors de question que je revende Carlotta – oui, j'ai déjà donné un nom à ma Ferrari. Voilà pourquoi je ne peux pas la rendre, entre autres.

Je passe la rosace qui marque le sol de l'entrée, puis je monte l'un des escalators qui mènent à l'étage. Je me prépare mentalement lorsque mon téléphone portable vibre entre mes mains. Un appel vidéo de ma mère.

Eh merde. Elle a toujours un très mauvais timing.

Je me réfugie dans un coin, près d'une colonne, et réponds en plaçant le téléphone à hauteur de mon visage. C'est plus fort que moi, un immense sourire me vient en apercevant ma mère, assise au piano de la maison.

Elle est la seule personne à mériter mes sourires sincères.

Je porte ma main à ma bouche puis l'écarte pour lui dire bonjour. Elle me rend le signe, rayonnante. Malgré notre relation fusionnelle, nous nous appelons très peu. Elle n'aime pas ça. À cause de sa surdité, nous devons constamment nous appeler en FaceTime, ce qui n'est pas toujours pratique.

— *Où es-tu ? Ça a l'air beau !* me demande-t-elle.

Je réponds en italien tout en signant à une main :

— Le plus grand casino du monde, le Venetian. Je t'enverrai des photos !

Je tente de garder mon expression impassible afin qu'elle ne puisse pas me déchiffrer. Je suis une pro à cela, mais ma mère, c'est autre chose. Elle sait toujours. C'est la seule à voir au travers de mes mensonges – peut-être parce que c'est la seule qui en a quelque chose à faire. C'est pourquoi il est si difficile de continuer à voyager... Parfois, je rêve que ma mère décède quand je suis loin de la maison, et je panique. Je pourrais mourir si cela arrivait. Être loin d'elle me rend misérable, je sais avoir besoin de stabilité et d'ancrage. Et pourtant, la fuite me séduit bien plus.

— *Tu nous manques. Quand est-ce que tu rentres ?*

Je soupire intérieurement. Elle me manque aussi... Malheureusement, je ne peux pas retourner là-bas les mains dans les poches et la queue entre les jambes. Je suis venue ici pour me faire de l'argent, ce qui me servira ensuite à payer mes dettes et à ne plus rien devoir à personne.

Ma mère, grande psychologue comportementale, ne cesse de me répéter que fuir mes problèmes ne les fera pas partir pour autant. Car ils ne hantent pas les lieux, mais les esprits.

Comme si elle avait entendu mes pensées, elle ajoute, la mine inquiète :

— *On avait dit qu'il était préférable que tu évites les casinos, Rose. Tu le sais. Tu devrais rentrer.*

Et voilà. Je lui offre un sourire censé la rassurer, bien qu'il tremble légèrement.

— Je vais bien, maman. C'est fini, tout ça. Je suis guérie.

— *Est-ce que tu proposerais une bière à un ancien alcoolique ? Non. C'est la même chose. C'est encore trop tôt... Ne joue pas avec le diable.*

Mais jouer avec le diable, c'est ma passion, maman. Je lui ai donné mon âme il y a bien longtemps de cela.

Je vous l'accorde : traîner dans des casinos quand on a souffert d'addiction au jeu pendant plusieurs années n'est pas l'idée du siècle. Mais je suis vraiment guérie ! Je n'ai pas mis les pieds dans un casino pendant près d'un an avant il y a encore deux mois. Je peux supporter quelques parties.

Je vais beaucoup mieux. J'ai été au fond du trou, je sais ce que c'est. J'ai changé. Je suis assez forte, désormais... malgré les nombreuses rechutes. Cette fois, c'est la bonne.

Il le faut.

— Je contrôle la situation ! je réponds dans des gestes pressés. Je vais faire une partie, peut-être deux, et je repars. Promis.

Elle plisse les yeux, peu convaincue, mais finit par me sourire. Je sais qu'elle ne me croit pas mais qu'elle choisit malgré tout de me faire confiance. Elle est comme ça.

Je ne tarde pas à raccrocher, fourrant mon téléphone dans ma pochette, et je réajuste ma tenue avant d'entrer dans l'une des salles de jeu. Il y a du monde. Je ne sais déjà pas où donner de la tête. Je contrôle mon expression, la démarche lente. Je déambule entre les tables en observant chaque joueur. Ce que j'aime le plus, quand je joue, c'est devenir quelqu'un d'autre.

Ou du moins, c'est ce que j'aimais le plus autrefois. Avec le temps, porter un masque est devenu une habitude. Je le fais même quand je ne joue pas. Personne ne peut vraiment dire qui je suis ni ce que je pense, si ce n'est ma mère. J'arrive parfois à me duper moi-même, même si la réalité finit toujours par retrouver son chemin. *Cette garce.*

Mes mains me démangent de plus en plus. Je sens presque le poids de mes jetons dans ma pochette. Je n'en ai pas autant que je le voudrais, pourtant. Je suis bonne pour gagner de l'argent, mais très mauvaise pour le garder. Là est ma malédiction.

Je repère des femmes d'âge mûr s'amuser à une table, puis un groupe d'hommes en costume se fusiller du regard à une autre. Les casinos sont pleins de gens très différents. Tout le monde peut jouer. Professionnels, débutants, riches, pauvres... Il suffit d'un seul billet pour tout changer.

Le casino donne sa chance à tout le monde, c'est vrai. Mais il prend bien plus qu'il ne donne. À moi, il m'a pris ma santé mentale.

Mon regard se pose soudain sur une table au milieu de la grande salle lustrée. Un homme vient tout juste de s'y asseoir. Poker. Je le reluque des pieds à la tête, très rapidement. Il est jeune, peut-être trente ans. Il a fait un effort sur sa tenue, veste et pantalon noirs. À ses pieds gît un sac à dos, et sur la table, un chronomètre. Je comprends tout de suite qu'il s'agit d'un joueur en ligne, probablement en temps limité. Je n'ai aucun moyen de savoir s'il est doué ou non. Ça n'a pas d'importance. Je sais déjà que je vais gagner.

C'est pourquoi je m'installe à sa table sans un regard dans sa direction, croisant mes longues jambes. Je salue la croupière d'un hochement de tête. L'homme me parle en mandarin d'abord, mais je fais signe que je ne comprends pas en espérant qu'il lâche l'affaire. La plupart du temps, ils ne se prennent pas la tête.

— La roulette, c'est de l'autre côté, m'informe-t-il toutefois dans un anglais railleur, sans se priver de jeter un coup d'œil furtif vers mes seins.

Je me tourne vers lui et lui adresse un rictus froid pour toute réponse. Une femme d'une cinquantaine d'années nous rejoint et la partie commence. Je garde mon visage fermé et dénué de toute émotion. Je jette un coup d'œil à mes cartes : un roi de cœur et un roi de trèfle.

C'est un jeu d'enfant. L'adrénaline court dans mes veines et fait battre mon cœur plus fort tandis que je mise toujours plus haut. Je fuis le regard des autres joueurs. Je déteste les regarder en face. Je me concentre sur les cartes disposées au milieu du tapis, surexcitée. *Bordel, ce que ça m'avait manqué !*

Je ne tarde pas à remporter ce que j'ai parié et plus encore. Lorsque je récupère les jetons de l'homme que j'ai repéré au début, je le regarde enfin droit dans les yeux, une pointe de satisfaction dans la voix :

— *Con le mani in tasca* [1].

Je n'ai pas le temps d'enregistrer sa réaction, et de toute façon je sais qu'il n'a rien compris. Je prends ma pochette et change de table. Le Blackjack me fait dangereusement de l'œil. Je lui accorde deux parties, que je gagne également. L'euphorie que je ressens me pousse à continuer, même si j'ai promis à ma mère de ne pas abuser.

---

1. « Les doigts dans le nez », en italien.

Au bout de deux heures, je comprends que je suis repérée. Les croupiers m'ont à l'œil, je le sens dès que je me lève d'une table et vagabonde dans la salle. Cela veut dire que j'ai peu de temps avant qu'on me vire.

J'ai déjà amassé un bon butin. Mais je veux toujours plus. Évidemment. C'est ainsi que ça fonctionne. Toujours plus, toujours plus, toujours plus. C'est le danger de l'addiction. Et pourtant... je m'ennuie. Je déambule entre les tables avec nonchalance. J'adore jouer, mais cela fait bien longtemps que je ne me suis pas amusée ce faisant. Tous les joueurs que je rencontre sont prévisibles, fades, et pas le moins du monde originaux.

Je me fais servir un verre de vin au bar puis continue ma chasse. Devrais-je rentrer ? Non. Impossible. Je dois...

Oh.

Je m'arrête d'un seul coup, le sourcil arqué. À deux tables de moi, trois hommes jouent dans un silence tendu. Rien de très étonnant à cela. N'importe qui serait passé à côté d'eux sans tiquer. Et c'est d'ailleurs ce que tout le monde fait.

Même le croupier ne semble pas faire attention.

Je laisse échapper un léger rire, amusée, et pose mon regard sur l'homme au tatouage. Celui qui cache une carte dans la manche de sa veste de costume.

Dès que j'aperçois son visage, je sais que ce type a le jeu dans la peau.

Littéralement.

Mes yeux curieux glissent sur lui sans aucune gêne : des cheveux noir de jais, des yeux de la couleur des nuages en pleine tempête, une mâchoire tranchante et des joues livides tatouées juste en dessous des yeux. Un carreau sur celle de gauche, un trèfle sur celle de droite.

Il est très beau. Bien plus qu'il ne devrait l'être. Ma mère m'a toujours dit que la beauté était une arme : celle de distraire le monde des pires péchés, si ce n'est de les pardonner. Ce tricheur aux longs doigts en est la preuve.

Je m'adosse contre une chaise, à quelques mètres, et sirote mon verre en observant leur partie. Contrairement à moi, l'homme en question ne bat pas en retraite devant le regard de ses concurrents. Au contraire, il les fixe de ses yeux glacials jusqu'à ce qu'ils jouent ; chacun leur tour. Comme s'il les défiait de l'accuser.

Soudain, comme s'ils avaient senti ma scrutation, ses yeux nuageux se lèvent et se posent sur les miens. *Mamma Mia.* Je me retiens de frissonner sous l'intensité de son regard. Je ne baisse pas le mien pour autant. Au lieu de ça, je lui offre un demi-sourire narquois, preuve qu'il n'est pas aussi subtil qu'il le croit. Je comprends tout de suite qu'il sait. Il sait que *je* sais.

Il ne s'écoule que deux secondes avant que son regard, jusqu'ici calculateur et impassible, se transforme en un clin d'œil complice.

Je n'en reviens pas. Le culot ! Sait-il au moins ce qu'il encourt, pour tricher dans un tel endroit ?

— Flush, annonce-t-il en retournant ses cartes.

Évidemment, il gagne haut la main. Il récupère les jetons de façon très digne, pas du tout pressé, et personne ne lui dit rien. Personne ne l'arrête pour fraude. Je me déteste de penser ça, mais il me rend curieuse. Tricher au casino n'est pas une mince affaire. Il faut en avoir une sacrée paire – et je ne parle pas des cartes.

Je me mords la joue en contemplant ses cheveux mi-longs, rasés en dégradé sur les côtés, retomber élégamment sur son front. Tout mon corps m'alerte : cet homme crie DANGER.

Mais évidemment, cela ne me donne que plus envie d'y plonger, tête la première. C'est pourquoi je n'hésite qu'à moitié lorsqu'il s'adosse à sa chaise et me fixe de nouveau, l'expression tentatrice :

— Une partie ?

Chapitre 2

LEVI

Mai. Macao, Chine.

Il y a des moments, comme celui-là, où je regrette de ne pas voir le monde en couleurs, comme le commun des mortels.

Je ne peux pas dire que cela me manque. Quelque chose qu'on n'a jamais eu peut-il nous manquer ? Je suis né en pensant que j'étais normal. Que je voyais les choses comme les autres. C'est seulement quand j'ai eu trois ans que ma mère a compris que j'avais un problème.

Elle me répétait que mon pull préféré était bleu mais qu'il n'allait pas avec mon pantalon marron. Je ne comprenais pas. Pour moi, les deux étaient de la même couleur. Tout l'était ou presque. Certaines choses étaient très sombres, d'autres très claires.

Évidemment, mon père a cru que je mentais. Que je voulais attirer l'attention, comme tous les autres enfants de mon âge. Ce n'est qu'un an plus tard, grâce à l'école, que ma mère a insisté pour m'emmener voir un médecin.

Il s'avère que cela a un nom : l'achromatopsie. Je ne vois pas les couleurs, point barre. Il paraît que ma perception du monde qui m'entoure est un éventail de nuances de gris. Je suppose qu'ils ont raison. Je suis incapable de l'affirmer avec certitude.

Si ça a été dur pendant un temps, je m'y suis fait petit à petit. On peut vivre très normalement avec ce type de handicap, j'en suis la preuve. J'en suis arrivé à ne plus regretter d'être différent. J'ai fait mon deuil.

Mais ce soir, alors que mes yeux glissent langoureusement sur cette déesse aux airs félins, je ressens un violent pincement au cœur. Je donnerais cher pour pouvoir la voir dans toute sa splendeur. Pour *vraiment* la voir.

Ses cheveux courts sont sombres, probablement noirs ou bruns, tout comme ses yeux perçants, dessinés par un long trait d'eye-liner. Sa peau est diaphane et lisse, probablement soyeuse au toucher. Je suis incapable de donner la couleur de sa bouche pulpeuse. Rose ? Pêche ?

Elle porte un pantalon en soie taille haute par-dessus un corset blanc de dentelle qui invite aux pensées les plus impures. Son regard, presque caché par sa frange, me sonde avec intensité. Il dit : « Je sais ce que tu viens de faire. » Si Thomas était là, il m'adresserait probablement un coup d'œil meurtrier. Il déteste que je triche. Je n'aime pas particulièrement ça non plus, mais la soirée est devenue barbante à mourir.

Je ne triche que lorsque je m'ennuie.

Va-t-elle me dénoncer ? Personne d'autre n'a vu ce que je viens de faire ; c'était beaucoup trop subtil et rapide pour cela. Mais elle, si. Comment ?

Lorsque la croupière s'apprête à lancer une nouvelle manche, j'ose reporter mon regard sur la jeune femme aux yeux de chat. Elle n'a pas bougé d'un pouce. Elle me fixe toujours, intriguée. Plus je la regarde, plus elle est belle. Je ressens le besoin étrange et viscéral de savoir comment elle joue – appelez ça un défaut professionnel. Thomas affirme que là est mon problème : mon obsession parfois extrême pour les choses ou les gens qui aiguisent ma curiosité.

Je tripote mes jetons entre mes doigts et lance dans sa direction dans un anglais assuré :

— Une partie ?

Elle ne laisse rien paraître. J'attends patiemment tandis qu'elle hésite.

— Vu vos techniques, je ne suis pas sûre que vous soyez à la hauteur, répond-elle alors avec un accent ensorcelant. Sans vouloir vous offenser, j'aime les joueurs qui valent le coup. Je perds très vite intérêt ; c'est l'un de mes pires défauts.

Cela m'arrache un rictus amusé. Quelle bouche effrontée. Elle n'a pas froid aux yeux, c'est certain. Cela ne la rend que plus attirante. En Russie, on aime les femmes qui savent ce qu'elles veulent.

Je lève les mains devant moi et promets solennellement :

— Je serai sage. Je sais m'adapter à mon adversaire.

Il ne lui faut pas très longtemps pour se décider. Elle se contente de s'installer face à moi pour toute réponse, le menton haut. Quelqu'un qui ne sait pas refuser le défi ; typiquement mon genre de personne. Je scrute chacun de ses mouvements, silencieux. Elle en est consciente, mais, contrairement aux autres, mon regard ne semble pas la troubler. Je prends quelques secondes à observer ses jetons pour compter combien ça lui fait.

Une grosse somme...

C'est forcément une bonne joueuse. Cette simple possibilité suffit à faire courir davantage le sang dans mes veines. Personne ne parle tandis que les cartes nous sont distribuées. Je tombe sur deux huit, un de cœur et un de pique. Pas génial, mais ça fera le taf.

Je la fixe, elle tout particulièrement, pour tenter de savoir quel genre de main elle possède. Est-elle une bluffeuse ? Joue-t-elle en silence, ou parle-t-elle pour distraire ses adversaires ? Use-t-elle de ses charmes ? Ou préfère-t-elle, comme moi, intimider de son regard de glace ?

Quoi qu'il en soit, elle refuse catégoriquement de m'accorder son attention. Pour une raison que j'ignore, cela menace de me rendre fou. Craint-elle que je ne la déstabilise, ou a-t-elle compris que m'éviter me perturbait, *moi* ?

L'inconnue est la première à miser. Elle a l'air confiante, mais ça ne veut pas dire qu'elle a une bonne main. Je réfléchis rapidement et suis sans grande hésitation. Je suis là pour jouer, après tout.

Les trois premières cartes sur la table, qu'on appelle le *flop*, sont un quatre de trèfle, un six de pique et un huit de carreau. Je fais en sorte de ne pas montrer ma satisfaction, mais cette fois, elle lève les yeux vers moi. C'est comme si elle m'avait entendue penser.

Je ne détourne pas le regard, le menton posé sur mon poing d'un air nonchalant. Nous nous défions de longues secondes avant qu'un très mince sourire naisse sur son visage. *Merde.*

— Vous pensez sûrement être un bon menteur, lance-t-elle soudain.

Elle sait. Je ne sais pas comment, et cela suffit à me frustrer plus que de mesure, mais elle a réussi à voir à travers le masque. Comment ? Impossible. C'est une coïncidence. Elle n'a pas pu comprendre que j'étais content de ces cartes rien qu'en me regardant. Personne ne le peut.

Je ne me démonte pas et prends une gorgée de vodka citron avant de répondre :

— Effectivement.

Son regard glisse sur ma main, peut-être un peu trop crispée autour de mon verre, et elle sourit à nouveau.

— Si vous l'étiez, vous sauriez que contrôler son visage ne suffit pas. Vous pouvez rester aussi impassible que vous le voulez : si vous ne faites pas attention, votre corps vous trahira toujours.

Intérieurement, je m'accorde un sourire amusé. Elle a raison. J'ai été stupide. Je le sais, pourtant. Le langage corporel en dit au moins autant que les expressions faciales. J'essaie de le contrôler, mais c'est plus difficile qu'on ne le pense.

Les deux prochaines cartes sont un cinq de cœur et un neuf de trèfle. J'ai de grandes chances de remporter la mise, à ce stade. Les autres joueurs ont déjà abandonné la partie. Il ne reste plus qu'elle et moi.

Si elle sait vraiment quel genre de main je possède, elle ferait mieux de se coucher. J'ai tenté de la déchiffrer, mais elle est restée absolument immobile tout du long. Un vrai coffre-fort. J'attends qu'elle prenne sa décision, comme tout le monde, quand elle se tourne tout à coup vers moi.

— Qu'est-ce que je vais faire, selon vous ?

Je réfléchis et réponds avec honnêteté :

— À votre place, je me coucherais.

Elle hoche la tête, l'air pensif, et se penche légèrement vers l'avant. Je ne baisse pas les yeux vers ses bras croisés et continue de la défier du regard. Un cil solitaire se promène sur sa joue. Je me retiens de souffler dessus.

— Je vais gagner cette partie, affirme-t-elle d'un air décontracté. Il y avait peu de chances que j'aie une main meilleure que la vôtre vu les cartes qui ont été distribuées au centre, je vous l'accorde. Mais quelque chose vous échappe.

Sur ces paroles, elle mise. Je suis malgré ma confusion. Elle est la première à révéler ses cartes.

Un six de trèfle et un sept de carreau.

— Quinte.

Bordel de merde. Elle me regarde intensément, jaugeant ma réaction. Je devrais être énervé. Après tout, elle vient tout juste de me battre à plate couture, moi, un joueur de poker professionnel. Je suis censé remporter un tournoi mondial dans quelques semaines et cette fille sortie de nulle part me fait comprendre que je ne suis pas à la hauteur.

Six ans plus tôt, ma fierté mal placée m'aurait perdu.

Aujourd'hui, quelque chose d'autre emplit ma poitrine. La délicieuse sensation de l'adrénaline. La curiosité transformée en douce excitation. Seul jouer contre Tito m'a fait ressentir une chose pareille : un sentiment de respect mais aussi d'envie.

— Encore.

Elle ne semble pas surprise de ma demande. Je la vois hésiter, puis acquiescer en récupérant ses jetons.

— OK. Je vous laisse une dernière chance de comprendre ce qui m'a permis de gagner. Gardez l'œil ouvert.

Oh, j'y compte bien. Ouvert et fixé sur elle, et sur personne d'autre. Ce n'est pas tant le fait qu'elle ait gagné contre moi qui me frustre. Cela arrive. Malgré mon haut niveau, le poker reste un jeu où le hasard joue beaucoup.

Par contre, je sais déchiffrer les gens. Je ne me trompe jamais, tout simplement parce que mon sixième sens est infaillible. Sauf que non, apparemment, et elle vient de me le prouver. Qu'ai-je pu manquer ?

Je possède cette fois un as et un roi de cœur.

C'est une bonne main. Je contrôle mon visage ainsi que ma gestuelle tandis que la croupière révèle le *flop* sur la table : un neuf et un valet de carreau, ainsi qu'une dame de trèfle.

Il y a largement de quoi faire. Malheureusement, je suis plus concentré sur l'inconnue que sur mon propre jeu. Je veux comprendre ce qu'elle entend par : « Quelque chose vous échappe. » Elle ne me rend pas la tâche facile.

Lorsque c'est son tour, elle prend son temps. Trop de temps. À quoi réfléchit-elle si intensément ? Son regard se perd, fixé sur un point au centre de sa paume, et soudain, elle mise tout ce qu'elle a d'un geste confiant.

— *All in.*

Tapis ? Sérieusement ? Son choix me perturbe. À quoi pense-t-elle ? Si elle a besoin d'autant de temps avant de miser, c'est que sa main n'est pas très bonne. Quand on sait pouvoir gagner aisément, on n'hésite pas. Mais dans ce cas pourquoi faire tapis ?

Ou alors, elle le fait délibérément pour me le faire penser.

Sauf que j'en doute fortement.

Elle se tourne vers moi, amusée. Elle a un putain de beau sourire. Aussi terrifiant que séduisant.

— Alors ? Vous avez compris, ou toujours pas ?

— J'ai surtout compris que je vous ai sous-estimée.

Sa joue frémit d'amusement tandis qu'elle croise ses longues jambes. Le troisième joueur se couche, nous fusillant du regard. Je suppose que nous sommes trop bavards à son goût.

— Si cela peut vous rassurer, ajoute-t-elle d'une voix cristalline, je pense que vous êtes en train de gagner.

Pourtant, elle n'a pas l'air alarmée du tout. C'est bizarre. Personne ne ferait tapis s'il pense perdre. Est-elle en train de tricher ? Impossible. Elle me manipule sûrement, et cela fonctionne.

Je ne montre pas ma frustration, jamais, et préfère afficher une expression détendue à la place.

— Comment vous pouvez savoir ça ? Vous ne connaissez pas mon jeu, ni les cartes qui arrivent.

— C'est facile à déduire à la majorité, quand on réfléchit un peu. Je dirais que vous avez environ... cinquante-deux pour cent de chances de remporter la mise.

— C'est tout ?

— C'est déjà bien.

Effectivement. Quelle fille étrange.

— Pourquoi tout miser si vous n'avez que quarante-huit pour cent de chances de gagner ?

— Plutôt quarante-cinq, je dirais, rectifie-t-elle. En comptant le *split*. Et pour répondre à votre question : la partie n'est pas finie. Je fais confiance au destin ou à la science ; celui qui répondra à mes prières le premier.

Le destin ou la science. Je plisse le front et jette un dernier coup d'œil à mon jeu avant de faire tapis à mon tour. Hors de question que je me couche. Je l'avoue, je bous de curiosité à l'idée de voir ce qu'elle va nous sortir. J'ai presque envie qu'elle gagne, c'est dire !

La croupière révèle un huit de cœur. Une bonne nouvelle pour moi. Encore une fois, il y a de grandes chances que je gagne avec un jeu pareil. J'ose un coup d'œil furtif de son côté, mais elle ne réagit pas.

— Alors ? Quel est mon nouveau pourcentage ? je plaisante tandis que la croupière se prépare à révéler la carte suivante.

Elle prend le temps de répondre, les mains croisées sur la table.

— Je dirais... environ soixante-treize ?

J'arque un sourcil étonné.

— C'est beaucoup. Vous pensez toujours gagner ?

— Pourquoi pas ? sourit-elle mystérieusement.

Soudain, sans même qu'elle détourne les yeux des miens, je la vois soulever très discrètement ses cartes. Je baisse le regard par réflexe. Elle me montre délibérément son jeu et à la vue de tous !

Un as et un deux de carreau.

Qu'est-ce qui lui prend ? Je la scrute à nouveau, intrigué. Je réfléchis à toutes les combinaisons possibles, tous les scénarios dans lesquels elle en ressortirait victorieuse.

— Il faudrait un miracle.

Elle se contente de hausser les épaules. Nous reportons notre attention sur le centre de la table, silencieux. Mon cœur se met à battre plus fort tandis que la croupière saisit la fameuse carte et la retourne, révélant...

Un deux de trèfle.

Mon cœur retombe lourdement dans ma poitrine tandis que j'accuse le coup. Je n'arrive pas à y croire. Elle a gagné. Elle a vraiment gagné. Elle est passée de vingt-sept à cent pour cent de chances avec cette simple dernière carte.

Elle vient de remporter le tout avec une fichue quinte – encore. Un miracle, vraiment.

Je ne peux m'empêcher de la regarder avec surprise et admiration. Elle se contente de m'offrir un sourire taquin et triomphant, faisant glisser tous ses jetons dans sa pochette.

Je la félicite avec sincérité et demande calmement :

— Comment vous saviez ?

C'est plus fort que moi. Je veux qu'elle m'explique ce qui va probablement me hanter cette nuit. Elle hésite à me le dire, puis cède :

— Je n'en étais pas certaine. Il n'y a aucun moyen d'en être vraiment sûr. Disons... que j'ai eu un pressentiment.

Je refuse d'y croire. C'est la seconde fois qu'elle me fait un coup pareil. Je suis à sec à cause d'elle. Elle est incroyable. Je veux lui demander de m'attendre le temps que je retire plus d'argent, souhaitant continuer à jouer, encore et encore, jusqu'au bout de la nuit, mais elle referme sa pochette et dit :

— Merci pour les chaussures.

— Pardon ?

— C'est ce que je vais m'acheter demain avec votre argent.

Je lâche un rire amusé, fourrant les mains dans les poches de mon pantalon. Si seulement Thomas était là ! Il la détesterait très certainement, mais sa réaction me ferait rire à coup sûr.

Je reluque ses talons aiguilles actuels, noirs et classiques. Ou peut-être sont-ils bleus ? Marron ? Incapable de le dire avec certitude. Étrangement, j'aime l'idée qu'elle se fera plaisir avec mon argent. Elle le mérite. Je me suis fait avoir comme un débutant et ce n'est pas tous les jours que ça arrive.

— J'espère que vous prendrez les plus chères, dis-je.

— C'est ce que je fais toujours.

Elle se lève, lissant son pantalon en soie. Je fais de même, m'apprêtant à lui demander de rester, voire de boire un verre, mais nous sommes interrompus par deux hommes en costume. Je reconnais tout de suite des agents de la sécurité. Ils s'approchent et s'adressent à elle avec politesse.

Elle ne semble pas se soucier de leur soudaine apparition, encore moins lorsqu'elle affirme ne pas parler mandarin. L'un d'eux fait un pas en avant, son regard sérieux planté dans le sien, et répète dans un anglais maladroit :

— Je vais devoir vous demander de gentiment quitter les lieux.

Je fronce les sourcils. Elle demande pourquoi, l'air blasé. Comme si ce n'était pas la première fois que cela lui arrivait.

— Nous avons entendu parler de vous, mademoiselle Alfieri. Nous n'acceptons pas ce type de pratique au Venetian.

Je reporte mon attention sur elle, masquant ma surprise. Est-il en train d'affirmer qu'il s'agit d'une tricheuse ? Connue de plusieurs établissements, de surcroît. Je ris intérieurement, ne la respectant que davantage encore.

— Oh je vois... Nous sommes donc faits du même bois, vous et moi.

Elle me fusille du regard, répondant aux colosses :

— Compter les cartes n'est pas de la triche. Ce n'est pas illégal, à ce que je sache. Ce n'est pas ma faute, si je suis intelligente.

Sa réponse me prend de court. Elle... compte les cartes ? Je l'observe à la lumière de cette nouvelle information, troublé. En effet, compter les cartes n'est pas interdit. Seulement très mal vu. Peu nombreux sont ceux qui peuvent accomplir un tel exploit, encore moins au poker.

Bien sûr, tout joueur qui se respecte tente de calculer ses chances de gagner. Mais il existe des spécimens, comme cette fille, qui font exception. Il faut être un génie des mathématiques pour réussir à en faire une telle arme.

— Je vais me répéter, mais nous n'acceptons pas cette méthode de jeu ici. Je vais devoir vous escorter jusqu'à la sortie.

Elle roule des yeux et affirme pouvoir marcher toute seule. Elle m'adresse un clin d'œil comme celui que je lui ai lancé plus tôt dans la soirée. Je veux les arrêter, dire quelque chose, n'importe quoi pourvu qu'elle continue de jouer.

Mais l'un des hommes la suit hors de la salle, et très vite, il est trop tard. Elle disparaît entre les portes majestueuses, ses talons claquant sur le parquet.

Je devrais partir, moi aussi. Je n'ai plus d'argent à miser de toute façon. Je dois raconter ce qui vient de m'arriver à Thomas... Dieu sait que j'ai déjà mis toutes les chances de mon côté pour vaincre Tito cette année.

Je me le suis promis. Il est hors de question que je perde.

Mais peut-être... peut-être ai-je besoin d'une aide supplémentaire. Une arme secrète. Un plan B.

Un coup de maître.

— Excusez-moi ! j'interpelle l'agent resté en arrière, une folle idée fleurissant peu à peu dans mon esprit. Comment avez-vous dit qu'elle s'appelait, déjà ?

Chapitre 3

ROSE

Mai. Macao, Chine.

Ma mère continue de m'envoyer des messages pour me supplier de revenir à la maison. Elle doit probablement penser que je passe mes journées terrée au casino en train de dilapider de l'argent que je n'ai pas – ce qui n'est pas *entièrement* faux.

C'est ce que fait l'addiction. Même quand vous savez que c'est assez, même quand votre compte en banque indique zéro, vous trouvez toujours le moyen de continuer à jouer.

Parce que vous pensez que « la prochaine, c'est la bonne ». Et parfois, ça l'est. Une fois sur trois cents. C'est déjà assez dangereux comme ça, mais ça l'est davantage encore pour moi.

Car je ne suis pas une joueuse lambda. Je *sais* que je vais gagner à nouveau, à un moment ou à un autre. Cette simple idée me donne assez d'arrogance pour engager des sommes de folie. D'où mes dettes.

Mes parents pourraient me les payer, mais je refuse d'être dépendante d'eux. Je me débrouillerai seule, comme toujours.

— Je veux celles-ci, dis-je enfin en pointant une paire de chaussures dorées.

La vendeuse comprend l'anglais, si bien qu'elle hoche la tête et fait signe à ses collègues de s'en occuper. Je ne devrais pas dépenser de l'argent aussi inutilement, encore moins pour des choses futiles – puisque je voyage beaucoup, toute ma vie doit tenir dans une valise. La seule chose que je garde inévitablement et pour laquelle je fais toujours de la place, ce sont mes pinceaux et mes tubes de peinture. Une passion que j'ai du mal à laisser derrière moi.

Sinon, je réfléchis habituellement à tout ce que j'achète, même si récemment, je fais n'importe quoi. Et puis merde, ces chaussures sont absolument divines. En les achetant, je contribue à l'économie du pays, non ?

Je paye sans problème et sors, un grand sac à la main. J'allume une cigarette grâce à mon briquet en palladium – un cadeau de mon père pour mes dix-huit ans –, puis je m'apprête à reprendre mon chemin direction le Café de Paris Monte-Carlo quand quelque chose attire mon attention.

Oh wow.

Je ne rêve pas. Mes yeux tombent sur une sublime Ford Mustang Lithium métallique 900 chevaux. Un petit bijou. Je prends le temps de m'arrêter, laissant mon regard glisser le long de la carrosserie... jusqu'à un homme adossé contre la portière arrière, les mains dans les poches de son pantalon.

Un visage impassible.

Des yeux orageux et intenses.

— Devrais-je appeler la police ?

Pour sa défense, le joueur de poker de la veille ne cille même pas. Il incline la tête sur le côté, très légèrement, sans détourner le regard du mien. Contrairement à ce que j'ai pu laisser paraître hier, il reste dur à déchiffrer. Il possède une parfaite maîtrise de ses expressions faciales, ce qui m'agace.

Il est beaucoup moins facile de manipuler ce genre de personnage.

— À vous de me le dire. Avez-vous besoin d'être sauvée... Rose ?

Je plisse les yeux. Deux questions me taraudent tout de suite. Primo, comment connaît-il mon prénom ? Deuzio, comment m'a-t-il retrouvée, et si vite ? Veut-il récupérer son argent ? Trop tard, il n'y en a presque plus.

— Les fameuses chaussures, je présume, ajoute-t-il en jetant un œil vers mon sac.

Je souris en feignant une certaine frivolité.

— Je tiens mes promesses.

— Une très grande qualité, que je recherche généralement chez les gens.

J'arque un sourcil, méfiante. Où veut-il en venir ? Je lui demande ce qu'il me veut et s'il s'agit d'une coïncidence, bien que j'en doute. Il ne répond pas tout de suite, concentré sur ma cigarette, sur laquelle je continue de tirer.

Ses yeux se posent encore une fois sur les miens, comme s'il s'était laissé distraire le temps d'une seconde.

— Vous êtes partie en hâte, hier soir.

— « Virée » est un terme plus approprié.

Il sourit légèrement à cela. Ça ne dure qu'une demi-seconde. Quelque chose toque contre la fenêtre côté conducteur de la voiture, et je ne remarque que maintenant qu'il n'est pas seul. La silhouette d'un homme se dessine à travers la vitre teintée. L'inconnu ne bouge pas d'un cil, mais je sais qu'il a entendu.

— Je ne peux pas m'attarder trop longtemps, malheureusement. Mademoiselle Alfieri, je suis venu pour vous faire une offre. Êtes-vous à la recherche d'un emploi, à tout hasard ?

Et comment. Pourtant, je ne réponds rien. Je l'observe attentivement, sceptique. J'ai un mauvais pressentiment. Beaucoup trop d'hommes riches et puissants m'ont posé cette question par le passé, pour ensuite tenter de me retirer mes vêtements. Je ne referai plus cette erreur.

— Pourquoi, vous embauchez ?

— Pas vraiment, mais vous êtes ce que j'appelle une exception. Vous me plaisez.

Bingo. La façon si déterminée dont il l'a dit suffit toutefois à me faire frémir. Il faut dire qu'après hier, je n'aurais pas pensé ça de lui. La déception est réelle, mais éphémère. Je lui offre un sourire glacial, prête à faire demi-tour.

— Désolée mais je ne suis pas une prostituée.

Je sais que nous sommes à Sin City, où l'économie de la ville repose en grande partie sur le jeu et le commerce du sexe, mais quand même. C'est fatigant.

Il semble comprendre la confusion car il retire une main de ses poches pour me faire signe que j'ai tout faux.

— Je crois qu'il y a malentendu. Vous ne me plaisez pas *comme ça*, affirme-t-il. Disons que ce sont plutôt vos... dons, qui m'attirent.

Je ne sais pas trop quoi répondre à cela. Je laisse échapper un long halo de fumée, méfiante.

— Est-ce que c'est un délire fétichiste, comme les adorateurs de pieds ? je demande avant d'ajouter : Je ne juge pas.

Un autre sourire lui échappe, dévastateur. Si j'étais plus faible, je serais déjà assise sur ses genoux à l'arrière de sa belle voiture. Mais je reste fidèle à Carlotta.

— Je suis certain que vous avez de très jolis pieds, mais non. J'ai d'autres vices.

— Comme ?

Une pause. Mes yeux fixent les siens, le défiant d'être honnête. Il finit par répondre sans effort, à croire qu'il n'a honte de rien :

— L'argent et le pouvoir m'excitent.

Je manque de rire à cette réponse. Peut-être que nous sommes bel et bien du même acabit, finalement.

— N'est-ce pas le cas de tout le monde ?

Son sourire s'élargit sur son visage pâle et implacable, comme si ma réponse le réjouissait. Il se détache de la voiture, et j'en profite pour le reluquer des pieds à la tête.

Il porte un pull fin rentré dans un pantalon haut couleur crème. Il a l'air classe et élégant. Son sourire le rend aussi dangereux qu'un charmeur de serpents, la source probable de beaucoup de cœurs brisés, mais son regard... Seigneur, son regard...

C'est celui de Satan en personne.

Bien évidemment, il ne me plaît que plus encore.

— Tenez, dit-il en me tendant une carte de visite sur laquelle je peux lire le nom Levi Ivanovitch. Je n'ai pas le temps de tout vous expliquer tout de suite, mais accepteriez-vous de boire un verre avec moi ce soir ? J'invite, bien entendu.

Je tourne la carte entre mes mains, silencieuse. Il a déjà pris le temps d'y écrire l'adresse au dos. Je reconnais l'hôtel luxueux du Ritz-Carlton. S'il peut se payer une suite dans un endroit pareil, j'aurais tout intérêt à l'écouter. Ou alors squatte-t-il seulement le bar ?

Il ne doit pas être bien plus âgé que moi non plus. En milieu de vingtaine, je dirais. Je jette un nouveau coup d'œil à sa carte de visite, espérant des réponses. Tout y est écrit en russe mais je reconnais un nom anglais : Raspoutine.

Une société, peut-être.

— Je vous attendrai au bar, à dix-neuf heures, ajoute Levi.

— Désolée de vous décevoir, mais je ne pense pas venir. Vous débarquez de nulle part, après m'avoir probablement suivie toute la matinée, tout ça pour me dire que je vous plais et que vous m'offrez un emploi. Sans vouloir jouer les paranos, c'est souvent comme ça que les femmes telles que moi se font assassiner et se retrouvent dans la colonne des faits divers.

Il hoche la tête, comme s'il prenait mes arguments en considération, et fait le tour de la voiture pour ouvrir la portière droite arrière. Son chauffeur met le contact et le bruit du moteur est une douce symphonie à mes oreilles.

— Et si je vous disais qu'il y a beaucoup d'argent à la clef ?

Je croise les bras, peu impressionnée, et laisse tomber ma cigarette avant de l'écraser avec mon talon. Comment a-t-il pu deviner que l'argent me ferait mordre à l'hameçon ? N'importe qui pourrait penser que je suis pleine aux as, avec ces fringues.

— *Quanto* [2] *?*

C'est véridique, quand on dit que le langage de l'argent n'a aucune frontière. Je parie qu'il ne parle pas un mot d'italien, pourtant il comprend parfaitement ce que je demande car il hausse un sourcil et répond :

— Assez pour vous tenter.

Sur ce, il monte dans la voiture en claquant la portière derrière lui. Quel enfoiré prétentieux. Je devine aisément qu'il fait partie de ces hommes qui n'ont pas l'habitude qu'on leur dise non. Ceux-là sont les pires ; je les abhorre.

Soudain, la vitre arrière s'abaisse et je le vois se pencher vers moi, un mince rictus sur ses lèvres roses en direction de mes pieds :

— Hâte de voir quelle paire vous avez choisie.

***

Le Ritz-Carlton est un très bel hôtel, je vous l'accorde.

Rien de comparable avec le mien, même si je ne suis pas le plus à plaindre. Plusieurs personnes, hommes comme femmes, me reluquent avec insistance lorsque je pénètre dans le lobby.

Probablement à cause de ma tenue.

Je porte un pantalon noir assorti à un haut satiné sans bretelles, avec des manches ballon basses et un décolleté en V très profond. Mes cheveux courts chatouillent mes oreilles percées de petits anneaux dorés sur toute la longueur du cartilage.

---

2. « Combien ? » en italien.

Je porte les talons hauts Stiletto dorés que j'ai achetés plus tôt, ornés d'un rideau de strass autour de ma cheville. Je me sens incroyablement puissante et sexy. Prête à en découdre avec le fameux Levi Ivanovitch, que je reconnais aussitôt – comment faire autrement ?

Il est assis confortablement dans l'un des fauteuils en cuir bordeaux, près du bar, les jambes croisées et un verre de whisky à la main. Je suis en retard, mais il est toujours là à m'attendre patiemment.

J'ai passé la journée persuadée que je n'irais pas.

Au dernier moment, la curiosité est devenue trop insupportable. Si je ne lui plais pas « comme ça », je *dois* savoir ce qu'il me veut – et de quelle somme d'argent on parle, bien évidemment.

Ma tante dit que je suis vénale.

Personnellement, j'appelle ça avoir du « sens pratique ».

Je m'approche de lui d'une démarche tout sauf pressée, puis je m'installe dans le fauteuil qui lui fait face, croisant mes jambes à mon tour. Il semble légèrement surpris de me voir, comme s'il pensait que je ne viendrais plus.

Nous nous défions du regard en silence, tous deux calés au fond de notre siège. Au bout de quelques secondes, il termine son verre et le pose sur la table qui nous sépare.

— Quel est votre poison ?

Si seulement je n'en avais qu'un. Je tente de plaisanter :

— Il va falloir être plus précis.

Un serveur apparaît à ce moment-là. Levi ne quitte pas mon regard du sien, l'air sérieux.

— De là où je viens, on ne refuse jamais un verre qui nous est offert. Il y a un dicton qui dit : « Ce ne sont que les espions qui ne boivent pas. » Alors... Brandy ? Champagne ?

Je cède avec grand plaisir. Je ne le lui dis pas, mais je ne refuse jamais un verre de toute façon. Il n'y a pas qu'en Russie qu'on aime boire.

— Plutôt vin rouge.

— Une bouteille d'*Ao Yun*, Monsieur ? propose le serveur dans un anglais plus parfait que le mien.

Levi acquiesce et m'explique :

— Le *Ao Yun* est un vin rouge mythique, aussi appelé « Au-dessus des nuages ». Il est délicieux, même si je préfère la vodka – par patriotisme, je suppose.

J'embrasse la salle du regard, curieuse, tandis qu'on nous sert. Je me demande à combien plafonne une nuit dans une suite, ici. L'idée de me l'offrir me hante peu à peu. Un jour, je reviendrai, c'est sûr.

— Je n'aurais pas choisi mieux, retentit la voix de Levi.

Je suis son regard vers mes pieds, plus particulièrement vers mes chaussures, et esquisse un sourire.

— Là est ma pire malédiction : avoir des goûts de riche sans l'être pour autant.

— Vous pourriez le devenir.

J'arque un sourcil, ce qui l'incite à continuer.

— Je ne vais pas y aller par quatre chemins, lance-t-il en se penchant vers l'avant, le coude nonchalamment posé sur son genou. Je suis joueur de poker professionnel depuis plusieurs années, et votre façon de jouer m'a plutôt impressionné.

Évidemment, ça crève les yeux. Malgré sa défaite, il savait ce qu'il faisait, et il le faisait bien.

— Je n'ai rencontré personne qui soit capable de compter les cartes comme vous le faites, ajoute-t-il d'un ton qui ne cache pas son admiration. J'ai toujours voulu, mais je ne suis pas vraiment ce qu'on appelle un génie des maths...

— Et donc vous voulez des cours particuliers ?

J'ai dit ça pour rire, mais son air sérieux me coupe dans mon élan. Est-ce vraiment ce qu'il avait en tête depuis le début ? Drôle de garçon.

— Je participe à un tournoi annuel mondial de poker qui a lieu à Las Vegas, dit-il pour toute explication. Dans une semaine.

Je laisse échapper un rire jaune.

— Compter les cartes ne s'apprend pas aussi vite.

Sa voix profonde se fait tout bonnement indécente tandis qu'il affirme calmement, comme s'il parlait de tout autre chose :

— Je suis un élève très studieux et impliqué.

Nom d'un chien, je l'ai sentie se répercuter contre mes os.

— Ça ne changera rien, j'insiste en prenant une gorgée de mon verre pour cacher mes joues rouges. Le maîtriser m'a pris des années. Vous n'avez aucune chance d'y arriver en une semaine.

Il m'adresse un sourire énigmatique, à croire que quelque chose m'échappe.

— Oh mais si vous acceptez de m'aider, mademoiselle Alfieri, vous voyagez avec moi jusqu'à Las Vegas.

Sa réponse me laisse muette. Cette fois, il a réussi à susciter mon intérêt. Je peux presque voir ma mère me dire que ce n'est pas une bonne idée, que Las Vegas est bien le dernier endroit sur terre où une personne comme moi devrait mettre les pieds.

Et pourtant, je m'y vois déjà. Je rêve d'y aller depuis que j'ai quinze ans.

— OK, je vous écoute. À quoi cela m'engage-t-il ?

S'il est satisfait de ma réaction, il n'en montre rien. Comme s'il savait déjà que je céderais. Cette simple idée suffit à m'agacer.

— J'aimerais que vous m'accompagniez tout au long du tournoi pour me coacher ; c'est assez répandu pour les joueurs d'avoir des mentors, même si ça n'a jamais été mon cas jusqu'ici. Cela impliquerait de rester à mes côtés quasiment tout le temps. Bien sûr, vous serez grassement payée pour cela. Vous aurez même une partie du gros lot si je termine grand gagnant. Je n'ai pas besoin d'autant d'argent de toute façon.

Quelle arrogance. Et pourtant, il a dit ça de façon si sincère, sans prétention aucune, que je n'ai même pas envie de lui cracher dessus.

Je fais mine d'y réfléchir quand il me demande :

— Vous avez également un bon œil en ce qui concerne le langage corporel, je me trompe ?

J'hésite longuement avant de lui avouer la vérité. De toute façon, je ne risque rien avec ce type d'informations.

— Ma mère est psychologue comportementaliste. Elle participe activement à la théorie des micro-expressions et à la détection de mensonges. J'ai baigné là-dedans.

Cette nouvelle a l'air de le surprendre, mais surtout de lui faire plaisir. Il opine lentement, le cerveau à coup sûr en ébullition, et me demande si je travaille dans la même branche.

— J'ai également fait des études de psychologie, oui.

— Je comprends mieux. Alors... vous êtes capable de dire qui bluffe et qui ne bluffe pas, pas vrai ?

— Ce n'est pas une science exacte, mais à quatre-vingt-dix pour cent du temps, oui. C'est mon superpouvoir, je soupire en avalant une nouvelle gorgée de vin.

Levi ne dit rien pendant un long moment. Je comprends qu'il réfléchit, son regard toujours planté dans le mien. Pourtant, ce n'est pas moi qu'il regarde. Il est ailleurs.

Quand il revient enfin sur terre, son sourire est aussi charmant que calculateur.

— Rose Alfieri, vous êtes un ange tombé du ciel.

Ça, c'est ce que vous croyez.

— Je suis tout sauf un ange.

— Dans ce cas, ça nous fait un point commun, dit-il en décroisant ses jambes. On reparlera sûrement de cette conversation des années plus tard, aux Enfers, en regrettant de ne pas avoir été plus humbles. Mais en attendant, allions-nous.

Mon choix est déjà fait, ou presque, mais je prends mon temps afin de lui faire perdre patience. Il attend sagement, et à ce moment précis je me demande s'il ne lit pas dans mes pensées.

Je ne veux pas qu'il me croie si prévisible. Je refuse qu'il pense avoir le dessus sur moi. Néanmoins, je m'imagine Las Vegas ; le bruit enchanteur des machines à sous, les tables de poker à n'en plus finir, l'argent qui coule à flots. Jour et nuit.

Je *dois* y aller.

C'est pourquoi je tente le diable.

— Une honnête femme ne succombe pas à l'appel de l'argent, encore moins de la part d'hommes aux manières si licencieuses.

Encore une fois, il ne semble pas surpris. Il saisit un carnet de sa poche intérieure ainsi qu'un stylo, puis gribouille quelque chose que je ne peux pas voir. Il déchire la feuille, la plie et la fait glisser jusqu'à moi sur la table. J'aperçois de nouveaux tatouages sur ses phalanges, des numéros dont je ne comprends pas le sens.

Je m'empare du papier, que j'ouvre, et mon cœur tressaille d'excitation à la vue de tous ces zéros. Je lui offre un sourire en rangeant la feuille pliée dans mon soutien-gorge :

— Heureusement pour vous comme pour moi, je ne suis pas une honnête femme. Je signe où ?

Chapitre 4

LEVI

Mai. Macao, Chine.

Rose Alfieri est un drôle de spécimen.

Je ne la connais que depuis quelques jours, mais elle dépasse déjà toutes mes attentes. Pourtant, je ne sais rien d'elle. Et ma foi, elle cache à la perfection ce que je m'efforce de découvrir. Son visage est une toile blanche et immaculée, sans expression aucune ; comme un coffre-fort fermé à double tour.

Impossible d'y entrer.

Même ses sourires sont faux. Sans grande surprise, cela me plaît. Pas parce que j'aime les coffres-forts, mais parce que ce qu'ils contiennent vaut généralement le coup.

Thomas continue de me dire que je fais une erreur. Que je suis aveuglé par la victoire. Par ma vengeance. De retour dans notre chambre d'hôtel, je me suis contenté de lui sourire en défaisant ma cravate, tel l'enfoiré trop confiant que je suis, et de dire :

— Ai-je déjà eu une mauvaise idée ?

Mon ami n'a pas paru très impressionné par mon jeu d'acteur, confortablement affalé sur son lit.

— Comme les tatouages ridicules que tu te trimballes sur la tronche ?

J'ai froncé les sourcils d'un air indigné en entendant ça, stoppant net dans mes mouvements. L'accent suédois de Thomas est très prononcé, ce qui le rend parfois difficilement compréhensible, mais j'ai très bien saisi la pique.

— Tu as dit que c'était cool !

— On avait quatre grammes dans le sang, ce soir-là, Levi. Hâte de connaître ton avis sur la question quand tu auras quatre-vingt-dix balais.

Je n'ai pas répondu, car aussi bourré que je l'étais, je n'ai jamais regretté mon tatouage. Ce n'était pas une folie, mais un hommage aux cartes. Pour ne jamais oublier ce qu'elles m'ont pris, ni ce qu'elles ont fait de moi.

Rose a donc signé son contrat – après avoir insisté pour en avoir un – puis a disparu pendant deux jours, non sans se plaindre de « devoir revendre Carlotta » plus vite que prévu, qui que ce soit. J'espère juste que ce n'est pas un enfant.

Nous l'attendons bien dix minutes à l'aéroport de Macao. Thomas ne cesse de souffler dans sa barbe, furieux. Il n'est pas patient du tout. Il n'a pas non plus l'habitude que notre groupe s'agrandisse – je le soupçonne de me vouloir à lui tout seul.

— Encore une minute et on part sans elle.

— Elle va arriver, je le rassure, confortablement assis dans l'un des sièges de la rangée. Elle veut juste nous prouver qu'elle n'obéit à personne d'autre qu'à elle-même.

— Quel âge elle a, quinze ans ?

Je ne réponds pas, car au même moment j'aperçois une Rose vêtue d'un jean taille haute et d'une brassière sombre par-dessus une veste de tailleur XL, probablement piochée au rayon homme. Elle termine sa cigarette devant les portes automatiques, très détendue, et l'écrase sous son talon avant de nous rejoindre. Je secoue la tête devant cette mauvaise habitude.

À la vue de sa seule et unique valise, bien qu'énorme, je me demande comment elle a réussi à faire entrer toutes ses paires de chaussures – et je devine aisément qu'elle en possède beaucoup.

Je ne lui donne pas le plaisir de paraître agacé par son retard et fais les présentations en vitesse, le visage aussi impassible que le sien :

— Rose Alfieri, Thomas Kalberg.

Elle le contemple d'un œil indifférent, glissant de sa fine barbe à ses longs cheveux blonds attachés en un *man bun*, puis elle plisse les yeux derrière ses lunettes de soleil vintage.

— Oh. Tu es le chauffeur de l'autre fois.

La bouche de Thomas se pince de façon comique, ce qui manque de m'arracher un sourire. Il le voit, bien évidemment, et me fusille du regard. Beaucoup font la même erreur, ce qui commence à l'énerver.

— Je ne suis pas son chau...

— On t'a déjà dit que tu ressemblais à Chris Hemsworth ? Enfin... plutôt sa version bêta.

Au moins deux cents fois, oui. C'est la pire malédiction de Thomas, et quoi qu'il fasse, il semble incapable de s'en débarrasser. S'il n'avait pas cette vicieuse cicatrice qui barre sa bouche fine, on n'y verrait que du feu.

Je souris en posant une main sur son épaule musclée, taquin.

— Tu as l'œil, Rose. En effet, c'est son sosie officiel en Suède. Il fait des apparitions aux anniversaires, parfois à quelques enterrements de vie de jeunes filles ; avec cinquante euros en supplément pour retirer le haut. Hein, Tommy ?

Mon surnom affectueux ne suffit pas à adoucir ses traits quand il se tourne vers moi et lâche entre ses dents serrées :

— T'avais promis d'arrêter cette blague. Après trois ans, ce n'est plus drôle.

— Je trouve ça hilarant, commente Rose.

Thomas ne lui accorde aucun regard en me disant, blasé :

— Je ne l'aime vraiment pas. Laissons-la ici.

Il n'aime personne – sauf moi, bien sûr, comment faire autrement ?

— Thomas n'est pas mon chauffeur, mais mon garde du corps et associé, j'explique à Rose pour tasser l'affaire avant de chuchoter dans sa direction : Et il déteste qu'on lui parle de Chris. Sujet tabou.

C'est vrai, et pourtant mon meilleur ami joue bel et bien le rôle de chauffeur quand nous devons nous déplacer. À cause de mon handicap, je ne suis pas autorisé à passer le permis – mon acuité visuelle est jugée trop faible pour que je puisse conduire.

— Joueur de poker également ? demande-t-elle alors.

Thomas se contente d'acquiescer, l'air de dire : « Je ne suis pas payé assez pour faire semblant de l'apprécier. » Rose se tourne vers moi, très sérieuse, et lance :

— Je croyais que tu étais un professionnel ?

— Je le suis.

— Seul un débutant pense pouvoir se faire des « amis » lors d'une compétition, rétorque-t-elle. Tout particulièrement lors d'un tournoi mondial à plusieurs millions de dollars.

Je résiste à l'envie de sourire. Elle a raison, et je le sais parfaitement. Mais elle ne me connaît pas. Elle ne sait rien de ma vie. C'est pourquoi je m'approche dangereusement d'elle et murmure, enivré par l'odeur de son parfum :

— Le jour où j'aurai besoin de tes conseils, je te poserai la question.

Sur ce, je saisis ma valise et commence à marcher vers la file d'enregistrement. Je n'ai pas besoin de me retourner pour savoir qu'elle fume probablement d'indignation, là, tout de suite. Thomas marche à mes côtés, combattant un rictus victorieux.

Dans l'avion, il fait semblant de dormir pour ne pas être obligé de faire la causette. Rose aurait probablement préféré faire de même, mais je la prends volontairement en otage.

Je ne lui ai pas encore expliqué tout mon plan. Je ne lui ai même pas dit pourquoi gagner était si important pour moi. Thomas préférerait que je m'abstienne, mais je pense que c'est vital. Il faut qu'on puisse se faire un minimum confiance pour que ça marche.

— Parle-moi de toi, Rose.

— Comment as-tu appris à jouer au poker ? me demande-t-elle à la place. Je pensais que c'était illégal en Russie.

Je penche la tête sur le côté, étonné qu'elle opte pour cette tactique d'évitement. Elle n'aime pas parler d'elle, donc. Je vois.

— C'est vrai, dis-je simplement. Les jeux d'argent sont interdits par la loi, mais à Moscou, il y a des chambres cachées dans les clubs et les restaurants chics. Il faut payer pour y entrer.

— Ça fait très James Bond, j'aime bien. Tu organises des parties clandestines dans ton propre club, j'imagine ? C'est ce que je ferais.

— Peut-être bien... Je tiens l'amour du jeu de mon père, qui était un joueur réputé.

Rose ricane à une blague qu'elle seule comprend.

— J'imagine que c'était un minable, ou un génie.

— La première option. Et toi ?

Elle hésite le temps d'une seconde, puis répond finalement, ses yeux rivés aux miens :

— Et moi, quoi ? Mon père ? Comment j'ai appris à jouer au poker ?

— Ce qui t'arrange le plus.

Elle m'offre un sourire malicieux, fixant un point par-dessus mon épaule, à travers le hublot.

— J'ai eu un mentor, soupire-t-elle après une longue pause. Au début, c'était pour transmettre son savoir. Puis lorsqu'il s'est rendu compte que j'étais douée, il s'en est servi. J'étais une aubaine, pour lui. Un moyen de s'enrichir. Je l'aimais trop – assez pour le laisser faire.

Je suppose que je ne suis pas meilleur que cet homme, car je le comprends. Dans un sens, c'est aussi ce que je suis en train de faire. Je la laisse poursuivre, silencieux. Malheureusement, elle se reprend très vite et me refait face.

— Qu'est-ce que tu attends de moi, au juste ? Que je t'apprenne à compter les cartes ? Que je joue les Cal Lightman ? Ou que je t'aide à élaborer la plus grosse triche du siècle, du genre *Ocean's Eleven* ? C'est OK pour moi, mais seulement si je suis Matt Damon – non seulement c'est le plus canon, mais aussi le plus intelligent.

Je baisse le ton et lui explique, de façon très condensée, ce que j'ai en tête. Je lui parle de Tito et de ma rage de gagner. Elle me demande ce que j'ai contre lui. Je mens en lui disant qu'il m'a toujours vaincu jusqu'ici, et pas toujours de manière très réglo – cela est toutefois vrai.

— Oh, donc il triche.

Je hoche la tête pour toute réponse. Elle retire sa veste de tailleur, révélant des épaules soyeuses et légèrement bronzées. Son parfum se diffuse dans notre rangée de sièges, une douce odeur de pêche et de santal, comme le murmure d'un vague souvenir sous le soleil, perdu en campagne au milieu des champs d'oliviers.

— Tu n'as qu'à le balancer. Problème réglé.

Je refuse catégoriquement.

— Ce serait trop facile, et beaucoup moins drôle. Je veux qu'il perde face à moi.

Elle semble un peu étonnée par mon ton ferme et déterminé. Thomas est de son avis. C'est d'ailleurs aussi la première chose qu'il m'a conseillé de faire quand je lui en ai parlé, il y a trois ans. Je maintiens ce que j'ai dit ce jour-là.

— Je suis un homme d'honneur.

— Dit celui qui trichait la première fois que je l'ai rencontré, réplique-t-elle en arquant le sourcil.

Je souris doucement.

— Ce n'est pas pareil. Je n'ai pas triché pour gagner. J'allais remporter la partie de toute façon.

— Je pensais qu'on ne pouvait pas prévoir ce genre de choses ?

— Mon adversaire transpirait comme une bougie près du feu, j'explique avec patience. Je n'ai pas besoin d'être un as de la détection de mensonges pour savoir qu'il n'avait pas plus d'une paire. Il bluffait très mal.

— Dans ce cas, pourquoi tricher ?

Une pause. Je la regarde, intrigué. Je sais très bien qu'elle a compris – voire qu'elle ressent la même chose. Pourquoi me poser la question, dans ce cas ? Je joue le jeu et réponds en haussant les épaules :

—***Адреналин***[3]. Pour l'adrénaline, bien sûr.

Elle opine en silence. Je lui explique que nous allons séjourner au Caesar's Palace pendant la durée des différents tournois qui prennent place à cette période, c'est-à-dire cinquante et un jours, aux frais de mes sponsors. Qu'on s'entraînera ensemble en dehors des heures de jeu, et qu'elle m'assistera pendant également. Cela la fait tiquer.

— Je ne suis pas une habituée des tournois... mais je ne crois pas que le public ait l'autorisation de se balader dans les salles de jeux, si ?

— Non, en effet, mais j'ai déjà pensé à tout. Tu pourras déambuler entre les tables sans problème, ce qui te donnera l'occasion d'observer les joueurs que je rencontre et ensuite me faire un rapport sur leurs habitudes.

Elle m'interroge du regard, mais je lui promets de tout lui expliquer une fois à l'hôtel.

— Ça ressemble beaucoup à de la triche, mais d'accord.

Je ne réponds rien à cela. Nous passons le reste du vol à dormir – ou plutôt, elle s'assoupit et j'en profite pour réfléchir à tout ce qui pourrait mal se passer une fois que nous serons arrivés à Las Vegas.

---

3. « L'adrénaline », en russe.

Je sais qu'embaucher Rose est une folie. Je ne pourrai jamais apprendre à compter les cartes comme elle le fait en si peu de temps. Pas même si j'y passais le reste de ma vie, si je suis honnête avec moi-même. Mais pourquoi ne pas essayer ?

Ce qui m'intéresse surtout, ce sont ses dons d'observation et d'analyse. Si elle peut m'aider à déchiffrer le mur qu'est Tito, j'ai une chance supplémentaire de le vaincre.

Si pour cela il faut payer une fille perdue, instable et arrogante une petite fortune... Ainsi soit-il.

***

Je devine très vite que Rose n'a jamais mis les pieds à Las Vegas. À peine sommes-nous arrivés qu'elle se mure dans le silence et observe les alentours avec des yeux curieux et affamés, et même légèrement admiratifs.

J'ai beau la connaître depuis moins d'une semaine, je savais que ça lui plairait. Quand Thomas ouvre le coffre de la voiture de location, une magnifique Audi R8 d'un noir brillant, Rose effleure la carrosserie d'un geste presque révérencieux.

J'ai pu constater, déjà la dernière fois, qu'elle aime les belles voitures. Quand j'y pense, cela expliquerait probablement « Carlotta » – Dieu merci, ce n'était pas un chien ou que sais-je encore.

— Je peux conduire ?

— Non, répond Thomas à ma place tandis qu'il range nos valises dans le coffre.

Rose le fusille du regard, effrontée. Si j'étais elle, je ne jouerais pas à ce jeu avec Thomas, elle risque d'y perdre des plumes. Mais les regarder se chamailler m'amuse, alors je les laisse faire.

— Pourquoi ?

— Primo, parce que c'est toujours moi qui conduis. Deuxio, parce qu'on te connaît depuis quoi... cinq minutes ?

Elle murmure quelque chose en italien que je ne comprends pas, puis lui accorde finalement un sourire railleur.

— Excuse-moi, Chris. C'est vrai que c'est *ton* job.

Sur ce, elle lui laisse le soin de ranger sa valise et monte à l'arrière telle une princesse pourrie gâtée. Je souris sans pouvoir m'en empêcher, les mains enfoncées dans mes poches. Quelle magnifique garce. Thomas serre la mâchoire, tentant de se contenir, et me jette un œil noir. Il est proche de l'explosion.

— Je vais laisser sa putain de valise sur le trottoir, Levi. Moi vivant, je n'y touche pas.

Je devrais probablement prévenir Rose que Thomas est différent et qu'elle devrait y réfléchir à deux fois avant de le provoquer... Son complexe de Dieu le rend trop orgueilleux pour son propre bien, et son incapacité à ressentir de l'empathie pour autrui le pousse à des comportements parfois violents. On travaille encore dessus. À part ça, c'est un chouette type !

Je passe devant lui et tapote son épaule, baissant le ton :

— Je payerais cher pour voir ça... Mais j'ai besoin d'elle.

— Tu n'as besoin de personne.

J'aimerais que ce soit vrai.

— Sois gentil, tu veux ? La pauvre ne sait pas encore ce qui l'attend.

Il plisse le front en me demandant ce que je manigance. Je saisis la valise de Rose et la cale dans le coffre avant de le fermer. Je souris en repensant à l'idée qui m'est venue dans l'avion, puis à la tête qu'elle fera en l'apprenant.

Je suis un génie.

— Fais-moi confiance. Elle va très vite perdre le sourire.

Thomas laisse tomber et nous conduit jusqu'à l'hôtel.

Je suis tellement crevé que je ne pipe mot pendant le trajet en voiture. Rose a le regard rivé à travers la fenêtre ouverte, le vent chaud soufflant dans ses cheveux courts.

Il fait une chaleur absolument étouffante. Les quarante-cinq degrés habituels de Las Vegas ne m'avaient pas manqué : ils sont bien loin de la température à laquelle je suis habitué à Saint-Pétersbourg.

Lorsque nous arrivons devant l'hôtel, une petite foule s'est déjà agglutinée devant l'entrée. De loin, je reconnais quelques visages familiers de joueurs emblématiques. Le Caesar's Palace est l'endroit idéal pour un séjour à Las Vegas, et plus accessoirement le lieu de regroupement de beaucoup de joueurs fortunés.

— On dirait que nous ne sommes pas les seuls à arriver à cette heure-là, commente Thomas dans sa barbe.

Exactement comme je l'avais prévu.

Rose suit mon regard, braqué sur le dos de Tito. Je le reconnaîtrais n'importe où. Immense, avec des épaules puissantes, des cheveux poivre et sel toujours coiffés en arrière et une mâchoire carrée qui semble beaucoup plaire aux femmes.

Comme s'il avait senti ma présence, ma pire Némésis se retourne tandis que mon ami gare la voiture. Ses yeux tombent sur les miens, comme deux aimants irrémédiablement attirés l'un par l'autre, et il sourit de toutes ses dents.

Il semble dire : « Je t'attendais. »

Mon estomac se tord et mes intestins remontent presque dans ma gorge. Je déteste ce sentiment mêlé de rage et de peur qui s'empare de moi chaque fois que je le vois. Il me fait peur.

— Est-ce qu'on revient plus tard ? demande Thomas en zieutant les gens collés autour de Tito comme des guêpes autour d'un pot de miel.

Je comprends trop tard qu'il s'agit de journalistes.

Absolument parfait. Encore mieux que ce que je pensais.

— Pas la peine. Allons-y.

Thomas sort le premier. Rose me jauge en silence, l'air de comprendre que quelque chose cloche. Je détache ma ceinture et me penche vers elle, un peu plus que nécessaire. Pourtant, elle ne recule pas d'un pouce. Je baisse mon visage vers son oreille et murmure :

— L'homme aux airs de Mads Mikkelsen, juste à droite. Tu le vois ?

Elle suit la trajectoire de mon regard, ses yeux de chat dissimulés par ses lunettes de soleil, et acquiesce très furtivement.

— Tito, je suppose.

— Tout juste. Souviens-toi de ce visage.

J'ouvre ma portière au moment où Thomas décharge nos valises. Je lui demande de partir le premier pour nous enregistrer. L'un des journalistes autour de Tito profite de me voir sans défense pour s'approcher avec sa caméra d'épaule, ce qui pousse les autres à faire de même.

Rose reste en retrait, se faisant petite pour la première fois que je la connais. J'aurais cru qu'elle aimait les objectifs, mais je suppose que son amour-propre a bel et bien des limites.

— Levi, ici ! Qu'est-ce que ça vous fait, de revenir après votre énième défaite de l'année dernière ?

Remuer le couteau dans la plaie : classique des requins comme lui. Je ne me départis pas de mon air confiant pour autant, conscient des caméras mais surtout du regard intense de Tito, quelques mètres plus loin. Il s'en délecte.

— Très euphorique, comme toujours. J'ai hâte de rencontrer mes futurs adversaires.

Plusieurs journalistes parlent en même temps, si bien que je peine à savoir quoi répondre. L'une d'eux hausse toutefois la voix, son micro tout près de mon visage.

— Il y a trois mois, vous avez lâché une véritable bombe. Confirmez-vous qu'il s'agit de votre toute dernière participation aux WSOP ?

Cette fois, le silence s'abat sur notre petit groupe. Je la joue décontracté.

— C'est exact.

— Donc vous n'avez pas changé d'avis, insiste-t-elle.

— Changer d'avis n'est pas vraiment mon genre.

— Peut-on savoir pourquoi ? demande quelqu'un d'autre. C'est assez surprenant, venant de vous. Surtout après des défaites consécutives.

Je me retiens de lui dire qu'arriver dans le top 3 n'est absolument pas une défaite. Ne pas être gagnant ne fait pas de nous des perdants. Au lieu de ça, je marque une pause dramatique. Mon petit sourire secret semble les rendre plus curieux encore.

— Disons... que j'ai récemment compris qu'il y avait des choses plus importantes dans la vie.

— C'est-à-dire ? Avez-vous d'autres projets ?

— En effet. J'adore le poker, mais désormais j'aimerais commencer à construire quelque chose de totalement différent.

Je sens plus que je ne vois les yeux de Tito se plisser au loin. Je tremble déjà d'excitation quand j'annonce avec le sourire :

— Vous avez devant vous un homme bientôt marié !

J'ignore Rose, qui s'étouffe avec sa propre salive derrière moi, et me tourne vers elle pour lui prendre la main. Sa peau est froide mais douce contre la mienne. Je n'ose pas la regarder dans les yeux, certain de n'y voir que de la haine, tandis que j'ajoute :

— Je vous présente ma magnifique fiancée, Rose Alfieri.

Chapitre 5

ROSE

Mai. Las Vegas, États-Unis.

Je n'ai jamais eu autant envie de frapper quelqu'un.

Levi offre à la foule un sourire fier, digne d'un jeune marié, et l'espace d'une seconde je m'imagine l'effacer d'un coup de poing en pleine bouche. Comme s'il lisait dans mes pensées, ses doigts serrent les miens pour m'ordonner de bien me tenir. Il avait tout prévu depuis le début, le connard.

Je reste silencieuse, fuyant les caméras du regard. Je ne suis pas bonne actrice. Je sais mentir, oui, ainsi que cacher mes sentiments. Mais jouer la comédie est totalement différent.

— Pardon, mais nous avons eu un long vol, lance Levi en s'emparant de ma valise tel un gentleman. Nous allons nous reposer. Pas vrai, ***любимая*** ?

Je ne sais pas comment il vient de m'appeler, mais je résiste à l'envie de lui assener un coup de genou dans les couilles lorsqu'il m'adresse un regard d'amour transi.

Oh, je vais le tuer.

Qu'est-ce qui lui prend, au juste ? Ça ne faisait pas partie du contrat ! Il ne lâche pas ma main tandis que nous nous frayons un chemin jusqu'à l'entrée, et je comprends trop tard qu'il essaie de cacher l'absence de bague à mon doigt. Était-ce son plan depuis le début ? Ou pour me punir, peut-être ? Il l'a fait en me mettant au pied du mur, pour me piéger, car il savait que je ne pourrais pas le nier devant témoins.

Oh, mais il ne sait pas à qui il a affaire.

Je me tiens tranquille quand nous retrouvons Thomas dans le hall de l'hôtel. Il hausse un sourcil surpris et mécontent, en voyant nos mains jointes, mais ne dit rien en nous tendant les clés de la chambre. Levi les met dans sa poche de pantalon et lui dit de nous retrouver dans une heure.

Mon sang bouillonne dans mes veines. Je sens les regards des gens autour de nous et c'est bien la seule chose qui m'empêche de ne pas exploser. Nous montons dans l'ascenseur, l'air de rien, et au moment où les portes se ferment sur nous, Levi est le premier à me lâcher la main aussi soudainement que si le contact l'avait brûlé.

La demi-seconde qui suit, j'ai les doigts fermés autour de son col de chemise et je le plaque violemment contre la paroi de l'ascenseur.

— *Cazzo* [4] *!* C'est quoi, ton problème ? je fulmine avec fureur, mon visage à quelques centimètres du sien.

Il ne réagit pas, à croire qu'il s'était douté d'une telle réaction. Il se contente de me toiser, ses cils chatouillant ses joues. Malgré son calme apparent, je peux deviner qu'il n'apprécie pas beaucoup mon ton.

— Je n'aime pas particulièrement qu'on me touche. Lâche-moi, m'ordonne-t-il sèchement. Maintenant.

— Et moi je n'aime pas qu'on me prenne pour une idiote. Il faut croire qu'on doit tous faire avec.

Son sourire de tout à l'heure a totalement disparu désormais, remplacé par une expression des plus glaciales. Il est beau et terrifiant à la fois. Je ne devrais probablement

4. « Putain ! » en italien.

pas me frotter à un homme pareil, mais ma fierté m'empêche de battre en retraite.

— Les murs ont des oreilles, se contente-t-il de dire.

Les portes de l'ascenseur s'ouvrent et il saisit mon poignet pour me faire lâcher sa chemise d'un coup sec. Il lisse celle-ci, nonchalant, et sort sans s'assurer que je le suis.

Je ne profite même pas de la beauté du couloir, ni même de la suite – une suite ?? – une fois à l'intérieur. Je me contente de croiser les bras au centre de la pièce, près du billard, attendant un semblant d'explication. Levi prend son temps et se laisse tomber sur le canapé en velours violet dans un petit soupir.

Il passe la main dans ses cheveux noirs, exposant son front le temps d'une seconde, et desserre sa cravate.

— Ce petit mensonge fait partie du plan prévu pour affaiblir Tito, m'explique-t-il enfin. Je veux lui faire penser qu'il va gagner, que j'abandonne peu à peu le poker, pour qu'il baisse sa garde.

Au moins, il y avait donc une vraie pensée derrière, hormis l'envie de m'embêter... Mais « petit » mensonge ? Vraiment ? On parle de mariage ! Chez moi, le mariage, c'est sacré. J'ai envie de le planter là, rien que pour m'avoir piégée, mais l'appel de l'argent est plus fort.

— Comment ?

Levi lève les yeux vers moi et m'offre un sourire purement diabolique. Je tressaille presque.

— Tito me connaît. Il sait que je ne lâcherai jamais l'affaire, pas après lui avoir promis de le détrôner un jour. La seule chose qui pourrait potentiellement me distraire de mon objectif, c'est l'amour, ajoute-t-il en tapotant son cœur de deux doigts tatoués.

Je suis un peu prise de court par sa façon de penser. Si j'ai bien compris, il veut faire croire à Tito et aux autres qu'il a trouvé l'amour. Que cet amour le distrait du poker. Qu'il se repose sur ses lauriers. Qu'il a perdu la niaque de gagner.

Tiré par les cheveux, mais intelligent tout de même.

Levi croise ses longues jambes, s'appuyant contre le dossier de sa chaise, et me fixe d'un regard lourd de sens.

— Les hommes sont faibles, Rose. Tu seras ma faiblesse.

— Je n'ai jamais donné mon accord pour ce genre de mascarade. Et puis, on n'est *pas* fiancés. On ne se connaît même pas.

À cela, il sourit malicieusement.

— On est à Las Vegas, Rose. Tout est possible.

Cet homme est cinglé. Bien plus cinglé que je ne le pensais. Dans quoi me suis-je embarquée, bordel ?

— Je ne t'épouserai pas.

Il fait un geste de la main pour balayer ce que je viens de dire et répond, comme si ça allait de soi :

— Bien sûr que non. Ce n'est qu'une couverture.

Suis-je vraiment en train d'y réfléchir ? Prétendre être fiancés sera beaucoup plus de boulot que ce qu'il m'avait promis. Je ne suis pas comédienne. Plus important encore : c'est un jeu dangereux. Surtout avec un homme pareil.

D'un autre côté... c'est l'occasion parfaite pour faire des demandes. Après tout, ce n'est que l'affaire d'un mois et demi.

— Je ne sais même pas ce que tu fais dans la vie. Tu pourrais faire partie de la mafia russe, pour ce que j'en sais.

Il roule des yeux puis répond d'un ton détendu :

— Quel cliché. Je suis propriétaire d'un night-club en Russie, le *Raspoutine*. Rassurée ?

Je suis plutôt étonnée par cette révélation. Propriétaire d'un night-club ? Ça ajouté au poker, il peut effectivement être blindé. Je ne peux pas reculer au premier obstacle.

— OK, j'accepte. Mais je veux être payée davantage.

— Cela va sans dire.

Sur ce, il m'explique avoir réservé une suite pour nous laisser assez d'intimité tout en faisant croire qu'on partage un lit. Je n'arrive pas à croire que je suis en train de faire ça...

— Il y a trois chambres : chacun la sienne. On n'est même pas forcés de se voir en dehors de nos heures d'entraînement, ni de s'apprécier d'ailleurs.

Reçu, cinq sur cinq. J'accepte et lui demande si la fade copie de Thor occupe la chambre à côté, ce qui a le don de lui arracher un nouveau rictus triomphant.

— Non. Thomas restera ici avec nous.

Je hausse un sourcil interrogateur, auquel il répond par :

— Devine.

Je peine à y croire.

— Tito ?

Il se contente de sourire davantage encore, comme s'il riait à une blague silencieuse. Je ne comprends pas vraiment la démarche. Prendre la suite collée à la sienne est risqué. Il est trop près, tellement qu'il suffit d'une erreur de notre part pour que Tito se rende compte de la supercherie. Je ne sais pas ce qu'il a en tête, mais son esprit semble trop tordu pour moi. J'abandonne pour aujourd'hui.

— Levi.

Il repose les yeux sur moi, à l'écoute. Je lui dis, très sérieuse :

— La prochaine fois que tu me prends en traître, je te mets mon coude dans la face.

Son silence est pesant, froid, dangereux. Je le défie du regard pour lui faire comprendre que je ne plaisante pas. Que je déteste qu'on me prenne au piège. Que je ne veux pas être son employée, mais son alliée. Je serai son égale, sinon rien.

Puisque je n'attends aucune réponse, je prends ma valise et commence à monter les escaliers en colimaçon à la recherche d'une chambre. Au moment où je vais disparaître dans le couloir, sa voix posée résonne entre les murs :

— Puisqu'on est dans les menaces...

Je me retourne et trouve ses yeux orageux plantés sur moi avec un calme déstabilisant. Son ton est glacial :

— Ne m'attrape plus jamais comme tu l'as fait dans l'ascenseur.

Silence. Croit-il que je suis Thomas ? Que je vais obéir et tout accepter juste parce qu'il me paye ? Si oui, il risque d'être surpris. Je lui souris donc, puis je reprends mon chemin après avoir lancé dans mon dos :

— Tout dépendra de ta conduite, Levi Ivanovitch.

***

La suite est incroyable.

Mon lit est haut et immense, avec un matelas si moelleux que je crains de ne pouvoir jamais en sortir chaque matin. La chambre de Levi est au rez-de-chaussée, près de la grande salle de bains. Il y a même un jacuzzi et une douche à l'italienne.

Le bonheur ultime, même si je ressens une certaine mélancolie à l'idée de voyager une nouvelle fois. Malgré les aventures que je vis et les endroits luxueux dans lesquels je loge, je regrette de ne pas avoir de vie normale. Je n'ai pas de meubles à moi, de draps que j'aurais spécialement choisis, ni de plantes... J'aurais aimé accrocher des peintures aux murs, mes tableaux favoris, mais c'est impossible.

C'est comme si je ne possédais rien. C'est éreintant.

Je visite la suite sans croiser Levi une seule fois. Après une douche, je me pose dans le canapé, les pieds sur la table et la main munie d'un verre à vin. Le calme ne dure pas assez longtemps à mon goût.

— Tu prends tes aises ?

Je ne lève pas les yeux, reconnaissant l'accent bourru de Thomas, qui vient de débarquer à l'improviste. Il arbore son sempiternel froncement de sourcils et sa moue condescendante. Il ne faut pas être un génie pour comprendre qu'il s'estime mieux que tout le monde. Dans d'autres circonstances, on serait peut-être devenus amis.

— J'ai trouvé ça au frais, dis-je en trinquant dans les airs.

— Il est midi.

— Il est sûrement dix-huit heures quelque part dans le monde.

Il se plante devant moi, ses yeux bleus me fusillant du regard. Il a un visage pour le moins atypique. Beau à sa façon, mais surtout terrifiant. Il m'apprend que Levi m'attend dans le hall de l'hôtel. Je lui demande pourquoi.

— Pour travailler – c'est pour ça que tu es payée, non ? Le tournoi commence demain.

J'avale le reste de mon vin blanc puis repose mon verre sur la table basse avant de me lever. Je laisse ma veste de tailleur, accablée par la chaleur étouffante du désert, et suis Thomas hors de la suite. Je lui demande pourquoi il réside dans notre suite.

— Pour connaître tous tes faits et gestes.

C'en est assez. Je perds patience et me tourne vers lui, les bras croisés sur la poitrine.

— C'est quoi, ton problème avec moi ?

Il ne perd pas une seule seconde et répond d'un ton froid et sec, comme s'il n'attendait que ça depuis ce matin :

— Tu es vénale, capricieuse, colérique, égoïste, menteuse et manipulatrice, je le sais car je le suis aussi.

Waouh. Pensait-il pouvoir me toucher en me balançant tous ces beaux adjectifs à la figure ? Et dire qu'il ne me connaît que depuis vingt-quatre heures ! Il n'a encore rien vu, le pauvre. Je lui accorde un sourire appréciateur, amusée.

— Bravo, tu m'as mieux cernée en un jour que mon ancienne psy en six ans. Où veux-tu en venir ?

— Levi est le frère que je n'ai jamais eu, avoue-t-il quand l'ascenseur s'ouvre au rez-de-chaussée. Je l'aime, mais il a des goûts plus que douteux en matière de femmes. En clair : c'est un abruti. Ce n'est pas le moment pour lui de trouver un nouveau moyen de se détruire.

Je pointe ma poitrine du doigt, l'air de dire « Qui ? Moi ? » mais il m'ignore en beauté.

— Alors trouve-toi un autre pigeon à plumer si là est ton objectif.

Sympa. Je l'ignore, car je me fiche complètement de ce qu'il pense de moi, et retrouve Levi près de l'entrée. Thomas a disparu je ne sais où, probablement dans un coin sombre où gribouiller sa haine de vivre dans son journal intime.

À tous les coups, il faisait partie de ces ados émos qui s'improvisaient poètes dépressifs sur Tumblr en 2010. Ma phobie.

— Où est-il passé ? je demande à Levi, dont le regard est fixé sur ma main gauche.

Néanmoins il ne la prend pas dans la sienne. Il fait mine de poser ses doigts dans mon dos pour me faire avancer à ses côtés, mais il ne me touche jamais réellement.

— Thomas a d'autres occupations, dit-il avant de changer de sujet : L'absence de bague sera un problème, je suppose.

Effectivement, ça peut soulever quelques questions. Mais s'acheter des alliances serait pousser la blague un peu trop loin. Je baisse mes lunettes de soleil sur mon nez et lui révèle tout de même :

— Si jamais, je les préfère avec des diamants.

— Bon à savoir.

Nous traversons le hall, faisant le tour de la statue romaine en son centre. J'étouffe presque lorsque la chaleur extérieure nous heurte en vagues brûlantes. J'adore le soleil. Je suis italienne, alors j'ai l'habitude. Mais là, c'est autre chose. L'air est si chaud et sec qu'il m'empêche presque de respirer.

Levi nous emmène jusqu'à la piscine – l'une des six, selon ses dires – et je siffle d'admiration devant une telle beauté. Un vrai décor antique, avec des colonnes, des statues et des sculptures inspirées de l'empire gréco-romain.

J'admire la coupole et ses jets d'eau en cascade avec envie. J'ai terriblement envie de me jeter dans l'eau. Je parie qu'elle est fraîche. Je me note mentalement de m'acheter un maillot de bain très vite.

— Au fait. Comment m'as-tu appelée, tout à l'heure ?

Levi me regarde sans comprendre tandis que nous prenons place sur une paire de transats. Il enlève ses chaussures et ses chaussettes, révélant des chevilles fines et délicates. Je ne sais pas pourquoi ni comment l'expliquer, mais il donne l'air de prendre grand soin de lui. C'est sexy.

— Tu m'as appelée quelque chose, en russe je suppose, devant les caméras.

— Oh. *Любимая* [5] ? Ça veut dire « mon amour ».

Je m'interdis de réagir, mais c'est plus fort que moi, je frissonne. C'est joli. C'est sorti très naturellement de sa bouche, aussi. Je repense bêtement aux paroles de Thomas, dans l'ascenseur. « Je l'aime, mais il a des goûts plus que douteux en matière de femmes. »

Pourtant, Levi ne semble pas plus intéressé que ça. Il a l'air d'être le genre d'homme complètement obnubilé par ses rivalités, et par conséquent émotionnellement absent. Il a tout d'un gentleman en apparence, mais je n'arrive pas à l'imaginer prenant soin d'une femme – ni même d'un homme.

— Comment devrai-je t'appeler ? La même chose ?

Il approche la petite table en bois entre nos deux transats puis sort un jeu de cartes de sa poche de chemise.

— Levi fera l'affaire.

Comme je le disais : pas du tout intéressé.

5. Se prononce « *Lyubimaya* ».

— On est là pour bosser, me rappelle-t-il.

— Et je prends mon rôle très au sérieux. Si je suis follement amoureuse de toi, je ne vais pas t'appeler Levi, comme le reste de la population. C'est nul et peu original. En revanche, si j'utilise un surnom affectueux en russe, c'est intime. Ça prouve que je m'intéresse à la culture de mon bien-aimé.

Il pose enfin les yeux sur moi, l'air blasé, mais ne dit rien. Je me contente de le regarder, lui faisant comprendre que je suis très sérieuse. Je ne sais pas moi-même à quoi je joue, et je vais très probablement me brûler les ailes ce faisant, mais je fonce malgré tout, comme toujours. Parce qu'apparemment je flirte quand je m'ennuie, et seulement avec les gens que je déteste ou jalouse.

Il distribue les cartes, puis lance doucement :

— *Любимый*[6]. C'est la même chose, mais pour les hommes.

Je ferme les yeux et répète le mot, encore et encore, pour m'y faire le plus possible. Au bout de six fois, je remarque le regard de Levi sur moi. Son expression reste impassible, mais ses yeux sont différents. J'arque un sourcil. Il détourne le regard tout de suite, à croire que j'ai halluciné.

— Au travail.

---

6. Se prononce « *Lyubimyy* ».

Chapitre 6

LEVI

Mai. Las Vegas, États-Unis.

Rose passe l'après-midi à m'expliquer le comptage de cartes et le calcul des probabilités. Bien sûr, je ne suis pas un débutant. Compter les sorties est une compétence de base chez les joueurs de poker. Mais je dois avouer ne jamais m'être trop reposé dessus. J'ai toujours pensé que c'était à la fois trop dur et une perte de temps.

— Il faut garder à l'esprit que ce n'est pas une science infaillible, me rappelle-t-elle en battant les cartes au bord de la piscine. On ne peut jamais connaître les mains de ses adversaires.

— Je ne suis pas idiot, Rose. Explique.

Et c'est ce qu'elle fait ; de manière très pédagogique, je dois bien l'avouer. C'est comme si elle devenait une personne totalement différente devant mes yeux. Elle a l'air... passionnée par son sujet. Ça lui va bien. Bien mieux que ses tentatives de drague ridicules et peu originales.

— On va commencer avec la « Règle de deux et de quatre », m'explique-t-elle en nous distribuant un jeu chacun. Elle s'utilise au stade du *flop* et de la rivière [7]

7. Rivière, ou *river* en anglais, est la cinquième et dernière carte retournée, le tournant (*turn*), et le troisième tour d'enchères.

seulement. Sur le *flop*, tu dois multiplier ton nombre de sorties par quatre afin de calculer tes fonds propres. Sur la rivière, tu multiplies par deux.

Je n'ai jamais été très fort en maths, mais je comprends assez vite ce qu'elle dit. Contrairement à ce que beaucoup pensent, le comptage de cartes n'aide pas à deviner les cartes qui tomberont, mais plutôt à calculer nos pourcentages de chances.

— Donc, si j'ai douze sorties possibles sur le *flop*, je multiplie ça par quatre ? je récapitule pour être sûr. Ce qui me donne... quarante-six pour cent de chances de tomber sur les bonnes cartes et d'obtenir ma main.

— Plutôt quarante-huit. Et s'il te reste douze retraits au tour, tu auras vingt-quatre pour cent de chances.

Le concept de base n'est pas *trop* difficile à comprendre. Toutefois, plus nous effectuons des parties, plus cela devient compliqué à mettre en pratique. Le poker est avant tout un jeu de hasard, ainsi jouer sur les probabilités se révèle très épineux.

Même Rose, qui semble être une pro, ne réussit pas à gagner tout le temps. Le truc, c'est vraiment de savoir quand continuer et quand se coucher.

Justement, demain sera le premier jour du tournoi. Ce n'est pas un jour décisif, mais tout de même important. C'est la première impression que l'on donne au reste du monde.

De plus, je ne suis pas seul. Thomas sera là, quelque part à une table. Qui sait, on jouera peut-être l'un contre l'autre. Rose sera présente également, bien que sous couverture.

— Tu ne m'as toujours pas expliqué comment je suis censée pénétrer dans les salles de tournoi, lance-t-elle justement.

Je lui adresse un demi-sourire narquois qui suffit à lui faire plisser les yeux avec méfiance. Elle commence à me connaître. C'est bien.

— Tu n'y seras pas en tant que Rose. Les gens te reconnaissent comme étant ma fiancée, désormais, c'est pourquoi tu as besoin de devenir quelqu'un d'autre.

— C'est-à-dire ?

— Un jour, tu seras journaliste. Un autre, masseuse. Puis celui d'après, serveuse. Tout ce qui peut te permettre d'entrer dans la salle et de te balader librement, en somme. Il faudra juste éviter les contacts visuels à tout prix.

— Comment comptes-tu faire ça ?

— Je connais du monde.

Silence. Rose n'est pas bête.

— Tu les as soudoyés, en somme ?

— Exactement. Ton rôle est d'observer les joueurs, principalement ceux que je rencontre, et de me faire un rapport à chaque pause. Bien sûr, le but est tout de même de te concentrer sur Tito.

Elle se contente de hocher la tête.

Nous revenons dans notre suite peu après l'heure de dîner. Je prétexte de devoir me coucher tôt pour être en forme demain, lui disant d'utiliser le mini-bar ainsi que le room service comme bon lui semble.

Après une bonne douche, je me pose dans ma chambre pour m'entraîner. Encore et encore. Je dois éteindre la lumière et utiliser la lampe de chevet à cause d'une migraine abominable. Mes yeux me font souffrir plus que d'habitude, peut-être à cause de la fatigue due au décalage horaire. Cela arrive plus souvent que je n'aimerais me l'avouer.

À cause de mon handicap, je souffre aussi de photophobie ; à savoir, une très forte sensibilité à la lumière. Raison pour laquelle j'utilise presque toujours des lunettes de soleil lors de mes parties de poker. Les gens pensent que je fais ça pour bluffer, voire pour crâner, mais la vérité est bien moins glamour.

Sans elles, je suis incapable de tenir dix heures à une table.

***

Le lendemain matin, je retrouve Rose dans le salon, totalement métamorphosée. Elle porte une perruque aux cheveux longs et frisés, un tailleur moulant et une paire de fausses lunettes papillon. La seule chose qui me permet de la reconnaître est son regard meurtrier.

Pas de doute, c'est bien elle.

— *Uffa*[8]. Je déteste le jaune, marmonne-t-elle.

Oh, donc son tailleur est jaune. Je vois. Je résiste à lui demander pourquoi elle ne l'aime pas. Le jaune n'est-il pas la couleur du soleil ? Le soleil est beau, non ? Pourquoi détesterait-elle la couleur du soleil ? Étrange.

— C'est l'affaire de quelques heures, je lui assure. Tu t'en remettras.

Thomas débarque à ce moment précis, vêtu de son habituel costume gris, ses cheveux blonds frôlant ses épaules. Rose siffle en le voyant, l'air appréciateur.

— Waouh... le dieu du tonnerre en personne ! Où est Mjöllnir [9] ?

Il l'ignore en lui tendant quelque chose.

— Tiens, ton autorisation de passage.

Elle la tourne entre ses mains, curieuse, puis grimace.

— Margaret Fisher ? Sérieusement ? C'est d'un ennui...

Je ne peux réprimer le rictus amusé qui éclot sur mes lèvres. Il disparaît aussitôt quand je remarque le regard de Thomas posé sur moi. Je me reprends immédiatement.

— Prêts ? C'est parti.

L'ambiance du tournoi m'avait atrocement manqué.

Cette euphorie, ce sentiment d'adrénaline dans chaque fibre de mon corps, le bruit des conversations et les mines aussi excitées qu'angoissées... À peine rentré dans la salle qui m'est assignée, je mets en place le masque sur mon visage.

---

8. « Pff », en italien.

9. Mjöllnir est le nom du marteau de Thor, dieu du tonnerre dans la mythologie nordique ; personnage interprété par Chris Hemsworth au cinéma.

Je ne suis plus Levi, mais Levi Ivanovitch.

Le fils du célèbre Jacob.

Je m'installe à ma première table, nonchalant, et remarque quelques visages familiers. Des joueurs habitués aux WSOP, mais aussi deux nouveaux que je ne connais pas. Je sors mes jetons et me mets en place, feignant de ne pas leur prêter attention.

Nous commençons doucement. Rien de très excitant. Les joueurs à ma table n'ont pas l'air très créatifs, mais je ne suis pas étonné. Dans un tournoi à dix mille dollars l'entrée, il ne faut pas trop leur en demander. Ça ne me dérange pas, au contraire. Je ferai moins d'erreurs grossières ainsi.

Je ne sais pas où est Thomas, mais je ne m'en préoccupe pas. Rose, en revanche, est également aux abonnés absents. Je m'efforce de ne pas me laisser distraire et continue à jouer.

L'adversaire le plus créatif de la table évite mon regard à tout prix, jouant avec le col de son tee-shirt en le ramenant à sa bouche comme un enfant. Je me couche à deux reprises face à lui, principalement pour pouvoir analyser son jeu et ses réactions. Il n'a pas l'air de savoir bluffer, il checke très rapidement. Il ne semble pas vouloir se battre sur les pots non plus. Je note.

Au bout d'une heure, sur le point de relancer l'un des joueurs, je me raidis. Rose est dans mon dos, je le sens, je le sais. Je ne la vois pas, mais l'odeur qui me chatouille soudain les narines est évidente. C'est le doux parfum qu'elle porte chaque jour, si puissant qu'il imbibe même la brassière qu'elle a abandonnée sur le sol de la salle de bains ce matin.

Je continue à jouer comme si de rien n'était, puis la vois me dépasser du coin de l'œil. Personne ne lui prête vraiment attention. Elle déambule parmi les tables mais revient toujours près de la mienne, le regard rivé sur notre partie.

Les joueurs permutent peu à peu. Moi-même, je suis appelé à changer de table, ce qui équivaut à monter en niveaux. Je gagne plus que je ne perds, ce qui n'est pas une surprise mais tout de même un soulagement.

— Tiens, tiens, s'exclame une voix suave lorsque je m'assieds à une nouvelle table. 好久不□ [10].

Je lève des yeux vides vers Li Mei, une joueuse habituée des tournois. Selon les médias, la jeune femme de vingt-quatre ans est l'archétype de la fille à papa nouvellement riche qui a tellement d'argent qu'elle ne sait pas quoi en faire.

Alors elle le dépense en hôtels luxueux, en vêtements de marque et en tournois de poker – auxquels elle s'est révélée étrangement bonne. Elle est accessoirement obsédée par une chanteuse dont j'oublie toujours le nom et parle en citant des paroles de chansons la plupart du temps. Tout le monde la trouve éreintante, mais moi j'aime son personnage.

Bien sûr, je ne le montre pas en public.

— J'ai vu sur Weibo[11] que tu revenais justement de Chine, dit-elle tandis que je finis de m'installer. Tu aurais dû me le dire, on s'est manqués de peu !

Li Mei est née à Shanghai. Je fixe son teint parfait, ses yeux rieurs et sa coupe mulet aussi blanche que la neige. Elle porte un haut à manches longues qui couvre son cou et ses épaules, mais une jupe évasée extrêmement courte. Je l'avoue, c'est une véritable beauté.

— On n'est pas amis, à ce que je sache.

Elle ne se démonte pas, habituée à ma froideur, et m'adresse une moue triste qui n'atteint pas ses yeux.

— 哎□ [12]. Sois sûr que j'en pleurerai ce soir dans mon lit.

Nous continuons pendant deux bonnes heures. Je dois avouer que Li Mei s'améliore d'année en année.

10. « Ça fait un bail », en mandarin.

11. Réseau social chinois de micro-blogage, comme Twitter.

12. « Ouch », en mandarin.

Contrairement à d'autres joueurs passifs, elle n'hésite pas à attaquer de manière plus agressive. C'est ce que j'apprécie dans sa façon de jouer.

Elle offre un réel challenge là où les autres, comme l'homme à ma droite, ne semblent pas très combatifs. Son seul défaut est d'offrir des mises ridiculement hautes, comme pour prouver qu'elle a de l'argent à perdre.

— Mes félicitations à toi et à ta fiancée, dit-elle d'un air amusé quand arrive l'heure de la pause. Quel est le thème du mariage ? Pitié, tout mais pas champêtre.

— C'est drôle. Tu donnes l'impression de croire que tu seras invitée.

Elle siffle, les bras croisés.

— Je veux juste m'assurer que cette pauvre fille n'est pas obligée de t'épouser. Elle m'a pourtant l'air saine d'esprit. Forcément, ça m'intrigue.

— Promis, elle est très consentante, je rétorque froidement.

— Avec un visage comme le tien, je veux bien te croire. J'aimerais vous inviter à dîner mais Taylor Swift me dit que ce serait pousser le bouchon un peu loin...

Je hausse un sourcil, un peu perdu.

— Une copine à toi ?

— Si seulement ! Non, c'est le nom de ma voix intérieure.

Je vois. Pas du tout bizarre.

— Dans ce cas, Taylor Swift a raison. Salut.

Li Mei n'essaie pas de m'arrêter quand je sors dehors, une main nichée dans la poche de mon pantalon haut, l'autre fermement accrochée autour de mon sac. Il faut toujours qu'elle fasse ça devant tout le monde ; jouer les pots de colle. Je ne suis pas les autres joueurs et vais m'isoler dans un coin, près de la piscine, à l'ombre du décor grec.

J'attends en débriefant intérieurement. Jusqu'ici, tout se passe comme prévu. J'ai particulièrement remarqué l'un des joueurs à ma première table, pourtant inconnu au bataillon. Il bougeait très peu, concentré sur les écouteurs fourrés dans ses oreilles. Ça devait être un pro, et centré sur son look, un pro plutôt compétent – je sais que c'est bête, pourtant ça en dit beaucoup.

Rose apparaît enfin, sans lunettes ni perruque. Elle fait traîner une main tout le long de mon bras avant de venir s'asseoir près de moi, un sourire charmeur aux lèvres :

— Bonjour, **Любимый**. Alors, comment était cette première matinée ? Tu as pu te faire des petits copains ?

Je frissonne sans pouvoir m'en empêcher. Accepter qu'elle m'appelle comme ça était une grosse erreur. Je le regrette amèrement en voyant ce que cela suscite en moi. J'ignore son jeu d'actrice et lui demande ce qu'elle a pu constater lors de ce premier tour. Les pauses ne sont pas assez longues à mon goût, ainsi nous ne devons pas traîner.

— Cette fille canon qui n'a pas arrêté de flirter avec toi, dit-elle en reprenant son sérieux.

— Li Mei Qian.

— Elle ne sait pas dissimuler ses émotions. Chaque fois qu'elle a une bonne main, ses yeux se plissent en patte d'oie à leur extrémité extérieure. Tu peux aussi remarquer que sa bouche s'ouvre comme pour esquisser un sourire.

Je fronce les sourcils, intrigué.

— Je fixe intensément du regard chacun des joueurs, et pourtant je ne l'ai jamais vue sourire devant ses cartes.

— C'est pour cette raison qu'on appelle ça une micro-expression, rétorque-t-elle sèchement, irritée que je remette son analyse en question. Ça ne dure qu'une demi-seconde. Très souvent, les personnes retrouvent un visage neutre juste après, il est difficile de les voir.

Elle a raison. J'opine doucement, impressionné, et lui demande ce qu'elle a d'autre à m'offrir.

— Le type à ta gauche lors de la première table : il pense être plus fort que tout le monde. Il est très confiant :

la manière dont il joint ses mains derrière sa tête, dont il s'adosse à sa chaise et étend ses jambes sous la table. Il vous méprise, aussi ; toi, tout particulièrement.

Je le savais déjà, puisqu'il a perdu contre moi en demi-finale l'année dernière, mais je suis curieux de savoir ce que Rose en pense.

— Comment ça ?

— Son attention était entièrement fixée sur toi. Le mépris est la seule micro-expression asymétrique : seule une partie du visage entre en mouvement. Là, tu pouvais voir l'extrémité droite de ses lèvres se contracter faiblement.

— Donc j'en conclus qu'il n'est pas une grande menace.

Son air sérieux se pose sur moi.

— Au contraire. Le mépris est inversement proportionnel à la contraction : ainsi, si la contraction est faible (une tentative de la dissimuler), le mépris est plus important. Je pense qu'il est fort et qu'il a une dent contre toi, sans que je comprenne pourquoi. Mais il se repose trop sur ses lauriers et en oublie de prêter attention aux autres joueurs.

— C'est-à-dire ?

Elle réfléchit, le regard perdu au loin. Une perle de transpiration coule le long de sa tempe.

— Je qualifierais son jeu de « serré-passif » : s'il entre dans un coup, il a toujours un gros jeu. Mais d'un autre côté, il ne mise pas très fort. Il ne relance que quand il est sûr d'avoir le jeu gagnant, ce qui rend sa stratégie trop prévisible. Il devrait se planter d'ici peu.

J'avais raison, engager Rose est une aubaine. Je souris intérieurement et murmure avec satisfaction :

— Pas mal du tout, Alfieri.

Elle m'affirme qu'aucun autre joueur que j'ai pu rencontrer ne lui paraît à la hauteur jusqu'ici, si ce n'est le type auquel j'ai pensé plus tôt, avec le tee-shirt Jurassic Park. Comme moi, elle a du mal à le déchiffrer.

Je lui demande si elle a aperçu Tito mais elle secoue la tête.

— Ni Thomas, d'ailleurs. Je crois qu'ils sont dans une autre salle.

J'acquiesce d'un air absent. Je jette un coup d'œil à ma montre et me redresse. Rose fait de même, s'éventant le visage de sa main. Il fait une chaleur à crever, même au petit matin, ce qui contraste avec le froid des salles climatisées de l'hôtel. Chaque année, je réussis à tomber malade.

Je lui rappelle de bien s'hydrater, puis j'ajoute tout bas en remarquant les quelques joueurs qui nous observent du coin de l'œil :

— Il est l'heure d'y retourner.

Je fais taire son expression confuse d'un léger baiser sur sa joue, puis je disparais sans avoir le plaisir d'observer sa réaction.

La première journée dure dix heures ; une douce torture. Je passe l'après-midi avec mes lunettes de soleil sur le nez et un casque à réduction de bruit sur la tête. Je perds la notion du temps. C'est le risque de ces endroits : on pourrait y rester des jours sans jamais sortir.

Le soir, je retrouve Rose, affalée dans le canapé de notre suite, pieds nus, sa perruque au sol. Je remarque des plaques, probablement rouges, sur ses talons ainsi que de la sueur sur sa frange, collée à son front. Je prends un peu pitié.

— Tout va bien ?

Elle ne me répond pas, son bras cachant ses yeux. Je vais chercher une bouteille d'eau fraîche et la pose doucement à son côté. Elle a bien travaillé.

— Ce n'est pas de tout repos. C'est pourquoi il faut te coucher tôt et boire beaucoup tout au long de la journée, je lui conseille, ce qui me vaut un grognement en retour.

Je vais prendre une douche jusqu'à ce que Thomas rentre à son tour et me raconte comment s'est passée sa première journée. Il m'affirme avoir vu Tito mais ne pas avoir joué contre lui pour le moment. Ils jouent dans l'Amazon Room, et moi dans la Pavilion Room, ce qui explique tout.

Je lui fais part de mes propres rencontres, puis des brefs rapports de Rose. Lorsque je reviens dans le salon, la bouteille que j'ai donnée à ma fausse fiancée est déjà vide. Elle est debout près de la télévision, une main sur la hanche et le regard rivé sur l'une des toiles qui décorent les murs.

Je l'observe longuement puis m'approche. Le tableau qui nous fait face est incompréhensible pour moi ; un mélange de couleurs que je suis incapable de voir, et de formes qui ressemblent à des gribouillis d'enfants de trois ans.

— Tu aimes ?

— C'est un Joan Miró, dit-elle pour toute réponse. Un peintre surréaliste catalan. Je n'aime pas, *j'adore.*

Je ne m'attendais pas à une telle réponse. Elle donne l'impression de bien s'y connaître. Je suppose qu'elle est passionnée d'art. Cette idée me plaît autant qu'elle m'agace. L'espace d'un instant, je suis jaloux à en mourir. Je la déteste de pouvoir apprécier l'art et les couleurs alors que j'en suis incapable.

— Tu aimes l'art ? me demande-t-elle alors.

Je ne peux réprimer la sécheresse de mon ton lorsque je réponds :

— Non. Viens, on sort dîner.

Cela a le mérite d'attirer son attention. Elle me regarde et lance dans un sourire carnassier :

— OK, mais c'est moi qui conduis.

J'accepte sans lui avouer que je ne suis pas autorisé à conduire de toute façon. Elle se douche puis enfile rapidement une petite robe noire dos nu et des escarpins Louboutin.

Elle a fait très peu d'efforts, et pourtant la voilà incroyablement séduisante, toute vêtue de noire, telle l'épouse du diable. Je suppose que c'est de circonstance.

Dans l'ascenseur qui nous fait descendre, je lui demande ce qu'elle veut manger. Elle hésite longuement entre français et indien, ce qui me permet d'apercevoir Tito bien avant elle.

Je m'immobilise à son côté, passant furtivement mon bras autour de sa taille fine. Elle s'arrête en pleine phrase, levant ses yeux sombres et surpris vers moi, mais je lui accorde un sourire plein de tendresse.

Le même que mon père offrait à ma mère autrefois.

Il y a très, très longtemps.

— Un mot de ta part et je te l'offre,

Elle semble comprendre que nous sommes épiés, tandis que je saisis sa main et embrasse légèrement ses phalanges. Elle tressaille et m'adresse un sourire à son tour, pressant son autre main près de mon cœur. Ma foi, elle sait réagir vite quand elle le veut.

— C'est ma phrase favorite, ça.

C'est ce moment qu'il choisit pour nous interrompre :

— Voici donc la femme qui a réussi à faire tourner la tête du grand Levi Ivanovitch...

Nous nous tournons d'un coup, feignant l'étonnement. Tito nous regarde, un sourire calculateur aux lèvres. Il est seul. Je perds mon expression mielleuse et le salue poliment, mais il semble beaucoup plus intéressé par Rose.

— Je m'appelle Tito Ferragni. Enchanté.

— Rose Alfieri.

Son ton est glacial. Elle lui fait clairement comprendre qu'elle ne souhaite pas discuter avec lui. Je souris avec satisfaction dans un coin de ma tête, me rappelant de lui payer tout ce qu'elle souhaite manger ce soir.

Tito ne semble pas comprendre et s'exclame avec un faux enthousiasme :

— Oh, une Italienne ! *È un piacere conoscerti* [13]. D'où viens-tu ?

---

13. « C'est un plaisir de te rencontrer », en italien.

Je ne parle pas un mot d'italien. Je me tourne donc vers Rose, qui répond, le menton haut :

— *Io no* [14]. Je suis née à Florence.

Je ne sais pas ce qu'elle lui a répondu, mais ça ne semble pas beaucoup lui plaire.

— *Non importa* [15], dit-il fermement. En tout cas, je suis plutôt étonné. Levi, se marier... C'est inattendu. Et si soudainement, qui plus est ! On en douterait presque.

Je m'attendais à ce qu'il ne tombe pas facilement dans le panneau, bien sûr. Tito n'est pas idiot, il se doute bien que je ne suis pas amoureux de cette femme. Le but de cette mascarade est justement de le faire changer d'avis. C'est pourquoi je raffermis ma prise autour de la taille de Rose et prends un air protecteur en répondant calmement :

— On va y aller, maintenant.

Je m'apprête à repartir quand il ajoute :

— Ce cher Jacob n'aurait probablement pas approuvé.

Je stoppe net, un frisson de terreur me traversant tout le corps. Rose m'observe, consciente de ma réaction. Mon sang bouillonne dans mes veines tandis que je me tourne très lentement vers lui, le regard assassin.

Comment ose-t-il évoquer mon père dans un moment pareil ? Comment ose-t-il encore prononcer son nom, après tout ce qu'il a fait ? Après les magouilles et pire encore : après avoir craché sur lui lorsqu'il est mort ?

La main délicate de Rose se pose sur mon bras, m'empêchant de réagir au quart de tour. Elle ne sait pas encore qu'exploser n'est pas du tout mon genre. Ma colère n'est pas chaude et explosive, comme la sienne ou celle de Thomas. Elle est froide et mortelle. Silencieuse. Patiente. Aussi calme que la surface d'un lac.

Je souris à Tito une nouvelle fois, mais il n'y a rien d'amical dans ce rictus et nous le savons tous les deux.

---

14. « Pas moi », en italien.
15. « Tant pis », en italien.

— Et ça ne me rend que plus amoureux d'elle encore.

Sur ce, je saisis la main de Rose et reprends notre chemin vers la porte d'entrée. Elle marche à mes côtés, confiante, et lance dans son dos :

— *Arrivederci, perdente* [16] *!*

Je n'ai pas besoin de savoir parler italien pour comprendre ce qu'elle vient de dire. Je laisse échapper un sourire amusé pendant que nous descendons les escaliers de l'hôtel, main dans la main. Je la lâche dès que nous sommes hors de vue, cachant mes doigts tremblants dans les poches de mon pantalon, et lui jette les clés de voiture.

— Je commence à comprendre pourquoi tu le détestes, commente-t-elle en les rattrapant au vol. Mais il y a toujours un truc que je ne comprends pas. Qu'est-ce que tu as contre lui, mis à part le fait que ce soit un connard condescendant ?

Je m'installe sur le siège passager, l'expression grave. Je repense à Tito, à mon père, à ma mère... et soudain, toute bonne humeur s'évapore comme neige au soleil.

— Il a ruiné ma vie.

16. « Au revoir, perdant ! » en italien.

Chapitre 7

ROSE

Mai. Las Vegas, États-Unis.

Aujourd'hui, je suis masseuse.

Si j'avais su ce qu'accepter la proposition de Levi impliquait, j'y aurais réfléchi à deux fois. Ou j'aurais tenté de négocier le salaire, au moins. Car je ne suis vraiment pas payée assez pour tous ces efforts.

Je masque mon dégoût, retenant de peu ma grimace, tandis que je masse l'un des joueurs à la table de Levi. Celui-ci ne s'occupe pas de moi, même si je suis persuadée qu'il jubile à l'idée de mon inconfort. La chaleur rend le port de ma perruque courte insupportable.

— Plus à gauche, dit l'homme que je masse, et je comprends trop tard qu'il s'adresse à moi. Tu n'as jamais fait ça, ou quoi ?

Je serre les dents, l'expression froide. Je suis certaine qu'il a déjà entendu ça maintes fois, à d'autres occasions...

— C'est ce qu'elles disent toutes, je marmonne dans ma barbe, appuyant davantage sur ses épaules.

— Pardon ?

Je lui adresse un sourire, déblatérant des choses en italien pour lui faire croire que je ne comprends pas ce qu'il dit, si bien qu'il passe vite à autre chose. Levi reste impassible mais je suis assez rapide pour apercevoir sa joue frémir, preuve qu'il m'écoute.

L'enflure.

« Il a ruiné ma vie. » Je repense à cette phrase depuis hier, encore et encore. Je savais bien qu'il ne s'agissait pas d'une simple compétition entre deux joueurs, mais je n'aurais jamais pensé que Tito soit allé si loin. Si ledit Jacob était le père de Levi, il est évident que les deux hommes se connaissaient, voire s'appréciaient. Qu'a-t-il pu se passer pour que Levi en arrive à de telles extrémités ?

J'ai tenté de lui faire cracher le morceau en voiture, mais il n'a plus rien dit après ça. Il m'a emmenée dîner dans un restaurant chic, conservant le silence pendant tout le repas. J'ai reconnu certains joueurs et certaines joueuses, accompagnés de leur partenaire, qui me regardaient avec des yeux remplis de pitié.

Comme si j'étais la future femme d'un mari plein aux as qui se fiche totalement de moi.

Pour une raison inexpliquée, cela m'a agacée plus que nécessaire. C'est pourquoi j'ai décidé que j'allais en jouer à mon tour. Si j'ai un fiancé, faux ou non, il est hors de question qu'il ne soit pas fou de moi.

Jamais auparavant un homme ne m'a invitée à dîner pour ensuite m'ignorer toute la soirée. En Italie, ça ne se fait pas. Et Levi Ivanovitch sera une exception de très courte durée.

Aujourd'hui, il porte une nouvelle fois ses lunettes de soleil vintage. Il ne détourne pas les yeux des adversaires à sa table, mais je sens son attention portée ailleurs. En arrivant ce matin, j'ai tout de suite remarqué Tito dans la salle. Thomas est là lui aussi, bien que plus effacé.

L'atmosphère tendue réussit à m'exciter et à m'angoisser en même temps. Néanmoins, les deux hommes ne se croisent pas une seule fois.

Je passe l'heure du déjeuner à entraîner Levi dans notre suite commune en compagnie de Thomas. Ce dernier ne dit rien, mais il observe et écoute attentivement tout en mangeant sa salade. Je ne comprends pas pourquoi Levi accepte qu'il soit là alors que Thomas reste un rival, ami ou non. Mais soit.

— Je peux te poser une question ? me demande soudain Levi.

Je me méfie devant son air curieux, mais j'acquiesce tout de même. Il incline la tête sur le côté tandis que je bats les cartes.

— Si tu as tant besoin d'argent, pourquoi ne participes-tu pas au tournoi ?

Thomas lève les yeux vers moi à son tour, signe qu'il s'interroge également à ce sujet. C'est vrai que ça n'a aucun sens. J'aurais pu m'inscrire et tenter de remporter le gros lot.

Le seul problème, c'est que je ne me fais pas confiance. J'ai déjà du mal à déambuler près des tables toute la journée sans jouer. Mes mains tremblent plus que je ne le voudrais à la vue des jetons. Si je participais... je replongerais à coup sûr.

Sauf que je ne peux pas lui dire ça, alors je mens.

— C'est trop d'efforts.

Il ne semble pas convaincu. Mieux vaut qu'il me prenne pour une feignante capricieuse que pour une faible. Son regard est intense quand il me répond :

— Rose, tu as un don. Moi, j'ai travaillé comme un chien pendant des années, jour et nuit, pour en arriver là. Mais toi... toi, tu es née avec cette facilité. Le fait que tu dormes dessus n'a aucun sens.

Non, en effet. J'avais prévu qu'il me poserait un jour la question, mais je n'ai pas de réponse toute prête. Je hausse donc les épaules et fais ce que je fais de mieux ; changer de conversation.

— Tu ne te sens pas menacé ?

Cela a le don de le surprendre.

— Menacé par quoi ?

— Mon talent.

Il semble amusé, chose que je n'avais pas anticipée. Thomas secoue la tête avec agacement, ignorant notre conversation.

— Pourquoi je devrais me sentir menacé ?

— Parce que je suis meilleure que toi. Beaucoup en profiteraient pour étouffer mes compétences... mais pas toi.

Je n'avais pas prévu de lui en faire part. C'est sorti tout seul. La première fois que j'ai vu Levi, j'ai cru qu'il faisait partie de ces hommes que je méprise. Riches et arrogants, assoiffés de pouvoir et possédant un ego surdimensionné.

Pourtant, ce n'est pas le cas. Il m'a demandé de l'aide. Il avoue ses faiblesses. Il n'essaie jamais de m'écraser ou de me prouver qu'il est meilleur. Je n'ai pas l'habitude de ce type de comportements. Cela me perturbe et je ne sais pas comment réagir en retour.

Son regard m'observe, plus longuement que je ne l'aurais voulu, et il finit par dire :

— Seuls les lâches tentent d'étouffer les gens qu'ils considèrent comme supérieurs au lieu d'apprendre d'eux. Je suis conscient de ne pas pouvoir toujours être le meilleur. Quand je ne le suis pas, je veux apprendre et faire mon possible pour le devenir. Il n'y a aucune faiblesse à l'admettre.

Je ne sais pas quoi répondre à cela. Ma première question n'était qu'une plaisanterie égocentrique, un moyen de le distraire, mais sa réponse honnête suffit à me donner la chair de poule. J'aurais aimé que tout le monde pense comme lui...

Il faut croire que je me suis trompée sur son compte. Juste un peu. Bien sûr, ça ne veut pas dire que je l'apprécie pour autant.

— Tu ne peux qu'échouer si tu penses constamment que les autres n'ont rien à t'apprendre, ajoute-t-il en se levant élégamment. J'aurais beaucoup aimé t'avoir comme adversaire dans ce tournoi. Dommage.

Lorsqu'il disparaît dans la cuisine pour rapporter nos plats, je prends conscience du sentiment de déception qui rampe le long de mon cœur.

Dommage, effectivement.

***

Levi a droit à deux journées de repos ce week-end. Nous passons la première enfermée dans notre suite, la climatisation à fond. Il commence à comprendre comment mettre en pratique ce que je lui apprends, même s'il continue à trop réfléchir, ce qui le mène à des erreurs de débutant.

Tandis que j'envahis le salon de mes toiles récemment achetées et de ma peinture qui me suit partout, Levi passe ses soirées à décortiquer les habitudes de jeu de ses adversaires. Il analyse leur façon de jouer, leurs manies, leur bluff, et adapte son propre jeu en fonction. Je dois avouer qu'il m'impressionne. Il a beau dire ne pas être né avec ce talent, il s'avère très ingénieux. Mais surtout : il a beaucoup de vice.

Levi est le genre de joueur que personne ne veut avoir à sa table, excepté les masochistes. Son jeu est large-agressif : il est dans tous les coups et il relance très souvent, ce qui le fait passer pour un fou dangereux ; ce qui serait le cas s'il était amateur. Mais son expérience le rend redoutable. Il maîtrise toutes les situations, possède le bon rythme à tous les stades d'un coup, et il peut facilement embrouiller ses adversaires en lisant en eux comme dans un livre ouvert.

J'ai bien vu que tout le monde l'évitait comme la peste, et ils ont raison.

Un soir, je rentre du sauna – oui, cet hôtel a son propre sauna – avec l'idée de lui proposer de dîner dehors. De la musique rock métal résonne de sa chambre, le volume à fond. Organise-t-il une soirée sans moi ?

— Qu'est-ce qui se passe ? je demande à Thomas, qui mange seul dans la cuisine.

Celui-ci fait comme si je n'existais pas. J'insiste, ne supportant pas d'être ignorée, mais il fait semblant d'entendre des voix sans me voir. Je lui offre un doigt d'honneur et me moque en feignant de me faire vomir avec :

— Très drôle, Chris. Presque autant que le premier film *Thor*.

Je réussis à éviter de justesse la petite cuillère qu'il me lance. *Quel cinglé, ce mec.* Je me dirige vers la chambre de Levi et ouvre sa porte, intriguée. Je le trouve seul, assis par terre contre son lit, concentré sur un jeu de cartes. Il ne m'entend pas entrer, pas même quand je hurle son prénom de toutes mes forces. J'éteins la musique, ce qui attire enfin son attention.

Quand il aperçoit mes jambes devant lui, il écarquille les yeux avec étonnement et retire le casque de ses oreilles.

— Oh, tu es là.

— C'est quoi ce bordel ? je demande, les tympans en feu. Et avant que tu répondes, sache que je ne peux pas épouser un fan de Marylin Manson, même pour de faux.

Il croit sûrement que je plaisante, mais je suis très sérieuse.

— À dire vrai, je préfère l'opéra. Ma mère adore Sergueï Prokofiev. Tu connais ?

Je secoue la tête, surprise de le voir se confier d'un seul coup. Son air nostalgique me prend de court quand il sourit faiblement et murmure :

— C'est un compositeur et chef d'orchestre russe. Il a composé un ballet fondé sur la pièce *Roméo et Juliette*, dans les années trente. J'ai toujours voulu y emmener ma mère.

— Pourquoi tu ne le fais pas ?

Il se tait tellement longuement que je change de sujet :

— Je croyais que tu n'aimais pas l'art ?

Levi hausse les épaules.

— Je préfère ce que je peux entendre à ce que je peux voir.

— Je vois. Mais pourquoi mettre la musique à fond si tu as un casque ?

Il sourit, l'air triomphant.

— C'est mon casque à réduction de bruit. Ça me permet de ne pas entendre la musique, justement. Pour que je puisse me concentrer.

Je plisse le front, un peu perdue. Cette situation est complètement absurde et surréaliste.

— Tu peux aussi... éteindre la musique, tu sais. Tu veux que les voisins nous détestent, ou quoi ?

Il sourit à nouveau, très patient, et c'est à ce moment précis que ça fait tilt dans mon esprit.

— Ooooooh...

Quel bel enfoiré il fait. De l'autre côté du mur, Tito doit probablement devenir fou à cause du bruit. S'il voulait se coucher tôt pour être en forme demain, c'est foutu.

— À ton avis, pourquoi ai-je choisi cette chambre ? me questionne Levi en se relevant, seulement habillé d'un tee-shirt et d'un bas de pyjama.

— Ton plan est donc de l'empêcher de dormir pour réduire ses capacités ? Machiavélique, dis-je en souriant. J'adore.

— Non seulement ça, mais il pensera que je fais la fête jusqu'au bout de la nuit. Ce qui le poussera à se reposer sur ses lauriers...

Comme le fait d'être fiancé, je suppose.

— Et pendant ce temps-là, tu passes tes soirées à t'entraîner comme un diable, je complète en hochant la tête. Ingénieux, bien que peu réglo pour quelqu'un qui refuse catégoriquement de tricher.

— Ce n'est pas de la triche. Juste un peu de manipulation. Et je n'ai aucune pitié pour les voleurs corrompus comme lui.

« Voleurs corrompus » ? Je veux lui demander de quoi il parle, car il est clair que je n'ai pas la référence, mais je devine à son regard qu'il ne m'avouera rien ce soir. C'est pourquoi je lance à la place :

— Tu ferais mieux de te changer.

— Pourquoi ?

— Il y avait un mot collé sur notre porte. Apparemment, Li Mei organise une soirée dans sa suite et nous sommes invités.

Il grimace en se reconcentrant sur ses cartes.

— *я лучше сдохну* [17]. Ce sera sans moi.

— Tut-tut, je n'accepte aucun refus. J'ai besoin de voir du monde et il est hors de question que je me pointe sans fiancé.

Sur ce, je referme la porte de sa chambre. Il n'a pas vraiment le choix. Je suis venue à Las Vegas pour m'amuser, pas pour passer mes soirées seule dans ma chambre.

Quand il me rejoint dans le lobby, une heure plus tard, Levi porte un pantalon noir et une chemise blanche, les manches nonchalamment retroussées sur ses avant-bras. Ses cheveux sont encore humides de la douche, ce qui le rend plus charmant encore. Malgré ses réticences, je constate qu'il m'a écoutée.

Lorsque Thomas nous demande où l'on va, Levi lui dit d'aller se changer et de nous retrouver plus tard chez Li Mei. Il ne lui laisse pas le temps de refuser, ce qui m'arrache un rire de gorge machiavélique.

— Par contre, on ne s'est pas mis d'accord sur notre folle histoire d'amour, je lui rappelle en longeant le couloir.

— Je suis plutôt du genre à improviser.

---

17. « Plutôt mourir », en russe.

— Dis-moi au moins comment sont les femmes en Russie, j'insiste en regardant droit devant moi. Je sais que le concept marital diffère selon les cultures. Dois-je hocher la tête à tout ce que tu dis, ou j'ai le droit d'avoir une personnalité ?

Il ne dit rien pendant un long moment. Nous montons dans l'ascenseur et il s'adosse contre le miroir, levant ses yeux perçants vers moi.

— Le mariage est une valeur très importante en Russie. Les femmes ont tendance à se marier tôt avec pour but de construire une famille. Les choses commencent doucement à changer, mais ça reste une société très patriarcale. Les femmes s'occupent de la cuisine, du ménage et des enfants pendant que l'homme travaille et rapporte de l'argent.

J'arque un sourcil railleur, le fixant depuis l'autre bout de l'ascenseur, et lâche un :

— Tellement 1950.

— Je suppose que tu as raison... Mais ce n'est pas comme ça qu'on le perçoit, ajoute-t-il calmement. Tu ne peux pas juger ma culture sans la connaître ni la comprendre.

Je reste muette. Il a raison, c'est pourquoi je le prie de m'expliquer. Il semble chercher les mots justes en disant :

— Vous ne voulez pas qu'on vous couve parce que vous refusez qu'on vous croie plus faibles. D'autres fois, vous pensez qu'il s'agit d'un moyen inconscient de vous asservir.

— Ce n'est pas le cas ?

— Je ne parlerai pas pour les autres, mais en ce qui me concerne, non. J'ai été élevé en gentleman, c'est tout ; en « chef de famille ».

Je souris d'un air moqueur. Il semble amusé.

— Ce n'est qu'un mot.

— Les mots sont importants, Levi. Ce sont eux qui traversent les siècles et font l'Histoire, eux qui façonnent les sociétés.

Il me regarde sans rien dire, puis il finit par acquiescer.

— Tu as raison. Au temps pour moi.

— Ton père était comme ça ?

— Pas vraiment, répond-il en détournant les yeux, plongé dans ses souvenirs. C'est ma mère qui m'a appris à toujours être respectueux des femmes. Tous ces comportements que tu vois d'un mauvais œil, au fond, ça part d'une bonne intention. On paye au restaurant parce que ça nous fait plaisir, parce qu'on veut prendre soin de vous. On porte les choses lourdes, non pas parce qu'on pense que vous n'en êtes pas capables, mais parce qu'on préfère vous préserver. Et je sais que ma façon de penser peut être archaïque, mais j'ai encore du mal à comprendre en quoi c'est mal.

Je reste muette. J'ai envie de lui dire qu'il n'y a rien de mal à vouloir prendre soin de la personne qu'il aime tant qu'il ne lui impose pas un rôle dont elle ne veut pas, mais je me tais.

Il continue :

— En Russie, il existe une attitude particulière envers ce qu'on appelle « le beau sexe ». On leur cède une place dans les transports en commun, on leur tient la porte pour les laisser passer, on leur donne la main pour les aider à descendre d'une voiture. Pourtant, on ne voit pas cette courtoisie comme une atteinte à l'indépendance des femmes ou un dénigrement de leurs compétences en affaires. En revanche, regarder fixement des femmes inconnues dans les lieux publics, leur faire la cour de manière pressante ou leur siffler dans le dos est très mal vu. Justement parce qu'on vous aime et qu'on vous respecte.

Dans un sens, je comprends ce qu'il dit. Les temps ont changé. Le fait de dénoncer ce qui n'allait pas avant a conduit à l'évolution des mentalités, malheureusement certaines personnes ont voulu aller trop vite, trop loin, et ont tout mélangé.

Personnellement, j'aime les hommes gentlemen. Je n'y vois aucun affront à ma force féminine ou à ma capacité à gagner de l'argent. Il faut croire que nous sommes faits pour nous entendre !

— Et si l'on faisait ça à notre manière ? propose Levi quand l'ascenseur s'ouvre enfin, me faisant signe de passer avant lui. Sans se prendre la tête.

— Ça me va.

Sa main trouve machinalement le bas de mon dos nu tandis que nous marchons côte à côte. Plutôt mourir que de l'avouer, mais depuis que je suis à Las Vegas, je me sens... moins seule.

Voyager constamment signifie se débrouiller par soi-même, ne jamais se faire d'amis durables, se réveiller seule et s'endormir seule. Mais pour la première fois depuis longtemps, je passe mes journées avec les mêmes personnes. On se voit au réveil, on mange ensemble, on rentre ensemble... Et quelque part, cela me rend nostalgique. Le fait de faire partie de quelque chose, d'un groupe – même bancal –, me manque.

— Je préfère te prévenir, m'annonce Levi en toquant à la porte, Li Mei est assez spéciale. Mais je sens que vous allez vous adorer.

La principale intéressée ne tarde pas à nous ouvrir, vêtue d'une robe couleur pomme minuscule et de talons hauts transparents. En observant Levi de près, je comprends qu'il l'apprécie sincèrement. Son visage se détend dès qu'il la voit, comme s'il laissait tomber le masque. Étrange.

— Vous voilà enfin ! Je n'attendais que vous. Entrez.

Sa suite est similaire à la nôtre, ainsi je ne suis pas du tout désorientée. Je pensais que ce serait quelque chose d'assez intimiste, mais il faut croire qu'elle a invité tout l'étage. Pourtant, elle ne porte aucune attention aux autres.

Elle nous conduit à la cuisine et nous offre des verres, haussant le ton par-dessus la musique :

— Je rencontre enfin la future madame Ivanovitch. Enchantée, moi c'est Li Mei Qian. Avec un homme pareil, tu as gagné le gros lot.

Je lui souris aussi sincèrement que je le peux et plaisante :

— Je dirais qu'il est le plus chanceux de nous deux, mais je suppose que ça dépend à qui on pose la question.

À cela, elle éclate de rire et affirme que j'ai bien raison. Je ne sais pas pourquoi, mais Levi ne se trompait pas : je l'aime déjà. Son aura m'apaise. Mon faux fiancé ouvre la bouche pour dire quelque chose quand quelqu'un lui tapote doucement l'épaule.

Il se retourne, étonné, et révèle un homme d'une tête plus petit. Il ne doit pas faire plus d'un mètre soixante-quinze, comme moi.

— Euh, bonsoir... tente-t-il avec des yeux de merlan frit. Waouh, je suis super impressionné. Je peux avoir un autographe ? Non, mieux, une photo ! Les mecs de mon club de pêche ne vont jamais me croire. Ce sera encore plus cool que ma photo avec Rocco Siffredi.

Il ricane comme une groupie tout en sortant son monstrueux appareil photo de son sac à dos. On le regarde faire, silencieux. Levi semble quelque peu indigné par son arrivée, ou peut-être est-ce la familiarité avec laquelle il s'adresse à lui. C'est à mourir de rire.

— Je me présente : je m'appelle Lucky, je suis Verseau ascendant Lion et j'adore passer des soirées cosy à regarder *Bridget Jones*.

— Merci mais on n'avait pas besoin de ta bio Tinder, dit Li Mei.

Je l'examine avec amusement, de sa chemise hawaiienne ouverte sur un marcel blanc à sa fine chaîne en or. Mis à part son sens du style douteux et sa façon de parler, c'est un beau jeune homme. Sa peau noire est brillante et sans défaut et ses cheveux frisés sont coupés très courts sur son crâne. Ses yeux, surtout, pétillent de mille feux.

— Salut Li Mei, ajoute-t-il d'un petit signe de la main, offrant un sourire rayonnant à cette dernière. Tu me réserves une danse ?

Elle plisse le front, l'air dégoûté.

— Ce n'est pas le bal de promo ici, mon vieux.

C'est à ce moment que Thomas apparaît, chuchotant quelque chose dans l'oreille de Levi. Mon faux fiancé hoche la tête, silencieux, et fixe Lucky de ses yeux froids.

— Je ne fais pas de photos.

— Oh. OK. Merci quand même, sourit-il d'un air penaud.

— Mais lui, oui, dis-je en prenant Thomas par les épaules d'un air enthousiaste. Ta-da ! C'est le sosie officiel suédois de Chris Hemsworth !

J'ignore Levi, qui tente difficilement de retenir un sourire, ainsi que Thomas qui semble vouloir me massacrer à coups de fourchette. Lucky a l'air d'y croire dur comme fer car il ouvre grand la bouche, puis il pose une main devant celle-ci comme pour s'empêcher de crier.

— Oh mon Dieu... Vraiment ?

Je hoche la tête tandis que des larmes commencent à poindre au coin de ses yeux. Li Mei s'approche avec incrédulité, l'ayant remarqué aussi, et dit :

— Attends, tu pleures vraiment, là ?

— Je suis super ému, s'exclame-t-il en prenant le bras de Thomas. Oh, vous êtes moins musclé en vrai. Plus petit, aussi.

Cette fois, c'est trop, Levi laisse échapper un rire étouffé.

— Je vais être honnête, il m'arrive de m'endormir le soir en pensant à vous et Kristen Stewart, dit Lucky en lui serrant la main. Parfois, Natalie Portman se joint à vous. D'autres fois, je fais aussi partie du scénario, ça dépend des jours.

— 什么鬼[18].

---

18. Équivalent chinois du « *What the fuck* ? » américain, une expression servant à exprimer la confusion.

Li Mei semble dépassée par les événements. Elle lui demande d'aller raconter ses fantasmes sexuels ailleurs, mais il blémit soudain, comme indigné.

— Qu'est-ce que tu vas t'imaginer ?? Dans mes scénarios, on passe la nuit devant des films à manger du pop-corn et on porte tous le même pyjama. C'est sympa.

Silence. Le visage de Levi, précédemment hilare, adopte désormais une mine pleine de pitié.

— Pour être honnête, je ne sais pas ce qui est le pire, dis-je en grimaçant.

— Ouais, c'est passé de « dégueu » à « très triste », d'un seul coup, confirme Li Mei en tapotant l'épaule de Lucky.

Je lui dis de faire sa photo très rapidement et il s'exécute en posant près de Thomas, qui me regarde toujours d'un œil noir. Une fois que c'est fait, il a l'air aux anges. Je culpabilise un peu de lui mentir, mais je ne peux m'empêcher de le saluer en disant :

— N'oublie pas de publier la photo sur tes réseaux avec l'hashtag #therealchris, et bien sûr de le soutenir pour son nouveau film !

Lucky sourit, l'air de ne pas vouloir partir, mais Li Mei lui fait un signe de la main condescendant, l'air de dire : « Ouste ! » et nous invite à nous asseoir sur les chaises hautes qui entourent l'îlot central.

Près de moi, Levi me chuchote à l'oreille :

— Tu es un génie. Mais si j'étais toi, je ferais attention...

— Tu crois que je devrais dormir avec la porte de ma chambre fermée à clé ce soir ?

— Oui, c'est mieux.

— Et si je lui disais que je regrette ? Il ne me prendrait pas en pitié ?

— Aucune chance, dit-il en fixant Thomas, qui a l'air furieux. Son trouble de la personnalité antisociale l'en empêcherait. Il te déteste bel et bien, bravo.

J'ouvre grand la bouche. Il a dit ça sur le ton de la plaisanterie, mais je devine qu'il ne s'agit pas d'une blague.

Tout s'explique ! Je me promets donc de moins taquiner Thomas dorénavant, même si c'est dur.

Li Mei s'installe face à nous et se met à nous bombarder de questions.

— Alors, comment vous vous êtes rencontrés ?

Levi ne répond rien. Je l'appelle silencieusement à l'aide, mais il se contente de m'adresser un sourire vicieux.

— Tu le racontes tellement mieux que moi, **любимая**.

Quel lâche. S'il veut la jouer comme ça...

Je me serre contre lui et glisse une main sur sa cuisse dans un geste qui se veut intime. Il ne bronche pas d'un cil, ce qui lui vaut mon respect.

— Levi possède un night-club en Russie, j'explique tout naturellement. J'étais l'une de ses nouvelles stripteaseuses.

Thomas s'étouffe avec son verre et Li Mei perd son sourire. Mes talents d'improvisation ont le mérite de faire lever les yeux de Levi de son téléphone. Il coule un regard intrigué vers moi mais je l'ignore en continuant :

— C'est d'ailleurs comme ça que j'ai eu le poste ! Bien sûr, au début, ce n'était que pour le sexe. Mais quand Monsieur m'a mise en cloque, je lui ai dit qu'il était temps d'assumer ; d'où le mariage imminent.

Je me délecte intérieurement de leurs mines stupéfaites. En retrait, derrière Li Mei, j'aperçois la petite tête de Lucky qui écoute religieusement ce qu'on dit, les mains enroulées autour de son verre de Coca-Cola, qu'il sirote tranquillement.

— Waouh, un bébé ? s'enthousiasme-t-il. Où est la bague ? Et tu continues de boire de l'alcool ? C'est génial ! Vous avez déjà choisi un parrain ? Je suis lib...

— T'es encore là, toi ? grogne Li Mei en sursautant de surprise.

Levi ne dit toujours rien à mon côté. Il me laisse faire, comme s'il se fichait totalement de sa réputation. Lorsque je resserre ma prise sur sa cuisse, il s'immobilise et prend une grande inspiration.

— Ça ne se voit pas, je sais, dis-je en me caressant le ventre. C'est une fille et on a prévu de l'appeler Carlotta.

Cette fois, un léger rire échappe à Levi. Il pose son verre, le regard baissé sur ma main, et m'adresse un sourire énigmatique.

— Quelle vie incroyable nous avons, dis donc.

Je hausse les épaules, résistant à l'envie de baisser le regard sur sa bouche indécente.

— En effet. Je n'y croirais presque pas.

Il me fixe avec intérêt, posant sa main par-dessus la mienne. Je me contente de sourire paisiblement, savourant mon petit jeu. Qui a dit que je ne pouvais pas m'amuser un peu ? J'ai promis d'être sa fausse fiancée, pas d'être parfaite.

Finalement, il retire ma main de sa cuisse, très doucement. Lucky me demande si je pratique encore le strip-tease depuis ma grossesse, si bien que Li Mei s'énerve contre lui. Levi en profite pour se pencher vers moi et chuchoter froidement à mon oreille :

— À quoi tu joues ?

— Je ne vois pas de quoi tu parles, dis-je, feignant l'innocence.

Je réprime les frissons qui coulent le long de mon dos lorsque son haleine chaude souffle sur mon cou :

— De ta main sur ma cuisse, par exemple.

— Quoi, ça ne te plaît pas ?

Je ne sais pas ce qui me prend. La vérité, c'est que je m'ennuie et que Levi m'attire atrocement. Nous sommes adultes et consentants. Qu'y-t-il de mal à flirter un peu ?

Mon faux fiancé reste immobile un long moment, puis il recule assez pour me sourire. Je crois d'abord qu'il va m'embrasser, là, devant tout le monde, mais tout mon corps se raidit avec humiliation quand il dépose un baiser sur ma tempe et dit :

— Désolée, *любимая*. Mais tu n'es pas mon genre.

Chapitre 8

LEVI

Juin. Las Vegas, États-Unis.

Tout fonctionne à merveille.

Thomas et moi sommes toujours dans la course. Rose continue de me coacher dès que j'ai le temps. Le soir, je m'entraîne seul dans ma chambre avec la musique à fond tandis qu'elle disparaît je ne sais où. Probablement en train de dilapider son premier salaire du mois.

Chaque fois que je croise Tito, je joue le rôle que je me suis donné depuis le début du tournoi. Le plus souvent, je suis en compagnie de Rose. Je la prends par la main si fréquemment que c'est devenu une habitude. Nous jouons le rôle du couple parfait, à la fois mignon à vomir et trop indécent pour sortir en public. Si Tito avait des doutes au début, je remarque que son regard change au fil des jours. Il commence à y croire.

Pour sa défense, notre jeu d'acteur réussit même à *me* donner des doutes. C'est dire.

Le soir, je doute que Tito réussisse à dormir avant trois heures du matin, heure à laquelle ma chaîne hi-fi s'éteint automatiquement. Mon casque de réduction de bruit est un véritable sauveur. J'ai acheté le même à Rose, bien que sa chambre se trouve de l'autre côté de la suite. Thomas s'en fiche et s'endort en trois minutes.

Vu les cernes sous les yeux de Tito chaque matin, je constate que ça fonctionne. Je m'arrange également pour toujours avoir un verre d'alcool en main lorsque je le croise. Il me lorgne avec mépris mais je l'ignore, jubilant intérieurement. Je m'amuse comme un fou.

— Doucement ! s'est écriée Rose hier en me rattrapant tandis que je vacillais sur les escaliers de l'entrée. *Amore mio* [19], tu devrais arrêter de boire autant...

— Tout va bien.

— Tu devrais peut-être écouter ta femme, est intervenu Tito en grimaçant d'un air mauvais.

Rose l'a contemplé d'un regard noir qui a failli me faire rire. Au lieu de ça, je me suis redressé, chancelant sur mes talons, et ai entouré ses épaules de mon bras.

— Je gère.

Rose m'a aidé à avancer jusqu'à l'ascenseur, le regard de Tito brûlant entre mes omoplates. Lorsque les portes se sont fermées, je me suis redressé le plus dignement possible, un rictus aux lèvres.

— Comment j'étais ?

Rose a roulé des yeux, dissimulant très mal son amusement.

— Je ne comprends pas pourquoi tu te donnes autant de mal pour un truc pareil. C'est débile.

— Il faut bien que je m'amuse un peu.

Plus Tito croira que je me laisse aller, à boire, à baiser et à faire la fête, plus il baissera la garde. Rose m'a demandé si j'avais vraiment besoin de cela pour gagner.

— Je croyais que tu étais un homme d'honneur.

Sa remarque m'a piqué au vif. Mon sourire s'est effacé et j'ai seulement répondu :

— L'honneur, ça marche dans les deux sens.

Je n'ai aucun honneur à donner à un énergumène pareil. Un homme qui a trahi ma famille pour ensuite la

19. « Mon amour », en italien.

détruire et l'abandonner à sa misère tout en la narguant d'être meilleur qu'elle. Je ne lui dois rien. Je resterai honorable en refusant de tricher pour le battre, ne serait-ce que pour prouver à mon défunt père que je vaux mieux qu'eux deux réunis, mais le reste... Je m'en contrefous.

Ce matin, j'ai un photoshoot prévu. Je déteste ça. Je n'aime pas poser pendant qu'une vingtaine d'yeux me scrutent. Le photographe me demande de sourire à plusieurs reprises, mais c'est un échec cuisant. Au bout d'une heure et demie, Thomas intervient, mon téléphone à la main.

— Tu devrais prendre cet appel.

— Je suis occupé.

— C'est Berezniki.

Je m'immobilise instantanément. Thomas ne le dit pas à voix haute, mais je comprends tout de suite. C'est un appel de la prison.

Je n'hésite pas une seconde et m'élance vers lui pour saisir le téléphone portable et m'éclipser. Le photographe tente de me retenir mais je ne l'écoute même plus. Je sors et trouve un endroit calme près de la piscine. Je prends une grande inspiration, terrifié, avant de lever le téléphone à mon oreille.

— Allô.

— Bonjour, mon fils, me salue ma mère en russe. Je ne te dérange pas ?

Ne pas pleurer, ne pas pleurer, ne pas pleurer.

Même après dix ans, l'entendre est la chose la plus dure que j'aie eu à endurer. Il ne se passe pas un jour ni une nuit sans que je me demande ce qu'elle fait, comment elle va, et si elle survit. Chaque fois que mon téléphone sonne, je crains qu'on ne m'annonce sa mort accidentelle.

J'espère que mon sourire s'entend dans ma voix tandis que je continue, heureux de parler à quelqu'un dans ma langue maternelle :

— Pas du tout. Ça me fait plaisir de t'entendre. Comment ça va ?

Mon père me répétait toujours que j'étais un « fils à maman » ; et ce n'était pas un compliment. Il savait que je l'aimais plus que lui. Il détestait ça... et quelque part, je suis certain qu'il le lui faisait payer plus que le reste.

— Je vais bien. Je me tiens à carreau, plaisante-t-elle faiblement, et je comprends qu'elle veut me rassurer, comme toujours. J'ai hâte de pouvoir sortir.

— Moi aussi. Plus que deux mois...

Je compte les jours. Je les compte depuis dix ans.

— Tu manges bien ? je lui demande, inquiet de la faiblesse de sa voix. Personne ne t'embête, si ?

Elle laisse échapper un petit rire, ce qui ne suffit pas à me dérider. Je sais qu'elle prend tout à la légère, qu'elle me cacherait tout pour que je dorme la nuit... Ça me rend fou.

— Toujours les mêmes questions. Arrête de t'inquiéter ! Ta mère est une dure à cuire. J'ai tenu si longtemps, ce n'est pas les deux derniers mois qui vont me faire peur.

Et pourtant, j'en ai le droit. Elle me raconte des bobards, comme quoi tout le monde la traite bien, qu'elle mange à sa faim et qu'elle s'est fait des amies. Je sais que ce ne sont que des mensonges. Je n'ai plus dix-sept ans. Je me suis renseigné.

Les conditions de vie dans les établissements carcéraux russes sont abominables. Très peu de lumière du jour et d'air frais dans les cellules, trente détenues peuvent facilement se tasser dans une cellule prévue pour six personnes, et donc se partager un seul WC. Elles sont autorisées à prendre une douche une fois par semaine, et sans shampoing. Je ne préfère même pas évoquer la qualité de la nourriture ou les souris et les cafards qui infestent les cellules.

Mais le pire... ce sont les gardiens de prison qui utilisent leur gourdin à tout-va, voire leurs chiens, sur les détenues dites « récalcitrantes ». Je pourrais en tuer un moi-même si jamais j'apprenais qu'ils ont touché ma mère.

Tout ça parce que je n'ai pas su la protéger. Je me reprocherai mon impuissance et ma lâcheté toute ma vie.

— Et toi ? Qu'est-ce que tu fais de beau ? Tu n'es pas au travail ?

Il doit être près de dix-sept heures en Russie. Je mens, comme toujours, et lui raconte comment se passent mes journées au *Raspoutine*.

Ma mère ne sait quasi rien de ma vie. J'ai tout fait pour la lui cacher. Elle ne sait même pas que je joue au poker ; elle pense que le tatouage sur mes joues est le résultat d'un pari lors d'une soirée arrosée. La vérité, c'est qu'elle détesterait savoir que je perds mon temps avec de telles inepties. Elle penserait que je deviens comme mon père.

Je n'avais pas le choix. Au-delà de ma vengeance personnelle, auprès de Tito mais aussi auprès de Jacob, une seule pensée m'a habité depuis le moment où ma mère m'a été arrachée : tout faire pour qu'à sa sortie elle ait la vie qu'elle mérite mais qu'elle a abandonnée en se rendant à la police.

Tout l'argent que je possède aujourd'hui, que j'ai eu tant de mal à récolter, il est pour elle. Bien chaudement à l'abri dans un coffre-fort à la banque. C'est ma dernière année aux WSOP tout simplement parce que ma mère sort enfin de prison.

Après ça, c'en est fini des magouilles, du poker, des souvenirs douloureux. Je le promets.

— Fais attention à toi, d'accord ? ajoute ma mère quand je m'apprête à raccrocher. Je te connais. Tu es le fils de ton père.

Ouch. Je sais qu'elle n'avait pas l'intention de me lancer une pique, mais mon cœur se serre.

— S'il te plaît, ne dis pas une chose pareille.

Elle semble comprendre son erreur car elle s'excuse à voix basse. Je lui promets de la revoir très bientôt et raccroche.

Il me faut plusieurs minutes, le temps de ravaler les larmes qui pointent au coin de mes yeux et de rejoindre Thomas, l'air de rien. Je le retrouve en train de se chamailler avec Rose, comme toujours. Celle-ci m'aperçoit et croise les bras sur sa poitrine, soufflant d'exaspération sur sa frange.

Je ne sais pas si c'est l'appel avec ma mère, mais mon cœur se fait soudain plus léger. Je m'arrête à côté d'elle, les yeux rivés sur sa chemise fluide en soie sombre – pas noire, mais sûrement bleue ou rouge ? – et son pantalon taille haute. Tout le monde peut deviner qu'elle ne porte aucun soutien-gorge là-dessous.

Je repense à la sensation délicieuse de sa main sur ma cuisse et regrette presque mon rejet de l'autre soir.

— Levi, est-ce que tu peux dire à ton chauffeur qu'il...

— Tu es très belle aujourd'hui.

Je ne sais pas ce qui m'a pris. J'avais envie de le lui dire, c'est tout. Car c'est la vérité. Elle l'est toujours, mais je suppose que je m'en veux de m'être comporté comme un connard l'autre soir.

Elle me regarde, impassible, un peu troublée par mon aveu. Sa bouche se referme et elle cille plusieurs fois avant de se racler la gorge. Thomas soupire, l'air blasé.

— Au secours. Tu rougis ou je rêve ?

Je hausse un sourcil, surpris, et reporte mon attention sur le visage de ma fausse fiancée. Son air gêné m'amuse.

— Elle rougit ?

Pourtant, je ne vois aucune différence sur son visage. Il est aussi clair que d'habitude. L'idée que je sois incapable de distinguer ce que Thomas a la chance de voir, là, tout de suite, m'emplit d'une mélancolie, d'un sentiment de regret que je pensais disparu depuis longtemps.

— Je ne rougis pas, nie-t-elle en bloc.

— Elle ment.

Je souris davantage encore. Je me demande pourquoi une femme comme elle rougit d'un compliment si simple. Je suis persuadé qu'on le lui dit au moins une fois par jour, si ce n'est plus.

— Intéressant. À l'avenir... est-ce que tu peux me dire chaque fois que tu rougis ?

Rose fronce les sourcils, l'air de me prendre pour un fou.

— Tu as des yeux, non ?

— Ils fonctionnent assez mal, j'en ai peur.

Elle doit penser que je plaisante, car elle me promet que ça n'arrivera plus de toute façon et s'en va en prétextant être affamée. Je ne peux m'empêcher de rire doucement. J'ai toujours les yeux rivés sur son dos tandis que je demande à Thomas :

— De quelle couleur était son chemisier ? Et son pantalon ?

— Vert canard. Et beige, répond mon ami d'une voix blanche. Elle porte beaucoup de beige.

Je reporte mon attention sur lui et trouve une pointe de suspicion dans son regard. Je lui dis de me faire part de ses pensées, même si je sais déjà de quoi il s'agit. Il attend assez longtemps pour me faire comprendre que c'est sérieux :

— Tu la suis des yeux, Levi.

— Et alors ?

— Et alors ça m'inquiète. Tu n'es pas un surhomme, tu sais. J'ai beau la trouver insupportable... j'ai des yeux qui contrairement aux tiens fonctionnent très bien. Elle est très désirable. Et tu n'as pas besoin de voir les couleurs pour t'en rendre compte.

Je ne lui en veux pas. Thomas est là pour faire attention à ce que je ne fasse pas de connerie.

— Si tu te laisses dominer par tes envies sex...

— Ce n'est rien de tout ça, je le rassure en souriant chaleureusement. Elle est très belle, certes, mais ce n'est pas la première jolie femme que je rencontre. Je suis plus fort que ça.

Il me considère, peu convaincu, et me demande ce que c'est, dans ce cas. Pour être honnête, je n'en suis pas sûr moi-même. Rose me plaît d'une façon que je ne saurais expliquer. Elle le sait probablement, puisqu'elle flirte avec moi dès qu'elle en a l'occasion, et ce malgré mes piètres réactions.

Je lui ai dit qu'elle n'était pas mon genre, mais elle a essuyé mon rejet avec grande dignité, ce qui m'a poussé à culpabiliser.

— Je ne sais pas encore… Mais je ne vais pas tarder à le découvrir.

***

Je suis exténué lorsque je rejoins le confort de la suite à la fin de la journée. J'ai laissé à Rose le plaisir de ne pas venir aujourd'hui, puisque je n'en avais pas besoin. Tito semble toujours hors de ma portée, chose qui commence à me frustrer.

J'accumule les victoires, mais ce n'est jamais assez.

En attendant, je mérite une douche brûlante. Je pénètre le salon et longe le couloir jusqu'à ma chambre, déboutonnant ma chemise. Je dépasse la salle de bains lorsque j'entends des bruits s'échapper de l'endroit où je passe mes nuits.

Pas n'importe quels bruits.

Des gémissements.

Je me raidis, pris de court. Ce sont des gémissements féminins. Cela m'arrive très rarement, mais force est d'avouer que là, je suis perdu.

Dois-je faire demi-tour ? Mais c'est ma chambre !

— Rose ? j'appelle à voix haute.

Personne ne me répond. J'avance, curieux, et ouvre la porte avec grande précaution, craignant de découvrir ce qui s'y trouve.

Oh.

Je fronce les sourcils, surpris, en embrassant des yeux la vue qui s'offre à moi : Rose, assise sur mon matelas, le dos adossé contre la tête de lit et les jambes croisées devant elle, en peignoir, un magazine à la main et un verre de vin dans l'autre... En train de gémir bruyamment.

Je la regarde, interdit. Je croise les bras sur mon torse, l'épaule contre contre le chambranle de la porte, et l'observe sans rien dire pendant une bonne minute.

— Je peux savoir ce que tu fais ? je demande enfin.

Elle lève les yeux vers moi, enfin consciente de ma présence, et s'arrête quelques secondes pour me répondre d'un ton tout à fait décontracté :

— Ah, t'es là. Comment était le tournoi, cet après-midi ?

Elle se remet à gémir en attendant ma réponse, ajoutant des : « *Oh, si... Oh, Levi, si... per favore...* [20] » J'ai envie de rire de l'absurdité de la situation, mais mon prénom dans sa bouche a soudain des effets plus qu'indécents sur mon corps. J'avale ma salive, cachant ma confusion.

Rose relève les yeux de son magazine devant mon absence de réponse. Elle se rend probablement compte que je lui ai posé une question en premier car elle dit :

— Ah oui. Rien de spécial, je lis un magazine en séchant.

— Sur mon lit ?

— J'ai vu Tito rentrer dans sa chambre peu avant moi. Alors j'ai pensé que quelqu'un devait bien prendre la relève en ton absence, lance-t-elle en haussant une épaule.

Je comprends enfin de quoi il s'agit. Je laisse échapper un rire, toujours un peu choqué. C'est une très bonne idée, en fait. Je me demande pourquoi je n'y ai pas pensé avant. Si Tito ne devient pas complètement fou après ça, je me demande ce qui fonctionnera.

Rose continue de gémir, de plus en plus vite. Quand je la questionne du regard, elle me souffle d'un air conspirateur :

20. « Oh, oui... Oh, Levi, oui... s'il te plaît... » en italien.

— Ça fait déjà quinze minutes qu'on en est aux préliminaires, je pense qu'on peut accélérer les choses, là.

Je secoue la tête, incrédule, pendant qu'elle donne un coup dans le mur derrière elle en criant de plus belle. Je laisse échapper un demi-sourire malgré la vague de chaleur qui envahit ma poitrine.

— Je suis si bon que ça ?

Cela a le mérite d'attirer son attention. Pour une raison très idiote, je me demande si elle rougit encore. Le fait de ne pas le savoir me déçoit plus que de raison.

— Je suis un peu dépitée, je l'avoue.

— De ?

— La vie de future mariée, dit-elle en grimaçant. Je m'attendais à mieux.

— Du genre ?

— Je ne sais pas, moi… Au moins à un petit déjeuner au lit. À des poèmes vantant mes beaux cheveux, ou que sais-je d'autre !

Je hausse un sourcil, amusé. J'ai du mal à savoir si elle est sérieuse ou si elle plaisante toujours.

— Effectivement, tu dois être bien déçue.

Soudain, Thomas apparaît et jette un œil à l'intérieur de la chambre pour nous demander ce qu'on fait. Lorsqu'il aperçoit Rose dans mon lit, il se tourne vers moi sans comprendre.

— Est-ce que j'ai envie de savoir ?

Je secoue la tête quand Rose l'interpelle :

— Mon fiancé me délaisse. Je propose une thérapie de couple. Même notre vie sexuelle ne va plus…

— On n'est pas mariés, Rose.

Elle roule des yeux. Thomas soupire et repart en marmonnant dans sa barbe : « Je savais que je n'aurais pas dû venir. » Je le comprends, ô combien.

— Un coup de main ne serait pas de refus, dit Rose en repliant ses jambes pour me faire de la place. Je n'aime pas les amants silencieux.

— Certainement pas.

Sur ce, je lui souhaite de bien s'amuser et vais prendre ma douche. Je repense aux paroles de Tommy sans le vouloir. J'ai beau lui avoir dit la vérité, il a raison de s'inquiéter. Car ce soir-là, à la fête de Li Mei, j'ai menti à Rose.

« Tu n'es pas mon genre. »

C'est faux. Bien au contraire.

Et c'est bien pour ça qu'elle est dangereuse.

Chapitre 9

ROSE

Juin. Las Vegas, États-Unis.

Lorsque Levi arrive devant sa table du jour, les autres joueurs sont déjà installés.

Tito en fait partie.

Je lance un regard nerveux vers Levi, qui fait comme si cela ne le perturbait pas. Je reste près de l'entrée, habillée de mon uniforme de serveuse et d'une perruque rousse qui gratte, tandis qu'il s'assied et salue le joueur à sa droite d'un mouvement de tête.

Je reconnais Lucky, le beauf fleur bleue qui semblait presque amoureux de Levi. Il porte une énième chemise à motifs, des flamants roses, cette fois, ainsi qu'un bob. Je déteste ce genre de types d'habitude, mais pour une raison que j'ignore, Lucky me plaît bien.

— Ne t'approche pas de trop près, chuchote Thomas en passant près de moi. Tito pourrait te reconnaître.

Je hoche la tête d'un air absent et il rejoint sa propre table, l'air déterminé. Je ne sais pas pourquoi cela m'angoisse autant, mais mon ventre se serre légèrement. Je ne peux détourner le regard de Levi, analysant chacune de ses expressions.

Il est impassible, comme toujours, mais je commence à le connaître assez pour savoir qu'il est tendu. Son corps est rigide et ses chevilles sont croisées sous sa chaise. Il est en mode défensif. Pourtant, il a les yeux rivés droit sur ceux de Tito.

Incroyable.

Je déambule autour de leur table dès que la partie commence, curieuse. L'air est électrique au-dessus de leurs têtes. Tito semble confiant malgré son air fatigué, ce qui ne m'étonne qu'à moitié. Lucky, lui, ne semble absolument pas conscient de la rivalité qui s'installe à ses côtés.

— Waouh, jouer à côté de toi, c'est juste un rêve ! sourit-il à Levi. On peut faire un selfie ?

— Non. Un daïquiri, s'il vous plaît, me demande Levi sans même m'accorder un regard.

Un daïquiri ? À onze heures du matin ? En pleine partie ? J'hésite, mais il m'ignore totalement. Il devrait garder la tête froide, ne pas se laisser distraire par l'alcool. Qu'est-ce qui lui prend ?

Je fais demi-tour, frustrée, et commande au bar. L'homme semble tiquer. Il me demande pour qui c'est.

— Levi Ivanovitch.

Il opine, comme s'il s'en doutait, et disparaît quelques instants. Il revient avec un verre rempli que je pose sur mon plateau. Je repars, hésitant à l'idée de mentir et de lui dire qu'ils sont en rupture de stock.

Je fronce le nez et hume le verre, mais aucune odeur ne s'en dégage. Je m'assure que personne ne me regarde et pose mes lèvres sur le verre pour en avaler une gorgée.

Qu'est-ce que...

Ce n'est pas du rhum. Juste du jus de fruits frais.

Je veux d'abord retourner au bar pour enguirlander le barman, puis je me dégonfle. Ce n'est pas plus mal, finalement. Je nettoie donc le bord du verre et retourne auprès de Levi, déposant le cocktail près de lui.

— Merci.

Au même moment, il se couche, ce qui fait ricaner Tito dans sa barbe. Je ne reste pas loin, me rendant aussi invisible que possible.

— Je t'ai connu plus combatif, commente Tito, une moue insolente se dessinant sur son visage.

Levi ne mord pas à l'hameçon, s'adossant à sa chaise.

— Un vrai joueur sait quand il doit perdre.

Sur ce, il saisit son verre et en ingurgite la moitié d'une seule lampée. J'attends qu'il se retourne pour me fusiller du regard, mais il se contente de grimacer légèrement, comme si cela lui brûlait la gorge. Il n'a pas l'air surpris. Au contraire, il descend l'autre moitié de la même façon, avant de me tendre son verre d'un geste autoritaire :

— Un autre.

Oh. Oh, je vois. Il n'a jamais eu l'intention de boire un daïquiri. Tito ne s'en rend pas compte et le contemple d'une expression dégoûtée.

— Quelle descente... Je suppose que la pomme ne tombe jamais très loin de l'arbre.

— Pardon ?

— C'est aussi ce qui a précipité Jacob au plus bas, continue Tito tandis que je m'empare du verre de Levi, dont les doigts se sont involontairement crispés autour de l'objet. L'amour, comme il l'appelait. L'argent. Les fêtes. Et bien sûr, sa véritable âme sœur, la bouteille. Ça ne lui a pas vraiment réussi, tu ne crois pas ?

À ce moment-là, alors que Levi est aveuglé par une colère silencieuse et que les autres joueurs se lancent des regards gênés, je le vois faire.

Je vois Tito jeter un regard rapide à ma gauche, où se trouve un journaliste à lunettes, puis revenir au jeu comme si rien ne s'était passé. Mais cette fois, un sourire victorieux s'étire sur ses lèvres.

Mon cerveau fait tout de suite le lien. Lucky se trouve juste sous ledit journaliste, trop confiant pour faire attention à son jeu. Cette enflure espionne les cartes des joueurs pour ensuite les communiquer à Tito d'un simple regard.

— Ce que je crois, répond Levi d'un ton faussement nonchalant, c'est que t'aimes beaucoup trop le son de ta voix.

Tito hausse les épaules et offre une grosse mise. J'attends de voir ce que Lucky va faire, curieuse. Après avoir regardé son jeu encore une fois, il suit, un grand sourire aux lèvres. Levi reste silencieux, les lèvres serrées.

Je ne connais pas les cartes de Lucky ni de Tito, mais à en croire l'expression de ce dernier, il faudrait un miracle pour que Lucky remporte la partie. Je me surprends à retenir mon souffle quand le croupier révèle la dernière carte.

Un huit de trèfle.

Le sourire de Tito s'évapore aussitôt et Lucky siffle en ramassant tous les jetons au centre de la table. Cette simple carte le fait gagner avec un faible flush.

— Ne le prenez pas personnellement, lance Lucky auprès de Tito, rayonnant. J'ai le cul bordé de nouilles. Je crois que c'est grâce à mon prénom : merci maman !

Le sourire de Levi est sans équivoque. Il joue avec ses jetons, ses yeux narguant Tito.

— Tu vois ? Tu devrais te concentrer sur ton jeu, au lieu de jacasser.

La journée se poursuit dans une atmosphère étrange et tendue. Je continue de ramener des verres de jus d'orange à Levi et il continue de les prendre comme de l'alcool. Je dois dire qu'il est bon acteur. Finalement, Tito change de table et mon faux fiancé laisse tomber la comédie.

De retour dans notre suite, il se mure dans le silence et part prendre sa douche sans rien dire. J'en profite pour sortir un peu après m'être changée. Je m'assure d'abord que Thomas ne me suit pas. Depuis quelque temps, j'ai remarqué qu'il avait toujours un œil sur moi quoi que je fasse, où que j'aille. C'est pénible.

Je retrouve Li Mei devant la salle des machines à sous.

— Alors ? je lui demande.

Elle me sourit en soulevant ses lunettes de soleil sur ses cheveux blancs, puis elle sort une liasse de billets de son petit sac.

— Tiens. J'ai misé sur le 24, comme tu me l'as demandé.

Je ne peux m'empêcher de sourire, le cœur battant. Li Mei et moi sommes devenues... je ne dirais pas amies, mais disons que c'est la seule personne à laquelle je parle en dehors de Levi et Thomas. Nous avons pris un verre l'autre soir, dans un des bars de l'hôtel, et c'est là que l'idée m'est venue en tête.

— Et ça a fonctionné ?

— Pas les trois premières fois, non. Mais la quatrième était la bonne !

Je la remercie et lui rends l'argent, ce qui semble l'étonner.

— Demain, mise tout sur le 3.

Elle fronce les sourcils en me demandant pourquoi je ne le fais pas moi-même.

— Après tout, ton fiancé passe ses journées dans une salle à jouer au poker. Tu dois t'ennuyer à mourir, toute seule !

Je lui invente une excuse bidon, la suppliant de faire ça pour moi. Je tente d'être forte en restant loin des tables de jeu, mais la tentation est trop puissante. C'est pourquoi j'ai décidé d'envoyer Li Mei miser à la roulette pour moi. Ainsi, je joue par procuration.

Sauf que ça a l'effet inverse. Je passe la journée à y penser. Chaque fois que je réussis à m'éclipser de notre suite, je m'aventure près des machines à sous et des tables de poker. Hier, j'ai failli craquer. Je commence à flancher, je le sens.

— Bon, d'accord. À une condition, sourit Li Mei en me prenant le bras. Les vautours approchent et si je dois une nouvelle fois les affronter seule, je vais mourir.

— Hein ?

Je n'ai pas le temps de comprendre ce qui se passe. Elle placarde un sourire hypocrite sur son visage quand un groupe de femmes d'âge mûr nous accoste chaleureusement. J'en connais deux de vue, Alice et Lin, des épouses de joueurs.

— Li Mei ! Je ne savais pas que tu étais amie avec la future madame Ivanovitch...

Son ton transpire un intérêt particulier. Li Mei s'excuse auprès d'elles et me présente. Je joue le jeu et souris poliment.

Elles se présentent une par une et je hoche la tête sans même retenir leur prénom. Je crois que la blonde s'appelle Judith, mais je n'en suis pas certaine.

— Vous prendrez bien le thé avec nous, non ? J'ai vu votre fiancé remonter à l'étage, probablement pour se reposer.

Louche, mais passons.

— Je devrais peut-être le rejoindre pour...

— Laissez-le donc tranquille, va ! me coupe-t-elle en me prenant par les épaules. Vous semblez encore toute jeune. Venez boire avec nous, qu'on apprenne à se connaître.

Li Mei me jette un coup d'œil, l'air de dire : « Tu m'en dois une. »

Je soupire alors et les suis à contrecœur.

***

Judith, Alice et Lin sont les reines du potin, je l'ai compris très vite. Elles me racontent qu'elles se retrouvent ici tous les ans et qu'elles profitent de la vie luxueuse de Las Vegas pendant deux mois. Li Mei les accompagne parfois, mais je devine qu'elle est plus une otage qu'une amie.

Au bout de quelques minutes, Judith commence à me bombarder de questions sur Levi. Un seul regard à leurs postures penchées vers l'avant, leurs yeux légèrement écarquillés et leurs mines à l'avidité à peine dissimulée, me permet de comprendre le but de ce petit moment entre femmes.

Ce n'est autre qu'un interrogatoire pour en savoir plus sur mon fiancé. Sont-elles seulement curieuses et jalouses, ou tentent-elles d'enquêter pour leur propre mari ? Après tout, Levi est l'homme à abattre.

Je n'aime pas beaucoup cette façon de faire.

— D'où venez-vous, exactement ?

— D'Italie.

Elles cillent chacune à leur tour, à croire qu'elles n'en ont jamais entendu parler.

— C'est... en Europe, non ?

Sérieusement ? Je me tourne furtivement vers Li Mei, qui se retient de rire.

— Oui, c'est en Europe.

— *Hola !* dit l'une d'elles avec un sourire fier.

— Ça, c'est de l'espagnol.

Li Mei s'étouffe avec son thé, faisant passer son rire pour une vilaine toux. J'en profite pour sortir mon téléphone en catimini, tapant à l'aveugle, et envoyer un message SOS à Levi. *Qu'il vienne me sauver, et vite !*

— Vous ne vous êtes pas fiancés un peu tôt ? demande Judith. C'est très soudain, quand même.

— C'était le coup de foudre, j'explique en soupirant.

— « Coup de foudre au *Raspoutine* », dit Li Mei d'une voix amusée. Ce serait un bon titre de film, un truc à la *Pretty Woman.* Je suis sûre que Lucky adorerait.

Ah oui. J'avais oublié que pour Li Mei j'étais enceinte et stripteaseuse.

— Qu'est-ce qui vous plaît, chez lui ? Je le trouve tellement... effrayant ! Je crois ne jamais l'avoir vu sourire.

Je plisse le front, bizarrement indignée. D'accord, il a toujours l'air de faire la gueule, mais je ne le trouve pas terrifiant. Il est juste... intense. Et terriblement sexy.

— J'ai entendu dire que les Russes n'aimaient pas sourire.

— N'importe quoi, dis-je sur la défensive. Ils ne sourient pas sans raison, c'est tout. Pour eux, ce n'est pas sincère. Et d'ailleurs, Levi est très beau quand il sourit.

Même si je ne suis pas son genre. Waouh. Je pensais vraiment l'avoir digéré, mais il faut croire que mon ego en a pris un sacré coup. Qu'est-ce que ça veut dire, déjà, « pas son genre » ?

Les filles passent l'heure suivante à me jeter à la figure combien leurs maris sont riches, beaux et puissants. Je déteste ça. Que croient-elles faire en agissant de la sorte ? Me rendre jalouse ? Je parie que leurs époux ne prêtent aucune attention à elles. Il n'y a pas de raison que mon fiancé ne soit pas aussi bien que le leur – aussi faux soit-il !

— Mais dites-moi... où est votre bague ?

Merde. Je résiste à l'envie de toucher mon annulaire gauche, prise au piège. Je réfléchis vite. Finalement, je ne me départis pas de mon sourire et réponds :

— Levi m'a offert une bague ancienne, celle de sa grand-mère. Malheureusement, elle était un peu trop grande, alors nous la faisons rétrécir.

Elles hochent la tête de concert, je suppose que mon excuse tient la route. Je jette un œil à mon téléphone, qui a vibré un peu plus tôt sans que je puisse lire le nouveau texto de Levi.

Pas le temps. Débrouille-toi.

Quel ingrat. Je suis certaine qu'il le fait exprès. Il mériterait que je ternisse sa réputation, pour la peine. Mais le regard vicieux de Judith m'en dissuade tout de suite. *Plan C !*

— Enfin bon, j'ajoute en sirotant mon thé. Je suis chanceuse, Levi est incroyable. Il travaille dur pour gagner tout cet argent, c'est vrai. Mais je suis toujours sa priorité.

— Vraiment, ricane sèchement Judith. Tant mieux pour vous. Profitez tant que ça dure.

La garce.

— Les hommes sont tous les mêmes, confirme Alice d'un air très dramatique. Une fois la phase « lune de miel » terminée, il vous donnera sa carte de crédit pour vous faire taire et sourira d'un air absent quand vous raconterez votre journée.

— J'ai du mal à voir ce qu'il y a de mal à ça… marmonne Li Mei.

Je la *high five*, ravie de voir que nous sommes sur la même longueur d'onde. Les filles reportent alors leur attention sur elle, lui demandant quand est-ce qu'elle compte « enfin » se marier. Pourtant, il y a encore quelques minutes, elles disaient que j'étais trop jeune, ces vipères !

— « Il est possible pour une femme d'être romantique, mais aussi d'être seule et heureuse », dit Li Mei d'un air solennel qui me fait sourire. C'est Taylor Swift qui l'a dit.

— Oh, ta voix intérieure ?

— Non non, la vraie Taylor Swift. Suis un peu.

Je m'excuse, hilare, face à leurs expressions incrédules. Li Mei leur explique que sa précédente relation n'a pas fonctionné, et que depuis elle préfère rester seule. Cela a le don de ne pas les intéresser du tout. Elles me proposent alors de bruncher ensemble avec nos maris respectifs, demain midi ou un autre jour de la semaine. Je hais Li Mei pour m'avoir mise dans une telle situation, là tout de suite.

— C'est très tentant, mais… je dors beaucoup. Toute la journée, en fait.

Judith pince les lèvres, désapprobatrice.

— Si je peux vous donner un conseil, moi qui suis mariée depuis vingt ans, ce n'est pas en jouant les fainéantes que vous préserverez la flamme.

Je lui offre un sourire cruel, arrogante. Je vais lui en donner, de la flamme !

— Il faut dire que sinon je ne dormirais jamais, dis-je en savourant la compréhension qui apparaît sur leurs visages. On ne dirait pas, comme ça, mais Levi a beaucoup d'endurance. C'est un passionné. Je plains notre voisin de chambre, d'ailleurs. Il ne doit pas dormir beaucoup plus que nous.

Je ris à cela, car c'est très probablement vrai. Li Mei cache son sourire de sa main, les yeux écarquillés.

— Tous les soirs ? souffle Lin, intriguée, avant que Judith la fasse taire d'un regard meurtrier.

J'acquiesce, avec un certain sentiment de fierté. Je déteste ces femmes qui se croient tout permis, juste parce qu'elles sont tombées sur un « bon parti ».

Je m'apprête à ajouter quelque chose quand leurs visages deviennent tout à coup très pâles. Je sens alors une présence dans mon dos. Je me raidis, tandis que Levi se penche au-dessus de moi et pose les mains de part et d'autre de mon fauteuil.

Je suis en train de tourner la tête, lorsqu'il me coupe le souffle en posant un doux et léger baiser sur mon épaule nue. Je ne peux retenir un frisson, surprise. Ses yeux se lèvent sous ses cils, intenses, et me fixent, dangereux. Il est tout près, beaucoup trop près, en fait.

— Te voilà, murmure-t-il d'une voix suave. Je t'ai cherchée partout.

— Oh ?

Je déteste le fait de ne pas pouvoir articuler plus. Il m'a prise de court, et devant témoins. Je ne sais pas comment réagir. Mes joues chauffent et je réalise que je rougis une fois de plus comme une adolescente de quinze ans.

Les mots de Levi me reviennent soudain en mémoire : « À l'avenir... est-ce que tu peux me dire chaque fois que tu rougis ? » Ugh, je le déteste.

— Le lit était vide quand je suis sorti de la douche, explique-t-il d'une voix grave et fatiguée, ignorant toujours notre public réduit.

A-t-il besoin d'être aussi sexy ? Il n'a pas le droit de sortir des choses pareilles ! En pleine journée, qui plus est. Mais là encore... je l'ai cherché. Je me reprends et pose ma main sur la sienne, comme le ferait une femme amoureuse.

— Désolée. J'ai croisé des amies.

Il hausse un sourcil au mot « amies », ce qui me fait rire intérieurement. Levi me prend une nouvelle fois en traître et m'embrasse à la commissure des lèvres avant de lancer :

— On y va ?

Bordel. Depuis quand se donne-t-il autant dans le jeu de rôle ? D'habitude, je fais le travail pour nous deux. A-t-il entendu toutes les choses que j'ai dites juste avant ? Si oui, il compte probablement me faire la morale.

Je me lève, ignorant la brûlure inconnue au coin de ma bouche, et entrelace mes doigts aux siens. Il s'est changé pour une tenue plus décontractée, mais il a troqué le noir pour du blanc et du beige. Il a l'air angélique, comme ça. Mais son rictus démoniaque révèle sa vraie nature.

— Je vous la vole. Bonne soirée, Mesdames. Li Mei.

Je les salue d'un coup de menton et pars sans rien ajouter. Aucune ne me retient, même pas mon amie, qui me salue d'une expression victorieuse. Levi ne lâche pas ma main en enlaçant ma taille, joignant nos deux bras dans mon dos.

— C'était pour quoi, ça ? me demande-t-il tandis que nous traversons le hall de l'hôtel. J'ai beaucoup d'endurance, alors ? Je suis... « passionné », c'est ça ?

J'avais raison, donc. Évidemment qu'il a entendu ce que j'ai dit, sinon ce ne serait pas drôle.

— Hors de question qu'on pense que j'ai choisi un homme moyen. C'est ma réputation qui est en jeu.

Il sourit calmement à mes mots. Nous entrons dans l'ascenseur en compagnie d'autres gens, si bien qu'il nous cale tout au fond. Je résiste à l'envie de tressaillir encore quand il se penche contre mon oreille et chuchote :

— Tu as raison. En plus de cela, tu n'as même pas eu à mentir.

Seigneur. Je lève les yeux vers lui, défiante. Il ne bouge pas d'un pouce, tellement que sa bouche se trouve à quelques centimètres de la mienne seulement. L'embrasser serait si facile. Il ne pourrait même pas me le refuser, puisque nous ne sommes pas seuls.

Je ne sais pas ce qui me prend. J'aventure ma main le long de son torse, par-dessus son tee-shirt, et remonte jusqu'à attraper son col dans mon poing.

L'ascenseur s'arrête et le reste des clients descend tandis que Levi me fixe en disant :

— Quoi ? Tu vas me plaquer contre la paroi et me menacer encore ?

Nous sommes seuls, désormais. L'ascenseur recommence sa lente montée. L'air est électrique. Mon regard tombe sur sa bouche, cette même bouche qui a embrassé mon épaule avec tant de tendresse, mais aussi celle qui dit tant de mensonges à longueur de journée. Je souffle contre ses lèvres :

— Je ne crois que ce que je vois.

Il ne dit rien pendant un long moment. J'y ai bien réfléchi, et il est clair que j'ai besoin de sortir cette obsession de mon système – à savoir, Levi. J'ai besoin de l'avoir pour ne plus avoir à y penser jour et nuit. Pour pouvoir me prouver que je peux le séduire.

Il est si fermé que la plupart du temps je n'ai aucune idée de si je lui plais ou non. Il dit que je ne suis pas son genre, mais il continue à flirter en retour, à me regarder quand il pense que je ne le vois pas, à me dire que je suis belle. Je ne comprends pas.

Soudain, sa main vient se poser sur ma joue. Son pouce me caresse une fois, puis deux. Ma peau incandescente réchauffe ses doigts froids. Un faible sourire étire sa bouche.

— J'en étais sûr... Tu rougis.

Mon cœur bat si fort qu'il menace de bondir hors de ma poitrine. Qu'est-ce que ça veut dire, au juste ? Je m'apprête à le lui demander quand il laisse tomber son bras et soupire.

— Crois-moi, Rose. Tu ne veux pas t'aventurer là-dedans.

Pardon ? Je cille, humiliée d'être rejetée – pour la deuxième fois – par cet homme imbu de lui-même. Ne suis-je pas assez bien ? Qu'est-ce qui cloche, chez lui ? Ou chez moi ?

— Tu ne sais pas ce que je veux, je fulmine, les dents serrées.

Il arque un sourcil, son visage tout près du mien. Mes lèvres sont scellées.

— Dis-moi, alors. Sois honnête pour la première fois de ta putain de vie et dis-moi ce que tu veux.

Je ne m'attendais pas à ce que la conversation prenne une telle tournure. Depuis le début de notre arrangement, je flirte avec lui en espérant une réponse. Les raisons sont multiples : l'ennui, l'envie de déclencher une réaction, la curiosité...

J'ouvre la bouche pour lui répondre, perturbée, mais je suis incapable de dire quoi que ce soit. Car je n'en ai aucune idée. Et il le sait.

Il hoche la tête pour toute réponse, pas surpris, au moment où les portes de l'ascenseur s'ouvrent à notre étage.

— Je ne sais pas ce que tu veux, Rose. Mais je sais que ce n'est pas moi. Alors arrête de me faire perdre mon temps.

Chapitre 10

LEVI

Juin. Las Vegas, États-Unis.

J'ai dix-sept ans et je rentre de soirée. Il est deux heures du matin, l'heure de mon couvre-feu est dépassée depuis longtemps. Je vacille jusqu'à la porte d'entrée, légèrement ivre.

J'entends les cris avant même d'ouvrir la porte.

Cela suffit à me faire dessoûler tout de suite. J'oublie mon euphorie, mes potes, ainsi que les cuisses chaudes d'Anika, entre lesquelles j'étais il y a encore une heure.

— Jacob, non ! Arrête ! hurle ma mère au moment où je débarque dans le salon, le cœur battant.

Je m'immobilise devant la scène qui s'offre à moi, pétrifié sur place. Ma mère se trouve à genoux sur le plancher, ses cheveux emprisonnés dans le poing de mon père, debout devant elle. Sa lèvre et son nez saignent. Je remarque les griffures sur ses bras, preuve qu'elle a tenté de se défendre, ainsi que le cocard qui fleurira bientôt sur son œil.

— Maman ? je balbutie comme un enfant.

Mon père m'accorde un regard mauvais, l'alcool déformant sa voix tandis qu'il crache :

— C'est à cette heure-là que tu rentres, sale gosse ?

Je ne lui accorde aucune attention. Mes yeux sont rivés sur les larmes qui dégoulinent le long du visage de ma mère. Elle réussit difficilement à me sourire, les épaules tremblantes. Je comprends tout de suite que je n'étais pas censé voir ça.

— Ce n'est rien. Va te coucher, d'accord ?

Mon père crie quelque chose, qu'elle est trop clémente avec moi. Je ne l'écoute même pas. Mon cœur se brise devant l'expression honteuse qui déforme le visage de ma mère. Pourtant, ce n'est pas la première fois que j'assiste à ce type de spectacle. Ce n'est pas la première fois que je me bats avec mon père pour la défendre non plus. Ce n'est pas la première fois que je me prends une dérouillée à mon tour.

Chaque fois, je lui propose qu'on s'enfuie.

Chaque fois, elle me promet d'y réfléchir.

Mais on reste toujours.

— Lâche-la, je gronde comme un animal.

Je tremble de tous mes membres, une colère démentielle envahissant mon corps. Il le voit et cela l'énerve. Il ne supporte pas que je grandisse, encore moins que je le défie. C'est lui, le maître de la maison. Sa drôle de progéniture, un handicapé de naissance et un fils à maman, devrait plutôt apprendre à la fermer.

Il lâche sa femme et disparaît en hurlant que je mérite une bonne correction. J'en profite pour ramasser ma mère, qui s'excuse en me disant de laisser tomber. Je n'ai plus les mots. Je suis trop apeuré, trop ivre, trop lâche, pour savoir quoi faire à ce stade.

— Non ! s'époumone ma mère.

Je n'ai pas le temps de me retourner que je m'écroule sur le sol dans un bruit sourd. La douleur dans mon dos est insupportable. Je peine à rouvrir les yeux, mais quand j'y parviens, je trouve mon père au-dessus de moi, armé d'un manche à balai. La suite est floue dans mon esprit.

Je me rappelle avoir réussi à me relever et m'être battu avec lui en pensant que j'allais y passer. Je me souviens de ses mains autour du cou de ma mère, du mien, et de ses pleurs désemparés quand elle le suppliait de me lâcher. De la peur lancinante au creux de mon cœur.

Puis du coup de feu. Déflagrant.

Du sang. De mes oreilles qui sifflent.

Puis de la carabine, encore fumante, dans les mains de ma mère tandis que la police enfonce la porte et lui hurle de lâcher son arme.

— Levi.

Quelqu'un dit mon prénom. Je pleure en les suppliant de m'arrêter à sa place, je crie que c'est ma faute, mais personne ne m'entend.

Je suis perdu.

— Levi !

Je me réveille d'un coup, le cœur tressautant dans ma poitrine. Je suis encore dans mon lit, le cou et le torse moites de sueur. Thomas se trouve debout à côté de moi, le front plissé. Je sens les larmes salées au coin de mes yeux et réalise honteusement que j'ai pleuré dans mon sommeil.

— Encore un cauchemar ? Tiens.

Il me tend un verre d'eau, les lèvres serrées, mais je secoue la tête sans l'accepter. Tout va bien. C'est du passé. Je suis là, maintenant. Sain et sauf. Loin de Saint-Pétersbourg.

— Qu'est-ce que tu fais là ? je lui demande pour changer de sujet, relevant les couvertures.

— Je vais probablement craquer et tuer ta chère épouse. J'ai pensé que tu devais le savoir.

J'arque un sourcil, la mine encore ensommeillée.

— Mmh. Je comprends.

— Merci.

— Ce serait un inconvénient, par contre.

Il semble réfléchir, puis répond enfin :

— Il y a matière à débattre. Je dirais qu'il y a plus de points positifs que négatifs.

Je souris, amusé, et lui demande ce qu'elle a bien pu faire encore. Je ne suis pas surpris que Thomas et Rose ne s'apprécient guère. Même si j'ai souvent l'impression de jouer le père exaspéré entre les deux, je les laisse se chamailler et voir qui tuera l'autre le premier.

— J'ai beau lui dire de rester tranquille et de ne pas sortir n'importe où, n'importe quand, elle ne comprend pas.

— Tu as dit à Rose Alfieri de « rester tranquille » ? je grimace en riant doucement. Tu l'as un peu cherché, mon pote.

— Ce n'est pas drôle.

— Elle n'est pas notre prisonnière, Tommy. Laisse-la faire ce qu'elle veut.

— Et si elle croisait Tito et gâchait tout notre plan ?

Je soupire en me frottant les yeux, regrettant presque de ne pas être resté endormi. *Presque.*

— Elle ne connaît qu'un dixième de ce qu'on fait vraiment. Relax. Même si Tito sait qu'il s'agit d'un faux mariage, il n'a aucun moyen de savoir ce qui va lui tomber dessus. Maintenant, va te faire couler un bain et détends-toi.

Il fait la moue, répondant que les bains sont une immense perte de temps et d'eau, avant de faire demi-tour.

— Je le répète au cas où ça ne serait pas clair, mais ne tue pas ma fausse fiancée, OK ? je m'écrie dans son dos.

Il prétend ne pas m'entendre, mais je ne m'inquiète pas. Je connais Thomas comme ma poche. Je ne dis pas qu'il est inoffensif… Dieu sait que j'aurais tout faux. Thomas est calme en surface, mais à l'intérieur, c'est une véritable tempête.

Il est persuadé d'être mieux que tout le monde. Il est vicieux, calculateur, brillant, agressif et impulsif. Un danger s'il est provoqué. Et pourtant, il reste l'homme en qui j'ai le plus confiance.

***

J'ai terriblement mal à la tête. Aux yeux, aussi.

Rose et moi passons la journée à nous entraîner. Elle m'explique certaines choses plusieurs fois, toujours avec une patience impressionnante. Pourtant, je suis de mauvaise humeur. J'ai très mal dormi à cause des cauchemars, et le manque de sommeil fatigue mes yeux. Chaque lumière est une agression que j'ai du mal à supporter.

— Pourquoi tu mets tes lunettes alors qu'on n'est que nous deux ? se moque Rose. Frimeur.

Je ne relève pas, concentré. Elle doit comprendre que ce n'est pas un bon jour, car elle ne me provoque plus après ça. Elle ne flirte pas non plus, ce qui est nouveau. Même si elle prétend ne pas se formaliser de mes rejets incessants, je sais que cela doit la rendre folle. Quelque part, ça m'amuse.

Je lui propose de descendre dîner et elle accepte, en insistant pour aller se changer. Je suis en train de boire ma première bière de la journée quand le son de ses talons aiguilles attire mon attention.

Je suis tellement surpris que j'avale de travers. Je tousse dans mon poing, priant pour que mes joues ne deviennent pas aussi rouges que je le pense. *Nom d'un chien.*

— Tiens, tiens, sourit-elle en s'arrêtant devant moi. Serait-ce une réaction ? Enfin.

Je ne sais même pas quoi répondre. Je la reluque de la tête aux pieds, immobile. Rose est la même que tous les jours ; ses yeux sombres sont maquillés d'un long trait d'eyeliner, ses lèvres sublimes sont magnifiées par une épaisse couche de gloss transparent et ses cheveux courts sont lissés à la perfection.

Mais ce soir, elle a enfilé un pantalon et une veste de tailleur noirs ouverte sur... rien du tout. Sur sa poitrine pendouille un bijou en or, relié autour de son cou et de sa taille, avec un triangle en son centre, juste entre ses deux seins. Je déglutis en apercevant les longues tiges assorties qui pendent à ses oreilles, ainsi que les anneaux sur son cartilage.

Elle est tout bonnement magnifique. Je ne sais pas ce qui me prend. Je l'ai toujours trouvée belle et sexy, et ce dès notre première rencontre au Venetian. Mais là... ce que je ressens dépasse l'entendement.

Je n'ai pas envie qu'elle sorte. Je n'ai pas envie que d'autres la voient ainsi. J'ai envie de verrouiller la porte, de l'allonger sur l'îlot central et de passer la langue sur cette bande de peau nue qui me nargue...

— Allons-y, dis-je à la place.

Nous descendons au restaurant de l'hôtel, sa main enroulée autour de mon bras, et bien sûr tout le monde la reluque. Je garde mes lunettes, mais elle ne fait aucun commentaire non plus. Nous parlons du tournoi et des rencontres que je ferai demain après-midi, d'autres choses, futiles aussi.

Je lui demande ce qu'elle fait de beau pendant ses journées libres, mais elle évite la question en prétendant dormir ou peindre. Je ne la crois qu'à moitié.

— On remonte ? demande-t-elle.

— Pourquoi ?

— J'ai besoin d'une cigarette.

Je ne dis rien et vais régler l'addition. À la sortie du restaurant, Rose me parle en marchant à reculons.

Soudain, je veux la retenir par le bras mais je suis trop lent. Quelqu'un la bouscule en lui rentrant dans l'épaule. Elle vacille, posant tout naturellement sa main sur mon poignet pour se rattraper. L'homme se retourne vers nous, surpris, et s'excuse.

— Pardonnez-moi, je ne vous avais pas v...

Il s'interrompt en apercevant le visage de Rose. Celle-ci devient livide à son tour, chose qu'elle cache aussitôt.

— Ce n'est rien.

Elle me tire par la manche, me faisant signe qu'on y va. Je fronce les sourcils en jetant un coup d'œil à l'homme. Toujours concentré sur Rose, il se rend compte que je l'observe et prend un air embarrassé. Il finit par sourire et s'éloigner.

Je ne suis pas un pro du comportement humain, comme Rose, mais il n'y a pas non plus écrit « idiot » sur mon front. Les deux se connaissent.

— Qui est-ce ? je demande dans l'ascenseur.

Elle refuse de croiser mon regard, et je dois avouer qu'elle est très bonne menteuse, car j'y crois presque quand elle répond avec décontraction :

— Qu'est-ce que j'en sais ?

Je vois. Je n'insiste pas, je sais que ça ne servira à rien. De toute façon, ce ne sont pas mes affaires. Tout le monde a ses secrets, moi le premier. Toutefois, je reste curieux.

Un ex-petit ami peut-être ? Étrange de le croiser à Las Vegas, mais tout est possible.

— Je te sers quelque chose ? me demande Rose une fois dans le penthouse.

J'acquiesce en me posant dans le canapé, retirant mes lunettes de soleil. Elle revient avec deux bouteilles en main et s'assied sur le sol devant la table basse. Je l'observe sans rien dire, mais la langue me démange. Elle a déjà bu au dîner. Comme tous les soirs.

Je ne l'ai encore jamais vue bourrée, et pourtant. Elle boit beaucoup. Tout comme elle fume beaucoup. Ça ne me plaît pas, même si je n'ai pas mon mot à dire. Je ne suis personne pour elle.

Toutefois...

— Tu ne crois pas avoir déjà assez bu pour aujourd'hui ?

La subtilité, ce n'est pas tellement mon fort. De toute façon, ce n'est pas quelque chose qui fonctionnera avec Rose. Je le sais, car on se ressemble sur ce point – comme sur beaucoup d'autres, d'ailleurs. C'est ce qui me fait peur.

— Je ne crois pas, non, raille-t-elle en retour.

Elle se sert un verre de whisky, puis me sourit en avalant une gorgée. Je fais tourner le mien dans mon verre, les coudes posés sur mes genoux. C'est plus fort que moi.

— Je n'aime pas les alcooliques.

C'est peu dire. Je les hais, en fait.

— Et moi je n'aime pas les hommes beaux à se damner qui se mêlent de ce qui ne les regarde pas.

Touché.

— « Beaux à se damner » ? Merci du compliment.

Cette fois, j'ai réussi à la mettre en rogne. Ses joues restent les mêmes que d'habitude, mais je suis persuadé que, si je les touchais, elles seraient aussi brûlantes que la dernière fois, quand elle rougissait. Son regard est moins fixe, ses pupilles dilatées, ses mouvements ralentis.

Elle tient très bien l'alcool, mais il est évident qu'elle est ivre. J'ai connu beaucoup d'ivrognes, à commencer par mon père. Certains savaient le cacher, d'autres pas du tout. Dans tous les cas, rien de bon n'en ressortait jamais.

Elle mérite mieux que ça. Mais là encore, c'est son problème, pas le mien. À la fin de la journée, elle fait ses propres choix, et je continuerai ma vie sans m'en préoccuper.

Oui, sauf que.

— De quoi tu veux te punir, Rose ?

— Très bonne question, ça, dit-elle d'un sourire mauvais. Et toi, Levi ?

Je me tais, l'expression indéchiffrable. Je veux lui répondre que je ne sais pas de quoi elle parle, mais je ne veux pas lui mentir. Pourtant, c'est ma spécialité.

— Qui t'a fait croire que tu ne méritais que ça ? je continue tout de même, ce qui la fait rire amèrement.

— Tu te trompes sur toute la ligne. Tu penses que je suis un personnage tragique qui manque de confiance en soi, mais tu sais quoi ? Je me trouve fantastique, rétorque-t-elle. Je suis belle, sexy, drôle et intelligente.

Je lui lance un regard peu impressionné.

— Généralement, ceux qui en font le plus sont ceux qui s'aiment le moins.

Je sais de quoi je parle. Elle fait comme si elle ne m'avait pas entendu et saisit le jeu de cartes qu'on garde toujours à portée de main, le mélangeant entre ses doigts fins.

— Et si on jouait ? Si tu gagnes la partie, tu as le droit à une question, et inversement. On a chacun un joker.

Je ne devrais pas accepter. Les chances ne sont pas en ma faveur. Mais Rose est pompette et la curiosité l'emporte toujours. J'accepte, retirant ma veste. Vu son air froid, elle paraît déterminée à gagner. Elle a surtout l'air en rogne.

Nous jouons une première partie. Je réussis un carré, mais son brelan l'emporte. Elle me dit de boire un coup tout en réfléchissant à sa question. Je m'exécute, agacé.

— C'est quoi, ta passion ? Le poker ?

Je suis surpris. Je m'attendais à pire. Cela dit, c'est bien la première personne à me demander une chose pareille.

— Non. Enfin, je crois pas.

— Alors c'est quoi ?

— Le poker ? je répète avant de réfléchir longuement. Ma prison. Ma punition. Mon enfer personnel.

Je lui offre un sourire qui ne réussit pas à cacher l'amertume de ma voix. Elle garde le silence un court moment, étonnée.

— Je parlais de ta passion, mais d'accord.

— Je n'en ai pas. Prendre des photos, peut-être. Mais je suppose que c'est débile.

Elle fronce les sourcils. Ça fait longtemps que je n'ai pas parlé photographie avec quelqu'un... Fut un temps où je pensais en faire mon métier. Avant que tout ne parte en fumée.

— Pourquoi ça le serait ?

Je garde mes yeux braqués sur les siens, ignorant volontairement la bande de peau nue qu'offre son tailleur ouvert. C'est un miracle que personne n'ait encore aperçu ses seins, à ce stade.

— Ça fait plus d'une question.

Elle ne répond rien à cela. Nous enchaînons les parties. Elle gagne une nouvelle fois et me demande comment j'ai connu Tito. Elle est maligne. Je suis persuadé que c'est la première question qu'elle souhaitait me poser. Pourtant, elle a attendu pour ne pas paraître trop transparente.

Je réfléchis un instant. Thomas m'interdirait d'en parler, mais je ne vois aucun mal à cela. Pas tant que je reste en surface.

— Lui et mon père étaient amis, je soupire en m'adossant contre les coussins, les jambes légèrement écartées. Ils se sont connus ici, aux WSOP. Puis au fil du temps, ils sont devenus rivaux.

— Pourquoi ?

— Parce que l'argent pourrit tout ce qu'il touche.

Elle ne répond rien, mais je crois déceler plus de questions au fond de ses yeux sombres. Nous continuons à boire et à jouer. Je finis par gagner quelques parties, à son plus grand énervement. J'apprends notamment qu'après ses études de psychologie elle a servi de modèle nu pour des étudiants en art. Qu'elle adore la peinture, aussi, même si je l'avais déjà deviné. Quand je lui demande si se mettre à nu ne lui pose aucun problème, elle hausse les épaules.

— Métaphoriquement parlant, si. Littéralement parlant, non. Le second est toujours plus facile que le premier, tu ne crois pas ? Et puis pourquoi ça me dérangerait ? Je suis née comme ça.

Je hoche la tête en sirotant mon whisky, puis je lui tends le verre, qu'elle accepte. Son regard est chaud et ses pupilles légèrement dilatées par le taux d'alcool dans son sang. Elle me renvoie la question :

— Et toi ? La nudité te dérange ?

— Seulement celle des autres.

Elle opine comme si elle comprenait. Je sais devoir remporter une nouvelle partie pour pouvoir le lui demander, mais la question me brûle le bout des lèvres.

— Rose.

— *Cosa* [21] ?

J'hésite le temps d'une seconde, puis :

— C'est quoi, ta couleur favorite ?

Elle arque un sourcil, étonnée. Elle pourrait m'envoyer paître, mais elle pense sûrement que répondre est inoffensif car elle dit tout naturellement :

— Le beige.

Cela ne m'étonne pas. Je deviens pensif, répétant « le beige » dans ma barbe, tentant de décrypter ce que cela signifie. Elle me retourne la question, ce qui suffit à me faire retrouver une mine morose.

— Le noir, dis-je platement. Je suppose.

Elle finit son verre avant que je le lui reprenne des mains. Nous commençons une nouvelle partie, que je gagne encore. Elle grogne dans sa barbe mais je me contente de sourire avec triomphe.

— Pourquoi as-tu besoin de tant d'argent ?

— Parce qu'on n'en a jamais trop.

— Tu ne joues pas à la loyale, je gronde, sentant enfin l'alcool me monter à la tête. Sois honnête, sinon je vais me coucher.

Elle soupire et lève les yeux au ciel, avant d'avouer :

— Dettes. Je dois trop d'argent à trop de gens. Mes parents pourraient m'aider, mais je tiens à me débrouiller seule. Je ne veux rien devoir à personne, encore moins impliquer mes proches dans des problèmes que j'ai moi-même créés.

Rose refuse d'élaborer, mais cela me suffit. Je me rends compte que, malgré ses airs égoïstes, Rose est une

21. « Quoi ? » en italien.

personne au grand cœur. Elle n'est pas parfaite, ça c'est certain, mais elle assume tout ce qu'elle est. Tous ses défauts, toutes ses erreurs.

— Tu n'es pas une mauvaise personne, Rose, dis-je alors tout bas. Tu fais juste semblant d'en être une pour ne pas avoir à te sentir coupable des mauvaises choses que tu fais.

Mon analyse a le don de la figer sur place. Je crois d'abord qu'elle va m'insulter, mais elle préfère ne rien répondre. Elle allume une cigarette tandis que nous buvons et jouons encore. Je lui avoue que ma famille est très religieuse, d'où mon prénom tiré de la Bible. Elle arque un sourcil quand je lui dis adorer *La Dolce Vita* et détester les gens qui abusent des plus faibles.

— Les jeux d'argent ne sont pas interdits dans le christianisme orthodoxe ? me demande-t-elle en connaissant pertinemment la réponse.

Je hausse les épaules.

— Au point où j'en suis, un péché de plus ou de moins...

Elle se contente de sourire, comme si elle comprenait parfaitement. De son côté, elle me confie qu'*E.T.* est son film favori, qu'elle adore prendre des bains et qu'elle n'a pas pleuré depuis plusieurs années déjà. J'aurais aimé continuer toute la nuit, mais j'ai peur de relâcher toutes mes défenses et de révéler des choses que je ne devrais pas.

— Il est tard, dis-je en jetant un œil à ma montre. On ferait mieux d'aller dormir.

Elle insiste :

— Une dernière.

Je comprends tout de suite à son regard qu'elle a une question bien précise en tête et qu'elle la posera coûte que coûte. Je ne suis pas certain de vouloir savoir ce qu'elle manigance. Au fond de mon cœur, la curiosité brûle ardemment.

Elle remporte la partie avec un beau flush. Je laisse tomber mes cartes sur la table, posant mon regard intense sur le sien. Rose s'humidifie les lèvres et demande sans aucun détour :

— C'est quoi, ton genre ?

Je cligne des yeux, stupéfait. Pour le coup, je ne m'attendais absolument pas à quelque chose de si trivial. Pourtant, elle a l'air très décidée à savoir. Je comprends que mes mots de l'autre soir l'ont touchée plus que je l'aurais voulu. Quelque part, je le regrette. *Si elle savait.*

— Hommes ? Femmes ? Les deux ? Aucun ? insiste-t-elle en croisant les bras. Quel genre de personne aimes-tu et pourquoi je n'en fais pas partie ?

— Ça fait beaucoup de questions, ça.

— Réponds, Ivanovitch !

Si je dois être honnête, elle saura que j'ai menti. Que sa simple présence dans cette suite, avec moi, est une menace à une vengeance que j'ai mis des années à élaborer.

Je ne peux pas me le permettre. Pas pour une histoire de sexe. Car si je succombe, c'est ce que ce sera. Une aventure sans lendemain. Je ne suis pas certain qu'elle comme moi soyons en mesure de donner davantage.

Ne serait-ce qu'essayer serait un suicide collectif.

— Joker.

Sur ce, je détourne le regard de son air offusqué et me lève du canapé. Je lui souhaite une bonne nuit avant de partir, la laissant seule, assise sur le sol du salon.

Je ne fais même pas dix pas avant de recevoir quelque chose en pleine tête. Je grogne de douleur, interdit, et fais volte-face. Rose se trouve debout à côté du canapé, les traits furieux. L'un de ses talons gît désormais à mes pieds, où il a atterri après avoir rebondi sur mon crâne.

— ... T'es complètement folle, ma parole !

Là où je suis la glace, j'ai vite compris que Rose était le feu. Et Dieu sait que j'ai hâte de la voir s'enflammer.

— *Ti sta bene*[22] *!* C'est la question la plus simple que je t'ai posée et tu n'es même pas foutu d'y répondre, s'exclame-t-elle avec passion.

Un caprice, voilà ce que c'est. Car Rose Alfieri n'a pas l'habitude qu'on lui dise non. Je parie que son père lui a toujours cédé, mais avec moi, elle est mal tombée.

— Pourquoi ça t'intéresse tant, **любимая** ? je souris malicieusement, les mains dans mes poches. Peur que j'aille voir ailleurs ?

Elle marche jusqu'à moi au même moment, le pas confiant. Je peux presque apercevoir la couleur sur ses joues de porcelaine, et ce simple détail suffit à me faire sourire davantage encore. Elle prend sûrement ça pour de l'arrogance car elle pose la main sur mon torse et me plaque contre la colonne de marbre, son souffle alcoolisé chatouillant ma bouche :

— Tu es un gros connard prétentieux.

Je ne sais pas si c'est son regard vulnérable, ses mots, l'alcool ou l'odeur étouffante de son parfum, mais je suis soudain très conscient de son corps près du mien. Rose doit sentir la différence dans l'air elle aussi, car elle lève imperceptiblement le menton.

— Je ne te crois pas, tu sais, souffle-t-elle en baissant le regard sur ma bouche.

Je ne sais pas si elle s'est rapprochée sans que je le sente, ou si elle était aussi proche dès le départ, mais je sens soudain son genou entre mes jambes. Mon sang court plus vite dans mes veines, fusant à des endroits que je préfère ne pas nommer.

Je ne bouge pas, les mains toujours fourrées dans les poches de mon pantalon. Mais son genou monte de plus en plus, frôlant mes cuisses, et je peine à respirer.

Thomas avait raison. Je ne suis pas un surhomme.

Je suis faible, faible, faible.

---

22. « Bien fait pour toi ! » en italien.

C'est pourquoi je garde mes poings où ils sont, bien serrés, tout en me baissant vers elle. Mes yeux fixent toujours les siens tandis que mon nez effleure sa joue. Celle-ci est brûlante, comme je m'en doutais, mais incroyablement douce. Est-ce que le reste de son corps est comme ça ? Je m'imagine la peau de ses cuisses contre mon visage et cela suffit à me faire perdre les pédales.

Je baisse davantage la tête, laissant mon nez glisser le long de sa mâchoire. Je sens presque son cœur battre la chamade contre mon torse. Je ne tiens plus et chuchote contre sa bouche, répondant à sa question :

— Les femmes qui me briseront inévitablement le cœur. Voilà mon genre.

Elle frissonne sous mes lèvres. Je devrais m'arrêter, mais j'en suis incapable. Elle sent beaucoup trop bon. Ce n'est pas seulement son parfum, mais l'odeur incroyable de sa peau ! Je parie qu'elle serait divine sous ma langue.

Son genou monte encore tandis que mon nez descend le long de son cou, aussi léger qu'une plume. Elle pousse un soupir presque inaudible. Lorsque sa cuisse s'apprête à toucher mon érection, je réagis aussitôt et l'emprisonne de ma main.

Serait-ce si grave, si je l'emmenais dans ma chambre pour la nuit ? Rien que cette fois ?

« Tu ne sais pas les choisir », me répète toujours Thomas. « Elles sont toujours soit en couple, soit pas intéressées, soit émotionnellement indisponibles. À croire que tu le fais exprès. »

Rose ne fait pas exception.

Je relève le visage, reposant ma tête contre la colonne, et respire pour me changer les idées. Je dois faire redescendre la pression. Je dois lâcher son genou et m'en aller. Fermer ma chambre à clé et faire comme si rien de tout cela ne s'est passé.

— Ne tombe pas amoureux de moi, lance-t-elle tout bas.

Je souris, amusé, tandis qu'elle s'approche pour m'embrasser sur la bouche.

— Parle pour toi, Alfieri.

Je ferme les yeux pour recevoir son baiser, le cœur détendu, quand un coup de feu détonne soudain dans la suite.

Il est 23 h 41 de base il faut que je me couche parce que je sois crevée mais trop de suspens !!!

Chapitre 11

ROSE

Juin. Las Vegas, États-Unis.

Je ne comprends pas tout de suite ce qui se passe.

L'instant d'avant, mes lèvres touchaient presque celles de Levi. Celui d'après, il sursaute et me tire violemment vers le sol lorsqu'une déflagration éclate dans la suite. Mon cœur bondit de peur tandis qu'il protège ma tête de ses bras tremblants.

Nous restons comme cela quelques secondes. Rien ne se passe. Nous sommes encore et toujours seuls. Je me redresse légèrement, méfiante, lorsqu'un deuxième coup de feu retentit, suivi d'un éclat de lumière bleue sur les murs.

Levi tressaute une nouvelle fois, ses mains serrées comme un étau autour de mes épaules, et je réalise qu'il s'agit de l'orage. Rien d'autre.

— Levi... tu me fais mal, je grogne de douleur.

Ses yeux sont écarquillés dans son visage fin, emplis d'une terreur inconnue. C'est la première fois que je le vois ainsi. A-t-il cru à des coups de feu ? Je fronce les sourcils, étonnée, et le rassure en lui disant qu'il ne s'agit que de quelques éclairs.

Il ferme les yeux et me lâche, se laissant tomber contre le mur. Il plie une jambe et pose deux doigts sur son poignet, comme pour prendre son pouls. Son visage est calme, mais livide, comme s'il allait s'évanouir. Je devine qu'il se contient parce que je suis là. Ses mains continuent de trembler légèrement et il peine à respirer.

Est-il en pleine crise de panique ?

— Est-ce que ça va ?

Il rouvre les paupières mais refuse de me regarder. Ses yeux sont sombres et froids.

— Tout va bien. Peux-tu me ramener ma veste, qui est dans ma chambre ? dit-il, les dents serrées. Vite.

Sa veste ? Je ne comprends pas bien à quoi elle va lui servir, mais je m'exécute en vitesse. L'atmosphère chaude et sexy d'il y a encore deux minutes a totalement disparu. Ma cuite, aussi. Je débarque dans sa chambre et cherche ladite veste, mais j'en trouve au moins quatre étendues sur sa chaise. Deux noires, une bleu marine, une grise.

Il n'a pas été assez précis, c'est pourquoi je les rapporte toutes. Quand je sors, mon regard tombe sur quelque chose posé sur son lit. Je m'en empare en vitesse.

— Je ne savais pas laquelle c'était, j'avoue en m'agenouillant devant lui. La grise, la bleue, ou...

— Je n'ai pas de veste grise, encore moins bleue, répond-il d'un air agacé. Je ne porte que du noir.

Il regarde ce que je lui ai ramené avec confusion. Je hausse un sourcil.

— Ce n'est pas à toi ?

Un temps d'arrêt, puis :

— Si.

OK... Je pince les lèvres sans comprendre.

— Je vois. Quelle couleur, alors ? Qu'est-ce que tu cherches ?

Il hésite, l'air un peu perdu. Sa respiration devient plus hachée encore et il secoue la tête en refermant les yeux.

— Il y a une boîte d'Afobazole dans l'une des poches intérieures.

— Laquelle, Levi ? je demande en commençant à fouiller.

— La noire. Enfin, je crois...

Je retourne les poches de la première veste noire, tendue, mais il m'arrête en grognant :

— Pas celle-ci.

Je fouille alors l'autre, mais il m'interrompt à nouveau.

— Celle-ci, avec les boutons blancs, dit-il en me montrant la veste grise.

Je plisse le front, m'arrêtant assez longtemps pour le dévisager. Est-il si bourré que ça ? Je ne prends pas le temps de lui poser la question, pas alors qu'il tremble de la sorte. Je saisis la veste grise et ma main tombe sur une boîte de médicaments. Des pilules anti-stress, de toute évidence. Je l'ouvre et dépose une pilule sur sa langue.

Il ferme les yeux et l'avale. Je ne dis rien pendant plusieurs instants. Un coup de tonnerre éclate une nouvelle fois et Levi grimace. Je sors alors l'objet que j'ai attrapé au dernier moment sur son lit ; il semble surpris.

— Tiens.

Il me regarde droit dans les yeux pendant que je lui mets le casque à réduction de bruit sur les oreilles. Il semble reconnaissant le temps de quelques secondes, comme apaisé. Les éclairs continuent à zébrer le ciel, mais cette fois, il semble totalement immunisé contre le bruit.

Lorsque la crise s'est calmée, je le lui retire doucement en chuchotant que tout est fini. Il ne tremble plus. Ses joues ont repris quelques couleurs.

— Levi...

Il rouvre les yeux et les pose sur moi. Son expression donne l'impression qu'il sait déjà ce que je m'apprête à dire, et qu'il aimerait l'éviter plus que n'importe quoi. J'espère encore me tromper.

— Cette veste est grise, pas noire, dis-je tout bas.

Il reste impassible et silencieux, son regard braqué sur moi. Après une bonne minute, il soupire.

— Je vais devoir en toucher un mot à Thomas, alors.

Qu'est-ce que ça veut dire, au juste ? Je pointe mon chemisier du doigt et lui demande de quelle couleur il est.

— Il est tard...

— Réponds-moi, Levi.

Sa mâchoire se contracte soudain. Il me fixe, énervé, puis se résigne :

— Vert ?

Bordel.

— Marron.

Il hoche la tête, peu surpris, et se redresse aussi élégamment que possible. Je fais de même, légèrement secouée. Est-il daltonien ? Confond-il les couleurs ?

Plus important encore : que vient-il de se passer ? Une crise de panique consécutive à l'orage ? Ça ne peut que cacher quelque chose de plus gros.

— Levi... Tu ne vois pas les couleurs ?

Il se penche et ramasse toutes ses vestes d'un geste nonchalant. Il les observe attentivement en se dirigeant vers la cuisine, puis sélectionne celles que j'ai désignées comme grise et bleue avant de les jeter dans la poubelle.

— Bonne nuit, Rose.

Et c'est tout. Il repart dans sa chambre comme si de rien n'était. Sans aucune explication. Je reste plantée là comme une idiote, le cerveau en ébullition, pendant de longues minutes.

Lorsque je retrouve la sécurité de ma propre chambre, je m'assieds sur mon lit en m'interrogeant. Je n'ai même pas fait attention avant, mais certains détails commencent à refaire surface tels des cadavres jetés au fond d'un fleuve.

Ses lunettes, qu'il porte même quand on est seuls. Le fait qu'il n'utilise jamais la couleur pour décrire les choses ; toujours leur forme, leur matière ou leur taille. Même les jetons de poker, ses yeux s'attardent dessus pour les choisir, comme si leur couleur ne suffisait pas à spécifier leur catégorie.

Est-ce que je viens de percer l'un des secrets de Levi Ivanovitch ? Beaucoup tueraient pour savoir un truc pareil. La plupart s'en serviraient contre lui, bien évidemment. Je pensais que ce n'était « que du poker », mais j'ai été naïve. Dès qu'il s'agit d'argent, ce n'est jamais « que » quelque chose.

Beaucoup de rumeurs courent à son sujet ; certaines sadiques, perverses, fétichistes, voire gore. Je l'ai appris en déambulant entre les différents joueurs, mais aussi sur Internet. Il s'avère que mon faux fiancé est autant craint que respecté. Pour certains, il fait partie de la mafia russe. Pour d'autres, ce n'est qu'un tricheur.

Je ne crois rien de tout cela. Encore moins après ce soir. Toutefois, je suis certaine qu'il cache plus de choses que je ne le pensais.

Mon téléphone portable vibre sur mon lit. J'y jette un œil et soupire. Il est deux heures du matin. Je suis exténuée et encore un peu ivre, mais je me change et fais le moins de bruit possible en sortant de la suite. Je prends l'ascenseur, puis un taxi devant l'hôtel.

Mon regard fatigué embrasse la vue de Las Vegas de nuit, encore illuminé de partout. Dix minutes plus tard, je descends en face d'un bar encore ouvert.

— Gardez la monnaie, dis-je au conducteur.

Je pousse la porte d'entrée, démoralisée, et marche en direction du comptoir en m'encourageant intérieurement. Tout va bien se passer. Je suis forte. Je ne me laisserai pas marcher sur les pieds, pas cette fois.

Je m'assieds, un verre de vin m'attendant sagement, et lance un regard à Tito, assis à côté de moi, qui me sourit.

— Bonsoir, papa.

***

Quand mon père a su qu'il allait avoir une fille, il a soupiré.

Ma tante m'a rapporté, pour m'atteindre, j'en suis sûre, qu'il s'est contenté de dire : « La prochaine fois, ce sera la bonne. » Mais je suis née et après ça ma mère n'a plus été capable d'enfanter. Personnellement, j'appelle ça le karma.

Mon père s'est toutefois vite adapté. C'est simple : si ma mère ne pouvait pas lui donner de fils, il allait en créer un lui-même. J'ai fait tous les sports dits masculins auxquels il pouvait penser – basket, foot, tennis, handball, boxe. Il m'a aussi initiée à la chasse, chose que je hais le plus au monde, et me voir fondre en larmes face à un sanglier mort n'a pas eu l'air de le décourager. J'avais six ans.

Quand il m'a surprise en train d'embrasser mon tout premier petit ami, il m'a regardé avec déception et a dit :

— Dégoûtant.

Je crois que c'est à ce moment-là qu'il a compris que j'étais une fille, et que rien de ce qu'il pouvait faire n'allait changer cela. Il a tout de même tenu à m'apprendre le poker. Je crois que c'est la première fois qu'il s'est montré impressionné à mon égard. Il m'a dit que j'avais un don. Que je n'étais pas sa fille pour rien, finalement.

Évidemment, il en a tiré avantage. Je pensais que ce serait quelque chose qui nous lierait enfin, qui nous permettrait de nous rapprocher. J'ai passé ma vie à aller dans ce sens, à tout accepter dans l'espoir qu'il soit fier de moi, qu'il me montre qu'il m'aime, mais ça n'a jamais fonctionné.

Le poker n'a pas fait exception.

Très vite, il s'est vanté de mes mérites et a frimé devant ses collègues pour des talents qui n'étaient même pas les siens. Je lui ai rapporté de l'argent, beaucoup d'argent.

Jusqu'à ce que ce ne soit plus assez.

— Comment va maman ? je demande d'abord.

— Bien, je suppose. Elle est restée à Venise. Elle ne se doute de rien.

Tant mieux. Je refuse qu'elle sache. Elle aurait empêché mon père de m'entraîner dans ses magouilles, par inquiétude pour moi. Je me déteste de lui mentir, mais je fais ça pour nous.

Elle a demandé le divorce il y a six mois. Mon père pense encore pouvoir l'en dissuader, mais je sais qu'elle est décidée. De toute façon, je ferai tout pour qu'elle ne change pas d'avis.

J'aime mon père autant que je le déteste. Là est mon problème.

— Alors, commence-t-il, le regard intense. Je suppose que les félicitations sont à l'ordre du jour... Madame Ivanovitch ?

Je roule des yeux en croisant les jambes. Il insiste :

— Ce n'était pas ce qu'on avait prévu.

— J'ai été tout aussi surprise que toi, dis-je en espérant qu'il me croie. Mais ce n'est pas plus mal, finalement. Cela me permet de me rapprocher de lui, comme promis.

Il acquiesce, le regard scrutateur. Je m'efforce de rester aussi placide que possible en refusant de boire mon verre ; j'ai ingurgité assez d'alcool ce soir.

— Je suis curieux. Maintenant que tu le connais... que penses-tu de lui ?

Je réfléchis quelques instants, indécise. Lorsque j'ai débarqué au Venetian, je savais qu'il serait là. Mon père me l'avait assuré. C'était le plan, après tout. Le surprendre en pleine triche était une aubaine ; un parfait moyen d'engager la conversation.

En le laissant curieux et déboussolé, avec seulement mon nom comme information, je savais qu'il me rechercherait. Tito pensait qu'il s'intéresserait à moi de façon romantique.

« Levi ne sait pas refuser un challenge, ni détourner le regard d'un mystère qui se trouve face à lui », m'avait-il affirmé.

Je pensais qu'il flirterait, c'est tout. Qu'il ferait de moi une nouvelle Vivian Ward [23] le temps de quelques semaines, ce qui m'aurait permis de le suivre jusqu'à Las Vegas. Allez comprendre, c'est le genre de pouvoir que j'ai sur les hommes.

Mais je ne m'attendais pas à ce qu'il me demande de l'aide. J'ai accepté, bien sûr, puisque le plan était de le suivre jusqu'ici. Mon père m'avait dit qu'il était froid, asocial, calculateur et arrogant. Il a tort.

Levi est... attachant.

— Je ne m'attendais pas à ça, j'avoue en traçant le rebord de mon verre avec mon doigt. Il est très intelligent. Malin, surtout. Il a des yeux et des oreilles partout. Il réfléchit très vite, même dans des situations qui demandent une réaction urgente.

Il est aussi beaucoup plus attentionné qu'on ne me l'avait raconté. Avec Thomas, il sourit beaucoup. Il le protège, aussi. Il est honorable, juste, poli, charmant. Tout le contraire d'un criminel. C'est pourquoi il est si dur de le détester.

— Il ne se doute de rien ?

Je secoue la tête avec assurance.

— Je suis quasi certaine qu'il s'est renseigné sur moi, mais il n'a pas dû trouver grand-chose. Son ami m'a à l'œil, par contre.

— Pourquoi ?

— Il croit que je suis une croqueuse de diamants.

Tito ricane dans sa barbe, avalant une gorgée de vin rouge. Il n'a jamais voulu que le public nous connaisse, ma mère et moi. On est toujours restées dans l'ombre. Je ne porte même pas son nom mais celui de ma mère, comme si j'étais une disgrâce dès la naissance. Chaque année, je demande de l'accompagner à Las Vegas, mais il continue de refuser catégoriquement que j'approche

---

23. Personnage principal du film *Pretty Woman,* joué par Julia Roberts.

un casino. Il dit que c'est ma faiblesse et qu'il ne m'a pas élevée ainsi.

Je l'ai supplié cette année, en lui promettant que j'étais guérie. Il a accepté en échange d'une faveur : je ne pensais pas qu'il s'agissait d'espionner Levi Ivanovitch, ce garçon dont j'ai tant entendu parler ces dernières années.

Ce garçon qui m'a volé mon père.

Le pauvre n'a jamais eu aucune chance contre moi. Je le détestais avant même de le rencontrer, tout simplement parce que mon père a passé les six dernières années à mener contre lui une vendetta autant qu'à me comparer à lui. « Levi ci, Levi ça ».

— Donc, reprend-il en se penchant vers moi. Dis-moi tout.

Je lui fais mon premier rapport. Je lui parle de nos sessions d'entraînement, de Thomas et de ses soupçons, des tentatives de Levi à lui faire croire qu'il perd intérêt dans le poker.

— Malin, commente-t-il. Je dois l'avouer, j'y ai presque cru.

— Il est très convaincant, en effet.

— Alors les bruits qui m'empêchaient de dormir la nuit...

Mes joues s'empourprent malgré moi. J'avais complètement oublié ça.

— Ce n'était qu'une ruse. Chacun dort dans sa chambre.

Il réfléchit, l'air pensif.

— Rose... Ce petit merdeux prévoit quelque chose. Il a un plan, je le sais, sinon il ne se montrerait pas aussi confiant.

— Et je viens de te le donner. Il veut te faire penser que...

— Non. C'est trop faible. Tu n'es qu'une distraction, un bonus dans le tableau. Il a autre chose en tête, quelque chose qu'il ne te dit pas. J'ai cherché, encore et encore, je l'ai même fait suivre ! Mais rien à faire. Ça me tape sur le système.

Je ne devrais pas, mais un immense sentiment de satisfaction m'étreint la poitrine en voyant la lueur de peur dans ses yeux. Tito Ferragni a les chocottes, c'est une première ! J'ai beau détester Levi (et son père) pour m'avoir volé mon enfance et mon adolescence, je dois avouer… que je l'admire aussi. Rien qu'un peu.

Je ne sais pas ce que concocte Levi, mais ça n'a que très peu d'importance pour moi. Il n'est personne dans mon cœur. Qu'un pion sur un échiquier, un moyen pour atteindre une fin.

Tout ce que je veux, c'est payer mes dettes et fuir mon père une bonne fois pour toutes. Fuir le poker. Fuir mes faiblesses.

Mon père pense que nous sommes un duo, mais il se trompe. Je n'ai jamais fait partie de son équipe. Je fonctionne en solo. J'ai mon propre plan : trahir Levi d'abord, puis mon père ensuite. Je ferai gagner Tito, puisque c'est ce qui l'inquiète tant, et je lui volerai l'argent récolté pour fuir avec.

Ma mère me suivra, bien entendu. Hors de question que je parte sans elle. Marre des hommes riches et arrogants qui ne pensent qu'au poker, aux vengeances et au pouvoir. Leurs petits jeux m'intéressent très peu. Ils sont pitoyables.

— Et si on le battait à son propre jeu ?

— C'est-à-dire ?

— Fais-le tomber amoureux, dit-il en se redressant, son ton prouvant qu'il s'agit d'un ordre plus que d'une proposition. Fais en sorte qu'il te fasse confiance. Qu'il te confie des choses. Levi est fort, mais il a forcément un talon d'Achille.

Je secoue la tête.

— J'ai déjà essayé. Je flirte avec lui toute la journée, mais il ne fait que me rejeter – et crois-moi, ce n'est pas bon pour mon ego. Il n'est absolument pas réceptif.

— Il se fait désirer, c'est tout, m'assure Tito en levant les yeux au ciel. Tu es une jolie femme, tu sauras te débrouiller. Et puis, ce n'est pas la première fois que tu fais ça.

Ah, je suis une femme maintenant ? Depuis quand ?

Je le fusille du regard, les dents serrées. Non, en effet. Ce n'est pas la première fois qu'il m'envoie séduire des clients, lui qui se montre pourtant si réticent face à ma féminité. Je ne suis jamais allée jusqu'à coucher avec l'un deux, et pourtant : ça sonne tout de même comme de la prostitution.

Cela me rend malade. Et pourtant, je le fais toujours. Parce que je suis une idiote qui ne supporte pas de faire quelque chose qui lui déplaise.

Je ne réponds rien et me lève, prête à repartir. Je n'ai pas envie de m'éterniser plus longtemps.

— Au fait, j'ai été reconnue par l'un de tes collègues, Robert.

Mon père grogne dans sa barbe et me promet de s'en occuper. Ce n'est rien de très grave, mais je sais que Levi a remarqué ma réaction quand nous nous sommes croisés, à la sortie du restaurant de l'hôtel.

Je m'apprête à partir quand il m'interpelle une dernière fois :

— Rose.

— Hm ?

— C'est vraiment tout ce que tu as à me dire ? me questionne-t-il, les bras croisés sur son torse puissant. Il n'y a rien d'autre que je devrais savoir ?

Je repense à ce soir, à l'orage et au secret de Levi que je viens tout juste de découvrir. Je devrais lui en parler. Ce serait un énorme atout, pour plusieurs raisons.

Et pourtant, mon cœur me supplie de ne rien dire.

Après tout, je ne suis certaine de rien. Et puis, bien que j'aie un jour tenté de lui faire plaisir par tous les moyens, je ne supporte plus de voir mon père sourire. Hors de question que je lui fasse ce beau cadeau.

Je garderai ce secret avec moi pendant un petit moment. Qui sait ce que j'en ferai ? Pour une fois, je l'utiliserai à mon avantage, à moi et à moi seule.

Je hausse les épaules et grimace, usant de mes piètres talents d'actrice.

— Non, rien.

Chapitre 12

LEVI

Juin. Las Vegas, États-Unis.

« Levi... Tu ne vois pas les couleurs ? »

J'ai encore du mal à croire que j'ai été si bête. J'ai réussi à cacher ce secret pendant des années, mais Rose débarque et je me comporte comme un débutant.

— Je te l'avais dit, commente Thomas d'un air blasé. Tu es un idiot, que tu me croies ou non.

— Pour ma défense, je n'étais pas dans mon état normal.

Et c'est la vérité. Quand j'ai entendu l'orage, j'ai cru... Le temps d'un instant, je me suis revu, il y a dix ans, dans le salon de notre petite maison, le cadavre encore chaud de mon père sur le sol. Le bruit terrifiant du coup de feu et les souvenirs qui en découlent m'ont paralysé.

Depuis, chaque son qui y ressemble réussit à me projeter dans le passé. Je déteste cette faiblesse qui me pétrifie, mais je ne peux m'en empêcher. Je tremble, mon cœur se serre, j'ai peur. On m'a proposé des antidépresseurs, mais j'ai refusé. Des comprimés anti-stress suffisent à me calmer quand je suis en crise.

— Elle ne dira rien.

— Pour le bon prix, oui, j'imagine.

Je secoue la tête, amusé.

— Tu la sous-estimes, Tommy.

Je passe le quart d'heure qui suit à l'engueuler pour m'avoir laissé acheter des vestes bleues et grises alors que j'avais insisté sur du noir.

— Il n'y en avait plus en stock ! se défend-il.

— Et donc tu me laisses me ridiculiser ? Moi qui pense avoir un sens du style impeccable. J'ai dû passer pour un véritable bouffon.

— Plus personne ne dit « bouffon » de nos jours, *boomer*.

— OK, Chris, je raille en copiant la méthode de Rose.

Il roule des yeux et me laisse seul avec mes pensées. Celles-ci reviennent encore et toujours à *elle*. Quand j'y pense, l'orage est arrivé au bon moment. Sinon Rose se serait probablement réveillée dans mon lit ce matin, et il s'agit d'une très mauvaise idée ; la pire qui soit, en fait.

Elle dort encore. Vu l'alcool qu'elle a ingurgité hier, elle doit probablement avoir la tête à l'envers. Je me prépare à la journée de tournoi de demain en choisissant de visionner les finales des tournois précédents : notamment celles où figurent Tito et mon père.

Les deux hommes que je déteste le plus au monde.

J'ai passé beaucoup de temps à analyser la technique de mon père qui, contrairement au jeu agressif de Tito, favorisait la patience et la sécurité. C'était un très bon joueur, jadis. Il a battu Tito une fois seulement ; la fois de trop. Ce dernier n'a pas supporté l'affront. Je suis aussi intimement convaincu qu'il a pris peur. Il a vu le potentiel qu'il avait et l'a interprété comme une menace.

C'est à la suite de cela qu'il l'a trahi.

Ma vengeance n'est pas seulement une affaire de fierté et d'honneur. Tito est la source de tous mes problèmes. S'il n'avait pas arnaqué mon père par souci d'ego et soif de pouvoir, celui-ci n'aurait peut-être pas tourné ainsi. J'aurais probablement eu une enfance potable. Je ne me réveillerais pas en sursaut toutes les nuits. Quant à ma mère, elle ne serait pas en prison, changée à jamais.

Que de « si ». Je n'ai aucun moyen de savoir ce qui se serait passé, et c'est bien le problème. L'incertitude me tue.

— C'est qui ?

Je me retourne, surpris. Rose se tient debout à côté du canapé, pieds nus et les cheveux légèrement ébouriffés. Elle porte un short en jean taille haute et un tee-shirt sans manches qu'elle a coincé sous son soutien-gorge. Celui-ci ne doit pas être très épais car je devine plus que je ne le devrais.

Elle n'a toutefois pas encore eu le temps de se maquiller, si bien que ses yeux n'arborent pas leur éternel trait d'eye-liner. Ça change son visage. Elle est très jolie. Beaucoup trop.

— Bonjour, dis-je doucement avant de reporter mon attention sur l'écran. Mon père. Et Tito, comme tu peux le voir.

— Waouh. C'est qu'il était bel homme, ce Jacob.

Je hausse un sourcil, amusé.

— Tu lui ressembles beaucoup, ajoute-t-elle en s'asseyant à mon côté, les jambes en tailleur.

Cette simple phrase suffit à me faire l'effet d'une douche froide. Je lui réponds que je ne lui ressemble que physiquement. Autrement, je tiens de ma mère. Elle ne répond rien, regardant avec moi dans un silence cordial, puis lorsque mon père remporte la partie, elle demande :

— J'imagine qu'il doit être fier de toi. Il ne joue plus du tout ?

— Il est mort.

Elle me lance un regard, le visage indéchiffrable. Elle ne s'excuse pas, ce que j'apprécie. Je ne sais jamais quoi répondre à cela. À la place, elle me demande comment il était.

J'éteins la télé et referme mon ordinateur portable.

— Détestable. Tu as faim ? je demande pour changer d'avis. J'ai appelé le room service une heure plus tôt, il reste des gaufres et du bacon si tu veux.

Elle grimace en sortant son paquet de cigarettes de sa poche. Je la regarde en extirper une et la placer entre ses lèvres gonflées par le sommeil.

— Non merci, je vais fumer une cl...

Elle s'interrompt avec indignation quand je m'empare de la cigarette et me lève calmement.

— Ça va te tuer.

— Tu veux dire, comme mon poing dans ta bouche si tu ne me la rends pas tout de suite ?

— Tu n'as plus quinze ans. Ta phase de rébellion devrait être terminée depuis longtemps.

Elle me lance un regard noir et me reprend la cigarette des mains, son visage à quelques centimètres de distance.

— Qu'est-ce que ça peut te faire ?

— Je n'aime pas l'odeur de la fumée...

— Alors je ne fumerai pas près de toi.

— ... ni l'haleine des fumeurs, je chuchote contre sa joue.

À cela, elle sourit, malicieuse.

— Alors je ne t'embrasserai pas.

Je souris mais je peux sentir le goût amer de la déception sur ma langue quand je dis :

— Parfait.

Je m'apprête à retrouver Thomas dans sa chambre quand elle prononce mon prénom. Je me raidis, certain qu'elle évoquera les événements de la veille, mais elle se contente de tirer une taffe, les bras croisés, et de dire :

— Sois prêt à deux heures. Je nous ai prévu un truc.

***

— Comment se porte le *Raspoutine* ? murmure Thomas au bout du fil.

Nous prenons tous deux un café en terrasse... chacun à des tables différentes. Las Vegas en plein jour est une vision glauque à laquelle je ne réussis toujours pas à m'habituer. Les rues sont quasi désertes, et malgré le casino en arrière-plan, les lumières et les néons éteints rendent la ville complètement morte. Comme en pause.

Bordel, je transpire ! Je me demande comment fait Rose pour supporter une perruque avec cette chaleur toute la journée. Je n'avais clairement pas pensé à ça. Cela ne fait qu'une heure que je suis assis au soleil, chapeau, lunettes et fausse moustache sur le visage.

Non, ce n'est pas une blague.

Faute de pouvoir engager quelqu'un pour faire le sale travail à ma place (on soudoie déjà trop de gens, ça me revient cher cette histoire), j'ai dû accompagner Thomas pour surveiller Tito ce midi. D'après mon ami, il passe son temps dernièrement à rencontrer des hommes d'affaires. De possibles investisseurs. Tito est extrêmement influent, et ce malgré la récente baisse de régime de sa société à la suite de l'émergence d'une application rivale.

— Bien. J'ai eu Viktor au téléphone hier soir, il a l'air de gérer.

Je quitte Tito des yeux quelques minutes, le temps de me concentrer sur les documents que j'ai sous le nez. L'entreprise de Tito semble remonter la pente, doucement mais sûrement. Il doit se démener comme un démon, en privé, pour protéger ce bien qui lui est si cher.

— Bordel, ça gratte ce truc.

— Ne te plains pas, bougonne Thomas à l'autre bout du fil tandis que je le regarde toucher sa perruque avec dégoût. J'étais vraiment obligé de porter ça ?

Je jette un œil à ses faux cheveux noirs et bouclés, résistant à l'envie de sourire. Non, il n'était absolument pas obligé. Je voulais juste l'embêter un peu.

— Il ne doit pas nous reconnaître. Tu sais qui c'est ?

Ses yeux observent les partenaires de Tito, à quelques tables de nous, et il secoue la tête.

— Seulement Giulia Moretti. Elle fait partie du Conseil.

— Elle est au courant ? je demande en connaissant déjà la réponse.

Malgré ma question vague, Thomas sait tout de suite de quoi je parle.

— C'est son bras droit. Elle sait forcément.

Je réfléchis à toute vitesse, imprimant son visage dans ma mémoire.

— Je veux un rapport complet sur elle. Des nouvelles du *New York Times* ?

— J'ai déjà commencé, répond Thomas avec une pointe de fierté. J'ai réussi à organiser une entrevue téléphonique avec le rédacteur en chef. Il t'appelle dans la semaine.

— Parfait.

J'observe les schémas en face de moi sur l'écran, pensif. Mon plan semble fonctionner jusqu'ici, mais c'est encore trop faible. Un rien peut tout faire capoter. Et si...

— Je dérange ?

Thomas et moi sursautons comme un seul homme à quelques mètres d'écart, redressant nos menus devant nos visages. Rose se trouve face à moi, les yeux plissés à cause du soleil et une expression suspicieuse sur les traits. Elle aperçoit Thomas un peu plus loin, peu discret.

— Quelqu'un m'explique pourquoi vous vous cachez déguisés en Starsky et Hutch ? Très mal, en plus.

— On ne se cache pas, rétorque Thomas dans le téléphone.

Rose lève les yeux au ciel et se tourne vers moi.

— On avait rendez-vous, tu te rappelles ?

Eh merde. Je résiste à l'envie de regarder en direction de Tito, priant pour qu'il ne nous ait pas remarqués. Il faut croire que Thomas et moi avons beaucoup de talents, mais filer quelqu'un n'en fait pas partie.

— C'est vrai, désolé. Allons-y, dans ce cas.

Je me lève, rangeant mon ordinateur et ma clé USB dans mon sac en toute hâte. Rose fronce les sourcils, puis lance :

— C'est quoi, ce cirque ?

Je vois mon ami secouer imperceptiblement la tête vers moi, mais je l'ignore. Je veux faire confiance à Rose.

— Des plans concernant Tito, je murmure contre ses cheveux en faisant semblant de l'embrasser. Je t'expliquerai ce soir, en privé.

Elle reste muette. Je saisis mon sac et lui offre mon bras.

— On y va ?

— OK, mais d'abord... dit-elle en arrachant ma moustache d'un coup sec, ce qui me vaut un grognement de douleur. Je te préfère sans.

Je l'emmène loin, faisant signe à Thomas qu'on se voit plus tard, et lui propose de conduire. Elle accepte avec grand plaisir, un sourire aux lèvres.

Je me débarrasse de tout mon attirail une fois installé à l'avant, la sueur perlant à mon front. Rose me regarde faire et je la sens sur le point de m'interroger, c'est pourquoi je la devance :

— Où va-t-on ?

Elle m'offre un sourire énigmatique et m'explique qu'elle nous a inscrits à une activité de couple. Je retrouve tout de suite mon expression impassible.

— Si c'est un cours de poterie ou de cuisine, je te préviens, je ne sors pas de la voiture.

Elle ne se donne même pas la peine de répondre. Elle continue de conduire en silence sous le soleil du Nevada, dans cette ville qui a tout l'air d'un parc d'attractions abandonné, puis se gare devant une rangée de boutiques au bout de dix minutes. Je m'attends à ce qu'on sorte, mais elle arrête la voiture et se tourne vers moi.

— Est-ce que tu sais de quelle couleur sont tes yeux ?

Oh. Je vois. Mon sourire s'est depuis longtemps évaporé. Je savais qu'elle ne me laisserait pas tranquille avec ça. Rose n'est pas du genre à ignorer les choses en prétendant qu'elles n'ont jamais existé. Elle fait front.

Je réponds comme si de rien n'était :

— Gris.

— OK. Les miens sont marron. Chocolat, je dirais.

Je hoche la tête, mais mon cœur bondit dans ma poitrine. Depuis le temps que je voulais connaître la teinte exacte de ses iris ! Je n'aurais jamais pu demander à Thomas, sinon il m'aurait jugé.

Marron… Chocolat, plus précisément. Chocolat, mais lequel ? Maintenant que j'y pense, c'est vrai qu'ils se rapprochent de la couleur du chocolat noir. La même que mon café chaque matin.

— Où veux-tu en venir, Rose ?

— Nulle part. Je veux juste en discuter.

— Je n'ai aucune difficulté avec les couleurs. Tu le vois bien.

Ses yeux me transpercent, refusant de battre en retraite.

— Tu n'es pas forcé de me mentir, pas à moi. Tu ne devrais pas en avoir honte non plus.

Cette fois, une colère sourde monte en moi. De quoi se mêle-t-elle ? Je ne lui ai rien demandé, à ce que je sache. Je me suis parfaitement débrouillé jusqu'ici, et sans elle.

— Tu crois que j'en ai honte ?

— Ce n'est pas le cas ?

— Non, je réponds simplement.

C'était vrai quand j'étais jeune, car les autres enfants me le faisaient ressentir ; les adultes aussi. Le monde entier m'a fait comprendre que je ne voyais pas les choses comme il le fallait, et je ne comprenais pas pourquoi c'était moi qui avais un défaut. Pourquoi mon monde était le mauvais, et non le leur ? Juste parce qu'ils étaient plus nombreux ? Je refusais cette réalité.

Avec le temps, j'ai appris à m'en foutre.

— Pourquoi le cacher, alors ? me questionne-t-elle.

— Parce que tant que je n'ai pas vaincu Tito, il se servira de mes faiblesses contre moi. Je ne veux pas non plus qu'on me traite différemment, comme tu viens de le faire.

— Mais tu *es* différent, Levi. Faut t'y faire.

Sur ce, elle saisit mon sac et me le balance avant d'ouvrir sa portière et de sortir. J'hésite longuement mais je finis par la rejoindre sur le trottoir, résolument silencieux. Son interrogatoire se poursuit tandis que nous marchons :

— Tu confonds juste les couleurs, ou tu ne les vois pas du tout ?

Je pousse un profond soupir, puis je cède. De toute façon, elle a déjà deviné.

— Je ne les vois pas. Mon monde est seulement composé de nuances de gris ; du blanc au noir. En tout cas, c'est ce qu'on m'a dit quand j'avais quatre ans.

— Comme un vieux film, alors, dit-elle avec un mince sourire.

— Je suppose. Ils se ressemblent tous pour moi.

Après quelques secondes de silence, elle lance :

— Je t'ai demandé quelle était ta passion, hier, tu t'en souviens ? Eh bien, la mienne, c'est la peinture. Je peins depuis que je suis petite ; de l'abstrait, principalement. Et presque toujours des autoportraits. Ça sonne très narcissique dit comme ça, rit-elle doucement, mais je n'arrive à dessiner personne d'autre. Je ne comprends pas moi-même.

Je ressens soudain l'envie de voir ses peintures. De lui donner une toile et de la regarder faire pour le reste de la journée. Je lui demande pourquoi elle n'a pas suivi des études d'art, à quoi elle répond :

— Je ne pensais pas être à la hauteur.

Nous nous arrêtons soudain devant une boutique. Rose pousse la porte et me laisse entrer. J'embrasse la salle du regard tandis que ma fausse fiancée affirme avoir pris rendez-vous plus tôt ce matin. Cela m'a tout l'air d'une galerie d'art. La femme qui s'en occupe nous demande de la suivre et nous obtempérons. Elle nous emmène dans une salle au fond de la boutique, puis nous fait descendre un étroit escalier en colimaçon.

En bas, nous pénétrons dans une grande pièce lumineuse et climatisée où plusieurs personnes nous attendent déjà.

— Vous pouvez vous installer où vous voulez, nous dit la femme avec un accent du Sud presque incompréhensible. Le professeur va bientôt arriver.

Je comprends tout de suite de quoi il s'agit. Mes yeux tombent sur les toiles blanches posées sur les différents chevalets, les tubes de peinture et l'estrade au milieu du cercle.

Mes bras se recouvrent soudain de chair de poule. Les gens nous regardent, souriant timidement, et je ressens l'envie urgente de fuir loin d'ici. Je suis sur le point de faire volte-face quand la main de Rose se niche dans la mienne.

Je veux la repousser, mais elle me serre plus fort encore.

— Je veux partir.

— Ça ne durera qu'une petite heure, réplique-t-elle, le regard suppliant. S'il te plaît, essaie. Fais-moi plaisir.

— Pourquoi devrais-je te faire plaisir alors que tu me pièges de la sorte ?

Mon ton est plus acide que je ne le voudrais, mais c'est plus fort que moi. Pourquoi m'a-t-elle emmené ici ? Pour me narguer ? Me torturer ? Parce que ça y ressemble drôlement. Je suis entouré d'œuvres d'art mais je ne peux pas en apprécier la vraie beauté. J'examine les tubes de peinture qui me font face sans pouvoir savoir ce qu'ils représentent.

— Ce n'est pas une punition, Levi, se défend-elle d'une voix douce. Je ne pourrai jamais imaginer ce que ça fait, de ne pas voir le monde comme les autres. J'imagine que beaucoup t'ont fait croire que c'était impossible. Mais tu sais qui ne pourra jamais te juger ? L'art.

Je me calme peu à peu, les dents toujours serrées. Elle me fixe sans ciller, sérieuse. Sa main réchauffe la mienne.

— Dans l'art, tout est possible. Tout y est subjectif. En peinture, on s'en fout, des couleurs. On s'en tape, si elles ne vont pas ensemble. L'important, c'est ce que tu mets dans ton dessin. Ce que tu y apportes. À la fin de la journée, quelqu'un se reconnaîtra dedans, et ça le touchera tellement qu'il ne verra plus que ça.

C'est un bon discours, mais cela ne suffit pas à me convaincre. J'ai déjà essayé. Mais l'appel des couleurs ne me rend que plus misérable encore, car à force de faire les choses comme les autres, j'ose espérer être comme eux. Voir ce qu'ils voient. Puis je me rappelle que ça ne sera jamais possible, quoi que je fasse.

— C'est pour ça que tu as abandonné la photographie, pas vrai ? me demande-t-elle alors.

Je soupire, mal à l'aise.

— Quand j'avais dix ans, j'ai dit à mon père que je voulais être photographe. Il a éclaté de rire comme si c'était une blague, puis il a dit : « Ce n'est pas fait pour toi. » Et il avait raison.

— N'importe quoi. Un photographe capture les moments, les émotions. Pas les couleurs. Pareil avec la peinture, ajoute-t-elle avant de me demander : Tu connais Jay Lonewolf Morales ? C'est un peintre américain connu. Et pourtant, il souffre d'achromatopsie, lui aussi. Je veux juste... que tu essayes autre chose. Au lieu d'essayer de voir les couleurs, pourquoi n'essayes-tu pas de les sentir ?

Je la regarde, encore et encore, pendant de longues secondes, et mon cœur bat plus vite dans ma poitrine. Je déteste l'effet qu'elle me fait. J'adore l'effet qu'elle me fait.

— D'accord.

C'est tout ce que je suis capable de dire. Le professeur ne tarde pas à arriver de toute façon et nous prenons place, chacun face à un chevalet. J'observe les pinceaux et les tubes de peinture comme un ennemi en pleine guerre tandis qu'il nous explique comment va se dérouler l'heure.

Il dispose des objets sur une table en plein centre de l'estrade : un plateau rempli de raisins à côté d'un vase, de fleurs et d'un verre à moitié rempli de vin.

Je mets bien dix minutes à commencer. Rose me chuchote de ne pas réfléchir aux couleurs et de tout simplement me lancer. Je suis perdu. Et si j'utilisais de l'orange pour dessiner le raisin quand je sais pertinemment qu'il est censé être vert ?

« Ne réfléchis pas. »

Je suis ses conseils, un peu timidement je l'avoue, et me lance sans plus tergiverser. Je lui suis reconnaissant de ne pas voler des coups d'œil à ce que je fais, me laissant l'intimité dont j'ai besoin.

Je choisis un tube dont la couleur semble assez ressemblante à celle du raisin en face de moi – d'un gris plutôt clair, mais pas trop. Évidemment, je fais n'importe quoi. Je ne sais absolument pas dessiner.

— Tu peux faire de l'abstrait, si ça te convient mieux, me souffle Rose. C'est ce que je fais, moi.

Je jette un œil envieux à sa toile. Effectivement, elle n'a absolument pas suivi le modèle. Les couleurs se mélangent dans tous les sens. C'est magnifique. Comment peut-elle penser ne pas être à la hauteur ?

Je décide alors de faire pareil et de laisser mon inspiration artistique décider à ma place. Plus le temps passe, plus je me laisse aller. Je ne fais pas attention aux couleurs que j'utilise. Je suis plus concentré sur les formes, les traits, les pointillés que j'effectue du bout de mon doigt. Je me sens galvanisé par l'adrénaline, par l'envie de créer quelque chose, de laisser mes envies s'exprimer sur la toile.

Soudain, Rose trace une traînée de peinture sur ma main de son doigt. Je la regarde, indigné. Elle me sourit, le menton haut, et chuchote :

— Ça, c'est la couleur de mes joues quand je rougis. J'ai pensé que tu voudrais le savoir.

Je déglutis, le visage fermé. Je refuse qu'elle voie à quel point j'ai envie de sourire, là tout de suite. Je jette un œil à ma main et observe la couleur en hochant la tête d'un air absent.

Je tâcherai de m'en souvenir. Finalement, je prends l'excédent avec mon pouce et en dépose doucement sur ses joues. Elle me laisse faire sans rien dire, ses yeux plongés dans les miens.

Quand j'ai fini, je recule et l'examine.

Même sans voir les couleurs, je ne suis pas aveugle. Elle est...

— Magnifique.

Je l'imagine rougir davantage et cela suffit à me faire rire doucement.

Nous terminons l'heure très vite. Je contemple mon œuvre avec un mélange de fierté et d'interrogation. Je ne me pensais pas capable d'une chose pareille. Je n'ai aucune idée de si les couleurs sont harmonieuses, mais je m'en fiche. Je ne veux même pas le savoir. J'aime ce que j'en ai fait.

— J'adore, commente Rose en souriant à son tour. C'est très toi.

— Le tien n'est pas mal non plus.

Et c'est un euphémisme. Elle me remercie, même si je pense qu'elle ne partage pas mon avis. Nous les rapportons avec nous jusqu'à la voiture. Rose me demande si je veux conduire mais je lui avoue que cela m'est interdit.

— Oh. En effet. Tout s'explique.

Nous rentrons dans un silence apaisant. Je ne l'avouerai jamais, mais cette petite sortie m'a fait beaucoup de bien. Pour la première fois depuis que nous sommes arrivés à Las Vegas, j'ai pensé à autre chose qu'au poker ou à Tito.

Je me sens comme un petit garçon qui veut vanter ses dessins maladroits à sa mère. Il faut que Thomas voie ça !

— Et sinon... dit Rose lorsque je ferme la porte de la suite derrière moi. Est-ce que tu veux qu'on parle de ce qui s'est passé hier soir ?

— Pas vraiment, non.

Je continue de marcher en direction de ma chambre, mon sac à la main, mais elle s'en empare et le pose sur le comptoir derrière moi.

— Moi, si.

— Et depuis quand dois-je faire ce que Rose Alfieri désire ? je plaisante, les mains dans mes poches.

Elle se rapproche dangereusement, ce qui m'étonne un peu. Pourquoi cela lui tient tant à cœur, hein ? Ça ne la regarde pas.

— Je déteste les secrets, Levi.

— Oh parce que toi, tu n'en as pas ?

Elle reste imperturbable, le visage neutre. J'apprécie ce qu'elle a fait pour moi hier, ainsi qu'aujourd'hui, mais ce n'est ni ma mère, ni ma petite amie. Ce n'est pas sa place.

— Je ne te dois rien. Maintenant, laisse-moi passer.

— Pas aujourd'hui.

Je veux me retourner pour prendre mon sac quand elle agrippe soudain ma chemise et me tire à elle, et dans un geste désespéré, ses lèvres s'écrasent contre les miennes.

Chapitre 13

ROSE

Juin. Las Vegas, États-Unis.

Levi se raidit sous mon toucher, les yeux légèrement écarquillés. Le temps d'un instant, je me félicite de l'avoir ébranlé, ne serait-ce qu'une seconde.

Je sais qu'il va me repousser, c'est pourquoi je me dépêche de prendre ce que je cherchais furtivement dans son sac. Ses lèvres sont douces sous les miennes, chose surprenante. Chaudes, aussi. J'aurais voulu que cela dure plus longtemps, si j'avais envie d'essuyer un énième rejet.

Je le lâche donc, ignorant le désir ardent qui anime mon cœur, mais au moment où je veux reculer, sa main saisit ma nuque. J'ai à peine le temps d'apercevoir ses yeux assombris par la passion qu'il me tire vers lui et revendique mes lèvres avec sauvagerie.

Je grogne de surprise et de douleur mêlées, sans pour autant le repousser. Mes bras se couvrent de chair de poule tandis qu'il me tient fermement collée à lui, une main perdue dans mes cheveux, l'autre au creux de mes reins.

Mon corps réagit automatiquement, s'enflammant sous le passage de ses doigts. Je sens sa langue m'implorer et ouvre la bouche pour l'accueillir, enroulant mes bras autour de son cou. Nos langues se rencontrent et ne se lâchent plus. Son baiser est sauvage mais ses mains sur mon corps sont douces et attentionnées, glissant avec indécence le long de mon épine dorsale. *Oh bordel. Levi est vraiment en train de m'embrasser.*

Enfin.

Le silence de la suite est brisé seulement par le bruit de nos bouches qui s'apprivoisent et de nos respirations erratiques. Je me cambre contre lui, mes seins collés à son torse puissant, tandis qu'il me dévore littéralement. J'ai l'impression de me noyer, étouffée, asphyxiée, sans air pour respirer.

Une douleur familière pulse entre mes cuisses. J'ai terriblement envie de lui. Évidemment que j'ai envie de lui. Levi est incroyablement sexy, et de toute évidence, il embrasse comme un dieu.

Et en plus il ne veut pas de moi, que rêver de mieux ? *Je suis vraiment masochiste.*

Mes doigts caressent les cheveux rasés sur le haut de sa nuque, puis empoignent ceux, plus longs, qui se trouvent sur le dessus. Je les tire d'un petit coup sec, ce qui l'oblige à lâcher ma bouche. Ses paupières sont lourdes et sa respiration haletante ne fait que m'exciter davantage.

Il me regarde, la bouche entrouverte, sa langue juste à la commissure. Je glisse mon autre main le long de son abdomen, m'arrêtant sur la bosse qui déforme son pantalon. Il déglutit sans rien dire.

— Pas ton genre, hein ? je chuchote en desserrant légèrement ma prise sur ses cheveux.

Levi en profite pour s'approcher davantage, autant que je le lui autorise. Avoir le contrôle sur lui dans une telle situation, même si je sais qu'il me le laisse volontiers, suffit à faire trembler mes jambes d'excitation.

Il avance petit à petit, les yeux fixés sur ma bouche, et bientôt il se penche tellement que je le laisse avoir ce qu'il veut, lâchant prise sur ses cheveux. Il m'embrasse à nouveau, aussi sensuellement que possible, et je gémis quand il emprisonne ma lèvre inférieure entre ses dents et mord dedans comme dans un fruit défendu.

Je tressaille, les joues brûlantes. J'en oublie complètement la clé USB que j'ai en main et que je dois lui cacher, la raison première de mon baiser inopiné.

— Ta chambre, je l'implore en sentant son excitation pousser contre mon abdomen.

Il soupire contre ma bouche gonflée, son pouce poussant contre mon menton pour ensuite descendre et s'arrêter au milieu de ma trachée. Je lui demande dans un souffle ce qui l'accable. Sa langue titille mes lèvres, d'une cruelle lenteur, et je l'imagine amadouer ainsi tout mon corps. À des endroits plus sensibles encore.

— Je ne coucherai pas avec toi, Rose, murmure-t-il d'une voix rauque. Désolé.

C'est la douche froide. Soudain, je me rappelle qui je suis, qui il est, et ce que je suis censée faire. « Séduis-le » a été la première mission que mon père m'a donnée. Le voir me rejeter m'a énervée, d'abord par pur égocentrisme, mais là, à cet instant précis, c'est de la déception qui se fraye un chemin entre mes organes. Parce que même si je déteste l'idée, cette enflure me plaît bel et bien.

— Ce n'est pas vraiment ce qu'une femme aime entendre de son fiancé.

Il me fixe sans fléchir, l'expression froide et lointaine. Ses doigts remettent quelques mèches de ma frange en place tandis qu'il répond :

— Tu ne seras pas la première épouse qu'un homme déçoit dans la chambre. Je suis sûr que tu t'en remettras.

Sur ce, il saisit gentiment mes bras, toujours enroulés autour de son cou, et me force à le lâcher. Je réussis à dissimuler la clé USB serrée dans le creux de ma main, la colère gonflant ma poitrine. Je ne suis que frustration.

Après un baiser pareil, il ose me rejeter une nouvelle fois comme un vulgaire détritus. Pour qui il se prend, au juste ? Je ne suis pas à sa merci. Peu importe ce que dit mon père, je ne vais pas m'abaisser au niveau des petits jeux de Levi. J'ai ma dignité.

— C'est la dernière fois que je me ridiculise, Levi. Je te préviens.

J'entends l'agacement dans ma voix et cela m'énerve d'autant plus. Il se retourne, l'air indifférent malgré ses pupilles dilatées.

— OK. Et ?

— Ne viens pas me supplier ensuite, c'est tout.

— Dois-je te rappeler lequel de nous deux s'est jeté sur l'autre ?

— Ça n'a pas eu l'air de te déplaire, il y a encore deux minutes. J'ai vu la façon dont tu me regardes, également.

Il hausse un sourcil, intrigué.

— Et comment est-ce que je te regarde, Rose ?

— Comme tous les autres hommes.

Silence. Il prend son temps pour répondre, et cela suffit à me faire comprendre qu'il hésite à être honnête, probablement par peur de me heurter.

— Effectivement. Je te regarde parce que tu es belle. Peut-être que la beauté fait tout dans ton monde, mais pas dans le mien. Apprécier la beauté d'une femme ne veut pas dire que je veux coucher avec elle.

Ouch. C'est plus dur à encaisser que je ne l'aurais cru. Je lui demande donc si cela signifie qu'il ne veut pas coucher avec moi. Il ne répond pas. J'opine, encore et encore, jusqu'à sourire triomphalement. C'est bête, mais j'ai espoir. Car il n'a pas répondu à ma question.

— Oh, j'ai hâte... je ris dans ma barbe. Je vais attendre ce moment avec grande impatience, Ivanovitch.

Je me rapproche tandis qu'il me demande de quoi je parle, et je chuchote en réponse :

— Du moment où tu me supplieras de coucher avec toi. Parce que c'est ce qui va se passer. Et le jour où ça arrivera... tu regretteras de m'avoir rejetée tant de fois. Je vais te faire ramper, supplier, implorer, jusqu'à ce que tu n'en puisses plus. Et quand je te l'accorderai, tu me remercieras comme si j'étais le Messie.

Il ne réagit pas d'un iota. Il me sonde du regard, puis hausse une épaule nonchalante.

— Si tu le dis. Je vais prendre une douche. Bonne nuit, Rose.

Ma fierté en prend un coup, une nouvelle fois, mais je serre la clé USB dans mon poing et m'en vais en direction de ma chambre.

Une fois la porte fermée, je laisse tomber le masque et souffle toute la frustration qui me dévore. Je repense tout de suite à sa poigne dans mes cheveux, à ses doigts dans mon dos, à sa langue contre mes lèvres...

— Quel connard.

C'est quoi, son problème ? Il me rend mon baiser puis finit par me jeter en m'humiliant ? Essaie-t-il de se faire désirer, comme Tito le dit si bien ? Ou ne ressent-il vraiment aucune attirance pour moi ? Mais pourtant... il était bel et bien excité.

Je secoue la tête pour me défaire de tous ces doutes qui ne mènent nulle part, puis je saisis mon ordinateur pour lire sa clé USB. Mon cœur bat la chamade sous la fine peau qui le recouvre. Thomas et lui me cachent quelque chose. Ils espionnaient mon père depuis l'autre bout de la terrasse, il n'y a aucun doute là-dessus.

Et ça n'avait aucun rapport avec le poker.

Deux dossiers apparaissent sur l'écran, tous deux portant des noms ridicules : « Recettes maman » et « Anniversaire neveu ». Ils sont bizarrement protégés par un mot de passe. Évidemment, ce n'est qu'une ruse. Pourquoi protégerait-il les recettes du bœuf Stroganov de sa mère ? De plus, Levi est fils unique. Ça n'a aucun sens.

Je réfléchis quelques secondes au mot de passe, en vain. Devrais-je l'envoyer directement à Tito ? Il connaît forcément quelqu'un qui pourra cracker le dossier.

Non. Hors de question. Je veux savoir d'abord et décider si je lui en fais part ou non. Je fais le tour de mes contacts et envoie un mail à ce type de Florence, Andrea, étudiant en informatique. Je lui demande s'il peut m'aider à supprimer le mot de passe. Cet enfoiré me demande cinquante euros, juste pour la forme. J'accepte.

Je copie les dossiers sur mon ordinateur et les supprime définitivement de sa clé USB. Quoi que ce soit, ça ne peut pas être bon entre les mains de Levi Ivanovitch.

Je sors de ma chambre sur la pointe des pieds, en vue de remettre l'objet à sa place ni vu ni connu pendant qu'il est sous la douche. Je passe devant la salle de bains dans le plus grand des silences. On n'entend pas la douche. A-t-il déjà terminé ?

Son sac est toujours sur le comptoir de la cuisine. Je me dépêche et range la clé USB à l'intérieur. Je veux rejoindre ma chambre aussitôt mais au moment où je passe devant la salle de bains, la porte s'ouvre.

Je m'immobilise, prise en flagrant délit. Mon cœur fait un bond. Levi s'arrête immédiatement en m'apercevant, surpris. Il a l'air un peu débraillé, les joues roses et une lueur étrange dans les yeux. Plus surprenant encore, il semble... gêné ?

Levi Ivanovitch, mal à l'aise ! On aura tout vu.

— J'avais soif, je me justifie sans trop savoir pourquoi.

Je m'apprête à lui demander s'il a terminé avant de me rendre compte qu'il porte toujours ses vêtements de la journée. Il ne dit toujours rien tandis qu'il passe à côté de moi, fuyant mon regard, et disparaît dans le couloir.

Très bizarre. Il portait la même expression coupable que moi à l'instant. Je fronce les sourcils et pousse la porte pour entrer dans la salle de bains, m'attendant à trouver quelque chose d'illégal qui expliquerait sa réaction.

Rien ne montre qu'il a pris sa douche. Pourtant, il y fait étrangement chaud, une chaleur humide qui n'a rien à voir avec le temps de Las Vegas.

Que pouvait-il bien faire qui...

Oh.

Oh.

Je me sens rougir sans le vouloir tandis que des images interdites me viennent en tête. Mon cher fiancé n'était donc pas si indifférent que ça, en fin de compte...

Il ne me reste donc plus qu'une seule chose à faire désormais : jouer les indifférentes jusqu'à ce qu'il soit le premier à craquer. Et si le sexe ne suffit pas, je n'ai qu'à le faire tomber amoureux.

***

Le lendemain, nous passons la journée en salle de tournoi. Je joue à nouveau le rôle d'une journaliste. Levi agit comme si rien ne s'était passé la veille, et c'est très bien comme ça. Le midi, il prétend devoir se reposer et me laisse déjeuner seule.

J'en profite pour me poser au restaurant de l'hôtel et vérifier mes mails. Andrea m'a répondu plus tôt ce matin en m'envoyant les documents crackés. Je les ouvre sur mon ordinateur, curieuse, et mets plusieurs minutes à comprendre de quoi il s'agit.

L'un des dossiers comporte des schémas et des tableaux concernant l'entreprise de mon père. Effectifs, chiffre d'affaires, liste des investisseurs, et j'en passe. Le trouble m'enserre la gorge. Comment a-t-il eu accès à tout ça ? Mais surtout : dans quel objectif ?

Si je n'étais pas déjà inquiète, le second dossier me glace le sang. J'ai des dizaines de documents sous les yeux capables d'incriminer mon père : notamment des preuves de nombreux pots-de-vin.

Levi est donc très sérieux dans sa vengeance. Je l'ai sous-estimé. « Il a ruiné ma vie », m'a-t-il dit un jour. Cette histoire va bien plus loin qu'une simple rivalité au poker.

Pourtant j'ai encore du mal à comprendre. Je ne connais pas tous les détails, bien sûr – Tito s'est gardé de m'en parler. Je sais juste que, quand j'étais enfant, il était obsédé par Jacob Ivanovitch. Puis quand j'ai cru que c'était fini, il s'est pris d'obsession pour son fils, Levi.

Toute cette histoire me dépasse. Si j'ai accepté de faire tout ça, c'était pour l'argent, rien d'autre. Mais cela vaut-il tous les sacrifices ? J'ai beau détester mon père, je ne veux pas qu'il perde son entreprise. Je ne veux pas qu'il aille en prison. Je ne veux pas que sa réputation entache celle de ma mère.

Eh merde.

Désolée, Levi, je pense, en envoyant les preuves à mon père en pièces jointes. *Je dois me protéger.*

Chapitre 14

LEVI

Juin. Las Vegas, États-Unis.

— Ils ont disparu.

Thomas me regarde, le front plissé. Je garde une expression calme et détendue, les mains dans les poches de mon pantalon, tandis que des joueurs passent devant nous pour rejoindre leur table respective.

— Comment ça, disparu ?

— Ils ne sont plus sur ma clé USB.

Je peux deviner les questions dans ses yeux, mais je n'ai aucune réponse à lui fournir. La veille, les preuves étaient sur la clé. Ce matin, elles n'y sont plus.

— Je l'avais sur moi à chaque moment de la journée.

— Vraiment ? insiste-t-il, et je peux percevoir la pointe de méfiance dans sa voix. Même quand tu es parti avec Rose ?

Je me raidis, levant un regard glacial vers lui. Je n'aime pas les sous-entendus que sa question contient, même s'ils sont légitimes. Il continue :

— Je sais que tu ne veux pas l'entendre, mais...

— Ce n'est pas Rose. Je ne l'ai pas quittée des yeux de toute la journée.

Thomas reste muet. Je peux entendre ses pensées, même par télépathie. Il n'a jamais fait confiance à Rose de toute façon. Je lui dis de se détendre et pose la main sur son bras.

— On a fait des copies. Rien n'est perdu. Et même si ça l'était, ce n'est pas grave. Ce n'est que le plan B. On a tout l'alphabet devant nous.

Je ne lui laisse pas le temps de me répondre. Je vais m'installer à ma place, dégainant mes lunettes de soleil, et salue Li Mei d'un signe de tête lorsqu'elle s'assied à côté de moi.

— Comme on se retrouve, sourit-elle. Ça commence à se corser, pas vrai ?

— Je ne vois pas de quoi tu parles. Personnellement, je m'ennuie.

Elle s'esclaffe, amusée. Néanmoins, elle n'a pas tort. Les parties commencent à devenir de plus en plus difficiles. Les joueurs ordinaires laissent leur place aux plus expérimentés. Mais aucun que je n'aie déjà battu avant.

— Toujours aussi prétentieux. Il faut croire que ta fiancée n'a pas réussi à effacer ce vilain défaut.

— Il faut croire que ma fiancée aime ça, je rétorque en sortant mon stack [24].

À ce moment-là, Rose passe à côté de nous, déguisée en masseuse, et fait un signe de la main qui veut dire : « Bof bof ». Je résiste à l'envie de sourire, difficilement. Je suis agréablement surpris de la voir plaisanter, étant donné les événements de la veille. M'aurait-elle déjà pardonné ?

Je n'ai pas eu droit à un mot ce matin. Je suppose que je l'ai mérité. La vérité, c'est que je n'aurais jamais dû l'embrasser en premier lieu. C'était stupide. Mais son geste de l'après-midi, la façon dont elle a pris soin de moi comme si elle y tenait, m'a affaibli...

La première chose à laquelle elle a pensé après avoir découvert mon secret a été de m'emmener peindre ;

---

24. Montant des jetons d'un joueur au poker.

et par conséquent de partager sa passion avec moi. Qui d'autre aurait fait ça ? Elle est... surprenante. Rose se trouve en funambule sur la frontière entre le bien et le mal. Elle est trop cassée pour être un ange, mais trop bonne pour être un démon.

Malgré tous ses défauts, elle m'attire comme personne d'autre ne m'a jamais attiré avant. Je ne sais pas encore ce que c'est : de l'obsession, de l'admiration, de la curiosité, ou tout simplement le fruit d'un désir sexuel ?

Quoi qu'il en soit, je dois continuer à la rejeter.

Rose était censée être mon arme secrète. Mais plus le temps passe, plus j'ai peur que ce qui devait être mon point fort ne devienne ma seule et unique faiblesse.

« Tu seras ma faiblesse », lui ai-je dit le premier jour.

Il faut croire que je me condamnais moi-même.

— Justement, en parlant de ça : une amie journaliste a su qu'on était proches...

— On n'est pas proches.

— Tu l'intéresses, continue Li Mei en m'ignorant. Elle voudrait faire un portrait de Rose et toi.

— Non merci.

— Ce serait bon pour ton image.

Je ne réponds rien pendant un long moment. Un portrait de nous est une très mauvaise idée. Plus nous restons loin des yeux curieux, mieux nous nous portons. N'importe qui pourrait deviner, en y regardant de plus près, que Rose et moi ne nous aimons pas.

— Je n'ai pas besoin de soigner mon image.

— Ce serait une interview vidéo pour la chaîne YouTube de *Glamour*.

Je tique, surpris, et lui accorde enfin mon attention. Je ne suis pas un professionnel du milieu, mais n'est-ce pas un magazine de mode féminin ?

— *Glamour* ? Depuis quand s'intéressent-ils à nous ?

Soyons honnêtes deux minutes : le poker n'intéresse que les joueurs de poker. Ce ne sont pas les jeux Olympiques ni les Oscars, encore moins les Music Awards. Le monde des tournois est bien moins sexy qu'on ne le pense. La seule raison pour laquelle les choses changent depuis quelques années, c'est Tito. Que je le veuille ou non, il est une personnalité célèbre et très influente, ainsi les journalistes se ruent à chaque endroit qu'il fréquente.

Li Mei sourit, satisfaite d'avoir réussi à piquer ma curiosité, et plisse sa jupe sur ses genoux. Elle baisse la voix en voyant la croupière prendre place, signe que nous allons commencer.

— Le poker devient super tendance, en ce moment. Tu n'as pas vu le film qui vient de sortir, *Cartes sur Table,* avec Anya Taylor-Joy ? Ça a fait un carton.

— Je ne regarde pas la télé.

— Évidemment, soupire-t-elle en me tendant une carte de visite. Tiens, c'est son contact. Pense aux sponsors.

— Je suis déjà sponsorisé. Laisse tomber, Li Mei, c'est non.

Elle le sait déjà, si bien qu'elle hausse les épaules. Non seulement mes tournois sont tout frais payés, mais je reçois aussi une rémunération mensuelle pour lier mon image à celle de mon sponsor.

Je range la carte de visite dans ma poche intérieure et n'y pense plus après ça. J'ai la tête ailleurs. Je ne peux pas me le permettre, et pourtant. Je pense aux dossiers manquants, aux suspicions de Thomas sur Rose, aux provocations de Tito, et à ma fausse fiancée qui hante mes nuits.

J'ai même dû me soulager comme un adolescent en chaleur après notre baiser. À croire que je ne pouvais pas me retenir. Je n'aime pas du tout ce qui m'arrive.

— Qu'est-ce qu'il y a ? j'interroge Rose quand elle me rejoint pour déjeuner à notre spot habituel près de la piscine.

Elle semble préoccupée depuis notre retour de la salle de tournoi. J'ai pu remarquer que ses yeux restaient fixés sur Li Mei. Je lui demande si elle a remarqué quelque chose à propos de cette dernière.

— Je ne comprends pas.

— Quoi donc ?

— Sa bouche. Ses sourcils. Tout indiquait un signe de colère pendant votre partie. Pourtant... je ne crois pas qu'elle était énervée.

Je l'observe attentivement, intrigué et un peu impressionné, je l'avoue.

— Comment ça ?

Elle réfléchit encore un peu, le regard perdu au loin, et secoue furtivement la tête.

— Elle voulait qu'on le pense.

— Pourquoi ça ?

— Aucune idée. À dire vrai... j'ai encore du mal à la cerner. Lucky aussi. Il joue les jeunes beaufs, mais quelque chose cloche. Ce n'est pas toujours très naturel.

Je laisse échapper un petit sourire, amusé. Elle est douée, très douée, cela ne fait aucun doute. Elle me promet de les garder à l'œil et nous mangeons en nous entraînant aux cartes. Elle me félicite lorsque je la bats deux fois de suite. Je ne fais que penser à ma conversation avec Thomas plus tôt ce matin.

Si Rose n'a pas effacé les dossiers, serait-ce un signe ? Après tout, qui suis-je pour jouer les justiciers ? Je veux punir Tito pour ses péchés comme si j'étais Dieu, mais là n'est pas ma place. Je devrais plutôt m'inquiéter des miens.

Je ne suis pas meilleur homme que Tito.

— Selon toi, l'Homme est-il bon ou mauvais par nature ?

Rose lève les yeux de son assiette pour me regarder, un sourcil haussé dans une question silencieuse. J'aime le fait qu'elle me réponde naturellement au lieu de trouver mon changement de sujet absurde.

— Il paraît que c'est la société qui pervertit l'Homme, dit-elle alors, pensive. Certains disent qu'il n'y a aucun vice originel dans le cœur humain.

— Mais la société existait bien après l'apparition de l'Homme. C'est lui qui l'a créée, non ?

Elle penche la tête à cela, mâchant lentement. Aujourd'hui, elle porte un jean retroussé sur ses chevilles et une chemise ouverte en flanelle par-dessus un crop-top blanc. J'adore.

— Donc tu penses que l'Homme est mauvais par nature.

Je pousse un soupir.

— Je pense qu'il est capable des pires atrocités. Il nous a habitués à la guerre comme façon de régler les conflits. À l'esclavage. Au viol... Au meurtre.

— Et pourtant, répond-elle en haussant une épaule. Avec tout ça, l'Homme est quand même capable de faire le bien. Certains vouent leur vie à l'aide des autres. D'autres trouvent un chemin, même mince, vers la solidarité, voire le sacrifice, en situation précaire. La majorité des gens pourrait mourir pour quelqu'un qu'elle aime.

— Tuer, aussi.

J'ai dit cela dans un murmure, mais son regard me prouve qu'elle a entendu. Mon visage ne laisse rien paraître. À l'intérieur, ma poitrine me fait mal. Je pense à ma mère, à mon père, et à cette soirée que je n'arrive pas à mettre derrière moi.

Rose me dévisage plus longuement que je ne le voudrais. Finalement, elle pose son assiette et s'essuie la bouche.

— Je pense que l'opposition binaire entre le bien et le mal est extrême. Rien n'est tout blanc ni tout noir. L'Homme est capable des deux. Et quand bien même... je pense sincèrement qu'on est plus bons que mauvais. De manière générale, il y a une répugnance à tuer chez l'être humain, tu ne crois pas ? Et même quand quelqu'un passe à l'acte, cela entraîne généralement de la culpabilité et des regrets.

Elle n'a pas tort. C'est une question à laquelle on ne peut répondre. Les plus grands philosophes bossent encore sur le sujet. Je souris en direction de Rose, soudain très fatigué.

— Je ne t'aurais pas crue aussi optimiste.

Elle se lève et me tend la main pour m'aider à me relever. Je l'accepte tandis qu'elle roule des yeux en disant :

— Que veux-tu ? Chacun ses défauts.

***

Rose n'est toujours pas de retour dans la suite quand je sors de la douche. Ce n'est pas inhabituel ; nombreux sont les jours où elle disparaît quelques heures sans qu'on sache où elle est. Mais elle revient toujours.

J'enfile donc un tee-shirt et un jogging noir avant de me poser dans le canapé avec un verre de vin rouge. Je feuillette un livre sur le poker, surlignant les passages qui m'interpellent. Le silence me fait un bien fou. Malheureusement, celui-ci ne dure pas longtemps.

— Levi.

Je continue de lire malgré l'arrivée de Thomas. Il réitère et cette fois je lève le menton. Je suis surpris de voir que Li Mei l'accompagne. Son expression est fermée.

Quelque chose cloche.

— Qu'est-ce qui se passe ?

— Où est Rose ? me demande Thomas d'un ton agacé.

— Très bonne question. Pourquoi ?

Il jette un œil à Li Mei, qui est étrangement silencieuse.

— Je trouvais déjà bizarre qu'elle s'absente autant sans qu'on puisse savoir où elle est, mais après ce matin, j'ai commencé à faire plus attention encore.

— Tommy, je grogne en me relevant, la colère se frayant un chemin vers mon cœur. Je t'avais dit de ne rien tenter. De me faire confiance.

Aucun regret ni remords ne passe sur ses traits. J'avais oublié que malgré le respect qu'il me voue, Thomas n'en fait qu'à sa tête et croit avoir toujours raison.

— Je ne suis pas désolé. Parce que verdict : ça fait deux heures que je la cherche partout, en vain.

— OK. Et ?

— J'ai croisé Li Mei dans le hall. Apparemment, elles se sont vues tout à l'heure.

Je jette un œil à cette dernière, qui hoche la tête.

— Quelque chose cloche. Rose m'a demandé un service plus tôt, que j'ai refusé par manque de temps, et elle a... complètement pété les plombs.

— Quel genre de service ? je demande, ignorant le mauvais pressentiment qui m'enserre la gorge.

Elle se mord la lèvre, hésitante, puis soupire.

— Elle voulait que je parie de l'argent pour elle. Quand j'ai dit non, elle m'a insultée de tous les noms et s'est barrée en furie. C'était il y a une heure.

Je peine à le croire. Évidemment, je sais que Li Mei ne mentirait jamais. Mais ça ne ressemble pas du tout à Rose. Elle est facilement agacée, c'est vrai, mais elle ne « pète » jamais un câble, si ce n'est pour me jeter ses escarpins à la tête. Je regarde Thomas pour comprendre à quoi il pense, mais il reste de pierre.

— Je m'en occupe. Merci, j'ajoute en direction de Li Mei.

Elle acquiesce et je devine derrière son masque qu'elle est un peu inquiète. J'imagine que les femmes se sont rapprochées quand je ne regardais pas. Je me change et ordonne à Thomas de ne pas s'en mêler davantage. Je descends, tentant d'appeler son téléphone portable, mais tombe tout de suite sur sa messagerie.

Je fais un tour des salles de jeu, en commençant par les machines à sous. Quand j'y pense, Rose n'est pas une seule fois passée par le casino depuis qu'on est là. Pourtant elle adore ça, non ? Pourquoi n'a-t-elle pas proposé qu'on aille jouer pour le plaisir, un soir ?

Pourquoi demander à Li Mei de parier à sa place ? Voulait-elle me le cacher ?

— Tu cherches ta « fiancée » ?

Eh merde. Je serre les dents et fais volte-face. Tito me sourit vicieusement, une bouteille d'eau à la main. Je devine qu'il vient seulement de terminer sa journée.

Je le parcours des pieds à la tête d'un regard mauvais, puis je fais demi-tour après lui avoir lancé :

— Occupe-toi de tes oignons.

— Je sais où elle est.

Je m'immobilise, et je me tourne lentement. Il savoure son moment, les bras croisés sur son torse musculeux.

— Elle était en train de dilapider ton argent au Blackjack il y a encore une heure, soupire-t-il. Puis quand elle a manqué de jetons, elle s'est énervée sur les croupiers. Ce n'était pas très beau à voir...

Je sais qu'il pourrait dire cela pour m'atteindre, mais je vois dans ses yeux qu'il dit la vérité. Ceux-ci se plissent davantage encore quand il ajoute avec sérieux :

— Tu ne devrais pas la laisser s'approcher des tables.

Ma première envie est de lui cracher dessus. La seconde, bien plus raisonnable, est de rire jaune. De quel droit me donne-t-il des conseils à propos de ma fiancée ?

— C'est vrai que tu es un expert en affaire de couple, je souris en gardant mon calme. Comment va ta femme, d'ailleurs ? Elle demande toujours le divorce ?

Tito est bien moins doué que moi dans l'art de cacher ses émotions. Il serre les dents, furieux.

— Tu joues à un jeu dangereux, Levi.

— C'est aussi ce que tu as dit à mon père avant de le poignarder dans le dos ?

— Ton père n'avait pas la force de caractère que tu as, je dois bien l'avouer. Mais tu te trompes de combat. Je n'ai rien contre toi.

Il est terrifié. Il sait de quoi je suis capable, et il a peur. Le simple fait de le savoir me donne la force nécessaire de continuer coûte que coûte. Je secoue la tête puis lève les mains devant moi, mentant comme un arracheur de dents :

— Je te l'ai dit : c'est la dernière fois que je me bats contre toi. Si ça marche tant mieux, et sinon tant pis. J'ai trouvé l'amour. C'est bien plus important qu'une ancienne querelle qui ne me concerne même pas.

Sur ce, je m'en vais pour de vrai cette fois. Ses mots se heurtent à mon dos quand il hausse la voix :

— Profites-en tant que ça dure !

Quel connard. Je tente de l'oublier et me dirige vers les tables de Blackjack. Je crains que Rose ne se fasse démasquer pour comptage de cartes et que la direction ne la bannisse de l'hôtel. Ce serait vraiment mauvais, surtout s'ils m'associent à elle.

Je scanne la salle du regard, frustré. Je m'apprête à appeler Thomas à la rescousse quand quelqu'un pose une main sur mon épaule. Je sursaute avant de reconnaître Lucky.

— C'est Rose, que tu cherches ? me demande-t-il.

— Tu l'as vue ?

Il hoche la tête en se grattant le crâne.

— Je l'ai croisée quand un croupier lui a dit de quitter la table. Elle avait l'air un peu survoltée. Je lui ai demandé si ça allait et là elle m'a demandé de lui prêter de l'argent.

Je fronce les sourcils, confus. Lucky passe la main dans ses cheveux et continue de m'expliquer :

— Elle m'a vue hésiter et m'a promis qu'elle me rembourserait le double.

— Tu lui as donné ?

— Je n'en ai pas eu le temps. Elle s'est reprise aussitôt et m'a dit de laisser tomber. Ensuite, elle est partie comme si elle avait le feu aux fesses.

Je lui demande dans quelle direction elle est partie et il me pointe la porte de secours du doigt. Lucky me propose d'y aller avec moi, mais je décline en le remerciant de son aide. Je n'ai aucune idée de ce qui se passe, mais ce n'est pas normal.

Tout cela n'a aucun sens.

Je traverse la salle et passe la porte de secours. J'atterris dans une cage d'escaliers déserte et silencieuse. J'appelle son prénom mais reste sans réponse. Je descends de quelques étages, et au moment où je pense à abandonner, je m'arrête net.

Une mince silhouette me fait face, assise par terre, le dos contre le mur blanc et froid. Sa tête est nichée dans ses bras, posés sur ses genoux repliés, mais je reconnais ses cheveux noirs.

— Rose ? je murmure doucement. *любимая ?*

Elle lève des yeux secs vers moi, la mine misérable. Je remarque des égratignures sur son genou gauche. Elle saigne. Elle n'a pas l'air dans son assiette. Mon cœur tambourine.

— Qu'est-ce qui s'est passé ?

Chapitre 15

ROSE

Juin. Las Vegas, États-Unis.

Ça fait longtemps que je ne me suis pas sentie comme ça. Même si j'ai connu bien pire, je sais que ce n'est pas beau à voir. Je m'en veux de permettre à Levi d'en être témoin.

Je m'étais promis de ne pas le laisser apercevoir le monstre à trois têtes en moi. Je pensais en être capable. Il faut croire que je me suis surestimée. Ma mère avait raison. Une guérison n'est pas éternelle. Si l'on ne fait pas attention, si l'on tente le diable, la maladie reviendra.

— Qu'est-ce qui s'est passé ? me demande Levi d'une voix étonnamment douce et patiente.

Il m'a cherchée. Je suppose qu'à ses yeux mon absence était très suspecte ; et il n'aurait pas tort, dans un sens. Je suis bel et bien en train de le trahir.

— Rien. J'ai voulu jouer, c'est tout. C'était une erreur.

Ma voix n'est qu'un souffle fatigué. Je déteste la faiblesse qu'elle exprime. Levi s'accroupit en face de moi, un genou à terre, et saisit mon mollet de ses mains délicates. Sa peau est soyeuse contre la mienne, son toucher aussi doux qu'une plume.

— Et ça ? dit-il en pointant ma blessure au menton.

— J'ai mal calculé l'espace entre chaque marche, j'avoue honteusement, fuyant son regard intense.

« Parce que je suis bourrée » est ce que je ne lui dis pas, même si je pense qu'il le devine aisément. Levi ne se moque pas. À la place, il se penche et souffle tout doucement sur ma peau arrachée. Ce simple geste suffit à déclencher une nuée de frissons le long de mon dos.

— Tu as bu de l'eau, aujourd'hui ? Tes lèvres sont sèches.

— Je vais bien.

Il continue de me fixer, impassible. Tout dans son visage indique qu'il est en colère, pourtant sa voix est douce et la façon dont il me touche montre qu'il veut être délicat.

— Rentrons.

Il passe soudain un bras sous mes jambes ainsi que mes épaules, me soulevant sans effort. Je veux protester mais il me serre contre son torse et j'en perds mes mots. À quoi joue-t-il, exactement ? Ce n'est pas une petite blessure au genou qui va m'empêcher de marcher.

C'est ce que je veux lui dire quand nous sortons, mais pour une raison que j'ignore, je me tais. À la place, j'enroule les mains autour de sa nuque, surprise par sa force. Sa proximité m'apaise. Je me sens... protégée. Cela ne m'arrive pas souvent, alors j'en profite égoïstement.

Quand nous débarquons dans le hall, je comprends pourquoi il fait étal de son affection. Mon sang se glace alors que je remarque Li Mei, Thomas et Lucky en pleine discussion près de la fontaine. En nous voyant, ils s'interrompent immédiatement.

— Était-ce vraiment nécessaire ? je chuchote contre son cou.

Il hausse un sourcil, comme s'il ne comprenait pas ce que je voulais dire. Je veux approfondir quand mes yeux se posent sur Tito, les bras croisés, près des escaliers roulants. Je me raidis, mal à l'aise. Mon père plisse les yeux puis s'éclipse.

Je cache mes joues roses contre le tee-shirt de Levi jusqu'à ce qu'on arrive à notre suite. Là, il me dépose prudemment sur le canapé et part chercher une trousse de secours dans la salle de bains, ainsi qu'une bouteille d'eau. Je le laisse s'asseoir sur la table basse face à moi, retirer ma chaussure et poser mon pied sur sa cuisse.

Je n'aime pas la façon dont les battements de mon cœur accélèrent à son toucher. J'aimerais l'arrêter, mais j'en suis incapable. Je tressaille chaque fois que ses doigts caressent ma peau pendant qu'il désinfecte ma blessure et applique un pansement dessus.

— Ce n'est pas si grave.

— Je n'ai pas dit que ça l'était, répond-il simplement.

Quand il a fini, il pose la trousse à côté de lui et tient mon pied entre ses mains. Son regard me dévore, rempli de questions qu'il contient à peine, j'en suis certaine.

Je bois la moitié de la bouteille qu'il m'a donnée, assoiffée. Je m'hydrate généralement très mal, mais j'ai oublié que j'étais à Las Vegas, désormais. Et l'alcool ne compte pas.

— Li Mei m'a dit que tu lui avais demandé de parier à ta place.

Il ne perd pas de temps. Je soupire intérieurement. Évidemment, cette fouine a cafté ! La vérité, c'est que je ne lui en veux même pas. Elle a accepté de m'aider sans rien recevoir en retour et dès l'instant où cela est devenu impossible, je me suis défoulée sur elle.

Je déteste la personne que je deviens quand je suis en manque.

— J'ai fait une erreur en venant ici.

Ça ne pourrait pas être plus vrai. Levi m'écoute attentivement, sans m'interrompre, signe que je peux continuer. Est-ce une bonne idée ? Bien sûr que non. Et pourtant, j'ai envie de le confier à quelqu'un, n'importe qui. Au fond de mon cœur, je sais qu'il sera en mesure de comprendre. Qu'il ne me jugera pas. Qu'il me dira quoi faire, peut-être.

— À Macao, tu m'as demandé quel était mon poison, tu te souviens ? Le voilà, dis-je en souriant tristement.

Bordel, j'ai terriblement envie d'une clope, là tout de suite. Je ris dans ma barbe à cette pensée, ce qui me pousse à ajouter :

— Enfin, l'un d'eux. Parce qu'une addiction en entraîne souvent d'autres.

Je vois qu'il fait le lien dans sa tête. Le jeu, l'alcool, la cigarette... Je suis complètement cassée. Ma mère répète toujours que je suis trop jeune pour dire une chose pareille. Mon père, lui, dit que je suis faible d'esprit ; que je tiens ça de ma mère. Depuis ma guérison, il refuse que je m'approche d'un casino. Je l'embarrasse devant ses amis.

— Tu es addict au jeu ? murmure Levi sans jugement aucun.

Je hoche la tête. Il me demande depuis combien de temps. Maintenant que c'est dit, je ne peux plus m'arrêter.

— Je jouais déjà adolescente, avec mon... mentor. C'était plus pour m'amuser qu'autre chose. Mais quand j'ai eu dix-huit ans, j'ai fêté ma majorité en allant au casino pour la première fois, dis-je avec un sourire, au souvenir de cette soirée mémorable. Au début, c'était sympa. Je ne sais pas quand ça a dérapé exactement. Tomber dans l'addiction, c'est un peu comme tomber amoureux : on ne s'en rend compte qu'une fois qu'il est trop tard.

Son silence est étrangement très réconfortant. Il me donne envie de tout lui dire, de me dévoiler davantage, et Dieu sait que c'est dangereux.

— Tu as compris qu'avec tes capacités, tu pouvais devenir riche, dit-il doucement.

— Bingo. Très rapidement, j'étais prise dans la spirale. Je passais mon temps à jouer, que ce soit au casino ou en ligne. Je n'avais plus de vie sociale. À dire vrai... j'ai raté mes études à cause de ça. J'ai menti. Je n'ai jamais réussi à aller jusqu'au bout. Je séchais la journée, je ne dormais pas la nuit, et tout ça pour jouer.

Les souvenirs remontent à la surface malgré moi et je les accueille avec amertume. Je me souviens de l'adrénaline, du sentiment de surpuissance, puis de la déception quand je perdais tout l'argent récolté. « Je vais tout regagner », me disais-je chaque fois. « Je n'ai qu'à jouer deux fois plus encore ! »

C'était un cercle vicieux.

— Je volais de l'argent à mes parents quand je n'en avais plus à miser, j'avoue avec honte, le regard baissé. D'autres fois, j'en empruntais à des gens. Ma mère a découvert le pot aux roses sur mon ordinateur. Elle et mon père ont tout fait : ils ont changé mes mots de passe, ils m'ont pris mon argent et ont caché le leur, confisqué mon ordinateur, punie de sortie, tout.

— Ça n'a pas marché ?

Je me mords la lèvre, en riant doucement. Si seulement c'était aussi simple que ça. L'addiction se fout bien des obstacles. Elle trouve toujours un moyen, même extrême, de parvenir à ses fins.

— Quand j'ai découvert que mon père avait changé tous les mots de passe des ordinateurs, ce qui m'empêchait de jouer, on est rentrés dans une terrible dispute. Lui et ma mère étaient sur le point de partir, chez ma tante je crois. Quand ils sont montés en voiture en me disant qu'on en parlerait le soir même, prêts à m'abandonner, j'ai... Je me suis mise en travers de la route en leur hurlant qu'ils n'allaient nulle part, qu'il faudrait me passer sur le corps.

Je me rends compte, en parlant, à quel point c'est tordu. À quel point j'étais malade à l'époque. Je ne voyais que le jeu. Après ce jour, ma mère m'a obligée à consulter. J'ai accepté, car moi-même je voyais que ça n'allait plus, que la situation m'échappait complètement.

Ça a pris du temps et de nombreuses rechutes, mais j'y suis arrivée. Après plusieurs années, me voilà guérie. Mais cette guérison est encore fragile, au moins autant qu'un pissenlit au vent. Et aujourd'hui, celui-ci soufflait trop fort pour que je tienne bon.

— Les dettes dont tu me parlais... C'est donc ça ?

Je hoche la tête. Il soupire profondément, le regard au loin, et je devine qu'il réfléchit à je ne sais quoi. Est-il déçu ? Pas que ça m'intéresse. Je me fiche bien de ce qu'il pense de moi.

Enfin... c'est ce que j'aimerais. Mais au fond, je sais que c'est faux. Je veux qu'il m'apprécie. Je veux qu'il me trouve belle, intelligente, talentueuse, drôle, géniale. Je veux son attention. Pas n'importe laquelle ; la *sienne.*

— Et maintenant... ça va mieux ?

— C'est ce que tu demanderais à une ex-alcoolique devenue caviste ?

Il grimace devant l'ironie de la situation.

— Effectivement. Rose, je suis désolé...

Je lui demande pourquoi, surprise d'un tel aveu. Cette fois, je soutiens son regard. Son expression est coupable et sincère. Il soupire, fuyant mon regard, et secoue la tête.

— C'est moi qui t'ai demandé de venir. Je ne le regrette pas, mais... Si j'avais su, je ne l'aurais pas fait.

— Vraiment ? je raille sans trop y croire.

— Qu'est-ce que tu crois ?

— Je crois que tu ne reculerais devant rien pour remporter la partie et ridiculiser Tito. Les problèmes des autres ne sont pas *ton* problème.

Il me fixe sans rien dire pendant un long moment. Il sait que j'ai raison. Je commence à le connaître. Nous partageons cet égoïsme qui fait de nous des enfants perdus. Je ne le juge pas, bien au contraire. J'aurais sûrement fait la même chose.

Levi descend mon pied et pose les coudes sur ses genoux écartés, le regard perçant. J'ai manifestement touché un point sensible.

— C'est vrai. Mais là, c'est différent. J'ai vu les dégâts que peut faire l'addiction. Je ne le souhaite à personne... Alors oui, je suis désolé.

Oh. Je replie mes jambes sous mes fesses, me sentant soudain très vulnérable. Je viens tout juste de lui donner le meilleur moyen de me détruire. Mais là aussi, je connais son plus gros secret. Désormais, on est quittes.

— Toi ? je répète, curieuse.

Il secoue la tête en répondant dans le vide : « Mon père. » Soudain, tout s'emboîte dans ma tête.

« Je n'aime pas les alcooliques », m'a-t-il déjà dit. Ou encore : « Ça va te tuer », en parlant du tabac. Sans oublier les provocations de Tito lors de leur rencontre, l'autre jour. J'aurais dû tilter avant. Son père est-il mort à cause de son addiction ? Je sais que c'est mal, que je suis censée le détester, que c'est mon ennemi juré, mais je ressens une vague de compassion pour lui.

Tito ne m'a jamais parlé de ça. Je me suis plongée là-dedans sans poser aucune question. Je ne connaissais que son nom mais ça me suffisait. Je ne voulais rien savoir de lui parce que je ne voulais pas m'attacher à quelqu'un que j'aimais tant détester.

— Ton père n'a jamais réussi à guérir ?

— Il n'en a pas eu le temps, dit-il simplement.

— Et ta mère ?

Il n'en parle jamais. En a-t-il une, au moins ?

— En prison.

Putain. Je crois d'abord qu'il plaisante, mais son expression est très sérieuse. J'y distingue aussi de la tristesse : son visage est détendu, ses sourcils s'abaissent, il regarde le sol.

— Homicide involontaire. Elle a plaidé la légitime défense.

Oh waouh. Donc son père est mort et sa mère est en prison pour meurtre. Coïncidence ? Sa mère aurait-elle... tué son mari ? Mais c'est terrible ! Pourquoi ne suis-je pas au courant ? Je me pensais cassée, mais Levi doit probablement vivre avec des choses que je ne peux même pas imaginer. Il sourit faiblement face à ma réaction choquée, puis pose une main réconfortante sur mon genou.

— Je crois que tu ferais mieux de rentrer chez toi, Rose.

Je pâlis, interdite. Rentrer chez moi ? Non, non, non. Ça ne fait pas partie du plan. Je ne peux pas. Mon père me tuera. Il saura alors que je ne suis qu'une bonne à rien, que j'ai été plus faible que mes démons.

Et je ne le verrai plus, lui.

— Pourquoi ça ? On n'en a pas terminé.

— Rose, tu es dans un casino. Un casino où a lieu un tournoi de poker, avec des joueurs autour desquels tu déambules toute la journée. On ne peut pas faire pire, là.

— Je vais bien ! je le rassure en me levant. Crois-moi. Et puis j'ai besoin de cet argent.

Il se redresse à son tour, l'air pensif. Je sais déjà ce qu'il va dire avant même qu'il ouvre la bouche. Il va me proposer de me payer malgré tout, et dans ce cas-là, je n'aurai plus aucune excuse pour rester.

— Je peux te don...

— S'il te plaît, je le devance.

Il me fixe sans rien dire. Il ne peut pas me renvoyer chez moi. Je dois rester ici. Près de lui.

Pour Tito, bien sûr.

— Je ne sais pas. Si ça recommence...

— Levi, dis-je en prenant sa main, un sourire rassurant aux lèvres. Je ne vais pas replonger. Je peux te le promettre. Je suis forte. Regarde, je n'ai pas joué depuis Macao et tout va bien ! Si je me suis tournée vers Li Mei, c'est parce que je dois absolument payer mes dettes. J'aurais pu le faire moi-même, mais j'ai été assez sage pour chercher quelqu'un qui le fasse à ma place. Aujourd'hui était... une erreur. OK ?

Ses yeux ne cillent pas une seule fois en me regardant. Je ne bats pas en retraite, priant pour qu'il me croie. Moi-même, j'y crois presque. Au bout du compte, il hoche la tête en acceptant de me faire confiance.

— Je vais commander à manger, dit-il en me laissant là. Profites-en pour te faire couler un bain.

Il n'a pas besoin de me le dire deux fois.

***

Je débarque dans la cuisine enveloppée dans une serviette blanche, démaquillée et les cheveux humides. Levi m'attend autour de l'îlot central, des sacs posés en face de lui.

— Je ne savais pas ce que tu voulais mais je me suis souvenu que tu aimais les sushis.

J'ouvre les sacs et suis surprise de retrouver le même menu que j'avais commandé, il y a quelques jours. Je dois avouer qu'il a bonne mémoire. Je le remercie d'un sourire.

Mon bain m'a fait le plus grand bien. En sortant, j'ai trouvé un nouveau message de mon père qui disait : « Comment ça avance ? » Je suis bien contente qu'il ne m'ait pas vue aux tables de Blackjack...

Je lève les yeux vers Levi, la culpabilité brouillant ma vue. Plus j'apprends à le connaître, plus je m'attache à lui. Il n'est pas ce que j'imaginais. Je regrette d'avoir à lui faire ça.

Techniquement, tu n'as aucune obligation, me répond ma conscience. Je la fais taire avec une gorgée d'eau. Il me demande si mon genou me fait mal et je secoue la tête. Je lui parle de mon souhait de m'excuser auprès de Li Mei et Lucky, pauvres victimes de ma crise. Levi me répond que c'est une bonne idée.

Quand j'ai fini tous mes makis, je disparais dans ma chambre sans rien dire et reviens avec un petit cadeau. Je me rassieds en le tendant à Levi. Il hausse les sourcils, la bouche pleine.

— Je n'ai pas eu le temps de te le donner aujourd'hui, mais... je t'ai acheté quelque chose.

— Ce n'est pas mon anniversaire.

— Et alors ?

— Je ne savais pas qu'on était si proches.

— On est fiancés, *amore mio.*

Il sourit de bon cœur en guise de réponse et accepte le cadeau. Il déchire l'emballage, le front plissé, et se fige en découvrant l'objet à l'intérieur. Il ne dit rien pendant un long moment, l'expression fermée, le bras figé.

— Qu'est-ce que c'est ?

Ce n'est pas une vraie question. Il sait très bien de quoi il s'agit. Je ne me démonte pas, déterminée.

— Un nuancier.

Son regard se pose sur moi, glacial.

— Range les crocs, dis-je en roulant des yeux. J'ai pensé que ça te ferait plaisir.

— Rose. Au cas où tu n'aurais pas compris, je ne vois *pas* les couleurs.

— J'avais compris, merci, mais j'ai eu une idée. Donne, je te montre !

Je le lui arrache des mains, sûre de moi, et saisis une feuille et un stylo dans l'un des tiroirs. Enfin, je dispose chaque bande en éventail devant ses yeux.

— Il y a 213 couleurs là-dedans. De ce côté, dis-je en lui montrant les bandes de droite, sont toutes les couleurs qu'a priori tu ne reconnais pas. De l'autre, il y a toutes les nuances de blanc, gris et noir. Celles que, selon tes dires, tu vois comme moi je les vois. Compris ?

— Jusqu'ici, oui, soupire-t-il sans comprendre où je veux en venir.

— Je sais que ce n'est pas très précis, et c'est peut-être une idée complètement nulle, mais j'ai pensé que ça pourrait t'aider.

Je pointe alors du doigt une nuance gris foncé et lui présente les autres couleurs en comparaison.

— Parmi toutes celles-ci, lesquelles ont la même teinte que le numéro 9004 ?

Cette fois, il paraît surpris. Il a l'air d'avoir saisi le concept. Je lui explique donc qu'on peut catégoriser chaque couleur « modifiée » – c'est-à-dire celles qu'il ne voit pas – selon leur ressemblance avec celles qu'il voit.

Il joue le jeu, le regard concentré glissant de nuance en nuance. Il finit par en désigner plusieurs du doigt, que je marque au stylo :

— 6012, 5022, 3007, 4007, 3011...

Il montre du rouge, du marron, du vert, du violet et du orange, tous de couleur très foncée. On fait ça pour chacune des couleurs, ce qui nous prend plus d'une heure. Lorsque nous avons fini, j'admire notre beau tableau.

— Voilà !

Levi secoue la tête sans rien dire mais je l'ignore.

— OK, on va faire un essai. Ne bouge pas, je reviens.

Je vais enfiler un haut et un pantalon au hasard, puis je reviens. Je touche ma chemise auburn et lui demande de quelle couleur elle est. Il la contemple intensément, et le temps d'une seconde j'ai l'impression qu'il scrute ma poitrine, avant d'analyser notre tableau.

— Ça ressemble à ça, dit-il en me montrant le 9007. Donc, par déduction... c'est l'une de ces onze couleurs. Génial. Ça aide beaucoup.

Je le fusille du regard. Du sarcasme, vraiment ? Alors que tout ce que je souhaite, c'est l'aider ?

— Fais un effort. Il faut procéder par élimination.

Il n'a pas du tout envie d'obéir, je le sais, mais il le fait tout de même. Il réussit à éliminer la moitié des couleurs correspondantes. Je masque mon sourire en constatant que la couleur auburn en fait partie. Il peut se moquer autant qu'il le veut, ma méthode fonctionne.

Je suis un génie.

— Et maintenant, tu fais travailler tes méninges en fonction de la situation. À ton avis, laquelle de ces couleurs je pourrais porter ?

Pour être honnête, c'est plutôt facile. Les autres choix sont le jaune – il sait déjà que je déteste le jaune –, le rouge bordeaux et le bleu marine. Il me montre la couleur auburn presque aussitôt, me lançant un regard plein d'espoir enfantin.

Mon estomac se retourne sur lui-même à sa vue. Je crois que, même si ce n'était pas la bonne réponse, je lui aurais menti juste pour lui faire plaisir.

— Bravo !

— Vraiment ? s'étonne-t-il avec scepticisme devant mes applaudissements.

— Vraiment. Bien sûr, ça ne fonctionnera pas toujours, mais ça peut t'aider, non ? OK, maintenant mon pantalon. De quelle coul...

— Beige.

Je n'ai même pas eu le temps de finir ma phrase. Je reste figée, bouche bée. Il n'a même pas cillé avant de répondre. Je lui demande comment il le sait et il se contente de sourire doucement en haussant une épaule.

— Ça ressemble à du beige.

— Tu mens. Tu as triché, avoue.

— Comment aurais-je pu tricher ? me demande-t-il, l'expression innocente.

Je ne sais pas, mais j'en suis tout de même quasi certaine. Je laisse tomber et débarrasse ma table. Il me suit des yeux, une lueur étrange dans ses pupilles. Le vin, probablement. Ses yeux brillent toujours une fois qu'il a un peu trop bu. C'est adorable.

« Adorable » ? Depuis quand ?

Je décide de prendre congé avant de faire une énième connerie, prétextant mon envie de dormir.

— Rose, m'interpelle-t-il, le menton posé dans sa main tandis qu'il m'observe.

— Mmh ?

— Une journaliste de *Glamour* voudrait faire un portrait de nous.

Je stoppe net, abasourdie. *Glamour* ? Ai-je bien entendu ?

— Nous, c'est-à-dire ?

— Notre couple. Ça te dirait ?

Je veux lui demander pourquoi il n'a pas déjà refusé l'offre. Après tout, c'est une très mauvaise idée. Et soyons honnêtes, nous savons tous les deux qu'il n'a pas besoin de la pub. Les lecteurs et les lectrices de *Glamour* ne sont pas son fonds de commerce. Et puis, pour commencer, Levi se fiche pas mal de sa réputation.

Qu'a-t-il derrière la tête, dans ce cas ?

— Pourquoi pas ?

— OK. Alors je les appellerai.

Je hoche la tête, silencieuse. Il continue de me regarder, un petit rictus aux lèvres, attendant probablement que je m'en aille. L'air a changé. Est-ce parce qu'il a bu, ou à cause de ce qui s'est passé aujourd'hui ? Quoi qu'il en soit, la façon dont il m'observe n'est plus la même que ce matin.

— Tu sais... je murmure maladroitement. Levi Ivanovitch est plutôt différent de ce que les gens en disent.

Il arque un sourcil interrogateur.

— Et qu'est-ce que les gens disent ?

Je pense aux rumeurs que j'ai pu lire sur Internet, aux murmures dans les couloirs de l'hôtel à sa vue, ou encore aux avertissements de mon père à son sujet, avant même que je ne le rencontre.

— Que tu es un mauvais garçon. Égoïste, manipulateur, avare, cruel, play-boy et dangereux.

Seul le silence me répond. Il ne se départit pas de son sourire, bien au contraire. Celui-ci s'agrandit tandis qu'il écrase un soupir dont je ne comprends pas la signification.

— Fais tout de même attention, Rose. Il paraît qu'il n'y a pas de fumée sans feu.

Chapitre 16

LEVI

Juin. Las Vegas, États-Unis.

Je n'arrive pas à dormir.

C'est con, mais Rose hante mes pensées. Elle est allée dormir et me voilà allongé sur mon lit, le bras sur mes paupières closes, encore tout habillé. Après le cours de peinture, la voilà qui m'achète un nuancier. C'est bête, mais son intention me touche plus que nécessaire.

Car ça veut dire qu'elle a pensé à moi. Qu'elle a réfléchi à un moyen de m'aider. Je ne sais pas trop comment le prendre. Cette simple pensée adoucit mon cœur, et c'est bien ce qui m'inquiète.

Je me suis déjà trop attaché à elle. Elle me plaît autant qu'elle m'agace, et c'est bien parce qu'elle me plaît qu'elle m'agace. Là est tout le problème.

J'ai même accepté le portrait de *Glamour* simplement parce que j'ai pensé que ça l'intéresserait. Je deviens faible. Mais comment faire autrement quand elle me regarde avec ces yeux-là ? Comment résister quand elle me sourit de la sorte ? Quand elle me touche dès qu'elle en a l'occasion.

Je me sens prêt à exploser à tout moment. Parce qu'avoir envie de coucher avec quelqu'un, je connais.

Mais ça... ça, c'est différent. Les choses que je rêve de lui faire me font honte. Pire encore : quand je ne fantasme pas à l'idée de l'attacher à mon lit et de la dévorer jusqu'à ce qu'elle perde connaissance, je m'imagine lui tenir la main... la tenir dans mes bras toute la nuit... caresser ses cheveux et lui embrasser chastement l'épaule.

— *Ты с ума сошёл*[25] *?* je jure dans ma barbe en me redressant sur mon lit.

Et voilà que je parle tout seul. Soudain, quelqu'un toque à ma porte. Je suppose que c'est Thomas, qui doit être revenu depuis. Je lui dis de rentrer, mais je suis surpris de voir la silhouette de Rose se dessiner sur le seuil. Elle me fixe, la main sur la poignée, et je fais mon possible pour ne pas laisser mon regard se promener sur son corps.

— Je voulais savoir à quelle heure on se levait demain, dit-elle doucement. Je pensais que tu étais déjà couché... Cauchemars ?

Je déglutis à la vue de sa nuisette claire, courte sur ses cuisses nues et magnifiques. Je suis prêt à parier qu'elle ne porte rien en dessous. Elle a dû prendre sa douche. *Bordel.*

Je défais un bouton de plus de ma chemise, en chaleur malgré la climatisation.

— Pour cela, il faut déjà réussir à dormir.

Elle ne dit rien, toujours adossée contre le chambranle de ma porte. Je n'aime pas la savoir là, et en même temps, c'est ce que j'espérais – depuis plus longtemps que je ne le pensais.

— Qu'est-ce qui t'en empêche ? Le présent ou le passé ?

Je ris jaune.

— Les deux. Parfois, j'ai l'impression qu'il n'y a aucune différence.

— Parce que tu vis toujours dans le passé, dit Rose en croisant les bras, sans jugement aucun.

---

25. « Tu es fou ? », « Tu as perdu la tête ? » en russe.

Je lui demande ce qu'elle veut dire par là. Elle soupire, l'air d'hésiter, puis hausse une épaule.

— Ça ne va peut-être pas te plaire, mais je pense que la vengeance est quelque chose de stupide et inutile. Et c'est à cause d'elle que t'en es là.

Je n'aime pas tellement la tournure que prend cette discussion. Mais j'aime trop débattre avec elle ; j'adore la façon dont fonctionne son cerveau. C'est incroyablement sexy.

J'avoue, j'ai aussi très envie qu'elle reste plus longtemps.

— Pourtant, elle offre satisfaction, dis-je.

— C'est vrai... mais pour combien de temps ?

Je ne dis rien. Elle secoue la tête en reprenant :

— Se venger ne sert à rien. Ça ne nous rend que plus misérables encore, parce qu'on s'accroche à quelque chose au lieu de le laisser tomber, on reste obsédé par une blessure qu'on devrait laisser guérir.

Facile à dire. Je sais déjà tout ça.

— Et si la personne le mérite ? Imaginons qu'un homme assassine ta mère, je lance d'un ton nonchalant. Tu ne voudrais pas tout faire pour le retrouver et le lui faire payer à tout prix ?

Elle semble réfléchir à la question avec le plus grand des sérieux. Je me rends compte que, même si nous nous ressemblons beaucoup, Rose reste très différente de moi par nature. Elle a un feu qui crépite en elle, pourtant elle ne s'en sert jamais contre les autres. Elle se contente de se détruire elle-même sans faire de mal à une mouche, là où je vais embarquer la planète entière dans ma quête de vengeance sans me soucier des conséquences.

— Si... mais ça ferait de moi quelqu'un comme lui, non ? murmure-t-elle. Et une fois que ce sera fait, est-ce que ça me ramènera ma mère ? Est-ce que l'homme aura des regrets pour son geste ? Non. Sa mort aura été facile et rapide. Quant à moi, je me serai condamnée à une vie misérable, emplie de souffrance et de culpabilité. La seule punie là-dedans, c'est moi, pas lui.

Silence. Je la regarde, un peu secoué. C'est la première fois que je mets mes plans en doute, et ce à cause de quelques phrases prononcées par Rose Alfieri. Thomas a toujours suivi mon désir de faire payer Tito, tout simplement parce qu'il s'en fiche. Il est incapable de se mettre à ma place, de s'imaginer ce que je peux ressentir, ou n'importe qui d'autre d'ailleurs.

Il le fait parce que je le lui ai demandé, c'est tout.

Est-ce que la finalité de tout ça vaudra tous mes efforts ? Les larmes, la sueur, la culpabilité, le fait d'avoir mis ma vie sur pause pendant plusieurs années, dans le seul objectif de me concentrer sur cet homme. Cet homme qui n'en a probablement rien à faire de moi.

Rose me voit réfléchir et ajoute, la voix radoucie :

— On pense que la vengeance nous apportera la libération. Mais finalement... elle nous emprisonne. Je n'ai pas envie de vivre comme ça. Et toi ?

J'y réfléchis sérieusement, les yeux plongés dans son regard sublime. C'est comme une révélation. Je me rends compte de toutes les années que j'ai perdues à penser à Tito et aux moyens de le détruire, quand j'aurais pu utiliser ce temps à m'occuper de moi et à construire quelque chose qui me rendrait heureux.

Finalement, c'est moi seul que j'ai rendu misérable.

Mais après tout, peut-être était-ce inconsciemment le plan depuis le début.

« De quoi tu veux te punir, Rose ?

— Très bonne question, ça ! Et toi, Levi ? »

Je ris dans ma barbe, interdit, et me frotte les yeux en soupirant. Rose a raison sur tous les points. Je devrais arrêter pendant qu'il en est encore temps. Je pourrais perdre volontairement le tournoi, retourner en Russie, récupérer ma mère à sa sortie de prison, trouver l'amour, puis vivre une vie heureuse en mettant le passé derrière moi.

Sauf que j'approche de la fin. J'y suis presque. Si j'abandonne maintenant, tout cela n'aura servi à rien.

Je n'ai pas d'autre choix que de continuer.

Mais là, dans l'immédiat, je ne veux pas penser à ça. Je veux mon esprit envahi d'elle. Personne d'autre.

— Rose ?

Elle hausse un sourcil interrogateur, sur ses gardes. Je lui adresse un faible sourire avant de me lever pour la rejoindre, le pas lent. Je la vois se raidir en me regardant approcher, ses yeux s'assombrissant. Je suis incapable de bloquer les mots qui sortent de ma bouche.

— Qu'est-ce que je dois faire... pour me faire pardonner ?

Ma voix est basse et profonde. Le désir que je ressens pour elle est insoutenable. Plus encore, quand elle joue les innocentes et murmure :

— De quoi ?

Une fois que je suis devant elle, je la fixe sans la toucher. À la place, je saisis la porte avec deux doigts... et la ferme derrière elle. Elle ouvre la bouche, comme pour prendre une inspiration, mais j'ai plutôt l'impression qu'elle a le souffle coupé.

Je baisse la tête vers elle, mon nez frôlant le sien, et fais mine de ne plus me souvenir tout en chuchotant :

— Qu'est-ce que c'était, déjà ? « Je vais te faire ramper, supplier, implorer, jusqu'à ce que tu n'en puisses plus », non ?

Sa poitrine se lève et elle frissonne violemment quand je fais descendre un doigt, aussi léger qu'une plume, le long de son épine dorsale.

— Quoi d'autre ? je souffle au creux de son oreille, mon propre pouls s'accélérant. Ah oui... : « Et quand je te l'accorderai, tu me remercieras comme si j'étais le Messie. » C'est bien ça ?

Mes lèvres effleurent innocemment son oreille, emprisonnant son lobe le temps d'une seconde, puis glissent le long de sa mâchoire. Un jour, elle m'a juré qu'elle n'essayerait plus, et sur le coup je pensais que c'était mieux ainsi. Que j'étais trop fier pour faire le premier pas.

J'avais tort. C'est Thomas qui avait raison. Je ne suis qu'un homme et Rose est une enchanteresse tout droit échappée des Enfers. Le fruit défendu, pourtant si tentant.

Mon sang bouillonne dans mes veines tandis que ma main saisit sa nuque, caressant la base de ses cheveux, et la rapproche de moi. L'envie de l'embrasser est plus forte que n'importe quoi. Son regard sur moi est l'indécence même : intense, séducteur et défiant.

— Ouvre la bouche, dis-je, mes lèvres tout contre les siennes.

— Ça ne ressemble pas beaucoup à une supplication, ça.

Un rictus amusé m'échappe tandis que je dépose un baiser chaste sur sa bouche en cœur. Je lui promets dans un souffle :

— Elle arrive.

Elle veut me répondre mais je la coupe en plein élan et me jette sur sa bouche entrouverte. Je plonge ma langue à l'intérieur, rencontrant la sienne avec sauvagerie. Elle gémit contre mes lèvres, le son faisant écho dans ma cage thoracique. Elle est chaude et humide, tout comme sa peau qui s'enflamme au contact de ma main sur sa taille.

Je pousse mes hanches contre les siennes, la plaquant contre la porte dans un bruit sourd. Ses mains s'enfoncent dans mes cheveux tandis qu'elle me rend mon baiser avec violence et passion. *Bordel, ce que c'est bon.* Je ne savais pas qu'embrasser pouvait être si incroyable.

J'ai presque envie de prendre mon temps.

Presque.

J'ai déjà trop attendu, j'ai besoin de la toucher au plus vite, avant que l'un de nous deux ne change d'avis. Je m'apprête à briser notre baiser quand elle se met soudain à sucer ma langue. Je grogne, le corps douloureux d'impatience. Rose tire sur mes cheveux tandis que je lui mordille la lèvre inférieure.

Je fais descendre mes dents sur son menton, puis le long de son cou, que je mords, suce et lèche avec dévotion. Elle en aura sûrement la marque demain. Ça ne semble pas la déranger car Rose penche la tête vers l'arrière pour me donner un meilleur accès, ses mains s'infiltrant sous le col de ma chemise.

— Si tu t'arrêtes encore après ça, je te tue, me prévient-elle dans une respiration de plus en plus haletante.

Oh, non. Cette fois, je vais jusqu'au bout. Je donnerais cher pour voir la couleur des joues, là tout de suite. Elle doit rougir, c'est certain. Son corps tout entier est brûlant, à ma plus grande satisfaction.

Rose appuie sur ma tête pour m'obliger à la descendre. Je la laisse faire, plus excité que jamais, et gronde en embrassant son ventre par-dessus le tissu en soie :

— Savoure, Rose.

Elle me fixe du regard tandis que mes mains glissent le long de ses hanches, puis de ses cuisses, jusqu'à se poser sur ses mollets à la peau douce.

— Je ne me mets à genoux que pour prier... mais je ferai une exception pour toi.

Sur ce, je pose un genou à terre, puis deux. Mes gestes se font plus lents, plus doux aussi, à l'exact opposé de la vitesse et de la brutalité des battements de mon cœur. Je ne brise pas le contact visuel lorsque je supplie d'un léger sourire :

— S'il te plaît... Rose... *любимая*... Laisse-moi te goûter.

Dieu merci, elle ne me fait pas ramper plus longtemps. Elle se mord la lèvre en hochant la tête, tremblant entre mes mains. Je remonte celles-ci le long de ses jambes, passant sous la couture de sa nuisette jusqu'à ses fesses. Je tire sur le string en dentelle qu'elle porte, le faisant descendre jusqu'à ses chevilles, et le jette sur le côté.

— Quelle belle couleur... je chuchote en remontant doucement sa belle nuisette sur ses hanches.

— Tu ne la voies même pas.

Pause. Je la regarde, puis souris malicieusement. Que croit-elle ? Je suis un élève modèle. Et si je ne me trompe pas, ça devrait être du...

— Rose, n'est-ce pas ? Comme toi.

Elle ne trouve rien à dire à cela. Elle me regarde, bouche bée, tandis que je remonte son vêtement plus haut encore, jusqu'à son nombril. Elle est si belle. Si douce. À ma merci.

Ou suis-je à la sienne ?

Je pose mes mains sur ses fesses et l'embrasse là où ses cuisses se rejoignent. Sa nuisette retombe sur mes cheveux, où les doigts de Rose s'enfoncent. Je manque de lâcher un gémissement au moment même où ma bouche entre en contact avec sa chair.

J'ai tant fantasmé ce moment, tant rêvé cette proximité, je me suis si souvent demandé quel goût elle aurait... et maintenant je sais. Son essence est du miel à l'état pur sur ma langue. Je lèche sa peau à petits coups de langue, m'attardant sur cet endroit qui lui vole son premier gémissement. Elle jure à haute voix, une obscénité qui me fait presque rire, et resserre sa poigne dans mes cheveux.

Je pousse ses fesses contre moi en réponse, galvanisé par ses réactions, et introduit ma langue en elle.

— *Dio mio !* s'écrie-t-elle en se raidissant instantanément.

Je lui intime de se détendre, mais quand j'accélère la cadence, elle se tend de nouveau. J'embrasse tendrement sa cuisse, puis me redresse en saisissant l'ourlet de sa nuisette. Je la soulève et la fais passer par-dessus sa tête.

Bordel de merde. Ses seins sont absolument parfaits.

— Pourquoi tu te raidis ? je chuchote en déposant un baiser sur sa joue. Laisse-toi aller.

— J'ai envie de te toucher.

— Chacun son tour, je murmure en secouant la tête.

Je résiste à l'envie de retirer chacune de mes fringues et lui prends la main pour la conduire jusqu'au bord de mon lit. Je l'allonge sur le dos et m'installe sur elle. Je caresse ses hanches, puis sa taille, jusqu'à prendre ses seins entre mes paumes.

— Absolument parfaits... *ты прекрасна* [26]...

Elle prend mon visage entre ses mains pile au moment où je l'embrasse langoureusement. Lorsque je brise notre baiser, j'emprisonne ses tétons de mes lèvres, un par un. Je les lèche et les suce jusqu'à ce qu'elle halète douloureusement. Finalement, elle me supplie de redescendre.

Je ne me fais pas prier. Je la touche avec mes doigts d'abord, pour l'aider à se relaxer. Puis je m'agenouille à nouveau par terre, passe les bras sous ses cuisses et l'attire à moi avec force.

Je la goûte à nouveau avec tendresse, mes doigts allant et venant à l'intérieur d'elle. La sensation est tout bonnement divine. Elle est chaude et mouillée tout autour de moi, et je n'ai qu'une envie : entrer en elle. Rose gémit de plus en plus bruyamment, ondulant des hanches contre mon visage.

Je ne tiens plus. Je me redresse et la rejoins sur le lit, m'allongeant sur le dos pour la placer au-dessus de moi. Je resserre ma prise autour de ses cuisses en continuant à la lécher. Rose semble tout aussi impatiente car elle se meut d'avant en arrière contre mes lèvres.

Bordel. Rose Alfieri me baise la bouche. Merveilleusement bien, qui plus est. Et c'est la chose la plus sexy que j'aie jamais vue.

— Avoue-le, dit-elle, le souffle court. L'autre jour, dans la salle de bains...

Je gronde contre son sexe, les joues enflammées. Évidemment qu'elle s'en est rendu compte. Tout le monde aurait compris en me voyant sortir de là.

— Est-ce que tu pensais à moi pendant que tu te branlais ?

---

26. « Tu es magnifique », « tu es parfaite », en russe.

Je hoche la tête en la titillant à nouveau de mes doigts. Mon érection pousse tellement contre mon jean qu'elle me fait mal, me suppliant de la libérer de son étau.

— Est-ce que tu imaginais que c'était mes mains autour de toi ?

Putain. Si elle continue, je vais jouir tout habillé. Je secoue la tête, le cœur près d'exploser.

— Ma bouche ? tente-t-elle en me chevauchant avec sensualité.

Je hoche la tête tandis que ses cuisses commencent à trembler sous moi. Et pas de peur. Elle jure encore une fois, se resserrant autour de mes doigts. Je prends cela pour le signe d'accélérer, ce que je fais. Elle gémit encore et encore, les yeux fermés, et tremble de plus en plus fort contre ma langue.

Elle explose dans ma bouche dans une symphonie de sons érotiques, et le temps d'un instant – d'un merveilleux instant –, tout est parfait. Puis celui d'après, quelque chose d'autre éclate.

Je sursaute violemment en fermant les yeux, repoussant Rose comme par réflexe. L'excitation retombe aussitôt et je tremble comme une feuille tandis qu'une série de coups de feu retentissent.

Je mets mes mains sur mes oreilles, les souvenirs me heurtant de plein fouet, puis je cherche à la protéger de mon corps. D'abord surprise, Rose tente de me repousser.

— Levi... Levi... C'est juste un feu d'artifice !

Je ne la vois ni ne l'entends. Je suis pris dans un tourbillon de sons qui m'affolent. Les coups de feu ne s'arrêtent pas, bien au contraire, ils se succèdent de plus en plus vite. J'ai l'impression de crever.

Je revois mon père, ses mains autour du cou de ma mère. Ses yeux fous. C'est comme s'il était à nouveau là, à côté de moi, prêt à m'étrangler pour avoir osé le défier.

Non, non, non. Je t'en prie, calme-toi.

Rose s'éclipse quelques secondes avant de revenir vers

moi. Elle pose mon casque à réduction de bruit sur mes oreilles et ses mains chaudes de chaque côté de mon cou.

Je rouvre les yeux, mort de peur, et remarque ses traits inquiets. Elle a enfilé sa nuisette en vitesse, comme si rien ne s'était passé, mais la pellicule de sueur sur son front me rappelle que je n'ai rien inventé. Je viens de gâcher un moment tout bonnement parfait.

Je me calme peu à peu, mais ma gorge reste gonflée de larmes qui ne coulent pas. Je lis facilement sur ses lèvres la question que je redoute le plus : « Qu'est-ce qui se passe ? »

Je ne sais pas ce qui me prend alors. Je ne sais pas si c'est ce qu'on vient de partager, la vulnérabilité que j'éprouve, ou l'effroi qui me serre le cœur.

Ou peut-être est-ce le fait de ne pas m'entendre moi-même quand je murmure douloureusement :

— J'ai tué mon père.

Chapitre 17

ROSE

Juin. Las Vegas, États-Unis.

Je ne réfléchis pas très longtemps.

Les mains tremblantes et le pas pressé, je vais jusqu'à la chambre de Thomas pour le réveiller en urgence. Si je ne sais absolument pas quoi faire, lui saura. Je toque une fois, mais personne ne répond. Il doit sûrement dormir.

Impatiente, j'ouvre la porte.

— Thomas ? Désolée de te déranger, mais Levi ne va pas b...

Je stoppe net, interdite. Thomas ne dort pas. Il est assis sur son lit, les jambes en tailleur, entouré de Li Mei et de Lucky. Les trois me regardent avec des yeux ronds, comme pris en flagrant délit.

— Qu'est-ce qui se passe ? demande Thomas, qui s'est déjà levé en quatrième vitesse. Où est Levi ?

Je suis encore un peu secouée, mais je réponds :

— Dans sa chambre. Je ne sais pas ce qui s'est passé, je crois que c'est une crise de panique. Qu'est-ce qu'ils font là ?

Thomas ne me répond pas. Il marche tout de suite en direction de la chambre de Levi. Je ne sais pas ce qui se passe. Li Mei me sourit faiblement en posant sa main sur mon bras, puis murmure :

— T'inquiète pas. Viens.

OK... Lucky ne dit rien, la mine inquiète. Nous suivons tous Thomas d'un pas lent. Lorsque nous arrivons, Levi est là où je l'ai laissé : assis par terre, adossé à son lit. Il a toujours son casque à réduction de bruit sur les oreilles. Thomas s'accroupit face à lui tandis que Li Mei et Lucky entrent dans la pièce à leur tour. Je suis la seule à me tenir en retrait.

Je me sens étrangement mal à l'aise, comme si je n'avais pas ma place ici. Comme si je gênais.

— Levi. Ça va ?

Il garde les yeux fermés, sa respiration est calme. Je suis quasi certaine qu'il ne l'a pas entendu. Thomas se tourne vers moi et me demande ce qui s'est passé.

— On... on parlait, je mens en tentant de ne pas attirer l'attention sur ma fine nuisette. Puis d'une seconde à l'autre, il a commencé à paniquer. Je crois que ce sont les feux d'artifice. Ça lui a fait peur.

Son front plissé se détend soudain, comme s'il comprenait quelque chose. Il retire le casque de Levi, ce qui amène celui-ci à rouvrir doucement les yeux.

— Tommy, s'étonne-t-il faiblement.

— Ça va ?

Levi lui adresse un sourire en coin fatigué.

— Comme un charme.

Il refuse de me regarder. Il prend conscience de la présence de Li Mei et Lucky mais ne semble pas très surpris. Plutôt résigné.

— Il ment. Ça ne va pas, je lance à l'attention de Thomas. Il... Il a dit quelque chose. Je crois qu'il délire.

— Je ne délire pas, rit-il doucement avant de pousser un profond soupir. Je préférerais, cela dit.

— Qu'est-ce qu'il a dit ?

Je jette un œil à Thomas, puis au reste du groupe, incapable d'ouvrir la bouche. Je ne peux pas le leur rapporter, pas devant eux. Je veux leur dire de laisser tomber quand Levi penche la tête sur le côté et m'encourage à voix basse :

— Vas-y. Dis-leur.

J'hésite de plus belle. Et s'il ne délirait vraiment pas ? Après tout, je ne connais pas Levi depuis bien longtemps. Pourtant, je ne peux m'empêcher de nier l'évidence. Je ne veux pas y croire. Parce que j'ai appris à le connaître. À l'apprécier. Levi n'est pas un meurtrier.

— Il a dit qu'il avait tué son père.

Personne ne dit rien. Pourtant, ils n'ont pas l'air surpris. Les trois me regardent, puis se tournent comme un seul homme vers Levi, qui hausse les épaules d'un air détendu.

— Ce n'est pas du tout gênant, commente Lucky.

— C'est le genre de truc que tu révèles une fois que t'es *vraiment* marié, Levi, plaisante Li Mei. Et surtout pas en pleine partie de jambes en l'air, bon sang.

Thomas fronce les sourcils dans sa direction.

— Hein ?

— Oh, je t'en prie ! C'est clairement ce qu'ils étaient en train de faire. « Parler » est un nom de code pour « baiser ».

Oh mon Dieu.

— Encore moins gênant, du coup, dit Lucky avec sarcasme.

Je les regarde avec stupeur, sans savoir comment réagir. C'est quoi, ce bordel ? Pourquoi plaisantent-ils d'un truc pareil ? Mais surtout : pourquoi Li Mei semble-t-elle au courant qu'il s'agit d'un faux mariage ?

— Levi ?

Il me regarde enfin droit dans les yeux et hoche la tête.

— Ouais, je sais. Je te dois une explication.

Je croise les bras sur ma poitrine tandis qu'il se lève, sa chemise à moitié déboutonnée sur son torse.

— Rose, mon amour, je te présente Thomas, Li Mei et Lucky : ma seule et unique famille.

***

Nous sommes tous les cinq assis dans le canapé du salon, silencieux. Lucky nous a préparé des cafés tandis que j'ai pris le temps d'enfiler un peignoir. Le moment partagé avec Levi semble étrangement loin, désormais.

Je jette un coup d'œil furtif à Li Mei et Lucky, qui se chamaillent au sujet de quelque chose. On dirait deux personnes complètement différentes. La joueuse de poker a troqué ses vêtements girly et colorés pour un survêtement gris *oversize*. Quant à son acolyte, il porte un jean et un tee-shirt tout simples, loin de ses chemises ringardes et de ses chapeaux de pêche.

— Donc... vous vous connaissez ? En dehors du tournoi, je veux dire.

— Depuis plusieurs années, oui. On est ses seuls amis – sans vouloir t'offenser, ajoute Li Mei en direction de Levi.

Celui-ci se force à sourire à la blague avant que ses yeux reviennent se poser sur moi. Je ne sais pas comment réagir. Je ne comprends absolument rien. Je suppose que Li Mei et Lucky sont aussi dans le coup et participent à sa vengeance idiote contre mon père ; c'est la seule explication.

— Dis-moi tout, je lui ordonne fermement. Depuis le début.

Il acquiesce, de bonne volonté. Les autres se taisent pour le laisser parler. Je tiens ma boisson chaude entre mes mains tandis qu'il commence d'une voix basse :

— Mon père est russe et ma mère espagnole. Ils se sont connus jeunes... Ça a été le coup de foudre. Tout le monde dans notre quartier connaissait Jacob et Paloma. Mon père jouait déjà au poker à ma naissance. C'était toute sa vie ; bien plus que sa femme, qui lui préférait son enfant, son handicapé de fils.

Ouch. Ça fait mal de l'entendre, peut-être parce que je sais ce que ça fait, d'avoir un père qui privilégie sa passion à sa famille. Je suppose que nos parents n'étaient pas amis pour rien ; ils se ressemblaient sur ce point.

— Il nous délaissait très souvent pour aller jouer, tout spécialement après avoir connu Tito. C'était son nouveau meilleur ami, se moque Levi en secouant la tête, les traits remplis de dégoût. Il l'admirait, je crois. Un peu trop, tellement qu'il en est devenu jaloux. Il voulait être comme lui. Il a fini par détester sa vie avec nous. Quelque part, je crois qu'il nous reprochait de ne pas être riches comme Tito l'était, mais c'est à lui-même qu'il en voulait le plus.

Je ne suis pas très étonnée d'apprendre que Levi ne vient pas d'une famille aisée. Même s'il a de l'argent aujourd'hui, il n'a pas l'attitude qui va avec le statut. Je l'ai vu donner des pourboires aux serveurs et aux voituriers, et pas seulement parce qu'il est mal vu de ne pas le faire. Il ne dépense pas sans compter non plus. Il est très conscient de l'argent qui va et vient de son portefeuille, sans pour autant être radin.

— J'ai voulu qu'il m'apprenne à jouer au poker, pour me rapprocher de lui plus qu'autre chose, puisque c'était le seul truc qu'il aimait et que quelque part... je voulais en faire partie. Il m'a répondu qu'un abruti comme moi ne pourrait jamais en comprendre toutes les subtilités, sourit-il dans ma direction, la rancœur peinte sur tout son visage.

Li Mei roule des yeux, miroir exact de ma propre réaction. Levi nous ignore et continue d'une voix blanche :

— Puis un jour, Tito lui a proposé d'investir beaucoup d'argent dans son entreprise. Il lui a promis de devenir riche, comme lui. C'était... une très grosse somme. Mon père a tout de suite accepté en pensant que ça changerait enfin notre quotidien. Il a emprunté de l'argent, plus qu'il n'aurait dû, persuadé de pouvoir rembourser après avoir gagné le gros lot.

Je l'écoute attentivement, confuse. Mon père ne m'a jamais parlé de ça. Levi doit mentir ou avoir des souvenirs erronés. Et pourtant, mon cœur se pince parce qu'il sait ; il sait que je me voile la face.

— Évidemment, mon père n'a pas vu la couleur d'un centime, sourit ironiquement Levi. Il était bête d'avoir cru à un truc pareil. Tito nous a volé tout l'argent qu'on possédait, même celui qu'on n'avait pas.

Je résiste à l'envie de baisser la tête, de honte. Mes joues brûlent de culpabilité. Comment a-t-il pu faire une chose pareille ? Ce n'est pas comme s'il en avait besoin !

— Mais pourquoi ? je souffle sans comprendre.

— Parce qu'il avait peur, je suppose. Tout comme il a peur de nouveau aujourd'hui : de moi. Et il a bien raison.

Je saisis tout de suite ce qu'il veut dire par là. Mon père est un mégalomane et pervers narcissique avéré. Il était satisfait de son amitié avec Jacob Ivanovitch tant que ce dernier restait à sa place. Mais dès qu'il a menacé de le dépasser, Tito n'a pas accepté. Alors il s'est débrouillé pour le garder en position d'infériorité.

Je cache mes mains tremblantes sous mes cuisses tandis que Levi continue :

— On était pauvres. Mon père pouvait continuer de participer aux tournois parce qu'il était sponsorisé, mais ça ne rapportait plus autant qu'avant ; pas assez pour rembourser toutes ses dettes. Il a commencé à boire. Beaucoup. Et à devenir méchant, bien entendu...

C'est implicite, mais tout le monde comprend ce à quoi il fait référence. L'alcoolisme de son père l'a rendu violent. Je serre les dents en imaginant un homme se défouler sur un petit garçon adorable aux yeux si beaux. Cela me rend malade.

— Tu m'as dit que ta mère était en prison pour le meurtre de ton père...

— C'est vrai.

— Mais alors...

— J'ai dit qu'elle avait été condamnée. Pas qu'elle était coupable.

Oh. En effet, ça change tout. J'ouvre la bouche, stupéfaite. Tout le monde m'observe dans l'attente de voir ce que je vais faire. Je ne peux que plonger mon regard dans celui, inflexible, de Levi. Cet homme a-t-il vraiment tué quelqu'un ?

— Qu'est-ce qui s'est passé ? je demande d'une voix que j'espère forte.

— J'avais dix-sept ans. Je rentrais de soirée quand j'ai vu mon père frapper ma mère. Il était complètement bourré. Je suis allé chercher la carabine pour lui faire peur ; généralement, ça fonctionnait. Mais ce soir-là... je ne sais pas. C'était différent. Il était déterminé, dit-il, montrant pour la première fois qu'il en souffre. Il s'est jeté sur moi en me hurlant que je n'étais qu'un ingrat, et on s'est battus pendant un court moment. Il était plus fort que moi. Il m'étranglait. Ce n'était pas la première fois, mais son regard était différent. Je savais qu'il allait me tuer. Il n'était pas lui-même. J'ai réussi à le repousser, mais il a fait un pas de plus vers moi. Alors...

Je me prépare pour la suite, difficilement. Son regard ne fléchit pas quand il poursuit :

— J'ai eu peur. Dans un dernier instinct de survie, j'ai tiré.

Bordel.

Levi soupire, le visage sombre, et m'avoue que, après le premier et unique tir, son père s'est écroulé dans une expression de choc et de fureur.

— J'étais moi-même en état de choc. Je ne pensais pas que j'aurais le courage de le faire. Je ne voulais pas... je ne voulais pas le tuer, bien entendu. J'ai juste paniqué. Je ne voulais pas mourir.

« Je ne voulais pas mourir. »

Je sais que je devrais paniquer à mon tour. Prendre peur. Mettre des distances. Retourner voir mon père et lui dire que j'abandonne la mission. Et pourtant... pourtant, je n'ai qu'une envie : virer tout le monde et prendre

Levi dans mes bras. Caresser ses cheveux et lui dire que tout va bien se passer. Embrasser sa bouche autant de fois qu'il le faut pour qu'il oublie.

Comment a-t-il pu continuer à vivre avec une chose pareille sur la conscience ?

— J'ai été incapable de prononcer un mot après ça, continue-t-il. Ma mère m'a tout de suite pris l'arme des mains et m'a ordonné de me taire. J'ai compris qu'elle allait endosser la responsabilité du tir à ma place. J'ai commencé à pleurer en refusant d'obéir, mais elle m'a dit qu'il était hors de question que son fils aille en prison par sa faute.

— Mais ce n'était ni la tienne, ni la sienne ! C'était de la légitime défense. Si tu n'avais pas tiré, vous seriez probablement morts, elle comme toi.

— Elle a raison, confirme Li Mei. Il vous battait. Avec les douleurs physiques et psychiques infligées sur une si longue période... C'est compréhensible. Tout le monde peut péter un plomb.

— Sauf que ce n'est pas aussi simple, répond Thomas. Surtout depuis que le pays a dépénalisé les actes de violence domestique n'entraînant pas d'hospitalisation. Jacob n'était pas armé, c'est difficile à prouver.

Effectivement. Je n'avais pas pensé à ça. J'imagine que dans ces conditions sa mère est chanceuse d'avoir écopé de dix ans seulement.

— Quand les flics sont arrivés, mon père a été transporté à l'hôpital, reprend Levi. Il est mort en chemin.

Il m'explique que sa mère a tout de suite avoué le crime à la police. Levi a tenté de leur donner sa version malgré tout, refusant de laisser sa mère porter le chapeau, mais l'affaire a vite été classée.

— Ma mère avait avoué et toutes les preuves allaient dans le même sens de toute façon. Tout le monde pensait que je mentais pour la protéger... quand c'était en fait l'inverse. Elle a pris dix ans. Je suis parti vivre avec mon oncle jusqu'à ma majorité.

Soudain, toutes les pièces du puzzle trouvent leur place. Levi souffre de ce traumatisme. C'est pour cette raison qu'il a des crises de panique chaque fois qu'un bruit similaire à un celui d'un tir retentit. D'abord l'éclair, puis les feux d'artifice. Chaque fois que ça arrive, il revit cette fameuse nuit, et cet acte effroyable dont il se sent coupable, j'en suis certaine.

Voilà de quoi il veut se punir. D'avoir tué son père pour lui permettre, à lui, de vivre. D'avoir laissé sa mère endosser sa faute.

— J'ai hérité des dettes de mon père après sa mort. J'ai décroché de l'école. Quelques jours après, Tito se confiait aux médias italiens : il affirmait que la disparition de mon père lui permettrait de gagner plus facilement désormais.

Je ferme les yeux, la poitrine douloureuse. *Quel enfoiré.*

— J'ai commencé à jouer au poker à mon tour, d'abord pour rembourser l'argent que je devais. Puis j'ai vu que j'étais plutôt bon. J'avais dix ans devant moi avant la sortie de prison de ma mère. Je me suis donc promis de détruire cet homme qui a foutu mon père en l'air.

— Tout est sa faute, je chuchote presque pour moi.

Un sourire triste erre sur ses lèvres.

— Je ne le tiens pas pour responsable de ce que j'ai fait. J'ai eu le choix. J'ai opté pour le mauvais. C'est *mon* erreur. Par contre... je ne lui pardonnerai jamais d'avoir dépouillé mon père. C'est ce qui l'a rendu ainsi. C'est ce qui m'a coûté toute mon enfance. Notre vie de famille. Tout.

Il a raison. Même s'il est responsable de ses propres actes, il ne se serait peut-être jamais retrouvé dans cette situation si Tito n'avait pas tout gâché. C'est ce qu'il fait toujours. Puis ensuite, il ment. Comme il l'a fait avec moi. Il s'est soigneusement abstenu de me raconter tout ça car il savait. Il savait que je ne l'aurais jamais suivi là-dedans.

— Ce qui nous amène... ici. Maintenant, termine-t-il en englobant la pièce de ses bras.

Je le regarde dans un mélange de compassion et de colère, contre Tito, contre moi, contre son propre père. Je sais ce que j'ai dit et je le pensais : la vengeance n'est jamais la meilleure solution. Pourtant, je comprends ses motivations.

Levi Ivanovitch est une victime de nos parents, tout comme je le suis. Au lieu de le détester pour m'avoir volé mon père, j'aurais dû savoir qu'il ressentait la même chose que moi. Il n'a rien choisi non plus. Il a subi, c'est tout.

Au contraire, c'est à lui de me détester pour ce que ma famille lui a fait endurer. Il a tout perdu à cause de Tito. S'il savait, il ne me regarderait pas avec tant de tendresse et de confiance aveugle. Cette simple pensée suffit à me retourner l'estomac.

— Qu'est-ce que tu comptes faire, alors ?

Il ne dit rien pendant un long moment, puis il désigne les autres du menton en disant :

— Présentez-vous à Rose. Pour de vrai, cette fois.

— Moi c'est Li Mei. J'ai trente ans, et non vingt-quatre. Je suis née à Shanghai, je suis bouddhiste et j'ai fait plusieurs années de prison pour de nombreux cambriolages – pour ma défense, c'était des fuerdai[27] absolument détestables !

J'écarquille les yeux à la mention de son âge, ce qui la fait sourire fièrement, et davantage encore après avoir entendu la seconde partie.

En prison ? Cambriolages ? Mais qui sont ces gens ??

— Moi c'est Lucky. J'ai vingt-cinq ans, je viens de Los Angeles et je suis étudiant en architecture. Sinon, je suis aussi escort boy. Li Mei est mon ex...

— Quel est le rapport ? s'indigne-t-elle. Elle n'a pas besoin de savoir ça, *ugh*, au secours.

— C'est un détail important, OK ?

---

27. Le terme fuerdai (富二代) se réfère aux enfants des nouveaux riches de la Chine.

Je le vois rougir furieusement, croisant les mains avec timidité, tandis que Li Mei me fait signe d'oublier ce qu'il vient de dire. Je suis sans voix. Alors tout ça... c'était faux.

Je pensais berner Levi avec ma double identité, mais c'est lui qui me mène en bateau depuis le début. Lui et ses amis ne sont même pas qui ils prétendent être. Tout ce qu'il dit ou fait peut se révéler être un mensonge.

— Moi, tu sais déjà la vérité, intervient Thomas. J'ai vingt-sept ans, je viens de Suède et je suis garde du corps. Aucun de nous n'est joueur professionnel. On a appris sur le tas, grâce à Levi.

— Mais pourquoi ?

— Le but est d'arriver à quatre à la table finale, face à Tito.

— Et ensuite ?

— Gagner, bien sûr, dit Levi. N'importe lequel d'entre nous fera l'affaire, même si évidemment je préférerais que ce soit moi.

Oui... sauf qu'il me cache autre chose de très important. Ce que j'ai trouvé sur sa clé USB n'avait rien à voir avec le poker. Il doit lire dans mes pensées, car il ajoute :

— Le but est simple. Il passe par plusieurs étapes : 1) remporter le tournoi. 2) retourner ses investisseurs contre lui.

Je repense aux preuves de pots-de-vin, et je comprends tout de suite mieux. Mon père est vraiment pourri jusqu'au trognon, hein ? Et par ma faute, Tito a détruit les preuves qu'ils possédaient. Pire encore : il est désormais sur ses gardes, parce qu'il sait que Levi est après lui.

J'ai fait foirer tout son plan comme une idiote.

Je ne peux m'empêcher de l'observer avec admiration. Levi est un génie absolu. Il a planifié ça à la perfection, ou presque : il n'avait juste pas anticipé ma venue dans l'équation.

Une rancœur sourde résonne au fond de mon être, celle d'avoir été trahie par mon père. Toute ma vie, j'ai tenté de le rendre fier, et pourquoi ? Il ne mérite pas tous mes efforts. Il n'est même pas l'homme respectable que je pensais qu'il était.

Et Dieu sait que je paierais cher pour voir l'horreur sur son visage une fois que Levi aura remporté le tournoi.

Je prends ma décision presque aussitôt. Je veux en faire partie. Il est temps de changer de camp.

— Donc... si je comprends bien, je m'exclame en glissant le regard sur chacun d'eux. C'est ça, ton équipe ?

— Oui. Pourquoi ?

— Un tueur achromate, un sosie de Chris Hemsworth sociopathe, une ex-taularde obsédée par Taylor Swift et un escort boy accro aux romances ? Sans ajouter moi, ta fausse femme addict au jeu.

Levi me sourit, amusé, et acquiesce.

— C'est ça.

Je hoche la tête.

— Cool. J'en suis !

Chapitre 18

LEVI

Juin. Las Vegas, États-Unis.

— Vous avez un si beau teint !

Je souris poliment en réponse, ne sachant pas quoi dire d'autre. Dans le miroir, deux sièges plus loin, Rose m'adresse un sourire moqueur que je lui renvoie sans réfléchir.

Nous n'avons pas vraiment eu l'occasion de reparler de ce qui s'est passé avant... tout ça. Elle et moi, sur mon lit, à moitié nus. Elle jouissant contre ma bouche. Il faut dire qu'on n'a pas eu beaucoup de moments seuls pour le faire.

Au début, je pensais qu'elle m'évitait. Je craignais qu'elle ne prenne peur après mes révélations ce soir-là. Il faut croire que je l'ai encore une fois sous-estimée. Elle a tout avalé, tout digéré, tout accepté.

— Vous avez déjà fait des interviews filmées ? me demande la maquilleuse en retouchant légèrement mes lèvres.

— C'est notre première apparition officielle ensemble.

Notre portrait chez *Glamour*, intitulé « Levi Ivanovitch and His Wife Take a Love Test », a été avancé à cause de mon agenda chargé. C'est le seul jour où je ne joue pas. Ce petit changement nous a empêchés de préparer nos réponses mais Rose m'a rassuré en me rappelant qu'on avait toujours compté sur l'improvisation jusqu'ici.

— Je sens qu'on va s'amuser, ricane-t-elle en se frottant les mains quand une équipe nous guide vers le lieu de tournage.

— Ce n'est pas très rassurant, ça.

Je garde une main au creux de sa taille, tentant de rejeter les souvenirs de son corps nu au-dessus de moi. Je n'arrive toujours pas à croire que c'est vraiment arrivé, pour être honnête. Ça ressemble drôlement à un rêve.

Nous arrivons dans le studio, où une foule de gens s'affaire. Des techniciens, des stylistes, des maquilleuses, des cameramen, des interprètes... C'est beaucoup de monde d'un coup.

Je jette un œil au décor prévu à cet effet : il s'agit d'une toile d'un blanc uni. Rien d'autre. La journaliste dont Li Mei m'a parlé s'approche et nous salue vivement, un grand sourire aux lèvres. Elle nous explique brièvement comment ça va se passer.

— Soyez aussi naturels que possible. Regardez bien la caméra. Et surtout, évitez de nous tourner le dos. En tout cas, merci d'être là aujourd'hui, on a vraiment hâte de voir ce que ça donne ! Vous allez très bien ensemble.

Je hausse un sourcil en direction de Rose, mais elle lève les yeux au ciel. On nous donne des micros, qu'on fait disparaître sous nos vêtements, puis quelqu'un me place seul au centre de la toile. Rose reste debout à côté de la caméra, les bras croisés et le regard rieur. Soudain, je ne me sens pas du tout à l'aise. Trop de gens ont les yeux rivés sur moi. Je n'aime pas ça.

Je fixe Rose et ne détourne plus le regard. Je me concentre sur elle, rien d'autre, tandis que l'interview commence.

— Parle-nous de votre première rencontre. Quelle a été ta première impression de Rose ? Comment votre relation s'est-elle développée après ça ?

Ça commence… fort. Un rictus amusé naît sur la bouche de ma fausse fiancée. Je n'ai même pas le temps d'inventer un mensonge, je choisis l'honnêteté.

— La première fois, c'était dans un casino, dis-je tout naturellement. Elle observait la partie qui se déroulait à ma table. J'ai levé les yeux, et je l'ai vue. Je l'ai tout de suite trouvée très belle, bien sûr. Je lui ai proposé de jouer contre moi, ce qu'elle a accepté. Et elle m'a botté le cul en beauté.

Je souris devant l'expression satisfaite qui se peint sur ses traits. J'ai l'impression que c'était il y a une éternité, et pourtant… cela ne fait que quelques semaines à peine.

— Ma première impression ? Je l'ai trouvée intrigante. Intelligente. Prétentieuse, aussi. J'ai pensé… avoir trouvé quelqu'un qui me ressemblait. Une âme sœur, peut-être ? Elle m'a malheureusement filé entre les doigts le premier soir, mais j'ai tout fait pour la retrouver. Je pensais que c'était le destin.

Son sourire s'efface à mesure qu'elle boit mes paroles à l'autre bout de la salle. Je me rends compte que je n'ai même pas besoin de mentir. Je pense tout ce que je dis.

— Au début, ça n'a pas été facile. Je pense qu'on était tous les deux sur nos gardes, par peur d'être blessés. Mais on a fini par s'apprivoiser. Aujourd'hui… dis-je en la regardant droit dans les yeux, elle fait partie des cinq personnes à tout connaître de moi. Je lui fais une confiance aveugle.

J'aurais pensé que ce serait dur à dire, mais bizarrement, non. Je crois… que je le pense vraiment. Rose cille, déstabilisée, puis détourne le regard. On lui demande de prendre ma place et de répondre aux mêmes questions.

Je l'observe à distance, magnifique dans son corset transparent à fleurs par-dessus un très léger col roulé blanc. Elle raconte avoir voulu me dépouiller au poker pour s'acheter de nouvelles chaussures, ce qui fait rire tout le monde.

— En ce qui concerne ma première impression... Pour être honnête, je ne l'aimais pas, dit-elle en grimaçant, ce qui me fait arquer un sourcil indigné. Il était trop... riche. Trop beau. Trop arrogant. Chaque fois que je me retrouvais près de lui, j'avais comme la sensation de perdre le contrôle. Je crois... qu'il m'énervait parce que je le trouvais meilleur que moi.

Oh. Je plisse le front, surpris. Je ne m'attendais ni à ce qu'elle ressente cela, ni à ce qu'elle l'avoue devant une caméra.

— Mais au fil du temps, j'ai compris que j'avais tort. Et qu'on était pareils, en fin de compte. Être auprès de Levi... me rassure. Avec lui, je laisse tomber le masque. Je peux me permettre d'être moi-même sans avoir peur d'être jugée. Il me fait sentir... importante.

Boum boum.

Je résiste à l'envie de poser une main sur ma poitrine, stupéfait. Mon cœur bat plus vite soudainement. Ce qu'elle vient de dire... c'est exactement ce que je ressens.

Lorsqu'elle a terminé, je suis invité à la rejoindre. Je lui souris sereinement tandis que je me poste face à elle. Le prochain exercice est de s'enlacer pendant une minute.

— Viens là, dis-je en ouvrant grand les bras.

Elle secoue la tête, taquine, mais je m'approche et me baisse pour la soulever.

— C'est pas un câlin, ça, se plaint-elle, les mains sur mes épaules.

Je la relâche, faisant glisser son corps le long du mien, et son sourire s'évapore tandis qu'elle repose les pieds par terre. Elle est complètement collée à moi. Des images de l'autre soir, dans ma chambre, me heurtent en pleine poitrine. Si je me fie à son regard, elle pense à la même chose que moi.

Je lui souris donc, passant mes bras autour d'elle. Elle suit le mouvement et passe ses mains autour de ma taille, sa joue contre mon cœur fou.

Je crois que c'est la toute première fois qu'on s'étreint de la sorte. C'est... quelque chose de bien plus intime que ce que je pensais. Je peux sentir son pouls, en harmonie avec le mien. Je niche ma bouche contre son cou, caché sous ses cheveux parfumés à l'amande douce, et chuchote :

— Tu sens bon.

Elle tressaille contre moi mais ne dit rien. Je la calme d'un baiser sur la nuque, et je change de position pour pouvoir verrouiller mes mains dans le creux de ses reins.

Nous tournons sur nous-mêmes, comme si nous dansions un slow sans musique, ce qui l'amuse. Son rire résonne contre mon cœur et cela suffit à m'apaiser. Je ne sais pas ce qui me prend, mais je remonte l'une de mes mains et la pose derrière sa tête.

— On dirait pas, comme ça, mais tu donnes de bons câlins, dit-elle pendant que je caresse tendrement ses cheveux.

— Évidemment. Tu as un futur mari parfait.

— Un futur mari qui met des vestes bleues sans le savoir.

Je lui mordille l'oreille en représailles, ce qui la fait rire.

La minute se termine trop tôt à mon goût et nous nous détachons comme si de rien n'était. Son contact me manque aussitôt. J'ai terriblement envie de l'embrasser, mais nous sommes vite interrompus par la journaliste.

Le nouvel exercice est encore plus dur que les deux premiers. On nous confie, à chacun, un petit carnet et un stylo, puis on nous demande d'écrire des compliments, des détails que l'on aime chez l'autre.

Je réfléchis quelques secondes puis j'écris tranquillement. Rose ne bouge pas à mon côté, le stylo suspendu en l'air. Je l'aperçois qui se penche vers moi, tentant de jeter un coup d'œil à ce que j'écris, mais je cache ma feuille de ma main.

— Hé oh, on ne triche pas.

— Mais c'est dur...

— Ah bah merci ! Tu as plutôt intérêt à inventer quelque chose et vite, je veux être transporté par une horde de compliments sur mon physique avantageux et sur mon intelligence hors norme, d'accord ?

Elle me fusille du regard, fronçant son adorable petit nez dans une expression de colère.

— Quel radin. Tu pourrais au moins lâcher quelques réponses incognito...

— Je viens tout juste de te donner des pistes !

— Pour que tu prennes le melon ? Jamais de la vie, rit-elle en roulant des yeux.

Au bout de quelques minutes, elle réussit tout de même à écrire quelques mots sur son papier. La mienne est tellement remplie que mon poignet me fait mal. Lorsque la journaliste nous informe qu'il est temps de les lire à haute voix, Rose ferme les yeux de désespoir.

Je me propose de commencer pour l'aider à se détendre, ce dont elle me remercie silencieusement.

— Rose... La vérité, c'est que je t'admire, avoué-je en posant un regard doux sur elle. Je pense sincèrement que tu es une force de la nature. Tu es consciente de tes failles, mais tu ne les imposes jamais aux gens. Tu ne t'en sers pas comme excuses. Tu les dépasses, seule et avec force. J'aime ta détermination. Ton indépendance. La façon dont tu approches la vie avec honnêteté et courage. Tu donnes l'impression de n'avoir peur de rien, même quand c'est faux. Tu me fais rire, tout particulièrement quand tu crois que je ne te regarde pas. Tu me comprends comme très peu de personnes me comprennent. Tu as un style impeccable, aussi. Mes amis t'adorent. Tu es maligne. Mature. Mon égale.

C'est bien plus que ce que j'ai écrit sur ma feuille. Je crains de m'être quelque peu emporté. Je me racle la gorge, joignant les mains dans mon dos. Rose m'a écouté en se mordant la lèvre, fuyant mon regard. Elle a l'air gênée. Je suis persuadé qu'elle pense que ça fait partie de notre mascarade, et ça m'agace.

Elle se tourne vers la caméra, un demi-sourire aux lèvres, et chuchote en confidence :

— Je l'ai payé pour dire tout ça.

Plusieurs personnes s'esclaffent, mais je réponds en secouant la tête.

— À toi.

— N'aie pas trop d'espoir.

Je patiente, amusé. Elle relit ce qu'elle a écrit, se racle la gorge et finit par dire, sans oser me regarder :

— Ma mère m'a toujours dit : « Tu ne connais la valeur de quelqu'un qu'à la façon dont il traite les gens autour de lui. » Et c'est ce que j'aime le plus chez toi ; la manière dont tu te comportes avec le reste du monde. J'ai pu voir à quel point tu inspirais les gens. À quel point ils se reposaient sur toi et t'écoutaient, te faisaient confiance. Tu es un leader-né, conclut-elle avant de lever les yeux vers moi et d'ajouter sans regarder sa feuille : Tu es gentil. Loyal. Tu as beaucoup d'honneur, peut-être même un peu trop. Tu n'as pas peur d'explorer de nouvelles choses, au contraire, tu aimes relever n'importe quel défi. Tu n'as pas honte d'avouer tes faiblesses, tu préfères trouver des moyens de faire mieux, de devenir meilleur. Tu n'abandonnes jamais.

Boum boum.

Le voilà qui recommence : mon traître de cœur. Il papillonne bruyamment contre ma cage thoracique, frénétique. Rose continue d'improviser, son regard intense me filant la chair de poule.

— Tu dis des choses gentilles sans attendre qu'on t'en dise en retour. Tu as un charisme fou qui donne tout de suite envie de te suivre jusqu'au bout du monde. Tu ne cesses de me surprendre. Oh, et j'aime ton sourire. Voilà. Je crois.

Elle baisse le regard, gênée, et froisse la feuille de papier entre ses mains. J'opine silencieusement et regarde la caméra principale, un demi-sourire aux lèvres :

— Et moi qui pensais qu'elle ne m'épousait que pour mon argent.

Cela me vaut un coup de poing dans l'épaule.

Le dernier exercice est tout simple : imiter les gestes de l'autre tel un miroir. Nous nous postons face à face, les mains levées. C'est elle qui commence à bouger, très lentement. Je suis ses mouvements dans une parfaite synchronisation, anticipant ses moindres gestes.

Elle me fait onduler des hanches, à mon plus grand désarroi, et je me venge en faisant les pires grimaces auxquelles je peux penser. Elle fait de même, retenant son fou rire. On a l'air de deux idiots. Et pourtant, j'ai mal au visage à force de sourire.

Je ne me suis jamais senti aussi bien de toute ma vie.

Il n'y a qu'une seule personne sur cette terre qui a le droit de voir cette facette de moi ; c'est ma mère.

Cette prise de conscience me laisse pantois. Je perds mon sourire, reprenant un air froid et impassible. Ce changement semble la prendre au dépourvu car elle fait de même, gênée.

— Merci ! C'était super ! nous félicite la journaliste une fois la séquence terminée. Vous avez une relation plutôt étonnante, je dois l'avouer. Mais on sent à quel point vous tenez l'un à l'autre.

Nous hochons la tête en silence. Je prends soudain conscience de tous ces yeux, braqués sur nous, qui épient et jugent. J'ai aussitôt besoin de m'enfuir, de me retrouver seul avec elle. Rose le comprend, je ne sais comment, car elle saisit ma main et entrelace ses doigts aux miens.

— Nous avons un rendez-vous urgent juste après, dit-elle. On va y aller, si tout est bon.

— Oh oui, bien sûr ! Merci encore d'avoir joué le jeu, et vous passerez le bonjour à Li Mei de ma part.

Rose salue toute l'équipe puis m'entraîne dans les loges, où nous récupérons nos affaires. Un taxi nous attend devant le bâtiment. Nous montons tous deux à l'arrière, épuisés sans trop savoir pourquoi. D'avoir joué la comédie, peut-être.

Mais est-ce vraiment ce que nous avons fait ?

Parce que tout ça m'a semblé très vrai, à moi.

— C'était sympa, dit Rose tandis que la voiture s'élance vers notre hôtel. Plus drôle que ce que j'imaginais.

— Je suis d'accord.

Sa main est toujours dans la mienne. Je la regarde du coin de l'œil, incertain. Au bout de quelques secondes de silence, j'ose caresser sa paume du pouce, tout doucement. Au début, elle ne réagit pas. Puis, timidement, le sien fait de même sur ma peau. C'est un geste tendre et intime qui me rend totalement fou. Je repose ma tête contre le dossier de la banquette, mon front contre le sien, et souffle, dans un murmure presque inaudible :

— Désolé... pour l'autre soir.

J'aurais voulu que ça se passe autrement. J'aurais aimé continuer ainsi pendant une bonne heure encore, puis faire monter le room service pour qu'on dîne, nus sur mon lit. Une fois le repas terminé, nous aurions recommencé, probablement dans le salon, ou la cuisine, pourquoi pas dans le jacuzzi ?

— Tu m'as fait peur, murmure-t-elle simplement.

Je n'ai rien à répondre à cela. Mes paupières se font lourdes. Je me rends compte à quel point je suis fatigué. Au bout de quelques minutes durant lesquelles je me sens partir, je l'entends souffler :

— Pourquoi ?

— Pourquoi quoi ?

— Pourquoi ce revirement de situation, ce soir-là ?

Je hausse faiblement une épaule.

— Parce que j'en avais follement envie.

Silence.

— Et pas avant ?

— Si.

— Alors pourquoi maintenant ? Qu'est-ce qui a changé ?

J'y réfléchis sincèrement, sans trouver de réponse qui me convienne.

— Je ne sais pas. Quelque chose.

Cela semble lui aller, car elle ne dit plus rien après ça. Je ne tarde pas à entendre le son régulier de sa respiration tout près de moi, signe qu'elle s'est endormie. Je repousse délicatement une mèche de ses yeux, puis ose poser ma tête contre la sienne avant de fermer les yeux.

Mon cœur s'apaise aussitôt. Je sombre peu à peu, ma main toujours dans la sienne. Une pensée cruelle me vient en tête, celle que le contact de sa peau contre la mienne est plus qu'agréable... Que je pourrais même ne jamais m'en lasser.

Puis je me rappelle que Rose n'est qu'une sale menteuse et traîtresse venue pour me détruire à la demande de son père.

Chapitre 19

ROSE

Juin. Las Vegas, États-Unis.

Plus les jours passent, plus j'ai du mal à résister.

L'appel du jeu est plus fort que tout. Je devine que je ne suis pas encore assez guérie pour tenter le diable. Je me contente de jouer en compagnie de Levi, sans jamais parier d'argent. Évidemment, ça ne me suffit pas. Quand je ne peins pas, je passe mes journées à regarder des gens jouer et à me demander ce que j'aurais fait à leur place.

Ça me bouffe le cerveau. Heureusement, je suis constamment entourée, ce qui me retient de succomber à la tentation. Li Mei et Lucky ont pour ainsi dire emménagé dans notre suite. Maintenant que je connais la vérité, ils passent tout leur temps avec nous, ce qui m'a obligée à donner ma chambre… et à partager mon lit avec Levi.

Sans commentaire.

— Comment vous vous êtes rencontrés ? je demande à Li Mei lorsque nous nous retrouvons seules au bar.

Je ne sais même pas quelle heure il est. Pour être honnête, le fait de rester dans l'hôtel du matin au soir, dans l'ambiance obscure et galvanisante du tournoi, me fait perdre toute notion du temps. C'est aussi l'un des pièges des casinos. On pourrait y rester indéfiniment.

— Avec Levi ? C'était peu après ma sortie de prison, me raconte-t-elle en triturant le parapluie coloré dans son cocktail. Dans un bar à Shanghai. Je venais pour un entretien d'embauche mais j'ai fini par me disputer avec l'employeur. Il m'a châtié en découvrant mon casier judiciaire, bien évidemment. Levi a assisté à la scène. Quand je suis sortie, il m'a accostée en me demandant si je cherchais du boulot.

Je ricane. Décidément, c'est une habitude chez ce type. Se prend-il pour un bon samaritain ?

— J'ai eu de la chance, sourit Li Mei. Je crois qu'il a été touché par mon histoire à cause de ce qui est arrivé à sa mère. Quelque part... je me suis toujours demandé s'il ne m'avait pas aidée parce qu'il s'en voulait. Comme pour réparer un tort.

Ce qu'il n'a pas pu faire pour sa mère, entre autres. Parce qu'il s'en veut, évidemment qu'il s'en veut. Comment faire autrement ? Je demande à Li Mei quel genre de job il lui a proposé.

— Il a ouvert un autre *Raspoutine* en Chine. Il m'a proposé de m'en occuper.

Je tombe des nues.

— Sérieusement ? Il ne te connaissait même pas !

— Va savoir pourquoi il m'a fait confiance. Mais Levi ne fait jamais les choses au hasard. La preuve : aujourd'hui, on est plus proches que n'importe qui.

Effectivement. Levi a le don de savoir bien s'entourer. Je commence à me demander si c'est vraiment par affection, ou pour ce que les gens peuvent lui apporter.

— Et ta famille ? je lui demande, curieuse.

Elle grimace d'un air comique, fuyant mon regard.

— J'ai un grand frère. C'est le seul à qui je parle encore. Mes parents... n'ont pas accepté la honte que j'ai pu leur apporter. Il faut dire que je l'ai bien cherché. Je n'aurais pas dû cambrioler une maison de luxe avec des amis... encore moins juste pour les fringues. Ma mère croit que je suis kleptomane.

Effectivement, ce n'était peut-être pas une bonne idée. Je lui demande si elle l'est et elle rit avant d'y réfléchir.

— Qui sait ?

Je m'esclaffe à mon tour. Quelle fine équipe nous faisons ! J'ai la nette impression que Lucky est la personne la plus stable de notre groupe. Je ne sais pas trop ce que cela signifie, mais ça ne peut qu'être mauvais signe.

— D'ailleurs, j'ai encore du mal à croire que tu sois sortie avec Lucky. Raconte-moi tout, j'ai besoin de savoir comment, où, et *pourquoi*.

— M'en parle pas, soupire-t-elle en se cachant le visage dans les mains. Pour ma défense, il est très différent de l'image qu'il donne. Ce n'est qu'un rôle, tout comme le mien. En vrai, il est... mignon. Romantique. Gentil. Drôle. Il m'a attendrie.

— Ça a duré longtemps ?

— Quatre mois.

— C'est court. Qu'est-ce qui s'est passé ?

Elle roule des yeux, l'air exaspéré.

— Il est trop jeune ! Trop sensible, aussi. C'est terrible. Je suis du genre à ne pas me prendre la tête, ni à me poser nulle part. Lucky est tout mon opposé : il pleure chaque fois qu'il regarde *Titanic*, il ne sait pas dire non, il est lâche, peureux, et il veut à tout prix se marier et vivre heureux jusqu'à la fin de ses jours. J'ai flippé, bien évidemment !

Cela m'étonne. N'a-t-il pas dit qu'il était escort boy ? Li Mei doit deviner à quoi je pense car elle m'explique :

— Ses parents se sont aimés au premier regard. Quarante ans de mariage. Il veut vivre la même chose... mais il a été incapable de payer son prêt universitaire. D'où l'escort. Il n'a pas arrêté, sauf quand on était ensemble. Il aime ça. Il apprécie ses clients, et il n'en a pas honte. Je suis quasi certaine qu'il pense pouvoir peut-être rencontrer l'amour comme ça, cet idiot.

— C'est possible ! Du coup... il n'y a plus aucune chance que ça fonctionne entre vous ?

Elle est sur le point de dire non quand elle s'arrête soudain, en plissant des yeux et en me regardant d'un air suspicieux.

— Pourquoi, tu es intéressée ?

Son ton a changé. Il est plus froid, plus sec. Je me retiens de sourire, amusée. Quoi qu'elle en dise, elle est toujours mordue.

— Pas du tout. J'ai déjà de quoi faire...

Elle se détend, puis rit dans sa barbe.

— Tu l'as dit. Levi te plaît ?

Non. Oui. Je ne sais pas. Il me plaît physiquement, c'est certain. J'aime beaucoup ce qu'il est également, mais pas d'un point de vue romantique. Disons que c'est devenu un très bon ami. J'aime être à ses côtés. C'est tout. Pas vrai ?

Un flash me revient en tête d'un seul coup, celui des cheveux de Levi entre mes cuisses, prisonniers de mes doigts crispés par le plaisir. Je me souviens aussi de la vague d'émotion ressentie en jouissant contre sa bouche.

Je mets trop de temps à répondre, ce qui fait sourire Li Mei. Je fais la moue, les joues rouges, et grogne.

— Oh, ça va.

***

Quand je remonte dans la suite, Levi est justement en train de m'attendre, allongé sur le canapé avec un bras en travers des yeux.

— Tu étais où ? me demande-t-il nonchalamment.

— Je buvais un verre avec Li Mei. Tu as mal aux yeux ?

Il ne répond pas tout de suite. Finalement, il se redresse et s'adosse au canapé, les jambes écartées. Je m'assieds dans le fauteuil à quelques mètres tandis qu'il me fixe droit dans les yeux. Je suis surprise par la pâleur de son visage. Il n'a pas l'air dans son assiette.

— Ça va, ment-il. Je réfléchissais.

— À quoi ?

— Tito.

Je prie pour qu'il ne remarque pas que je me raidis à ces mots. Mon père m'a appelée plus tôt ce matin pour avoir des nouvelles, mais je lui ai raconté des bobards pour ne pas qu'il se rende compte de mon revirement de cœur. J'ai même réussi à lui donner de faux tuyaux.

Je change de sujet d'un air naturel :

— Tu devrais manger quelque chose.

Son regard intense se baisse, lentement, et glisse le long de ma silhouette d'un mouvement suave... pour s'arrêter entre mes cuisses. *Seigneur.* Je les ferme avant de succomber, un sourcil arqué.

— Tu peux toujours rêver.

Il m'offre un demi-sourire arrogant en réponse. Je me lève et vais dans la cuisine pour vérifier ce qu'on a dans le frigo. Je tombe sur des pâtes et de l'escalope, que je dépose sur le comptoir de travail. Ça fera l'affaire.

— Qu'est-ce que tu fais ? me demande Levi d'une voix fatiguée, arrivant derrière moi.

— À manger. Au menu : piccata de poulet au citron et fettuccine. Spécialité familiale. Assieds-toi et regarde.

Il ne se fait pas prier. Il s'installe sur un tabouret, me contemplant alors que j'enrobe les escalopes de farine et les tapote pour en enlever l'excédent.

— Parle-moi de ta famille, tiens, dit-il en croisant les bras.

Je ne préfère pas. Je veux éviter le sujet, par peur de trop me dévoiler, mais aussi parce que je veux lui mentir le moins possible. En revanche, il risque de se montrer méfiant si je refuse.

— Ma mère est la personne la plus pure que je connaisse, dis-je en faisant chauffer l'huile d'olive. Elle a seulement eu le malheur de succomber à un mauvais garçon très jeune... Elle est tombée enceinte – de moi. Leurs deux familles étaient très conservatrices, alors forcément, il était hors de question de se séparer, encore moins d'avorter. Mon père a assumé la responsabilité et l'a demandée en mariage.

Je sens le regard de Levi sur mon visage, scrutateur. Il me demande s'ils sont toujours amoureux, mais je secoue la tête.

— Mon père a trompé ma mère de longues années. Une petite fille est née de cette liaison… mais je ne l'ai jamais vue. Ma mère demande enfin le divorce.

— Je vois. Je suis désolé.

Je le regarde, surprise de la sincérité de son ton.

— Et toi, qu'est-ce que tu en penses ? Tu es proche de ton père ?

La question à un million de dollars… Je ne le sais même pas moi-même. Je pèle et hache les échalotes, mélancolique.

— J'ai passé ma vie à faire en sorte qu'il m'aime. Mon ancienne psy me disait que, parfois, il faut arrêter d'essayer et simplement… faire son deuil.

Levi me fixe durement, avec un air indéchiffrable qui rend impossible toute interprétation. Finalement, il hoche la tête.

— Elle a raison.

— Tu dis ça mais regarde-toi. Tu as passé dix ans de ta vie, obsédé par un type qui a trahi ton père. Tu le fais quand, ton deuil, hein ?

Sa mâchoire se crispe. Ses yeux lancent des éclairs quand il répond d'une voix frémissante de colère :

— Je n'ai aucune pitié pour les traîtres. Je déteste les menteurs, et davantage encore les hypocrites qui feignent d'être tes amis mais te poignardent ensuite dans le dos.

Oh. Je retiens un frisson de terreur. La culpabilité se fraye lentement un chemin vers mon cœur, mais je la chasse. Je peux culpabiliser autant que je le souhaite, ce qui est fait est fait et je ne peux pas revenir en arrière.

Quand Levi le découvrira… j'espère être loin.

— Heureusement, je suis bien entouré, ajoute-t-il soudain, son regard s'adoucissant. Je te fais confiance autant qu'à Thomas et aux autres, Rose. Tu es l'une des nôtres.

Je déglutis, la gorge serrée. Si je n'étais pas certaine de ne pas être démasquée, je penserais qu'il le fait exprès. Je lui adresse un sourire, mal à l'aise.

— Donc je fais partie d'un groupe de fêlés aux valeurs douteuses ? Génial. Faudrait faire des pins... oh non, mieux ! Des vestes personnalisées. Est-ce qu'on a un cri de guerre ?

— On est amis, pas une équipe de bowling.

Je souris, amusée. Il finit par se dérider, puis propose de m'aider à cuisiner. Je lui montre comment faire, et bientôt, la pièce embaume la cuisine italienne. Une fois que c'est prêt, je le laisse parsemer les escalopes de persil ciselé tandis que j'ajoute quelques tranches de citron.

— Merci pour ce repas, dit-il, prêt à attaquer.

— Attends ! Sacrilège, tu as oublié la sauce dans les pâtes.

Levi hausse les épaules, surpris de la passion avec laquelle j'ai parlé. Il me demande si la sauce est aussi importante que je le laisse penser. Je lui en sers avant de lui expliquer :

— En Italie, *la pasta* peut avoir le goût de la passion. Il y a un plat qui s'appelle *pasta del cornuto*, qui signifie « les pâtes du cocu ». Ce sont des pâtes sans sauce, car la sauce est toujours préparée en même temps que les pâtes et cela prend du temps.

— OK...

— Dans les pâtes du cocu, on trouve juste un peu de beurre et du poivre. Du fromage peut aussi y être ajouté, mais il n'y aura pas de sauce. Si la femme n'a pas préparé la sauce, qu'est-ce qu'elle faisait, et avec qui ? je demande mystérieusement.

Il semble comprendre car il sourit en prenant une première bouchée, la main sur son cœur.

— Ma merveilleuse fiancée m'est donc fidèle. Quel soulagement.

— Estime-toi heureux.

Nous mangeons en silence. Je repense à notre conversation sur Tito, sur sa trahison, puis sur notre groupe d'amis. Chacun d'entre nous s'adonne à des activités douteuses voire illégales. Je sais que la famille de Levi est orthodoxe, comme la mienne, c'est pourquoi je me permets de lui poser la question, certaine qu'il comprendra :

— Est-ce que tu crois qu'on finira en enfer ?

— J'espère. J'ai des questions pour Oscar Wilde. Et toi ?

— C'est une vraie question.

Il lève les yeux de son assiette quasi vide, surpris. Je sais que j'ai tendance à plaisanter à ce sujet, mais cela me tracasse de plus en plus. Levi finit sa bouchée, puis s'essuie les lèvres avant de répondre, très sérieux :

— J'ai tué mon père, Rose. Oui, je pense que j'irai en enfer.

Effectivement. C'était une question bête. Je crois que j'aurais voulu qu'il me rassure, comme une idiote.

— Et ça te fait peur ?

Il prend le temps de répondre, l'air triste. À croire qu'il a réfléchi à cela trop de fois déjà.

— Non, dit-il enfin, le regard dans le vide. C'est ce que je crains le plus : si cela ne réussit plus à m'effrayer, comment suis-je censé vivre une vie honnête ?

Chapitre 20

LEVI

Juin. Las Vegas, États-Unis.

J'ai grandi avec un père qui ne cessait de me traiter de menteur. Ça a commencé avec l'achromatopsie. Même quand j'ai été diagnostiqué, il continuait à penser que j'exagérais. Que je cherchais son attention.

Ça ne s'est jamais arrangé, si bien que j'ai fini par développer un mécanisme de justification. Je pars toujours du principe qu'on ne me croira pas de toute façon. J'accumule les preuves, pour tout, juste au cas où.

L'ironie dans tout ça, c'est que si je ne mentais pas avant, c'est aujourd'hui devenu un instinct de survie. Pourtant, je déteste les menteurs.

Cela inclut Rose Alfieri Ferragni ; la plus grande menteuse qui puisse exister. Je l'avoue, au début, elle m'a eu. J'ai cru à son petit numéro de fille fauchée. Elle m'a même attendri pendant une seconde...

Puis ce soir-là, quand elle a découvert mon secret, elle est sortie. J'ai trouvé ça étrange, alors je l'ai suivie jusqu'au bar où elle a retrouvé Tito, qui l'attendait tout sourire. J'ai vite fait le lien, évidemment. J'ai été aveugle de ne pas le voir plus tôt. Je m'en suis voulu de lui avoir dévoilé ce que je m'efforce de cacher depuis si longtemps.

La colère a vite laissé place à des questions sans réponses. Je n'arrivais pas à comprendre pourquoi elle faisait ça. J'ai donc pris mes distances. Elle flirtait, mais je la rejetais. Je voulais voir jusqu'où elle était prête à aller pour le compte de son père. Leur plan était-il de me séduire ? J'ai trouvé ça faible et peu original. J'ai tout fait pour la rendre folle, parce que je savais qu'un ego comme le sien ne le supporterait pas. C'était amusant.

Mais le lendemain, au cours de peinture, quelque chose a changé. Son geste m'a paru sincère... cela m'a plu. C'est pourquoi je l'ai embrassée une fois à l'hôtel. Puis elle a tout gâché encore une fois en s'emparant de ma clé USB. J'aurais pu la surprendre la main dans le sac puis lui dire de dégager de ma vie à jamais.

Mais je n'ai pas été assez fort. Malgré ses mensonges, Rose continue de m'attirer comme personne auparavant. Je me déteste pour cela. Pour avoir autant envie de l'insulter que de la baiser.

Alors j'ai laissé faire. Parce que s'il y a une chose que j'adore, c'est d'entendre quelqu'un mentir en sachant pertinemment la vérité. Je l'ai laissée détruire les preuves des pots-de-vin avec plaisir – après tout, je les avais mises là exprès pour voir ce qu'elle allait en faire.

J'estime lui avoir donné assez de chances. Elle m'a toujours déçu. Du moins, jusqu'à récemment. Je ne sais pas ce qui a fait la différence. Mais après avoir craqué, juste un peu, je l'avoue, et m'être agenouillé devant elle, j'ai vu son masque se fendiller.

J'ai pu entr'apercevoir une nouvelle personne, plus humaine, plus vulnérable. Une personne qui n'était pas seulement la fille de Tito... mais Rose, tout simplement.

Lui avouer mon passé était un risque énorme. Je n'étais pas certain qu'elle n'irait pas le rapporter à son traître de père. Je l'ai pris tout de même, parce que j'avais espoir. Parce que si je déteste les menteurs, il s'avère que je suis incapable de haïr cette femme.

Elle s'est beaucoup dévoilée elle aussi. Pourquoi se mettrait-elle à nu si elle prévoyait de me trahir ? Ça ne fait aucun sens. Je suis peut-être un idiot... mais j'espère encore que tout ce qu'elle m'a dit jusqu'ici n'était pas un mensonge. J'espère encore qu'il y a du vrai dans la personne qu'elle est à mes côtés.

Je n'ai rien dit à Thomas, bien sûr. Dieu seul sait ce qu'il ferait s'il savait. « Je te l'avais dit », ne se gênera-t-il pas de me lancer à la face.

Et si elle te trahissait ? tonne ma voix intérieure.

Je ne pense pas. Mais si j'ai tort... je la trahirai avant. J'aurai toujours un coup d'avance sur elle de toute façon.

Je rentre à l'hôtel après mon entrevue téléphonique avec l'éditeur du *New York Times*, affamé. J'ai la surprise de trouver la suite plongée dans le noir.

— Quelle ingrate, cette Rose, j'entends Li Mei dire depuis le salon. Elle ne pouvait pas partager, sérieusement ? Il y avait de la place, sur cette porte !

Rose ? *Ma* Rose ? Je hausse les sourcils en trouvant Li Mei, Lucky et ma fausse fiancée, tous trois blottis les uns contre les autres dans le canapé. Ils partagent une couverture sur leurs jambes, ainsi qu'un pot de Ben & Jerry's à trois cuillères.

En face d'eux, la télévision affiche la scène tragique de *Titanic*. Je comprends tout.

— Je ne suis pas d'accord, dit la Rose en chair et en os, indignée. Tout le monde lui crache dessus à cause de ça, mais quand on y pense, il était impossible qu'ils montent tous les deux dessus ! Ils auraient été beaucoup trop lourds, la porte aurait largement coulé. C'est idiot.

Li Mei y réfléchit, de bonne foi, et acquiesce. Lucky leur intime de se taire ; les larmes coulent à flots sur son visage.

— C'est vrai. Mais dans ce cas-là, ils auraient pu alterner, non ? Je suppose qu'égoïste comme tu es, tu aurais probablement fait comme elle. Ça doit être un truc de Rose.

Li Mei lui tire la langue en disant cela, mais ma fausse fiancée secoue la tête, pas vraiment vexée.

— Bien sûr que non ! Je lui aurais donné ma place, si c'était l'homme que j'aim...

C'est à ce moment-là qu'elle me remarque du coin d'œil et qu'elle laisse sa phrase en suspens. Elle cille puis détourne le regard en se reconcentrant sur la télévision. *Tiens, tiens.*

— Moi je t'aurais permis de rester sur cette porte, Li Mei, intervient Lucky, les yeux fixés sur la télévision, comme s'il n'avait pas déjà vu ce film une bonne centaine de fois.

Li Mei fronce le nez de dégoût.

— Non merci. Toi, te connaissant, tu serais monté dans l'un des premiers bateaux avec les femmes et les enfants.

Ce n'est pas faux. Lucky a beaucoup de qualités, mais sa peur le rend très lâche. Il veut protester mais ne trouve rien à dire. J'en profite pour m'interposer :

— Qu'est-ce que vous faites ?

— On t'attendait ! s'écrie Li Mei qui se lève, la couverture traînant par terre. L'un des joueurs a privatisé la piscine intérieure de l'hôtel pour organiser une fête ce soir. Je crois même qu'il y aura un concours de tee-shirt mouillé !

Lucky tourne la tête vers elle à la vitesse de la lumière, un voyant rouge s'allumant à travers ses yeux plissés.

— Tu vas participer ??

— Tu veux que mes parents perdent définitivement toute foi en moi ou quoi ? Bien sûr que non. Je profiterai du spectacle, c'est tout. Vous venez ?

Je baisse les yeux vers Rose, qui me rend mon regard. Elle hausse les épaules, puis sourit d'un air séducteur qui me suffit à faire fondre toute résolution de ne plus la toucher.

— Et comment !

***

— Euh... tu ne m'avais pas dit que c'était un concours de tee-shirt mouillé *pour les hommes.*

Lucky semble un peu déçu quand nous pénétrons dans la piscine intérieure, pieds nus, nos serviettes à la main. La musique résonne à fond contre les murs, rythmant les corps qui dansent au bord de la piscine. Voilà donc pourquoi Rose a insisté pour que je porte un tee-shirt blanc avec mon maillot de bain.

— Bien joué, je murmure à son oreille. Mais je ne compte pas me baigner.

— C'est ce qu'on verra.

Cela sonne comme une promesse. Elle m'adresse un clin d'œil et part nous trouver des transats, sa robe paréo dissimulant mal son corps sublime. Lucky boude un peu à mon côté tandis que Li Mei appelle Thomas dans l'espoir qu'il se joigne à nous.

— La dernière fois que je me suis senti aussi trahi, c'est quand Zayn a quitté les *One Direction.*

Je me tourne vers lui.

— Sérieux ?

— Bah non, pas sérieux, roule-t-il des yeux.

Je hoche la tête en silence, regrettant d'avoir demandé. Au bout de quelques secondes, je l'entends bougonner dans sa barbe :

— Harry a toujours été mon préféré.

Dieu merci, Rose nous trouve des places rapidement. Je devrais probablement être dans ma chambre en train de perfectionner mon jeu, mais lorsque Rose attrape le bas de son paréo et le fait passer par-dessus sa tête, je ne regrette pas d'être venu.

Je l'admire sans gêne, pris d'un désir fulgurant. Elle porte un maillot de bain noir, tout simple, qui ressemble d'ailleurs beaucoup à des sous-vêtements. Il met parfaitement en valeur le galbe incroyable de ses cuisses bronzées, si bien que je les imagine tout de suite enroulées autour de ma taille.

Je remonte le regard sur ses seins, dont l'appel ensorcelant me fait bander en une nanoseconde.

— Tu viens ?

Rose me tend la main, inconsciente des regards masculins et féminins qui se posent sur elle. Je les comprends, car comment faire autrement ? Mais je les déteste aussi. J'aimerais être le seul à pouvoir profiter de... tout ça.

Je me lève, la cachant subtilement de tout mon corps, et vais pour enlever mon tee-shirt quand elle me tape sur la main.

— Garde-le.

Je n'ai pas le temps de discuter. Ses doigts s'enroulent aux miens, minuscules, et me traînent à sa suite. Li Mei et Lucky se trouvent déjà dans l'eau, se chamaillant comme d'habitude.

Rose rentre la première, la respiration coupée par la fraîcheur de l'eau. Je fais de même, accueillant avec joie la température froide. Je suis reconnaissant à l'eau mousseuse, qui cache à la fois le corps de déesse de Rose et mon début d'érection.

Au début, je reste dans mon coin, la bouche à la surface de l'eau, observant les autres. Rose, Lucky et Li Mei dansent et s'amusent au rythme d'Ariana Grande. La première souhaite monter sur une bouée avec son cocktail à la main, mais ses tentatives ratées font rire les autres.

Elle me regarde soudain et je réalise que je souris seul, comme un idiot. Je me reprends, mais c'est trop tard. Elle pose son verre après l'avoir vidé d'un coup sec, puis nage jusqu'à moi tel un crocodile en approche.

— Tu t'amuses ? je demande quand elle arrive à ma hauteur, son nez tout près du mien.

— Comme une folle. Ça faisait longtemps... que je n'avais pas autant ri.

— Tant mieux.

Et je le pense. Je la dévisage, mon regard s'attardant sur les gouttes d'eau qui perlent sur ses cils. Elle brille de tous ses feux. C'est dans ce genre de moments que je refuse de croire qu'il s'agit d'une taupe. Peut-être que j'ai tout faux. Peut-être que c'est un énorme malentendu.

— Ce serait quand même mieux... si mon fiancé dansait avec moi.

— Ton fiancé ne danse pas avec toi ? dis-je en feignant l'indignation. Plaque-le, c'est mieux.

— N'est-ce pas ? Il ne sait pas la chance qu'il a, cet abruti.

— Ils le sont tous. Tu devrais te trouver un amant pour le rendre jaloux.

— Oh vraiment ? rit-elle. Tu te proposes pour le rôle ?

— Évidemment.

Je m'approche davantage encore, entourant sa taille fine de mes deux bras. Personne ne nous voit sous la mousse, et de toute façon, je m'en fiche. Elle entrouvre les lèvres, son regard fixé sur les miennes, et passe les mains sur mon tee-shirt trempé.

— Tu as raison. Tu aurais dû l'enlever.

Je ne sais pas ce qui me prend, mais je souffle contre sa bouche :

— Ce soir, dans notre chambre. Tu n'auras qu'à le faire.

Ses yeux reviennent sur les miens, l'air de me demander si je suis sérieux. Je ne le sais pas moi-même. Je crois que oui, puisque je suis un imbécile incapable de résister à ses charmes.

Je la serre davantage, pressant mon érection contre son ventre, ce qui lui arrache un hoquet. Je suis fatigué de fantasmer sur elle, plus encore de me masturber sous la douche en pensant au seul moment qu'on a pu avoir ensemble jusqu'ici.

— À une condition.

Je hausse un sourcil, déglutissant au contact de ses mains qui se glissent sous mon maillot de bain. Elle les presse sur mes fesses, les pupilles dilatées.

— Que tu me prennes en photo juste après. En souvenir.

« En souvenir. » Comme si elle savait déjà que ça ne se reproduira pas. Comme si elle avait l'intention de fuir bientôt. Je m'apprête à lui demander ce qu'elle entend par là quand une silhouette familière attire mon attention par-dessus son épaule.

Je me raidis automatiquement entre ses bras. Tito longe le bord de la piscine, les yeux braqués sur nous. Rose suit mon regard, curieuse, et s'immobilise à son tour.

— Hé, murmure-t-elle pour attirer mon attention. Relax.

Elle pose une main sur ma joue puis la tourne vers elle pour m'obliger à le lâcher du regard. Je le plonge dans le sien, avant qu'elle se penche et m'embrasse. Mon cœur s'enflamme. Je mêle ma langue à la sienne, la main tendrement refermée autour de sa nuque délicate.

Je sais que c'est mal, mais j'espère que Tito brûle de colère noire là tout de suite. J'espère qu'il déteste me voir avec sa petite fille chérie. J'espère qu'il sait que je n'hésiterais pas à me servir d'elle contre lui, s'il le faut.

Mais au bout de quelques secondes, j'oublie complètement Tito. Il n'y a plus qu'elle, moi et mon excitation qui pulse douloureusement contre ses cuisses.

— Sens ça, chuchote-t-elle en saisissant ma main avant de la poser sur son sein.

Je grogne involontairement, de désir d'abord, puis de désespoir en sentant son cœur battre à cent à l'heure sous mes doigts. Est-ce vraiment réel ? Est-ce plus qu'un jeu pour elle ? Je me surprends à vouloir que ça le soit, plus que n'importe quoi.

— Tu sais, dis-je en soufflant contre ses lèvres humides, je ne pense pas que ce soit une question de Rose, ni de place sur cette foutue porte. On sait tous qu'il y en avait assez.

— Ah non ?

— Non. Je pense qu'il est seulement question de Jack et du fait qu'il aurait tout fait pour que la femme qu'il aime survive plutôt que lui. Il n'aurait accepté aucune autre option.

Elle me regarde fixement, muette. Au même moment, Li Mei crie mon prénom depuis nos transats, mon téléphone en main. Quelqu'un m'appelle, sûrement Thomas. Je lâche Rose à contrecœur, déposant un dernier baiser sur sa bouche délicieuse.

— Je reviens. Ne fais pas de bêtises.

— Tu peux être sûr que c'est exactement ce que je vais faire, plaisante-t-elle d'un clin d'œil complice.

Je secoue la tête en sortant de la piscine, amusé. Je m'essuie les mains sur ma serviette et saisis mon téléphone portable. Thomas me demande s'il me dérange. Je me dirige vers la sortie pour trouver un coin plus calme, mon regard toujours rivé sur Tito.

Il fixe sa fille du coin de l'œil, l'air dangereux. Je n'aime pas ça du tout.

— Qu'est-ce qui se passe ? Ça ne peut pas attendre ?

— Je voulais juste savoir comment s'était passée ton entrevue.

Je reste dans les couloirs, dégoulinant d'eau, et lui raconte mon après-midi. Cela prend bien cinq minutes. Le rédacteur en chef était réticent au début, mais mes preuves ont fini par le convaincre.

— Il est intéressé, alors ?

— Évidemment qu'il est intéressé, on parle de Tito Ferragni. Il voulait publier l'article dès la semaine prochaine mais j'ai pu négocier avec lui. Il a accepté d'attendre un peu.

Je ne le vois pas, mais je sais qu'il hoche la tête à cela.

— Tu as eu raison. Le timing doit être parfait.

Je lui demande pourquoi il n'est pas descendu avec nous mais il répond que ça ne l'intéresse pas. Cela me fait rire. Je ne pensais pas que ça m'intéresserait non plus, mais il faut croire que j'arrive encore à être surpris. Rose rend tout divertissant.

— Bon, j'y vais. À ce soir.

Je raccroche et retourne à l'intérieur, surpris de voir un petit groupe se former près de nos places. Je ralentis en fronçant les sourcils, méfiant, et m'arrête en reconnaissant Rose.

Celle-ci est fièrement dressée devant un jeune homme, de l'eau perlant sur sa peau nue, et elle s'écrie en faisant de grands gestes :

— *Ci fai o ci sei ? Pezzo di merda ! Cazzino ! Figlio di Putanna* [28] *!*

Je la regarde, un peu choqué, et pense reconnaître quelques mots qui me semble de mauvais augure. Le visage de l'homme se renfrogne et je vois ses lèvres bouger sans entendre ce qu'il dit.

Cela suffit à faire enrager Rose. Je n'ai pas le temps de réagir qu'elle projette son genou dans ses couilles avec force. L'homme gémit de douleur, se pliant en deux. Il lui attrape violemment le bras mais elle lui saute sur le dos en criant, ses mains tirant sur ses cheveux.

Tout de suite, Li Mei et Lucky se mêlent à la bagarre en poussant un cri de guerre terrible. Une femme, probablement la petite amie de l'homme, bouscule Li Mei, mais celle-ci lui attrape la queue-de-cheval. Elles se tirent mutuellement les cheveux tandis que Li Mei crie avoir battu de pires brutes en prison. Lucky, lui, se met en position de boxe sans pour autant se joindre à elles.

— Aide-moi, sale dégonflé de mes deux ! hurle Li Mei dans sa direction, avant que son adversaire ne la fasse taire d'un coup de poing dans la poitrine. Aïe ! Pas les seins, ⊠人 [29] ! C'est de la triche !

---

28. « Tu es dingue ou quoi ? Trou du cul ! Face de bite ! Fils de pute ! »
29. « Salope ».

— J'arrive, Li Mei ! lance Lucky en jetant des coups de poing dans le vide. J'ai juste... Oups, pardon Mademoiselle. Ma mère m'a toujours dit de ne pas frapper les filles...

— Lucky, 我要打你 [30] !

Je plisse le front devant ce spectacle infernal, les bras croisés sur la poitrine. Tout le monde les regarde en riant tellement c'est ridicule. Je devrais probablement intervenir. Rose a l'air de se débrouiller, pourtant. Elle ne fait qu'une bouchée de son adversaire, même.

— Je vais me marier avec elle, souris-je fièrement au gars près de moi et qui n'a rien demandé.

Il me regarde avec un air de profonde compassion.

— Courage.

Rose s'accroche tandis que l'homme tourne sur lui-même dans l'espoir de la faire lâcher prise. Elle lui hurle de s'excuser mais il se contente de la traiter de folle-dingue.

Je m'approche dans l'intention de les séparer, le pas nonchalant. Les regards se posent sur moi quand je m'arrête devant eux, l'expression impassible, et dis froidement à son attention :

— C'est ma future femme que tu as sur le dos. J'apprécierais que tu la fasses descendre. *Maintenant.*

L'homme écarquille les yeux et tape à toute vitesse sur les mains de Rose, toujours agrippées à ses cheveux.

— J'aimerais bien, je le jure ! Descends, sorcière !

— *любимая ?* Tu veux bien lâcher ce pauvre homme ? je demande tendrement à Rose, la tête inclinée sur le côté.

Celle-ci grogne, les joues rouges, du moins je le suppose.

— Il a fait une remarque plus que déplacée sur Li Mei, et quand je lui ai dit de s'excuser, ce connard nous a craché de rentrer « d'où l'on vient » !

— J'ai dit que j'étais désolé, chouine le type.

30. « Je vais te cogner ! »

— Une fois que je t'ai mis mon pied dans la bite, oui !

Un regard de ma part et l'homme s'excuse platement une nouvelle fois. Je décide que c'est assez et passe le bras autour de Rose pour la faire descendre. Elle serre les dents en retrouvant le sol, son dos contre mon torse.

— Allez, on y va.

Je lui prends la main et saisis nos serviettes avec un calme olympien. Li Mei lâche la pauvre fille, qui a probablement perdu beaucoup de cheveux, et Lucky souffle comme s'il avait couru dix kilomètres.

— C'était intense...

— Ferme-la, gronde Li Mei, la joue toute griffée. Tu ne sers jamais à rien.

Nous repartons ensemble sous les regards interloqués. À quelques mètres de la sortie, je sens le regard scrutateur de Tito. Je serre instinctivement la main de Rose dans la mienne. Je prévois de rentrer sans faire d'histoires mais lorsque nous passons devant lui, j'entends le murmure qu'il m'adresse, à moi et à moi seul :

— Quel caractère de feu. Tu ferais mieux de la canaliser, celle-là.

Je stoppe net, le cœur battant. Rose lève les yeux vers moi, interrogatrice, mais toute mon attention est fixée sur Tito. J'ai du mal à croire qu'il parle de sa fille en ces termes.

— Ce n'est pas un animal sauvage.

Je m'apprête à repartir quand il ajoute d'un ton vicieux :

— Je l'espère pour toi. Si elle ressemble un tant soit peu à ta mère, tu risques de finir comme ton père.

Ma colère, jusqu'ici froide et sourde, s'enflamme, m'aveuglant totalement. Je ne réfléchis pas une seconde. Je m'élance comme un tigre, lâchant la main rassurante de Rose, et attrape Tito par le col avant de le frapper au visage de toutes mes forces. Il titube sous la violence de mon coup, tandis que Rose me retient par le bras en hurlant mon prénom.

— Répète un peu ce que tu viens de dire, espèce d'enculé ! je m'époumone, la gorge serrée.

Tito se redresse, le doigt sur sa bouche en sang, et m'adresse un rictus victorieux. C'est la douche froide. Je recule, le regard fou. J'entends à peine les mots de Rose, qui m'entraîne de force vers la sortie.

Les paroles de Tito tournent en boucle dans ma tête. Il savait que parler de ma mère me ferait péter un plomb. Il n'attendait que ça. Je tremble violemment, regrettant d'avoir perdu mon calme.

— Ça va ? me demande Rose lorsque nous sommes dans le couloir des vestiaires. Qu'est-ce qui t'a pris ?

Mes trois amis affichent des mines interdites. Lucky murmure ce que tout le monde pense tout bas :

— Waouh... c'est la première fois que je te vois perdre ton sang-froid. Tu m'as fait peur. J'ai bien cru que t'allais le tu...

Il ne finit jamais sa phrase. Li Mei lui écrase le pied avant, sans aucune subtilité. Mon cœur se serre.

« J'ai bien cru que t'allais le tuer. » C'est ce qu'il voulait dire. Et il aurait eu raison. Parce que c'est ce que je fais, n'est-ce pas ? Tuer des gens. *Putain.* J'ai besoin d'air. J'ai besoin d'être seul. J'ai besoin de redescendre un bon coup.

Je fais volte-face sans rien dire, prêt à fuir, mais Rose me rattrape par le bras. Je m'arrache à son étreinte, plus brutalement que je ne le voulais.

— Laisse-moi tranquille.

— Pourquoi ? insiste-t-elle en marchant à mes côtés.

Elle ne comprend pas ou quoi ? Je n'ai pas envie d'elle à mes côtés, là tout de suite !

— Parce que je suis énervé.

— Ça tombe bien, moi aussi je suis énervée. Soyons énervés ensemble, dit-elle pour plaisanter.

Je serre les poings et m'arrête pour lui faire face, mon regard noir planté dans le sien.

— Non, Rose. Je suis énervé contre *toi.*

— Moi ? s'indigne-t-elle, surprise. Qu'est-ce que j'ai fait ?

— Je me suis battu à cause de toi ! Tu ne pouvais pas rester tranquille ne serait-ce que cinq minutes, bordel de merde ?

Cette fois, elle ouvre grand la bouche, sur la défensive. Elle n'a pas l'habitude que je m'énerve, encore moins que je lui parle comme ça. Même si je culpabilise de m'en prendre à elle, alors que j'en veux à Tito, je ne regrette rien.

Je suis énervé qu'elle soit la fille de cet homme. Je suis énervé de ne pas pouvoir lui faire confiance. Je suis énervé qu'elle me fasse ressentir toutes ces choses qui me rendent misérables en sa présence.

— À cause de *moi* ?! Mais je ne t'ai rien demandé ! Je me débrouillais très bien avant que tu arrives. Et puis quel est le rapport avec Tito ?

— Je me suis battu pour ce qu'il a dit sur *toi.* Ça fait des années que je n'ai pas perdu mon calme, tout simplement parce que je déteste me battre, parce qu'on ne sait *jamais* ce qui peut se passer quand on se bat, putain, et toi tu débarques et...

— Stop, m'interrompt-elle d'un ton furieux. Donc c'est ma faute si quelqu'un m'insulte ? C'est ma faute si tu pars au quart de tour ? Je pense surtout que tu te voiles la face parce que tu es en colère, mais ça ne te donne pas le droit de t'en prendre à moi si ce qu'il a dit *te* touche.

Sur ce, elle me rend ma serviette et s'en va rejoindre les autres. Elle s'arrête une nouvelle fois pour se retourner et ajouter, la mine furieuse :

— Oh, et on sait tous les deux que c'est un mensonge. Ce que Tito a dit et qui t'a énervé... ça n'a rien à voir avec moi.

Chapitre 21

ROSE

Juin. Las Vegas, États-Unis.

Ça va ?

Évidemment que ça va.

Tu n'étais pas obligé de dire ce que tu as dit.

Aurais-tu de la peine pour ton faux fiancé ?

Ça aurait pu dégénérer. C'était un coup bas.

Mon père ne me répond pas pendant plusieurs minutes. J'ai longtemps hésité à lui envoyer un message, avant de conclure que je devais le faire. C'était mesquin et méchant.

Je n'oublierai jamais la douleur intense qui a brillé dans les yeux de Levi à ce moment-là. Ça m'a retourné l'estomac.

« Je déteste me battre, parce qu'on ne sait *jamais* ce qui peut se passer quand on se bat, putain. »

Cette phrase en particulier m'a détruite. J'ai compris ce qu'il voulait dire par là. La dernière fois qu'il s'est battu, il a tué son père. Et de toute évidence, il le vit moins bien qu'il ne le laisse penser. Ce qui est totalement normal.

À sa place, j'aurais fait une dépression.

Ton jeu de rôle s'améliore de jour en jour...

Parce que ce n'est rien de plus qu'un jeu de rôle. Pas vrai ?

Je m'immobilise devant l'écran de mon téléphone, assise en tailleur sur le canapé. Mon cœur se serre. Sa question est légitime. Je me la pose tous les jours.

Je ne suis pas certaine de jouer encore la comédie. Cela fait deux jours que Levi et moi ne nous parlons pas. Nous échangeons des civilités, principalement pour le tournoi, mais le soir arrivé, je me couche dans notre lit sans lui accorder d'attention. Il n'essaie pas non plus.

C'était la première fois qu'il s'énervait contre moi, et cela m'a... fait mal. Tout autant que son silence depuis deux jours. Je pensais qu'il s'excuserait, mais il faut croire que ça ne le touche pas autant que moi.

Évidemment.

Je supprime la conversation et éteins mon téléphone après ça. C'est ce moment que choisissent Li Mei et Lucky pour débarquer, parfaitement apprêtés.

— Pourquoi un demi de bière fait un quart de litre, au lieu d'un demi-litre ? demande Lucky d'un air pensif. J'y comprends rien.

— Est-ce qu'il y a marqué Google sur mon front ? Oh, t'es là ! sourit Li Mei en me voyant. On va sortir en boîte. On a parié lequel de nous deux s'endormira le premier. On a même réussi à y traîner Thomas, et crois-moi, c'est une victoire ! Tu restes là ?

Je hoche la tête sans rien dire. Je n'ai pas le cœur à sortir faire la fête ce soir. Je n'ai pas forcément envie de me retrouver seule avec Levi non plus, mais il n'a pas l'air de vouloir sortir de la chambre de toute façon. Il doit s'entraîner.

— Ne nous attendez pas, dit Lucky en m'adressant un clin d'œil complice.

Je ne sais pas ce que cela veut dire. Je leur souhaite bonne soirée et le silence m'enveloppe à nouveau. Après quelques minutes passées à boire sans rien faire, je me lève et vais chercher la toile et les tubes de peinture que j'ai laissés dans la salle de bains.

Je me pose devant la baie vitrée du salon, enfilant une chemise blanche déjà tachée, et commence à peindre. C'est ce que je fais toujours quand les pensées envahissent mon esprit. Soudain, je fais le vide. Je peins sans réfléchir à ce qui va apparaître sur la toile. Je suis sereine jusqu'à ce que les couleurs chaudes s'affrontent et forment... un portrait qui pour une fois n'est pas le mien. Le rendu est un vrai bordel, et pourtant je reconnais tout de suite le visage abstrait de Levi.

Stupéfaite, je baisse les yeux vers les toiles que j'ai peintes ces derniers jours. *Oh waouh.* Je ne l'avais pas remarqué avant, mais c'est bien lui que j'ai peint à de nombreuses reprises.

Je suis tellement secouée que je le vois à peine sortir de la chambre, les mains dans les poches de son pantalon. Au même moment, quelqu'un sonne à la porte. Nous nous arrêtons tous deux, partageant un regard étonné.

Levi va ouvrir la porte sous mes yeux curieux. Il s'agit d'un livreur. Il tend le paquet à mon faux fiancé, qui le prend en refermant la porte.

— Qu'est-ce que c'est ? je demande.

— Un colis pour moi. Ça vient... de toi ?

Je me raidis tout à coup, paniquée. Oh non. J'avais totalement oublié ! J'ouvre la bouche sans savoir quoi dire, tandis qu'il me scrute, un sourcil arqué.

— C'est une erreur. C'est pour moi ! je mens en laissant tout tomber.

Je m'avance vers lui, le cœur battant. J'avais commandé ça bien avant notre dispute. C'était débile. Je n'aurais jamais dû. Je tends le bras pour le lui prendre mais il lève le sien hors de ma portée, impassible.

— Tu t'appelles Levi Ivanovitch ? Je ne crois pas.

— Donne-moi ça !

La bataille est déjà perdue. Il réussit à l'ouvrir sans que je puisse l'atteindre. Je grogne de frustration, puis je retourne à ma toile sans lui accorder un regard.

Je vais me ridiculiser. Je garde les yeux fixés sur ma peinture, les joues brûlantes. Du coin de l'œil, je le vois sortir en silence le cadeau de sa boîte. Je n'ai pas besoin de regarder pour savoir ce que c'est.

Il s'agit d'un appareil photo dernier cri. Je tairai le prix que cela m'a coûté : pas moins que mon dernier salaire. Je pensais lui faire plaisir. Le pousser à reprendre la photographie. Je n'avais pas anticipé ce qui arriverait.

Levi approche de moi, toujours silencieux. Mon cœur bat plus fort à chacun de ses pas. Il s'arrête dans mon dos. Je retiens mon souffle quand il soupire et laisse tomber son front contre ma nuque. Je frissonne sans pouvoir m'en empêcher.

Sa proximité me fait mal. Je veux qu'il s'éloigne mais je veux aussi qu'il approche plus près encore, qu'il me touche et qu'il ne s'arrête pas.

— *Mi dispiace* [31], souffle-t-il contre ma peau.

Bordel. Je ferme les yeux, les mains tremblantes. Je ne m'attendais pas à ce qu'il s'excuse. Encore moins en italien.

— *Avevi ragione. Sono stato uno stupido* [32].

Sa prononciation de l'italien est encore plus craquante

31. « Je suis désolé/ Je regrette », en italien.
32. « Tu avais raison. J'ai été un idiot », en italien.

que celle de l'anglais. Ça me fait un drôle d'effet, dans mon cœur, et entre mes cuisses.

Ses lèvres se posent sur ma nuque dans un chaste baiser. Comment ne pas lui pardonner après ça ? Je me retourne contre lui, plongeant mon regard brûlant dans le sien.

— Tu veux bien être ma modèle ? me demande-t-il.

Je souris faiblement.

— Ça tombe bien, j'ai un peu d'expérience là-dedans...

— Super. Retire ton pantalon et garde la chemise. J'arrive.

Il retourne dans la chambre, probablement pour aller chercher une carte mémoire. Je suis tout excitée. J'obtempère et me débarrasse de mon bas, puis de mon soutien-gorge sous ma chemise. Quand il revient, son regard est sombre. Je lui demande ce qu'il veut que je fasse.

— Continue à peindre. Tu es belle quand tu te concentres.

Je m'exécute sans discuter. Il me contemple sans rien faire d'abord. Je fais abstraction de tout et peins jusqu'à ce qu'il cache enfin son visage derrière son objectif.

Quand je le vois grimacer, je lui demande ce qui se passe.

— Je n'ai aucune idée de ce qu'elle rend. Elle est juste... monochrome. J'ai l'impression que c'est une perte de temps.

— Tu te souviens du cours de peinture ? Tu ne faisais pas attention aux couleurs que tu utilisais. Tu suivais ton instinct. C'est pareil.

Il ne semble pas très convaincu. Je réfléchis à comment faire disparaître la frustration qui transparaît sur son visage. Je lui ordonne de poser l'appareil et place un pinceau dans sa main.

— Peins.

— Peindre quoi ?

— Moi.

Je mets les tubes de couleur à sa disposition puis déboutonne lentement ma chemise. Je le vois déglutir, ses yeux suivant le mouvement de mes doigts tentateurs. Son visage reste indéchiffrable mais ses yeux s'assombrissent quand le vêtement tombe à mes pieds.

Puis ils se fixent à nouveau dans les miens.

— Tu me rends la tâche vraiment difficile...

Je lui demande si ça le gêne. Il m'a déjà dit que la nudité des autres le dérangeait. Il a beaucoup de pudeur, là où moi je n'en ai quasi pas. Je ne veux pas faire d'impair.

Heureusement, il secoue la tête.

— J'ai peur d'être distrait par mon modèle, c'est tout.

— Scandaleux, je raille d'un sourire amusé. Allez, Jack. Peins-moi comme l'une de tes Françaises.

Levi rit à mes mots, puis s'approche en me dévorant du regard. Je le laisse réfléchir à son premier geste. Il trempe le pinceau dans de la peinture bleue avant de tracer une ligne entre mes seins. Je tressaille. Bon Dieu, c'est froid.

Son sourire est dévastateur. Il continue son chef-d'œuvre en silence. J'espère vraiment que les autres ne débarqueront pas à l'improviste. « Ne nous attendez pas », a dit Lucky, comme s'il savait. Je suppose qu'on peut prendre notre temps.

— Qu'est-ce que c'est ? je lui demande quand il recule pour admirer son dessin.

— Une rose.

Je baisse les yeux sur la rose bleu nuit qui orne désormais ma peau. Elle est magnifique.

— Continue. Partout.

S'il se montre dubitatif au début, il se laisse vite aller. Levi passe le pinceau sur ma clavicule, puis sur chacun de mes tétons, qui durcissent automatiquement à son passage. L'air est chaud et électrique. Je fais semblant de ne pas remarquer la bosse sous son pantalon, mon regard fixé dans le sien tandis qu'il s'applique.

Bientôt, il abandonne le pinceau et utilise ses doigts. Le haut de mon corps est recouvert de peinture colorée. Ses mains en sont pleines également, ce qui ne semble pas le déranger quand il me saisit par le cou et m'embrasse fougueusement.

— Tu me rends complètement fou, chuchote-t-il entre deux baisers. Je déteste ça.

— Tu n'as encore rien vu.

Je passe les mains sous son tee-shirt, touchant ses abdos chauds et glabres, et le lui retire. Son torse est une œuvre d'art. Je le caresse avant de faire courir ma langue sur l'un de ses tétons. Il laisse échapper un soupir douloureux, signe qu'il est sensible à cet endroit. Cela suffit à m'exciter davantage.

Je le lèche encore un peu avant de déboutonner son pantalon. Il serre les dents quand je fais descendre sa braguette et m'agenouille devant lui.

— J'avais envie de faire ça depuis si longtemps.

Il jure en russe dans sa barbe lorsque j'enroule une main autour de lui et le lèche. Il rejette la tête en arrière tandis que ma langue le caresse lentement, comme pour le taquiner.

Levi laisse échapper un son de pur plaisir quand je le prends dans ma bouche et commence à le sucer.

— *Боже мой* [33], gémit-il en prenant mon visage en coupe. Tu vas me tuer.

— J'espère bien, dis-je en le lâchant un instant. Est-ce que tu savais que l'orgasme avait un autre nom ? On l'appelle « la petite mort ».

Ma bouche est incapable de le prendre en entier, mais je joue de ma langue sur toute sa longueur, ce qui semble le satisfaire. Sa main se pose sur ma joue, son pouce caressant la bosse qui naît là. Il le glisse jusqu'à mes lèvres roses, refermées autour de lui, et fourre l'autre main dans mes cheveux.

33. « Oh mon Dieu ».

— Je ne vais pas tenir longtemps. Je suis désolé, grimace-t-il, honteux. Seigneur, qu'est-ce que tu me fais.

Je me nourris de l'excitation qui gonfle en moi et accélère la cadence, mes mains serrant ses fesses fermes. Soudain, il prend mes cheveux dans les siennes et entame un va-et-vient de plus en en plus rapide. Il me baise la bouche en me fixant droit dans les yeux, l'air de ne pas y croire lui-même.

— Tu es tellement belle... Je vais venir.

Je le sens se contracter et j'aspire l'air de mes joues pour le serrer davantage encore. Cela cause sa perte. Il jure avant de jouir en grognant. Ses mains empoignent mes épaules et me redressent brusquement, sa bouche fondant sur la mienne avec un sentiment d'urgence.

— Il faut que je me calme, respire-t-il difficilement. Sinon je vais me ridiculiser et jouir à nouveau dès que je serai en toi.

Nom d'un chien. Je me sépare de lui, à contrecœur, et lui dis d'aller chercher un préservatif. Je profite de son absence pour tenter de reprendre mes esprits, en vain. Je suis sur le point de coucher avec Levi. Levi Ivanovitch. Mon pire ennemi. Mon meilleur ami. Mon faux fiancé.

C'est sûrement une erreur, mais je plonge tête la première.

La peinture sur mon corps a presque séché quand il me rejoint, seulement vêtu d'un boxer noir.

— Je peux te peindre à mon tour ?

Il hausse un sourcil, puis acquiesce en silence.

— Je veux laisser ma marque sur toi, moi aussi.

J'enduis mes doigts de peinture et me lance. Ses bras se couvrent de chair de poule. Je dessine un peu n'importe quoi, mélangeant les couleurs entre elles, jusqu'à former un bordel qui, étrangement, fait sens.

Un peu comme nous.

Il saisit mes poignets et m'embrasse avant que je termine, son corps se collant au mien. La peinture encore fraîche s'étale sur mes seins, détail qui me fait tressaillir.

Ses mains, qu'il a probablement rincées avant de revenir, attrapent mes cuisses et me soulèvent sans effort. Je suis incapable de me retenir de dévorer sa bouche comme si le temps nous était compté, tandis qu'il m'allonge sur le canapé et se dresse au-dessus de moi. Il embrasse mon corps, sur les rares endroits encore vierges de son empreinte, puis fait glisser ma culotte le long de mes jambes.

Son boxer subit très vite le même sort, et il le jette à travers la pièce.

— Tu aimes ça comment ? chuchote-t-il contre ma bouche gonflée. Lent et doux ? Rapide et sauvage ? Que je te fasse l'amour comme un mari à sa femme ? Ou que je te baise jusqu'à en perdre haleine ? Dis-moi, et je le ferai.

Seigneur Dieu. J'ai envie de répondre tout à la fois. Mais la manière dont j'ai envie de lui, là, me prouve que je ne suis pas prête à attendre ni à jouer les sentimentales.

— La dernière, je souffle quand il écarte mes cuisses et caresse mon clitoris avec le doigt.

— Rapide et sauvage, donc. Parfait.

Ses doigts me caressent tandis qu'il embrasse mes lèvres sans ménagement. Ma poitrine s'enflamme tellement que c'est à peine supportable. Je me contracte douloureusement et ondule des hanches contre sa main. Plus je gémis, plus ses doigts accélèrent.

Je suis dans tous mes états.

Je mords sa lèvre et le supplie d'entrer en moi. Je le regarde enfiler le préservatif, puis j'attrape sa nuque pour l'attirer à moi. Son nez touche le mien et ses yeux me fixent avec émotion quand il me pénètre d'un seul coup.

Il gronde sans ouvrir la bouche, ses doigts incrustés dans la chair de mes hanches. J'enroule mes jambes autour de sa taille, mes pieds poussant contre ses fesses. C'est...

— Incroyable, chuchote-t-il, le visage niché contre mon cou. C'est bon, je ne vais jamais pouvoir m'en passer.

Et moi donc. C'est bien ce qui me fait peur. Il va et vient en moi, de plus en plus fort, ses doigts entrelacés aux miens sur le canapé, près de ma tête. Son corps est dingue. La sensation de lui au plus profond de moi me grille quelques neurones de plus.

— Soulève tes fesses, ***любимая***.

J'obéis avec plaisir. Il passe ses mains sous moi et me tire vers lui en rythme avec ses coups de boutoir. Je gémis, le bras cachant mes yeux fermés. Mon pouls s'accélère au fil des secondes, excitée que je suis par le bruit de sa peau claquant contre la mienne.

Il se retire soudain, me laissant pantelante.

— Tu te fous de moi ? je m'écrie. Pourquoi tu t'arrêtes ?

Levi s'assied sur le canapé, les jambes écartées, et saisit mon menton pour m'embrasser langoureusement.

— Monte sur moi.

Mon cœur effectue un salto arrière à cette simple demande. Je me rappelle avoir pensé à monter sur ses genoux à l'arrière de sa voiture, à Macao. Ce n'était qu'une question de temps, donc. Je n'hésite pas longtemps et grimpe à califourchon sur ses cuisses nues. Il me laisse faire tandis que je m'empale moi-même sur lui.

La sensation est absolument divine. Je n'ai jamais rien connu de tel. Il bascule la tête sur le dossier du canapé, un soupir douloureux s'échappant de ses lèvres. Sent-il à quel point c'est profond, dans cette position ?

J'ai l'impression de crever.

Je le chevauche sans le quitter des yeux. Il me regarde avec une intensité qui me perturbe. Comme s'il avait quelque chose à dire mais qu'il n'osait pas. J'enroule mes mains autour de son cou, mes doigts caressant la naissance de ses cheveux. Ses mains trouvent la peau sensible de mes seins, étalant la peinture sous sa paume.

Je bouge contre lui de plus en plus rapidement et il commence à donner des coups de reins en réponse. Soudain, il pose sa main sur mon bas-ventre.

— Est-ce que tu me sens ? Juste là, sous ton nombril.

J'acquiesce en gémissant, accélérant le rythme. Personne n'a jamais été aussi profondément en moi avant lui. J'en perds complètement les pédales. Lui perd vite patience et me pénètre violemment jusqu'à ce que nous jouissions en même temps. L'espace d'une seconde, son masque tombe.

J'appuie mon front contre son épaule, exténuée. Ma peau est couverte de peinture et de sueur, tout comme la sienne. Il reste en moi quelques secondes encore, le souffle court, et entoure mon dos nu de ses bras. Je ferme les yeux en savourant le contact de ses doigts caressant mes cheveux.

— Montre-moi ton visage, dit-il tout bas. ***Npouy*** [34].

Je me recule pour le regarder. Ce qu'il voit semble le satisfaire car il se retire et m'ordonne de ne pas bouger. Je reste assise sur le canapé, le visage brûlant et les muscles endoloris, tandis qu'il se lève et disparaît. J'entends l'eau couler dans la cuisine.

Quand il revient, j'ai un coussin pressé contre mon intimité. Je remarque qu'il s'est lavé les mains. Il saisit son appareil photo et s'approche.

— Ne bouge pas, répète-t-il. Ne change rien.

Je fixe l'objectif, la peau électrique à l'idée qu'il aura une photo de moi nue et couverte de peinture, les joues roses et le regard flou après notre première fois. Mais après tout, c'était ma seule et unique condition. *En souvenir.*

Il la regarde après coup, le visage sans expression.

Son sourire est étrangement mélancolique quand il soupire :

— À couper le souffle.

---

34. « S'il te plaît », en russe.

Chapitre 22

LEVI

Juin. Las Vegas, États-Unis.

Un nouveau cauchemar m'arrache au sommeil au beau milieu de la nuit. Mon visage est encore une fois baigné de larmes quand je me réveille. Mon cœur bat la chamade dans ma poitrine et j'ai l'impression d'étouffer.

Même le corps chaud et réconfortant de Rose, qui est roulée en boule contre moi, ne suffit pas à me détendre. Je me détache de ses bras et m'assieds sur le bord du lit, la tête baissée.

Depuis dix ans, je revis le moment où j'ai tiré par mes rêves. Toujours la même scène : celle où j'ai vu le choc dans les yeux de mon père. Celle où j'ai presque aperçu la lueur de regret dans son regard, peut-être celle de la peur.

Mais cette nuit, c'est différent. Ce n'était pas un cauchemar. C'était un souvenir heureux.

Quand j'avais cinq ans, mon père et ma mère m'ont organisé un anniversaire surprise à McDonalds. Mon père s'est déguisé en Mickey. Je n'étais pas censé le reconnaître, mais au moment où il m'a tenu dans ses bras pour me demander ce que je voulais comme cadeau, j'ai reconnu son odeur. Bizarre, non ?

C'est l'une des meilleures journées que j'ai passées avec lui.

Quelle cruauté. Je préfère presque les cauchemars.

Ça... ça... je ne peux pas le supporter. Ça me rappelle quel être abject je suis. J'ai tué quelqu'un. J'ai tué mon père, l'homme qui m'a élevé, l'homme qui a contribué à me donner la vie. Ce n'était pas une bonne personne, mais il ne méritait pas de mourir. Il m'aimait. Et je l'aimais.

Et après ce geste terrible, ma mère a dû m'abandonner à mon triste sort. J'ai dû endurer ça seul, tellement bouffé par la culpabilité que j'ai souhaité mourir à de nombreuses reprises. Ce n'est jamais arrivé.

Je ne peux empêcher les larmes de couler misérablement. Je pleure comme un idiot dans l'obscurité de ma chambre, le cœur douloureux. J'ai envie de disparaître. Je me déteste.

Soudain, je sens une main brûlante sur mon omoplate.

— Levi ?

J'essaie de m'arrêter, honteux d'être pris en flagrant délit de faiblesse, mais son ton inquiet indique qu'elle m'a déjà entendu.

— Je suis là, chuchote-t-elle en passant ses bras autour de ma taille nue.

C'est simple : je lâche tout. Je cache mon visage, les coudes sur mes genoux, et pleure sans discontinuer.

— Je suis désolé... je suis tellement désolé...

Elle sait que mes excuses ne lui sont pas destinées. Elle se tait donc, la joue plaquée contre mon dos, et caresse mon torse d'un geste maternel.

— Je ne voulais pas...

— Je sais. Je sais, répète-t-elle.

Rose me tire vers elle en chuchotant des choses en italien. Je ne comprends pas, mais sa voix a le don de m'apaiser sur-le-champ. Je me rallonge avec elle sous les draps, ma tête nichée contre sa poitrine. Elle caresse mes cheveux en continuant à me parler sans que j'en comprenne un mot.

Je m'endors avant que mes larmes aient séché.

***

Thomas, Lucky et Li Mei sont déjà assis autour de la petite table quand Rose et moi les rejoignons pour déjeuner. Nous n'avons pas parlé de ce qui s'est passé cette nuit au réveil, et je lui en suis reconnaissant.

— Alors ? demande Rose d'un sourire malicieux. Lequel de vous trois a cédé en premier ?

Li Mei pointe Thomas du doigt discrètement.

— À ton avis ?

Je ne sais pas de quoi ils parlent et je n'ai pas envie de demander. Je suis de mauvaise humeur. J'ai très mal dormi, malgré les bras réconfortants de Rose autour de moi.

Même le souvenir de notre nuit torride ne réussit pas à m'apaiser. Pourtant, c'était le paradis. J'étais presque prêt à lui dire de me choisir, moi, plutôt que son connard de père.

Parce que je suis mordu. Terriblement mordu.

Moi, Levi Ivanovitch, je suis fou de la seule fille que je ne suis pas autorisé à aimer.

— Et vous... Vous vous êtes réconciliés ? demande Lucky.

Rose et moi échangeons un regard complice. Je lui souris pour toute réponse, radouci. Bordel ce qu'elle est belle. Je dois jouer ce matin, mais j'ai juste envie de passer la journée au lit en sa compagnie. Ça ne m'est jamais arrivé.

— Oui, répond Rose en s'asseyant près de Thomas sur le canapé.

— On l'a tous entendu, bougonne ce dernier.

Il faut croire que Thomas est rentré de leur soirée plus tôt que les autres... Nous avons donc bien fait de migrer vers la chambre après la première fois. Je veux m'excuser, un peu mal à l'aise, mais Rose en profite bien sûr pour le taquiner.

— Estime-toi heureux qu'on ait nettoyé la table après avoir fini, ment-elle en avalant un bout de pastèque.

Thomas s'immobilise, le visage froid.

— Vous avez fait ça sur la table ?

— Ouais.

— On *mange* sur cette table ! tonne-t-il en attrapant son assiette, désormais en équilibre sur ses genoux. Hors de question que je bouffe là où Levi a posé son cul, même après nettoyage !

— C'était plutôt le mien, en fait... Mais si c'est ça, tu ne veux pas t'asseoir là-dessus non plus, du coup, dit Rose en grimaçant vers le canapé.

Je me retiens de rire devant l'expression horrifiée de mon ami. Li Mei et Lucky s'esclaffent tandis qu'il se lève et va pour s'asseoir sur le coussin en poire lorsqu'elle le coupe :

— Toujours pas.

Il me fusille du regard, soufflant par le nez, frustré, et s'assied sur le sol en dernier recours. Le silence est pesant. Il nous regarde pour qu'on confirme qu'il le peut, mais Rose grimace comiquement. Son expression veut tout dire.

Tout le monde éclate de rire, sauf Thomas qui se lève d'un bond et s'écrie :

— Bordel mais vous êtes des animaux, ou quoi ? Les lits, ça sert à quelque chose ! Est-ce qu'il faut que je marche en rasant les murs, désormais ?

Je veux dire à Rose d'arrêter de l'embêter, mais c'est si drôle que je la laisse faire. Elle fait la moue en se versant du jus d'orange.

— Mauvaise idée, les murs.

Thomas se redresse et s'en va en hurlant tandis que nous rions tous de cette mauvaise blague. Rose a l'air fière de son coup.

— Il a raison cela dit, dit Lucky. C'est comme entendre ses parents faire l'amour. Dégueu.

— Je suis la seule que ça a excité ? demande Li Mei.

Lucky fronce les sourcils en lui disant d'aller se faire soigner. Nous déjeunons en parlant du tournoi. Seuls Thomas, Lucky et moi jouons aujourd'hui. Li Mei supplie Rose de passer la journée avec elle hors de l'hôtel. Rose me demande si j'ai besoin d'elle mais je lui dis d'aller s'amuser.

— Tu me le retiendras sur mon salaire ? se moque-t-elle.

— Ah parce que tu veux des congés payés, en plus ?

— Évidemment.

Je roule des yeux, amusé. Je ne tarde pas à aller prendre ma douche. Rose me rejoint au bout de quelques minutes, mais je suis tellement en retard que nous nous contentons de nous embrasser un peu.

— Rose ?

Elle se tourne vers moi après avoir enfilé une brassière noire et un jean retroussé sur ses chevilles. Je m'approche d'elle, la main refermée sur une boîte en velours.

— Moi aussi, j'avais un cadeau pour toi. Mais je n'ai pas vraiment eu le temps de te le donner hier...

Elle attend, l'air méfiant. Je ne sais pas ce que je suis en train de faire. Ou plutôt si. Je lui donne mon cœur, tout simplement. Parce que je suis incapable de le nier plus longtemps, plus après hier soir.

Je suis en train de tomber amoureux de cette femme.

Est-ce trop tôt ? Existe-t-il un certain déni avant de tomber amoureux ? Tout ce que je sais, c'est que je n'arrive plus à me passer d'elle. Je suis même prêt à lui faire confiance en dépit des secrets qu'elle me cache. Elle a forcément changé d'avis, n'est-ce pas ? Impossible qu'elle ait pu simuler les émotions sur son visage quand j'étais en elle.

— Donne-moi ta main.

Elle s'exécute en comprenant ce que je m'apprête à faire. J'ouvre la boîte et saisis le bijou avec délicatesse.

— Ma grand-mère ne m'a légué aucune bague, j'en suis désolé, dis-je en faisant glisser l'anneau à son annulaire. J'ai choisi celle-ci moi-même. Si tu n'aimes pas, on peut toujours l'échanger… mais elle m'a fait penser à toi.

La taille est parfaite, ce dont je me félicite. Rose la fixe du regard, à court de mots. Je n'ai aucune idée de son avis sur le bijou. La bague est sublime, pourtant ; sombre, mystérieuse, cosmique. Atypique. La pierre au centre est un magnifique diamant poivre et sel, entouré de deux croissants de lune sur les côtés et de six petits diamants brillants. L'anneau est en or rose, vingt-quatre carats.

— C'est la chose la plus belle qu'on m'ait offerte. Mais… c'est pour de faux, murmure-t-elle, presque sur le ton de la question.

Mon cœur bondit dans ma poitrine. Je veux lui dire que ça ne l'est pas, mais je n'ai aucune envie de lâcher une telle bombe avant de partir. Je réponds donc :

— On en parlera ce soir. En attendant, assure-toi de bien crâner auprès des autres.

Rose tend sa main devant elle, son visage devenant l'incarnation de l'emoji aux yeux en forme de cœurs.

— J'en ai bien l'intention.

Sur ce, elle file en vitesse la montrer à Li Mei. Je finis de me préparer quand j'entends quelque chose vibrer sur le lit. Je crois d'abord que c'est mon téléphone, mais quand je baisse le regard sur le sien, je vois un message s'afficher de la part de… « Papa ».

Mon sang se glace dans mes veines. Je ne veux pas regarder. Je le jure. Mais je suis incapable de détourner les yeux du message qui me nargue dangereusement.

Merci pour le tuyau.
Je savais que je pouvais compter sur toi.

Ah.

***

J'étais déjà de mauvaise humeur, mais après le message de Tito, je suis tout bonnement exécrable. Je sais qu'elle a probablement une bonne excuse ; il le faut. De quel tuyau parle-t-il ? Qu'est-ce que j'ai pu louper ?

Aurait-elle deviné ce que nous mijotons avec le *New York Times* ? Si c'est le cas... tout peut partir en fumée d'un seul coup.

Je me promets de lui en parler ce soir et me sors Rose de la tête le temps du tournoi. Plus les jours passent, moins il y a de joueurs. La compétition devient plus ardue également. Je me retrouve à la table de Thomas pour la première fois depuis que nous sommes arrivés, ce qui suffit à apaiser un peu ma colère.

Nous jouons pendant plusieurs heures. Tout se passe pour le mieux quand, soudain, quelqu'un tire la chaise en face de moi. Je reconnais le visage tuméfié de Tito, qui me fixe d'un regard meurtrier ; complet miroir du mien.

Thomas résiste à l'envie de me jeter un coup d'œil, concentré sur son jeu. Nous jouons en silence d'abord, puis Tito engage la conversation quand nous nous retrouvons seuls en lice.

— Tu as l'air un peu fatigué. Mal dormi ?

Je ne lui accorde aucun regard ; je l'ignore et fais comme s'il n'existait pas. Malheureusement, il continue :

— Tu peux arrêter de te donner tout ce mal, tu sais. Faire semblant de boire, de faire la fête et de baiser à toute heure juste pour m'empêcher de dormir ? Pathétique.

Je me raidis, au même titre que Thomas à mon côté. Je comprends qu'il fait référence à hier et aux bruits qu'il a probablement entendus à travers le mur. Donc il sait. Rose lui a sûrement rapporté que je faisais semblant, comme la bonne petite espionne qu'elle est. Jusqu'où est-elle allée dans la confidence ? Tito sait-il que je suis achromate ? Pire, que je suis coupable du meurtre de mon père ?

Attend-il de le sortir au bon moment ?

C'est plus fort que moi, je panique intérieurement. Je ne devrais pas répondre, mais c'est une mauvaise journée. Je lui adresse donc un rictus carnassier, passant la langue sur mes lèvres.

— Figure-toi que tout ce que tu as entendu hier était vrai, dis-je en jouant avec mes jetons. J'imagine que tu dois être fier d'elle, non ?

Il ne s'attendait manifestement pas à ça. Il me regarde, muet. Thomas plisse le front sans comprendre. Je me fiche de garder la face. Je veux juste faire disparaître ce putain de sourire sur son visage.

— Tu l'as bien envoyée pour me séduire, non ? Ta propre fille... Je l'avoue, je ne l'ai pas vu venir.

Thomas a brusquement tourné la tête vers moi, les yeux écarquillés. Tito a laissé tomber le masque, l'air déçu mais peu surpris. Je mise au centre de la table et reporte mon attention sur lui, penché vers l'avant pour faire en sorte que la croupière ne m'entende pas :

— Ne t'inquiète pas pour ça, Tito. Mission réussie. J'en ai même bien... *bien*... profité.

Je lui adresse un clin d'œil en plus pour qu'il comprenne à quoi je fais référence. Je vois la fureur se peindre sur son visage, puis ses poings se serrer sur la table. *Touché.*

Comme je m'en doutais, il ne fait rien. Il n'oserait jamais me sauter dessus en plein tournoi, au risque de se faire disqualifier.

— Tu vas le regretter, Ivanovitch.

Je ne prends même pas la peine de lui répondre. La croupière nous avertit qu'il est interdit de parler d'autre chose que du jeu en cours et que nous serons sanctionnés si nous continuons.

Je suis distrait tout le reste de la journée. Je change de table au bout de deux heures et retrouve Thomas dans l'entrée de l'hôtel en fin de journée. Il me prend fermement le bras et m'entraîne dehors, murmurant à mon oreille :

— C'est quoi, cette histoire de malade ? Ne me dis pas que...

— Rose est la fille de Tito ? Si. Une taupe, également.

Il me regarde comme si j'étais fou, puis il jure en aparté en se grattant la barbe.

— Depuis quand tu le sais ? Pourquoi tu ne m'as rien dit ?

— Un petit moment déjà. Je voulais lui donner une chance de changer d'avis. De se rendre compte que son père était un connard... De changer de camp.

— T'es complètement à côté de la plaque, mon pote, fulmine-t-il. Tu aurais dû la virer dès que tu l'as découvert. C'est son *père*, Levi. Et tu lui as servi toutes tes faiblesses sur un plateau d'argent !

— Ce n'est r...

— Je t'avais prévenu ! continue-t-il, furibond. Je t'avais dit de faire attention, qu'elle était louche, que tu étais trop stupide ! Je savais qu'elle allait te retourner le cerveau. Putain !

Je lui ordonne de se calmer. Il se tait, passant une main frustrée dans ses cheveux blonds. Je veux lui dire qu'elle a changé, qu'elle a l'air sincère, qu'on est amoureux.

Mais la vérité, c'est que je n'en ai aucune idée. Elle peut très bien me manipuler, pour ce que j'en sais. Le message de ce matin me revient en tête et je soupire d'agacement.

— Ne dis rien aux autres. Je te l'interdis, tu m'entends ? je le préviens d'une voix ferme. Je vais lui avouer que je sais tout ce soir. On verra bien ce qu'elle me dira. Je veux lui donner une chance de tout m'expliquer.

Il secoue la tête, l'air désapprobateur, mais accepte malgré tout mes conditions. Lucky ne tarde pas à nous rejoindre, se plaignant de la chaleur.

— Est-ce qu'on n'irait pas se baigner ? Li Mei et Rose se font masser. On peut aller les rejoindre ?

— J'aurais davantage besoin d'un verre, grommelle Thomas en fuyant mon regard.

Je le devine toujours énervé contre moi. Il est rare que je lui fasse des secrets. Je pose mon bras sur ses épaules.

— Un verre, ça me dit. Et toi, Lucky ? Une petite cuite entre mecs, comme au bon vieux temps.

Celui-ci sourit, gonflant le torse.

— Carrément ! Je peux demander aux filles si elles veulent nous re...

— On a dit « entre mecs », Lucky, c'est quoi que tu ne comprends pas là-dedans ?

Il perd son sourire, son visage affichant une expression pleine de tristesse.

— Même pas Li Mei ?

— Li Mei est-elle un mec ?

— Non.

— Alors t'as ta réponse, tranche Thomas en menant le pas.

J'entraîne Lucky après lui, lui promettant de lui donner quelques conseils pour récupérer son ex. Je ne mens pas, ça risque d'être compliqué. Mais je connais assez Li Mei pour savoir qu'elle est encore folle amoureuse de lui. Elle a juste trop honte de l'avouer.

Nous prenons donc la route du bar au bout de la rue, Lucky déblatérant sur leur soirée de la veille. Je ne les écoute presque pas. À dire vrai, j'ai l'esprit totalement ailleurs quand je traverse la route pour rejoindre le trottoir opposé.

— *Attention !*

J'entends le crissement des roues au même moment mais c'est déjà trop tard.

Chapitre 23

ROSE

Juin. Las Vegas, États-Unis.

Je n'ai qu'une envie : que la journée se termine pour retrouver Levi ce soir.

Je sais, c'est pathétique. Depuis quand suis-je si accro à un mec ? Après hier, quelque chose a changé. Le regard qu'il pose sur moi n'est plus le même. La douceur dans mes mains quand je le touche non plus. C'est *réel.*

Je jette un énième coup d'œil à la bague qui orne mon doigt, pour la centième fois de la journée au moins, et mon cœur se serre. Serais-je en train de tomber amoureuse de Levi ? Ce serait vraiment l'ironie de ma vie.

— C'est un beau caillou, commente Li Mei. Ton homme a bon goût.

— Ce n'est pas mon homme. Pas pour de vrai.

Je déteste le regret qui se fait entendre dans ma voix. Li Mei l'a entendu elle aussi car elle sourit d'un air moqueur tandis que nous longeons les fontaines du Bellagio.

— Tu es sûre de cela ?

Je reste muette, fuyant son regard. Je n'ai donné mon cœur qu'à un homme dans ma vie, mon premier petit copain, Marco. On s'est perdus de vue après le lycée. Depuis, je n'ai connu que des passades. J'avais d'autres choses en tête, des choses qui prenaient trop de place pour que je puisse trouver l'amour.

Et de toute façon, ça n'a jamais été mon envie première. Je suppose que c'est vrai, quand on dit qu'on tombe dessus quand on s'y attend le moins. Je pensais que Levi serait le ticket de ma liberté, un distributeur de billets ou une façon de passer le temps.

Le karma n'a fait que me rendre la monnaie de ma pièce.

Me voilà prise à mon propre jeu, incapable de lui dire la vérité de peur de le perdre.

— Le problème, avec Levi... c'est qu'on est trop similaires, dis-je en plissant les yeux face au soleil. On est tous les deux trop égoïstes, trop manipulateurs, trop émotionnellement instables. On se détruirait.

— Au contraire. Je connais Levi depuis plusieurs années maintenant, et ce que je vais dire est si cliché, mais... je ne l'ai jamais vu comme ça.

Je ne suis pas très convaincue. Et quand bien même, ce n'est pas le plus important. J'ai un autre problème, bien plus gros, qui m'empêche d'être avec lui.

Mes mensonges.

Je ne pourrai jamais être avec Levi tout simplement parce que dès le moment où je lui dirai qui je suis, il me jettera sans y réfléchir à deux fois. Et il est impensable que j'envisage quelque chose sans lui dire la vérité. Je suis une fraude.

— Et toi, alors ? dis-je pour changer de sujet. J'ai bien vu la façon dont tu regardes Lucky.

— Pff, n'importe quoi.

Je la fixe, le sourcil arqué, et passe mon bras sous le sien.

— Oh, je t'en prie ! Tu sais ce que je pense ? Que tu l'aimes, mais que tu ne veux pas l'aimer. Parce qu'il est jeune, hypersensible, lâche et toutes ces autres choses que tu détestes. Pourtant... nos cœurs n'en font qu'à leur tête. Je sais de quoi je parle.

Elle grogne dans ma direction, preuve que j'ai raison. Je lui demande ce qu'elle compte faire mais elle hausse les épaules pour toute réponse.

Je l'envie. Son problème semble si simple comparé au mien. J'aimerais pouvoir lui en parler et lui demander conseil, mais Levi doit être le premier à le savoir. Je lui dois bien ça.

Nous revenons à l'hôtel après avoir fait quelques emplettes – j'ai même trouvé un porte-clés souvenir pour ma mère.

— Mon Dieu ! Vous êtes là !

Nous nous tournons vers Edith, qui accourt vers moi, la mine horrifiée. J'hésite à l'ignorer mais elle est déjà sur nous, ses mains sur mon bras.

— Comment va votre fiancé ? Je revenais tout juste quand j'ai aperçu l'ambulance, malheureusement elle était déjà en train de repartir ! C'est un voiturier qui m'a dit qu'il s'agissait de monsieur Ivanovitch...

Je blêmis, perdant immédiatement mon sourire. Je crois d'abord avoir mal compris, mais lorsque je lui demande de quoi elle parle, elle fronce les sourcils.

— Oh Seigneur, vous n'êtes pas au courant ? Votre fiancé est à l'hôpital !

Mon cœur s'arrête.

— Quoi ?

— Qu'est-ce qui s'est passé ? s'enquiert Li Mei à ma place.

— Une voiture lui a foncé dessus alors qu'il traversait la rue. Tragique...

Je ne réfléchis même pas. Li Mei m'appelle mais je suis déjà repartie, le cœur battant la chamade. La peur fait gonfler ma gorge, terrifiante. Mon amie me rejoint en courant et attrape ma main.

— Viens, on prend ma voiture !

Ah. Ah oui, c'est vrai. Elle a une voiture. Je la suis comme un robot, l'esprit embrumé. Je tremble de peur.

J'aurais dû demander plus de détails à Edith avant de partir en trombe. Est-ce qu'il va bien ? La voiture l'a-t-elle renversé, ou percuté ? Dans quel état était-il en partant pour l'hôpital ?

— Je suis certaine qu'il va bien, me rassure Li Mei malgré sa voix tremblante. Levi ne se ferait jamais surprendre par une voiture. Il voit tout.

Je ne dis rien, car j'ai peur de ce qui sortira de ma bouche si je l'ouvre. J'essaie d'appeler Levi mais son portable est sur messagerie. Je me rabats sur Thomas et Lucky, en vain. Aucun des trois ne me répond, ce qui me terrifie encore plus. Li Mei conduit tellement vite qu'on arrive à l'hôpital en cinq minutes. Il y a beaucoup de monde. Je me dirige vers l'accueil et demande :

— Bonjour, je cherche Levi Ivanovitch. Il a été amené il y a peu à cause d'un accident de voiture, je crois ?

Elle tape sur son ordinateur et me demande quelque chose que je ne comprends pas. Je suis tellement perdue et désorientée que les mots anglais se mélangent dans ma tête. Je connais tous les termes qu'elle utilise, mais je suis incapable de me rappeler le sens. Je lui demande de répéter, puis je lui dis que je ne comprends pas.

Quand je commence à m'énerver, Li Mei intervient en articulant :

— Elle demande si tu es de la famille.

Je n'hésite pas une seule seconde.

— Je suis sa fiancée.

***

Thomas fait les cent pas devant la chambre qu'on m'a indiquée quand nous débarquons, son téléphone en main. Je me sens un peu soulagée de le voir sain et sauf, je l'avoue.

Il nous entend arriver et lève les yeux vers nous. Son ton est sec quand il dit :

— J'essayais justement de vous appeler...

— Comment il va ? je le coupe abruptement.

Je suppose que je suis un peu paranoïaque, mais j'ai l'impression qu'il me fusille du regard. Il range son téléphone dans sa poche de costume et répond d'une voix blanche, peu ému par notre inquiétude.

— Bien. Les deux sont hors de danger.

Li Mei sursaute.

— Comment ça, « les deux » ?

— Qu'est-ce qui s'est passé ?

Thomas nous explique qu'ils voulaient aller boire un verre dans un bar proche. Au moment de traverser, Levi avait la tête ailleurs et n'a pas vu la voiture arriver droit sur lui.

— Est-ce que c'est grave ? je souffle faiblement.

Je garde mon sang-froid malgré la peur. Thomas secoue la tête en regardant Li Mei seulement. Il évite complètement mon regard, et de manière intentionnelle. Qu'est-ce qu'il me cache, au juste ? Pourquoi a-t-il l'air si furieux contre moi ?

— Non. Lucky s'est interposé. C'est lui qui a surtout encaissé le choc.

Li Mei hoquette de peur, les mains sur sa bouche.

— Il va bien. Il a un bras et quelques côtes cassées. Sûrement un léger traumatisme crânien aussi, mais il a eu de la chance. Levi s'en sort avec des égratignures seulement.

Je n'ai même pas le temps de me sentir rassurée. Thomas ouvre la porte de la chambre et nous fait entrer. Là, j'aperçois Lucky allongé dans un lit blanc, le bras plâtré et vêtu d'une chemise d'hôpital. Mon cœur bondit quand j'aperçois Levi, debout devant lui, les bras croisés. Indemne.

Il tourne la tête vers nous, ses yeux plongeant dans les miens. Je frissonne, résistant à l'envie de me réfugier dans ses bras pour m'assurer qu'il est bien en vie. Son visage est impassible, comme toujours.

— Lucky ! s'écrie Li Mei en me dépassant, prenant la main de son ex. Qu'est-ce qui t'a pris, espèce de crétin insouciant ?

Je détourne le regard de mon faux fiancé, m'assurant que Lucky va bien. Il a l'air un peu secoué, mais en bonne santé malgré le plâtre. Il nous sourit comme si tout allait pour le mieux.

— J'ai sauvé Levi, dit-il avec joie.

Je fronce les sourcils. Thomas nous explique qu'il est shooté à l'adrénaline depuis un petit moment. Li Mei lui demande ce qui s'est passé et Lucky nous donne sa version des faits :

— Levi a traversé et a vu la voiture trop tard.

— Tu ne regardais pas ? je demande en me tournant vers lui.

Je suis bien consciente que cela sonne comme une accusation. Levi se contente de me fixer sans aucune expression, silencieux. Je suppose qu'il est encore un peu sous le choc. C'est Lucky qui me répond :

— Pour sa défense, la voiture est arrivée de nulle part. Il n'y avait personne quand on a traversé. Le feu était rouge. Puis d'un seul coup... elle était là ! J'ai réagi au quart de tour et j'ai foncé vers lui pour le pousser.

— Vous avez tous les deux été percutés ?

— Oui. Mais pas de beaucoup, pour être honnêtes. On était déjà presque hors de sa trajectoire, du coup c'est le feu avant qui nous a touchés. On a été chanceux !

Thomas acquiesce, la mâchoire serrée. Il s'est arrêté près de Levi, qui ne dit toujours rien. Je remarque les égratignures sur son visage, ainsi que le pansement sur son arcade gauche.

— Levi est tombé parce que Lucky l'a bousculé.

Je n'en reviens pas. Si Lucky n'avait pas été là, Levi serait probablement dans un état bien pire que le sien. Si j'avais su qu'un jour je remercierais Lucky pour avoir sauvé mon fiancé... je ne l'aurais certainement pas cru.

— Tu as été... très courageux, avoue Li Mei en lui serrant les mains.

— Moi, courageux ?

— Oui. Tu as foncé sans réfléchir.

— N'importe qui l'aurait fait, dit-il en haussant les épaules.

— Non, pas tout le monde.

Li Mei sourit en secouant la tête, les yeux embués. Lucky a l'air un peu perdu, comme s'il ne comprenait pas l'ampleur de son geste. Levi prend la parole pour la première fois depuis que nous sommes là, les yeux fixés sur son ami, et lance :

— Je t'en dois une. Une grosse, même. Merci, mec.

Je devine qu'il le pense. Il lui est plus que reconnaissant. Qui sait ce qui se serait passé, sinon ? J'avance de quelques pas et pose la question qui me hante depuis quelques minutes :

— Et la voiture ? Elle s'est arrêtée ?

Thomas secoue la tête d'un air grave.

— Délit de fuite. On a parlé à la police, mais je n'ai même pas eu le temps de vérifier sa plaque. J'ai juste... eu peur.

Il dit cela comme si la simple idée le surprenait lui-même. Toute cette histoire me semble complètement dingue.

Thomas murmure quelque chose dans l'oreille de Levi, qui se contente de hocher la tête. Ses yeux tombent à nouveau sur les miens et ne les lâchent plus. Je ne me sens pas très bien. J'ai besoin de le toucher, de m'assurer qu'il est bien là. Je m'approche donc sous son regard intense, entrelaçant mes doigts aux siens.

— Ça va ?

Thomas recule, le regard droit devant lui. Levi me regarde puis opine doucement.

— Ça va.

Li Mei demande si Lucky est autorisé à sortir. Ce dernier explique que le médecin était d'accord mais que Levi a insisté pour qu'on le surveille une nuit. Li Mei décide de rester avec lui.

— On va y aller, alors.

Levi dit à son sauveur de bien se reposer et nous sortons tous les trois en refermant la porte. Le silence est extraordinairement pesant. Les deux hommes discutent mais je n'écoute pas tandis que nous montons dans l'ascenseur. Je me sens un peu groggy.

Nous prenons un taxi pour rentrer, toujours en silence. Levi m'ignore complètement. Une fois que nous sommes arrivés à l'hôtel, il me surprend en nichant sa main dans la mienne. Je le regarde, étonnée, mais il a les yeux rivés sur Thomas.

— Tu peux nous laisser ?

Thomas n'a pas l'air d'être d'accord mais il pince les lèvres et acquiesce avant de partir. Levi mène la marche, mes doigts toujours entre les siens. Quand il referme la porte de la suite derrière nous, je me sens soudain incapable de continuer.

Je le suis jusqu'au salon d'un pas tremblant, le cœur fou furieux. Je ne sais pas ce qui se passe. Je crois que le stress redescend en flèche car soudain, je craque. Je tente de respirer, en vain, et cache mon visage de mes mains en m'accroupissant sur le sol.

Il est en vie. Sain et sauf. Tout va bien.

Je m'effondre totalement, la gorge serrée. L'espace d'un instant, j'ai vraiment cru... j'ai cru... C'était comme si tout mon monde s'écroulait. Pendant une nanoseconde, j'ai pensé : « Si je n'ai plus Levi, qu'est-ce qu'il me reste ? »

— J'ai eu tellement peur, je murmure dans mes mains. Je pensais que tu...

Je suis incapable de finir ma phrase, ni d'empêcher les larmes de couler sur mes joues. J'en suis la première surprise. Cela fait des années que je n'ai pas pleuré et me voilà en larmes, paralysée par le soulagement.

Je suis alors frappée par la vérité que je niais jusqu'ici.

J'ai beau dire l'inverse, j'aime Levi Ivanovitch.

Bien sûr, je le savais déjà au fond de moi. J'ai compris que je l'aimais bien plus tôt, lorsque son visage est devenu la seule chose que mes doigts peignaient.

Je l'entends s'approcher de moi et s'accroupir à son tour, ce qui me force à dévoiler mon visage. Il se trouve juste en face de moi, aussi beau et parfait que d'habitude.

Il m'adresse un léger sourire et lève mon menton avec ses longs doigts. Le geste est extrêmement doux, comme pour me rassurer, mais son regard, tout comme ses paroles, est glacial :

— Tu peux arrêter la comédie maintenant, *любимая*.

Chapitre 24

LEVI

Juin. Las Vegas, États-Unis.

Rose plisse le front sans comprendre, le visage baigné de larmes. Cela ne suffit même pas à m'attendrir. La colère est froide et intense au fond de mon cœur. Je caresse ses joues d'un geste tendre et aimant, essuyant les larmes de crocodile qui meurent sur ses lèvres.

Ces lèvres qui disent tant de vils mensonges. Ces lèvres qui m'ont embrassé pour mieux me trahir derrière.

— Quoi ? balbutie-t-elle, et je crois ne l'avoir jamais vue aussi vulnérable.

Je glisse mes doigts vers ses pommettes, écartant une mèche de cheveux collée à sa bouche. Mes gestes ne sont que douceur, mais à l'intérieur, le feu est violent et dévastateur.

— Ce sont les hommes de Tito qui ont fait ça.

Elle devient plus livide encore, à croire qu'elle n'était pas déjà au courant. Quelle excellente actrice ! J'analyse chacune de ses expressions, elle, la maîtresse dans l'art du mensonge. Je la regarde secouer la tête, doucement d'abord, puis avec davantage de ferveur.

— Impossible.

— Ah bon ? Pourquoi ça ?

— Il ne ferait jamais un truc pareil, affirme-t-elle avec assurance. C'est un connard, mais pas un meurtrier.

— Tu veux dire, comme moi ?

Elle cligne des yeux, confuse. Je ne sais pas pourquoi je suis si énervé. Je savais déjà qui elle était. Je savais déjà qu'elle m'entubait en beauté. Mais je n'aurais jamais pensé qu'elle irait jusque-là... J'ai été assez idiot pour penser que, peut-être, elle était vraiment tombée sous le charme.

— Comment peux-tu savoir de quoi il serait ou non capable ? Tu ne le connais pas tant que ça, après tout, je continue en penchant la tête sur le côté.

Elle n'a rien à répondre à cela. Je lui dis donc avoir reconnu le modèle de voiture de l'un des gars qui accompagne Tito partout. Pas seulement le modèle, mais l'exact véhicule. J'imagine qu'espionner Tito tout ce temps m'a au moins servi à une chose.

Rose feint le choc. Cela me rend malade. Encore ce matin, je trouvais des raisons de lui faire confiance. Je m'apprêtais à lui dire que je l'aimais, bordel de merde. Je me suis fait avoir comme un bleu. C'est quelque chose que je ne supporte pas.

Elle a joué avec mes sentiments pour un putain de tournoi de poker. Pas seulement avec mon cœur, mais avec ma vie et celle de mes amis.

— Rose.

Elle me regarde fixement, les yeux brillants, tandis que je prends sa mâchoire dans ma main, le pouce d'un côté de sa bouche, le reste de mes doigts de l'autre. Je la tire doucement vers moi et presse un doux baiser sur ses lèvres.

Elle ferme les yeux en se laissant faire, mais j'appuie plus fort et elle finit par gémir de douleur. Je m'écarte sans lâcher prise, le regard noir, et susurre :

— Je sais tout, mon amour. Tito, ton père, ta fausse identité... Je sais tout depuis le début.

Rose se raidit entre mes mains. Elle fait tout pour ne pas le montrer, mais grâce à ses leçons, je reconnais les signes de la peur sur ses traits.

— Est-ce que c'était amusant ? je demande d'un faux sourire qui m'arrache la bouche. Est-ce qu'il te paye plus que moi ? Je parie que tu es riche, maintenant. C'est bien pour ça que tu l'as fait, non ? Ou alors c'était pour faire plaisir à papa ? Pour qu'il t'aime ?

Je vois dans ses yeux que mes dernières remarques la blessent. La tristesse se transforme vite en colère, elle frappe ma main pour me faire lâcher prise et se relève d'un bond. Je soupire d'un air dramatique, toujours accroupi, et prends mon temps pour me remettre debout.

— La vérité blesse, hein ?

— Ce n'est pas ce que tu crois.

Je manque de rire. De toutes les choses risibles qu'elle pouvait dire, c'est bien la pire. Quand quelqu'un dit ça, c'est généralement faux. Et connaissant ses talents de menteuse, je suis désormais rodé.

Je fourre les mains dans mes poches, mon système de défense activé. Rose ne me connaît que depuis quelques semaines. Elle ne sait pas encore qui je suis vraiment, ni comment je fonctionne.

Personne ne réussit à m'arnaquer. Il faut croire qu'elle est l'exception à la règle. Sauf que, quand je suis énervé, je rends coup pour coup. Et je n'ai aucune pitié. Si tu me blesses, j'userai de tes pires insécurités pour te blesser deux fois plus.

Quitte à mentir.

Quitte à me faire souffrir au passage.

Tout pour sauver les apparences.

— Oh, donc tu n'es pas Rose Alfieri Ferragni ?

Je la vois hésiter, les poings serrés le long de son corps.

— Si, avoue-t-elle difficilement.

Je souris et me retourne pour faire les cent pas, l'air pensif.

— Laisse-moi deviner. Il t'a demandé de m'espionner ? De découvrir ce que je prévoyais. Non, mieux : de me séduire puis de me détruire, sans qu'il ait à lever le petit doigt. C'est ça ?

Son silence est une réponse éloquente. *Ouch.*

— Quel feignant.

— C'est plus compliqué que ça, se défend-elle. J'ai merdé, je le sais. J'allais tout te dire bientôt.

— Évidemment. Comme c'est pratique.

Rose me fusille du regard sans rien dire. Elle aimerait me dire de la fermer, mais elle sait être en tort. Je suppose qu'elle espère encore sauver la mise. Son père ne l'a-t-il pas mise au courant ce midi ?

— Depuis quand le sais-tu ? demande-t-elle en séchant ses larmes d'un geste rageur.

Son expression est froide et fermée. Son menton levé bien haut. Loin de la Rose qui me serrait dans ses bras cette nuit pendant que je pleurais la mort de mon père.

Quel idiot j'ai été. Je ne peux m'en prendre qu'à moi-même. Thomas m'avait prévenu.

Je m'assieds élégamment sur le canapé, croisant les jambes.

— Depuis que tu sais pour mon achromatopsie.

Son masque tombe le temps d'une seconde. Elle semble à court de mots.

— Mais... c'était il y a longtemps.

— Et ?

— Pourquoi tu n'as rien dit ? Tout ce temps, tu savais...

Elle ne finit pas sa phrase. Je hausse les épaules d'un geste nonchalant. Je veux lui faire croire que ça ne me touche pas. Que je m'en fiche. Qu'elle n'a pas réussi à m'atteindre. C'est le peu de dignité qu'il me reste, à ce stade.

— Je n'ai rien dit, tout simplement parce que c'était plus simple. Tu me faisais rire. Jadis, mon père disait : « Garde tes amis proches de toi, et tes ennemis plus proches encore. » Tito t'a probablement appris ça aussi, non ? Sinon tu n'aurais pas couché avec moi dès que tu en as eu l'occasion.

C'est comme si je lui avais tiré dessus. Je lui souris, vicieux. Peut-elle voir la souffrance dans mes yeux ? Je n'espère pas. Grâce à elle, je sais parfaitement dissimuler mes émotions maintenant. Elle aura au moins servi à quelque chose.

Je me relève et me plante devant elle, soutenant son regard noir. J'ai besoin d'en rajouter, souhaitant la voir souffrir au moins autant que moi. Ce n'est pas juste, sinon.

— C'était drôle... de te voir jouer la comédie en sachant pertinemment que rien n'était vrai. Je m'en suis servi pour te manipuler en retour, bien sûr. J'étais curieux de voir jusqu'où tu irais.

— Tu mens.

— Ah bon ? je raille en penchant la tête vers elle, un rictus de gros connard sur le visage. Tu es sûre ?

Ses yeux me sondent et me cherchent sous ma façade en béton. Je vois que mes paroles la touchent, mais je n'arrive pas à savoir si c'est encore son jeu de comédienne, ou juste le bruit de son ego qui se brise.

— Et tu m'as confié tout ça juste pour t'amuser ? Sans te soucier des conséquences ? Je ne te crois pas.

— Pourquoi pas ?

— Et si j'allais voir la police pour leur dire que tu as tué ton père ?

Mon corps se fige. Je cache mon inquiétude et fais mine d'y réfléchir, avant de répondre d'un air détendu :

— Qui te croirait ? Il n'y a aucune preuve et ma mère a déjà purgé sa peine. Ils ne se prendront jamais la tête avec une affaire résolue qui date d'il y a dix ans. Mais je t'en prie, vas-y.

— Je n'ai jamais dit que je le ferais, dit-elle, comme agacée que je la pense capable d'une chose pareille.

Je sais que j'ai menti. Et j'ai effectivement accepté ton offre dans l'intention d'aider mon père. Mais... ça a changé. Je suis sincère, Levi. J'ai changé de camp il y a longtemps déjà.

Quelle coïncidence. Elle me prend vraiment pour un triple crétin si elle pense que je vais retomber dans le panneau. Les femmes comme elle sont dangereuses, tout spécialement si elles ont été élevées par Tito Ferragni.

— Vraiment ? je demande.

Elle cille et hoche la tête difficilement. Je déteste la vue de cette fichue bague à son doigt, signe de ma stupidité.

— Vraiment.

Silence. J'opine une fois, deux fois, puis soupire.

— Désolé, mais malheureusement ce n'est pas mon cas.

Le mensonge est amer sur ma langue. Il me fait mal mais je continue malgré tout, satisfait des dommages collatéraux qui s'affichent sur son visage :

— Tout était un jeu. J'ai apprécié le sexe, ça je peux difficilement le nier. Maintenant que j'y pense, tu sais ce que je trouve drôle ? je m'esclaffe soudain. Quand je t'ai proposé du travail, à Macao, tu m'as dit que tu n'étais pas une prostituée. Je suppose que là aussi, c'était un mensonge.

Rose me gifle à toute volée. Je m'y attendais, aussi ne suis-je pas surpris. La force avec laquelle elle a frappé m'étonne toutefois, et j'accueille la brûlure de son empreinte sur ma joue avec joie.

Je la regarde à nouveau, tout sourire disparu, et trouve une Rose prête à en découdre.

— Quoi ? je chuchote d'un ton venimeux. Ce n'est pas ce que ton père fait ? Il doit beaucoup tenir à toi, cela dit. Toi, qui as passé ta vie à tout accepter dans l'espoir qu'il t'aime...

— Ta gueule, Levi. Je te préviens.

— Tu dois sûrement penser que je suis pitoyable, avec mon père mort et ma mère en prison. Mais tu veux que je te dise ? C'est toi que je plains le plus, Rose, dis-je tout contre son oreille, tel le doux murmure d'un amant. Parce que contrairement à moi... tu n'as personne d'autre.

Je n'ai pas le temps d'en rajouter. Elle me pousse de toutes ses forces et hurle, hors de contrôle :

— Espèce de connard ! Je t'interdis d'avoir pitié de moi !

Je crois d'abord qu'elle va s'arrêter là mais elle s'agrippe à ma chemise et tente de me frapper à nouveau. Je saisis ses poignets pour l'en empêcher et la repousse assez fort pour que son dos heurte le mur. Les quelques livres sur l'étagère s'effondrent dans un bruit du tonnerre.

Rose en saisit un au vol et me frappe la tête avec. Je grogne de douleur en reculant. Je n'ai pas envie de lui faire du mal, et pourtant je suis pris d'un sentiment d'injustice terrible. J'ai envie qu'elle souffre autant que moi. J'ai envie de la secouer en lui demandant pourquoi elle a fait ça, pourquoi elle ne ressent pas la même chose que moi.

Pourquoi il a fallu qu'elle gâche tout quand je pensais enfin avoir trouvé une raison de vivre sans culpabiliser.

— Tu me dégoûtes ! crie-t-elle en ajoutant ce qui semble être un flot d'insultes en italien.

— Je t'avais prévenue depuis le début, mon amour. Je ne suis pas un gentil garçon. Tu as voulu jouer, tu as perdu. Maintenant va-t'en.

Elle souffle rageusement sur l'une de ses mèches de cheveux, incroyablement sexy malgré la fureur peinte sur ses traits. Je la regarde se diriger d'un pas pressé vers notre chambre, probablement pour aller chercher ses affaires.

J'en profite pour laisser tomber le masque et respirer un bon coup. Mes mains tremblent. Je passe des doigts frustrés dans mes cheveux, impatient. Je n'arrive pas à croire ce qui est en train de se passer...

Comme elle ne revient pas, je décide de la rejoindre.

Je la trouve au milieu de la chambre, une paire de gros ciseaux en main et noyée par mes vêtements. Elle les taille tous en pièces, un par un, avant de les jeter par terre.

Je m'élance pour lui prendre l'objet des mains, interloqué.

— Putain mais t'es complètement cinglée !

— Exactement. Je suis cinglée ! T'aurais dû mieux te renseigner avant de faire de moi ta future femme, *amore mio.*

Elle attrape tout ce qui lui tombe sous la main et me le lance à la tête. Je réussis à en esquiver certains, mais d'autres non. Elle finit par saisir mon ordinateur et le jette par terre puis le piétine. Je la pousse tout de suite, mais c'est trop tard.

Elle a pété mon ordinateur, bordel de merde. Je la regarde s'en aller, satisfaite, si bien que je la suis pour en découdre. Ses hanches se balancent magnifiquement et j'ai honte de remarquer ce détail alors que je la hais de tout mon être, là.

— Tu diras à ton père qu'il a l'air très peu confiant, pour envoyer sa fille se prostituer ! je lance derrière elle.

Elle ne se retourne pas et rétorque :

— Tu diras bonjour au tien de ma part, en enfer !

Quelque chose explose dans ma poitrine. Je vois rouge. Je l'attrape par les épaules, complètement fou, et la plaque contre le mur.

— Qu'est-ce que tu viens de dire ? je gronde, menaçant.

— Quoi, la vérité blesse ?

Son rictus est rempli de vice. Cruel, mauvais, beau à se damner. Mon regard s'abaisse sur ses lèvres, sur lesquelles j'ai envie d'effacer ce sourire victorieux qui me donne envie de vomir.

— Je te *déteste*, je souffle contre sa bouche, ma main appuyée sur son épaule. Je te déteste vraiment, Rose... Tu ne sais pas à quel point je te déteste.

Son regard me défie, sombre et ravageur. Il dévie vers mes lèvres à son tour, puis elle chuchote contre elles :

— Répète-le encore une fois et peut-être que je te croirai.

Elle ne m'en laisse pas le temps, et de toute façon je ne crois pas en être capable, puisqu'elle plaque sa bouche sur la mienne avec violence. Ma raison me hurle de la repousser, mais mon désir ardent, avec la complicité de mon cœur meurtri, estime que je n'ai pas assez souffert comme ça.

Mes mains prennent possession de ses hanches pour la soulever. Je dévore sa bouche, mon excitation poussant tellement douloureusement contre mon jean que nos langues se battent à notre place.

Je n'ai jamais rien ressenti de tel. C'est comme si mon cœur allait exploser. L'adrénaline est telle que je ne réfléchis même pas à ce que je fais. Je manque d'air. J'étouffe. J'ai envie d'elle, mais j'ai aussi envie qu'elle souffre.

— Tu me rends malade, susurre-t-elle, à bout de souffle, quand elle fait glisser ses dents le long de ma gorge avant de me mordre.

— On est deux.

Je n'ai aucune envie de perdre du temps. J'ai besoin d'être en elle le plus vite possible. Elle semble penser la même chose car elle se bat avec ma ceinture tandis que je déchire sa robe d'un coup sec et lui retire sa culotte.

Je n'ai même pas de préservatif. Je n'y pense pas, je ne réfléchis à rien d'autre qu'à l'idée de la posséder. Une fois libéré, je ne prends pas la peine de baisser mon pantalon. J'entre en elle directement, ce qui nous fait tous deux gémir de plaisir.

Ses mains s'enroulent autour de mon cou, puis tirent mes cheveux tandis que je serre ses cuisses autour de moi. Il n'y a rien de doux ni de romantique dans ce que nous faisons. Tout est violence et sauvagerie, revanche et ego froissé. Je la martèle de manière brute et rapide, mon pouls s'accélérant au rythme de mes poussées.

Nous nous défions du regard. Je respire plus fort au contact de ses ongles qui griffent mes omoplates et elle geint bruyamment quand j'attrape ses fesses et la plaque contre moi à chaque coup.

On ne parle plus. J'ai peur de ce qui pourrait sortir. Elle jouit la première et je la suis de près. Mon orgasme est déflagrant, je peine à soutenir les jambes tremblantes de Rose autour de moi.

Quand elle a repris son souffle, je la relâche complètement. Elle pose les pieds au sol, remonte les bretelles de sa robe et me fusille du regard. Le silence est lourd de sens. Je me sens à la fois excité, fatigué, triste, en colère et honteux. Ma tête est un bordel sans nom.

Tout ce que je veux, c'est la garder auprès de moi.

Pourtant, je brise le silence en disant calmement :

— Va-t'en.

J'ai conscience de passer pour un gros connard qui s'est juste servi d'elle, mais la vérité, c'est que c'est plutôt l'inverse. Je veux juste ne pas lui faire ce plaisir. Pas alors qu'elle m'a déjà tant pris.

Elle me regarde sans rien dire, blessée. Je la vois retirer sa bague et la jeter contre mon torse. Je ne la rattrape pas, si bien qu'elle retombe par terre dans un bruit mat. La symbolique du geste me fait plus de mal que cela ne devrait.

— Garde-la ou revends-la, dis-je en refermant mon pantalon aussi dignement que possible. Je n'en veux pas. Elle ne signifie rien pour moi.

Je n'attends pas de voir ce qu'elle va faire. Je lui tourne le dos et retourne dans ma chambre, les mains dans les poches. Je devrais me sentir soulagé. Après tout, c'était le but de lui dire toutes ces choses horribles.

Et pourtant, je n'ai jamais eu autant l'impression d'être une merde.

Chapitre 25

ROSE

Juin. Las Vegas, États-Unis.

J'ai passé la nuit dans un bar.

Je suis complètement bourrée. Je pensais que l'alcool ferait disparaître la douleur au fond de mon cœur, comme ça a toujours été le cas, mais ça ne suffira pas, cette fois.

Levi m'a complètement foutue en l'air. Cet enfoiré de première. Je ne peux m'en prendre qu'à moi-même. On m'avait prévenue. Mon père, les rumeurs, lui-même. J'ai été idiote de croire qu'il y avait plus que cette image de diable incarné.

Je titube jusqu'à un banc, où je m'assieds en fermant les yeux. Le jour pointe déjà le bout de son nez. Je n'ai pas dormi une seule minute. Je déteste Levi, mais je me déteste plus encore. Tout est ma faute.

J'ai commencé, c'est vrai. J'ai voulu le lui expliquer. Lui dire que je n'avais rien donné d'important à mon père, que j'étais tombée pour lui, que je n'aurais jamais couché avec lui si ce n'était pas le cas.

Je ne suis pas une prostituée. Pas vrai ?

Mais il m'a avoué s'être servi de moi en retour, et les mots se sont perdus sur ma langue. Il savait tout depuis le début. Il m'a laissée faire pour mieux me manipuler.

Pour me séduire en retour et me faire changer de camp. Quel tordu. J'aime quelqu'un qui n'existe même pas.

La façon dont je l'ai laissé me prendre contre le mur me revient en tête et je manque de vomir sur le trottoir. Le pire dans tout ça, c'est que c'était bon. Quelque part, je ne regrette pas. C'était ma façon de lui dire au revoir.

Tout le reste était une énorme erreur. Je n'aurais pas dû supplier mon père, je n'aurais pas dû accepter d'espionner Levi, je n'aurais pas dû le suivre jusqu'ici... Tout ça pour quoi ? De l'argent et un cœur brisé ?

Soudain, mon portable sonne dans ma poche. Je me raidis, m'attendant presque à voir le nom de Levi s'afficher sur l'écran, mais ce n'est que ma mère. Je prends une grande inspiration, arrangeant mes cheveux comme je le peux, et décroche.

Son visage apparaît sur le téléphone. Je reconnais le jardin de la maison derrière elle, à Venise, avec ses vignes et ses lauriers-roses. Elle m'offre un sourire éclatant, signant :

— *Coucou ma fille. Je ne te dérange pas ?*

Je secoue la tête, ne me faisant pas assez confiance pour ouvrir la bouche. Mais c'est ma mère, et ma mère sait tout. Son visage s'affaisse légèrement, et elle me demande si ça va.

C'est la question de trop. Je ne sais pas ce qui se passe, mais je fonds en larmes à travers mon sourire. Ça ne m'était pas arrivé depuis des années. Ma mère est prise de court, les traits paniqués. Je vois flou à travers les pleurs, je peine à distinguer ce qu'elle me dit.

— *Qu'est-ce qui se passe ? Tu es où ?*

— J'ai fait n'importe quoi, maman, dis-je en reniflant.

— *Ça va aller. Dis-moi tout, mon ange.*

Je prends le temps de me calmer avant de lui avouer le plus grave : je suis venue à Las Vegas avec papa, j'ai rencontré un homme et je me suis fait avoir en beauté. Elle pince les lèvres en comprenant que je lui ai menti.

— *Ton père a eu tort de te prendre avec lui. Ce n'est pas bon pour toi. Tu aurais dû rester ici, à la maison.*

— Je sais. Je suis désolée.

— *Qui c'est, ce garçon ?* me demande-t-elle avec suspicion.

Je grimace, silencieuse. Dois-je vraiment tout lui dire ? Et si elle me détestait elle aussi ? Je ne supporte pas de la décevoir. Pourtant, son regard ne me laisse aucun choix. J'avoue misérablement :

— Levi Ivanovitch.

Elle ouvre la bouche, surprise. Ce nom lui est familier, bien évidemment. Elle ne dit rien pendant un moment, puis secoue la tête en soupirant. Ses gestes sont frénétiques tandis qu'elle signe, les sourcils froncés :

— *Tout ça, c'est à cause de ton père ! Il t'a embarquée dans ses magouilles, je suppose ? Qu'est-ce qu'il t'a promis en retour ?*

— De l'argent.

— *Tu as besoin d'argent ? On en a plein à la maison, bon sang ! Il te suffit de demander !*

— Justement, je ne veux pas vous demander, maman. C'est le but. Je ne veux plus être dépendante de vous. Je peux me débrouiller seule.

Elle garde le silence un moment, avant de prendre un air résigné. Elle se doute de la raison pour laquelle j'ai besoin d'argent, mais elle me connaît assez pour ne pas en parler maintenant. À la place, elle me pose la question que je redoute le plus :

— *Tu l'aimes, ce garçon ?*

Je me fige, les yeux embués de larmes. Mon esprit se remplit d'images de Levi : son sourire joueur, la douceur de ses mains tandis qu'il désinfecte mon genou, le goût de sa bouche contre la mienne, la sensation de ses jambes enroulées aux miennes pendant qu'il dort, ou encore la façon qu'il a de m'appeler « mon amour ».

Je baisse les yeux et hoche la tête misérablement.

Oui. Oui, je suis amoureuse de Levi Ivanovitch. Je le savais déjà, bien sûr. Ce n'est pas nouveau. Mais l'avouer à voix haute, c'est différent. Ça rend les choses réelles.

— *Est-ce qu'il est bon avec toi ?* me questionne ma mère. *C'est tout ce qui m'importe.*

— Laisse tomber. Ce n'était pas réciproque.

Ça ne sert à rien d'en parler. Ce qui est fait est fait. J'ai pensé que je méritais une seconde chance, mais j'avais tort. Nous ne sommes pas faits l'un pour l'autre. Je suis une Capulet et il est un Montaigu. Désolée, Shakespeare. Dans mon monde, Juliette est une pute vénale et Roméo est un connard manipulateur.

Une fin tragique se justifie, plus que jamais.

— *Rentre à la maison,* me supplie ma mère. *On se débrouillera, d'accord ? Tu as besoin d'être avec moi. On trouvera des solutions à tes problèmes. Je t'aime, ma chérie.*

Mon cœur ne semble pas apprécier l'idée, tout simplement parce qu'il déteste le fait d'être loin de Levi. Pourtant, j'ai terriblement envie de rentrer. De me sentir chez moi. De retrouver mon lit, mon jardin, ma chambre. Des gens qui parlent comme moi, qui me comprennent...

Je payerais cher pour un câlin de ma mère là, tout de suite.

Je sèche mes larmes et hoche la tête, résignée.

Je n'ai plus rien à faire ici de toute façon. Plus rien qui me retienne.

— D'accord. Je rentre.

***

J'ai pris un billet d'avion direction l'Italie pour cet après-midi. Je suis décidée. Il ne me reste que deux choses à faire : récupérer mes affaires et parler à mon père.

Quand j'arrive devant l'hôtel, la tête sens dessus dessous, la journée de tournoi a déjà commencé. Je sais pertinemment que Levi joue ce matin, mais pas Tito. J'ai peur de trouver Thomas dans la suite, mais peu importe. Je dois bien récupérer mes papiers d'identité avant de partir.

— Rose !

Je me fige, comme prise en flagrant délit. J'aperçois Li Mei, vêtue des mêmes vêtements qu'hier, qui trottine à ma rencontre. Elle a l'air fatiguée. Je devine qu'elle revient tout juste de l'hôpital. A-t-elle déjà appris la vérité ?

— Sans vouloir t'offenser, tu as l'air d'avoir passé la pire nuit de ta vie, dit-elle en fronçant le nez.

C'est le cas.

— Ça va ?

— Super. Est-ce que tu sais si Thomas est dans la suite ?

— Non, il joue ce matin. J'y vais aussi, là.

Parfait. Cela me laisse le temps de tout reprendre sans les croiser.

— Comment va Lucky ? je demande, sincèrement inquiète.

Elle me rassure en me disant qu'il se porte comme un charme. À son ton chaleureux, je doute qu'elle connaisse la vérité. Pas encore. J'en profite donc pour la prendre dans mes bras, ce qui la surprend. Puis je recule et souris.

— On se voit bientôt. OK ?

— Euh... on habite ensemble.

— Je rentre chez moi, j'avoue en lui serrant la main.

Li Mei écarquille les yeux, abasourdie. Elle me demande pourquoi, et si c'est parce que Levi et moi nous sommes encore disputés. Je ne veux pas qu'elle me déteste, pas ma seule et unique amie, c'est pourquoi je réponds vaguement :

— J'ai fait une connerie. J'ai cru que je pouvais arranger les choses, mais j'avais tort. Rester ici... c'est trop dur. J'ai été loin de chez moi trop longtemps. Je veux retrouver ma famille.

Elle veut m'en empêcher, je le vois bien, mais elle ne trouve aucune raison de me garder près d'elle. Son air triste me serre le cœur. Elle semble sincère. Contrairement à Levi, elle tient vraiment à moi.

— Tu as raison, répond-elle. La famille, c'est très important. Je l'ai compris un peu trop tard. Profite d'elle au maximum. On se reverra, hein ? Tu promets ?

J'aimerais bien, mais tu risques de me haïr en apprenant la vérité.

— Évidemment. Dis au revoir à Lucky de ma part. À Thomas aussi, d'ailleurs... Il est grincheux, mais mine de rien, je l'aime bien.

— Promis.

Je ne m'attarde pas, sinon elle arrivera en retard au tournoi. Je monte dans notre suite, soulagée de la trouver vide et silencieuse. Les preuves de notre violente dispute sont toujours là ; les livres abandonnés sur le sol du salon, ma bague, les habits découpés de Levi partout dans la chambre...

Le lit est parfaitement fait, comme s'il n'avait pas dormi dedans. Je ne m'attarde pas plus longtemps et remplis ma valise de mes vêtements. Je troque ma robe déchirée contre un jean et la laisse traîner par terre avant de repartir.

Dans le couloir de l'étage, je ne fais que quelques pas avant de me retrouver devant la porte de Tito. Je n'ai même pas prévu ce que je veux lui dire. Je suis juste trop énervée, trop déçue, trop choquée. Je veux lui dire combien je me sens utilisée. Que j'abandonne l'idée de le rendre fier à tout prix.

Mais surtout, je veux qu'il m'assure ne pas avoir tenté de blesser Levi. Je refuse toujours d'y croire.

Je toque à la porte, le cœur battant. Lorsqu'elle s'ouvre, je remets mon masque en place. Tito apparaît, peu surpris de ma venue, et il recule pour me laisser entrer.

— Quelle bonne surprise.

Je m'avance sans rien dire, traînant ma valise derrière moi. Je ne m'arrête pas bien loin, les bras croisés sur ma poitrine. Mon père va s'asseoir sur le canapé, en plein petit déjeuner.

— Que me vaut le plaisir ?

— Levi sait tout, j'avoue sans préambule.

Il ne semble pas troublé par cette révélation. Il croque dans une brioche et ouvre le journal papier devant lui.

— Je sais.

Je sursaute presque, interdite. Levi l'a-t-il déjà confronté ? Je veux lui demander comment il est au courant, mais ce n'est pas le plus important. Je le contemple, la peur au ventre, et demande d'un ton froid :

— Est-ce que tu y es pour quelque chose ?

Silence. Il m'ignore, mâchant la bouche ouverte, et me demande de quoi je parle.

— Tu sais très bien de quoi je parle.

— Ce n'était pas *ma* voiture.

— Arrête de tourner autour du pot.

Il déglutit et finit par me regarder. Aucun son ne sort de ses lèvres mais son silence veut tout dire. Un frisson terrible court le long de mon dos. Mes mains se serrent et forment des poings minuscules sous le choc. J'ai terriblement envie de dégobiller l'alcool ingurgité cette nuit.

Cette situation prend trop d'ampleur. Je ne suis pas de taille, je ne l'ai jamais été.

— T'es complètement malade, je souffle.

Cela ne semble pas l'atteindre.

— C'est ta faute, tu sais. Il fallait bien que j'agisse, puisque tu ne faisais rien.

— En tentant de lui rouler dessus ? je hurle sans prévenir, hors de moi. Putain mais qu'est-ce qui t'a pris ?

Il roule des yeux, comme s'il pensait ma réaction excessive. Il me fait peur.

— Tout de suite les grands mots. Je ne l'aurais jamais tué, alors arrête un peu. Je voulais juste lui faire peur. Il est en parfaite santé, non ?

Je le dévisage, n'en croyant pas mes oreilles. Je savais que mon père avait des défauts, mais je ne pensais pas qu'il était atteint à ce point. Je me suis complètement gourée. Tout ce temps, je recherchais l'approbation de quelqu'un qui est incapable d'aimer qui que ce soit, à part lui-même.

— Lucky est à l'hôpital à cause de toi, je grogne en combattant des larmes de rage.

— Qui ça ?

Oh mon Dieu. Il a combattu plusieurs fois à ses côtés, et pourtant il ne connaît même pas son nom. Parce qu'il s'en fiche complètement.

Soudain, je prends conscience de la terrible vérité : depuis le début, je fais partie de l'équipe des méchants. Levi est le héros, bien sûr, et je suis l'anti-héros.

Mon père a besoin d'aide. L'argent et le pouvoir lui sont montés à la tête. Il serait prêt à renverser un type avec sa voiture pour le dissuader de gagner contre lui.

Je commence peu à peu à suffoquer. Je pose la main sur ma gorge, sur le point de vomir tripes et boyaux.

— Ne fais pas cette tête, raille mon père. Au moins maintenant tu n'as plus à faire semblant. Tu peux emménager ici le temps que le tournoi se termine. J'ai déjà tout ce qu'il me faut de toute façon.

Comment ça, tout ce qu'il lui faut ? Je suis incapable de réfléchir à ce que cela signifie. Je secoue la tête, encore et encore.

— Je ne peux pas.

— Tu ne peux pas quoi ?

— Il faut que tu déclares forfait.

C'est sorti tout seul. Tito se fige, puis se tourne très lentement vers moi. Son regard me cloue sur place, terrifiant. Il m'a toujours fait peur, même petite. Mais aujourd'hui, les choses sont différentes. Il a perdu tout mon respect.

Je n'arrive pas à croire que cet homme soit mon père.

— Pardon ?

— Ce n'est pas réglo. Tu triches, et sur tous les plans !

Il éclate de rire. Son rire n'est pas amusé, mais glacial. Je sais que le pire est à venir.

— Sinon quoi ?

— Sinon j'irai voir la police et je leur dirai ce que tu as fait.

Je suis tout aussi surprise que lui par mon aveu. Je n'avais pas l'intention de dire ça, et pourtant je le pense au plus profond de moi. Je n'ai pas envie d'être complice d'une chose pareille. Je lui laisse une chance de sauver son âme et de se rétracter.

Mais s'il refuse, je ne resterai pas les bras croisés.

Tito me fixe d'une expression à la fois froide et méprisante, presque dégoûtée. Mon cœur de petite fille saigne face à ce regard.

— Je ne crois pas, non.

Je fronce les sourcils. Je m'attendais à tout sauf à cette réponse. Il continue, la voix tranchante :

— Parce que si tu fais ça, je devrai révéler le secret de ton cher fiancé à tout le monde. Je devine que ça ne serait pas bon pour lui, si ?

Je me raidis, le visage livide. *Non. Non, non, non.* Se peut-il qu'il sache, pour la mort de Jacob ? Comment a-t-il pu apprendre un truc pareil ? Je garde le silence, piégée. Je déteste Levi, mais j'ai promis de garder ses secrets jusque dans ma tombe. Si mon père a réussi à mettre la main dessus… c'est catastrophique.

Je réfléchis à une façon de le contrer, en vain. Je préfère que Levi perde le tournoi plutôt qu'il pourrisse en prison. C'est pourquoi je me mords la lèvre, honteuse, et supplie doucement.

— S'il te plaît… tu ne peux pas faire ça.

Tito fait claquer sa langue contre son palais, émettant un bruit réprobateur.

— Tu es trop faible, Rose. Ça m'énerve. J'ai tenté de t'élever de manière que tu t'endurcisses, mais c'était peine perdue. D'abord le poker, et maintenant ça. Malgré ta détermination, il suffit qu'un bel homme t'accorde un peu d'attention pour que tu ouvres les cuisses. Décevant.

C'est comme s'il m'avait giflée. C'est presque similaire à ce que Levi m'a balancé hier soir. À croire que je m'offre vraiment à n'importe qui pour de l'argent et quelques mots doux susurrés à l'oreille. Je ne vaux vraiment pas plus que ça ?

Je résiste à l'envie de le gifler lui aussi, les joues brûlantes d'humiliation. Mieux vaut le laisser penser ce qu'il veut. Une fois que je serai rentrée à Venise, je prendrai ma mère avec moi et disparaîtrai loin.

— Donc... qu'est-ce que tu choisis ? Tu restes m'aider et en échange, je garderai ce petit secret pour moi ?

Je déglutis, me sentant aussi creuse qu'une coquille vide.

— OK.

Chapitre 26

LEVI

Juin. Las Vegas, États-Unis.

Quand je reviens dans la suite après une longue journée de tournoi, je sais tout de suite que Rose est passée. Ma théorie s'avère juste quand je pénètre dans notre chambre et trouve ses placards vides. Elle a profité de mon absence pour récupérer ses affaires. Même la bague, auparavant sur le sol du couloir, a disparu.

Je reste debout au milieu de la pièce pendant quelques minutes, les bras ballants. Je me sens totalement vide. J'ai passé la nuit éveillé, trop occupé à jouer aux cartes dans le salon. Je n'ai même pas pris le temps de ranger le bordel qu'on a pu faire hier soir.

Je n'ai la force de rien.

Apercevoir le visage de Tito au détour d'une table a suffi à me donner envie de vomir. Il avait l'air détendu, presque victorieux. J'ai trouvé ça étrange. Pourquoi serait-il triomphant si son plan était tombé à l'eau ?

Se peut-il que Rose ait bel et bien cafté mes secrets ? Je décide de me changer les idées en allant prendre une douche froide. Je me demande ce qu'elle fait. Dort-elle dans la suite d'à côté désormais ? Je suppose que nous sommes officiellement ennemis à partir de maintenant.

Je n'aime pas cette idée. J'aurais préféré ne pas avoir à la regarder se pavaner devant moi à longueur de temps.

Une fois douché, je vais me préparer quelque chose à manger. Dans la corbeille de fruits, mon regard tombe sur les poivrons. Je m'apprête à en saisir un quand j'aperçois les Post-it avec l'écriture de Rose – à gauche : « poivron vert », à droite : « poivron rouge ». Je remarque qu'elle a fait la même chose avec les pommes.

J'arrache tous les Post-it et les jette à la poubelle, l'appétit coupé. Je veux faire demi-tour, mais lorsque je passe devant le salon, les autres sont réunis autour de la table basse. Les conversations s'éteignent quand je les rejoins et leurs regards me fixent tous.

— Qu'est-ce qui se passe ? je demande d'une voix blanche.

Lucky semble sur le point de pleurer, son bras dans le plâtre. Son regard sur moi est rempli de pitié. Li Mei se mord la lèvre, pensive. Je devine tout de suite de quoi il s'agit.

— Tu leur as dit ?

Thomas hausse les épaules.

— Il fallait bien.

Je hoche la tête, silencieux. Lucky entame une tirade larmoyante comme quoi il aurait dû s'en douter, qu'il a manqué à son devoir, qu'il avait même commandé des bracelets d'amitié pour nous cinq, et j'en passe.

Li Mei ne dit rien, assise près de lui, mais je devine à sa moue pincée qu'elle a des choses à dire. Son regard se pose sur moi, alors j'arque un sourcil pour la pousser à parler.

— C'est... décevant, avoue-t-elle d'une voix triste.

— Effectivement.

— Tu crois... que tout ce temps, elle faisait semblant ?

— Je le sais.

Elle ne semble pas forcément de mon avis. Cela m'agace. Car je ne veux pas avoir à me reposer la question. Je refuse de continuer à avoir des doutes et par conséquent à alimenter des espoirs fous.

— Tu avais des sentiments pour elle ?

Sa question sort de nulle part. Tous les trois me regardent dans l'attente d'une réponse qui ne vient pas. Je déteste dévoiler mes sentiments, mais je n'ai rien à cacher à ces trois-là. C'est pourquoi je garde les mains dans mes poches et opine du chef.

Le pire, c'est que j'en ai toujours. Ils ne sont pas partis en même temps qu'elle, malheureusement. Ce serait trop facile.

— Elle a expliqué ses motivations ? demande Li Mei.

— Tito est son père. Ça suffit, je crois, non ?

À ma plus grande surprise, c'est Thomas qui répond :

— Pas toujours.

Je rêve, ou il prend sa défense ? Je lui jette un regard interrogateur, mais il n'ajoute rien de plus. Je leur explique que Rose avait besoin d'argent, de l'attention d'un papa qui n'a jamais regardé ses dessins lorsqu'elle était petite. Le cliché total.

— Elle doit probablement être avec Tito à l'heure qu'il est.

Li Mei secoue la tête.

— Je l'ai croisée tout à l'heure, elle allait récupérer ses affaires.

Mon cœur s'affole dans ma poitrine. Je m'empêche de lui demander à quoi elle ressemblait, ce qu'elle portait, et comment elle allait. *Cette fille t'a roulé dans la farine et brisé le cœur, espèce de triple imbécile !*

— Elle m'a dit qu'elle rentrait.

— Comment ça ? s'étonne Lucky. Rentrer où ?

— Chez elle. En Italie.

Je cache ma surprise – et désagréable déception – comme je le peux. Est-ce pourquoi je ne l'ai pas aperçue auprès de Tito aujourd'hui ? Je pensais qu'elle faisait profil bas, mais non. Elle rentre chez elle.

— Quand ?

— Cet après-midi. Elle doit probablement être dans l'avion à l'heure qu'il est.

Je devrais me sentir soulagé. Je n'aurai plus à la voir. C'était ce que je voulais, non ? Je serre les mâchoires, agacé. Peut-être me voilais-je la face… car la seule pensée de ne plus jamais voir son visage suffit à me déprimer.

Pourquoi part-elle ? Ne voulait-elle pas aider son père ? Gagner le gros lot ? Ça n'a aucun sens. La finale approche à grands pas. Partir maintenant serait du gâchis.

Et puis merde, elle n'a pas le droit de faire ça. C'est trop facile. Elle prend mon cœur et le déchire de ses propres mains pour ensuite fuir quand je dis que c'est assez ? Injuste. Elle devrait au moins rester près de moi pour que je prenne le temps de la détester.

— Tant mieux, je lance abruptement pour faire taire mes pensées.

Seul le silence me répond.

***

Nous n'en parlons plus après ça. Le nom de Rose est prohibé dans notre suite. L'ambiance reste un peu étrange, presque incomplète, comme s'il manquait quelque chose. Quelqu'un. À croire que notre groupe ne peut plus être le même depuis son départ.

Je m'enferme dans ma chambre pour m'entraîner seul tous les soirs. Je sais qu'ils parlent dans mon dos, mais je les laisse faire. Personne n'a de nouvelles de Rose. Tito s'affiche tout le temps seul, preuve que Li Mei avait raison.

Elle est bel et bien partie.

Lucky perd juste avant les demi-finales. Seuls Li Mei, Thomas et moi continuons la course. Il ne s'en formalise pas. Au contraire, il en profite pour se faire dorloter par son ex, qui est devenue bien plus douce et patiente à son égard depuis l'accident.

Quant à moi, je ne peux plus voir Tito en peinture. Son sourire me donne envie de vomir. Un jour où je rentre après plusieurs heures de jeu dans les pattes, je trouve Li Mei et Lucky dans le canapé, en train de regarder quelque chose sur l'ordinateur.

Je veux me joindre à eux, avant de nous reconnaître, Rose et moi, sur l'écran. Je stoppe net, perplexe.

— Vous faites quoi ?

Ils sursautent en même temps. Quand Lucky m'aperçoit, il donne un coup de coude dans le flanc de Li Mei, qui ferme l'ordinateur d'un geste pas du tout subtil.

— On regarde... du porno, lance-t-elle, paniquée.

J'arque un sourcil, le regard noir. J'ai bien reconnu nos tenues, ainsi que le décor blanc uni. Je suppose que notre vidéo Portrait pour *Glamour* est sortie. J'avais complètement oublié.

— Tu tombes bien ! lance mon amie en allant chercher son téléphone portable. Je t'ai fait une playlist absolument géniale, je te l'envoie tout de suite.

— Une playlist ? Pour quoi faire ?

Elle m'accorde un regard innocent auquel je ne crois pas du tout.

— Comme ça. Pour t'aider à dormir.

Lucky acquiesce et va à son tour chercher un sac en plastique, qu'il place dans mes mains.

— Je t'ai prêté quelques DVD à moi, aussi.

— Lucky, je ne suis pas d'humeur à regarder du porno, là.

— C'est pas du porno ! s'indigne-t-il.

Maintenant que j'y pense, c'était évident.

— J'aurais dû m'en douter, en effet.

Je ne sais pas trop quoi dire. Je les remercie donc et vais m'isoler dans ma chambre, comme tous les soirs. Je fouille le sac et découvre la trilogie *Bridget Jones*, ce qui ne m'étonne qu'à moitié, et l'intégralité de *Roméo + Juliet*, *Orgueil et Préjugés* et *Titanic*. Je laisse tout de côté, blasé.

À la place, je me pose sur mon lit avec la playlist que Li Mei m'a préparée, curieux. Je n'écoute pas beaucoup de musique habituellement, mais j'imagine que ça ne peut pas me faire de mal. J'ai besoin de penser à autre chose.

Je jette un œil à tous les titres, inconnus au bataillon : *The Story of Us, White Horse, Back to December, We Are Never Ever Getting Back Together, Picture to Burn, I Knew You Were Trouble*... Bizarrement toutes de la même chanteuse.

Je ne fais pas attention aux titres qui n'annoncent rien de bon et en écoute quelques-unes, vraiment par curiosité. Je m'arrête au bout de la cinquième. Comme je m'en doutais, elles parlent toutes de rupture sentimentale.

Je suppose que Lucky et Li Mei tentent de m'envoyer un message.

Je m'apprête à aller me coucher lorsque mon téléphone vibre sur les couvertures. C'est justement elle, qui me demande si je dors.

Je sais, sujet tabou, mais je pense que tu devrais regarder la vidéo.

Il me faut quelques minutes pour savoir quoi répondre.

J'étais là, Li Mei. Je sais mieux que personne ce qui s'est passé ce jour-là, et ce qu'on s'est dit.

Tu es sûr ? Moi, je ne crois pas que tu aies tout vu. Encore moins la façon dont elle te regarde quand tu parles à la caméra.

Je m'immobilise, le cœur battant.

Ça ne veut rien dire. Elle jouait un rôle. C'était faux.

C'est elle qui t'a dit ça ? Ou tu l'as juste déduit par toi-même ?

...

Levi. Impossible qu'elle ait pu simuler ça.
Je crois qu'on s'est peut-être trompé. OK, elle a merdé. Mais Rose reste humaine. Et si elle était tombée amoureuse en chemin ? Et si elle t'avait choisie... mais que tu ne lui as pas laissé le temps de te le dire ?

Je passe de longues minutes à relire son message, les dents serrées. J'ai terriblement envie de la croire. Là est tout le danger. L'espoir gonfle en moi. Li Mei a raison, je ne l'ai pas vraiment laissée parler.

Elle m'a bien pourtant dit qu'elle avait changé de camp. Sauf que j'ai refusé de la croire. Parce que j'avais peur, parce que j'étais énervé, blessé, déçu. Je n'avais pas envie de l'écouter, seulement de lui faire mal.

Et si j'avais eu tort ?

Je trouve la vidéo très facilement sur YouTube. J'avale ma salive, un peu timide, et appuie sur PLAY. Nous voir à l'écran, côte à côte, en train de nous sourire mielleusement, me fait mal. Je réussis tout de même à regarder jusqu'au bout. Je nous vois nous complimenter, échanger des rires, puis nous étreindre affectueusement.

Amoureusement.

Parce que oui, nous ressemblons bien à un couple.

« Tu as un charisme fou qui donne tout de suite envie de te suivre jusqu'au bout du monde. [...] Oh, et j'aime ton sourire », dit la Rose à l'écran d'un air timide.

Li Mei avait raison. Mon pouls s'accélère et mes bras se couvrent de chair de poule, à mesure que je repère les regards furtifs de Rose. Ceux qu'elle me cache lorsque je détourne les yeux. Elle le fait sans le savoir, je le sais, parce qu'elle n'est pas consciente de la caméra qui suit ses moindres mouvements.

Dieu, ce qu'elle me manque. Ma vie est chiante à mourir sans elle, et elle n'est partie que depuis peu. Je ne l'avais jamais remarqué avant, mais je suppose qu'on ne se rend compte de ces trucs-là que quand on les perd.

Se pourrait-il que... Rose ait ressenti la même chose ?

C'est complètement fou. Je suis vraiment en train de reconsidérer la chose, à croire que j'aime me faire du mal. Je me lève d'un bond, encore habillé. Il faut que je trouve Thomas. Que je lui demande de me trouver Rose, même en Italie, je m'en fiche.

J'ouvre la porte de ma chambre à la volée, l'adrénaline courant dans mes veines, et tombe nez à nez avec Thomas. Nous sursautons en même temps, bouche bée.

— Justement, je te cherchais, dis-je en contrôlant mes expressions.

— Moi aussi.

— Oh. OK. Moi d'abord : j'aimerais que tu me trouves Rose. Un numéro de téléphone italien, une adresse, peu importe. Quelque chose qui me permette de la joindre.

Thomas ne semble pas étonné. Ce qui n'est pas mon cas quand il répond du tac au tac :

— C'est déjà fait.

Je le regarde sans comprendre, persuadé d'avoir mal entendu.

— Hein ?

— Je l'ai retrouvée.

— C'était... rapide.

Il m'accorde un regard mauvais et m'explique qu'il la cherche depuis plusieurs jours déjà, à mon insu. Il trouvait son attitude étrange lui aussi.

— Et donc ?

— Et donc elle est là.

— « Là » ? je répète, interloqué.

— En bas. Aux tables de poker, plus précisément.

Il me faut quelques instants pour digérer l'information. Rose n'est pas rentrée chez elle. Il m'explique qu'elle était là depuis le début, sous mon nez. Je ne la voyais jamais parce qu'elle passait ses journées au bar, tout simplement.

Et de toute évidence, elle s'est remise à jouer.

A-t-elle replongé ?

Je remercie Thomas et descends au casino. La trouver n'est pas difficile. Ma gorge se serre quand je pose les yeux sur elle, assise à une table de poker. Elle est aussi belle que d'habitude, habillée d'une robe moulante claire et de hauts talons noirs.

Elle avale cul sec son verre rempli de ce que je devine être de la vodka et mise une grosse somme au centre de la table. Cela fait rire ses adversaires, des jeunes hommes probablement venus pour un enterrement de vie de garçon.

— Excusez-moi ? j'interpelle un serveur quand il passe devant moi. Depuis combien de temps est-elle là ?

Je pointe Rose du doigt. Il ne réfléchit pas bien longtemps.

— Depuis ce matin, je dirais.

Eh merde.

— Combien de verres a-t-elle bus ?

Il rit à ma question.

— Ça, je n'ai pas assez de doigts pour le dire !

C'est pire que ce que je pensais. J'aurais nettement préféré qu'elle soit rentrée chez elle, auprès de sa mère. Où est Tito ? N'est-il pas censé protéger sa fille ? La tenir à l'écart de ses pires démons ?

Ce dernier apparaît à mes côtés comme par magie. Je me raidis, les poings serrés le long de mes cuisses.

— Tu t'es perdu ?

— Tu devrais lui faire quitter les lieux, dis-je d'un ton sec avant de mentir comme un arracheur de dents : la voir me rend malade. Sors-la d'ici.

Tito m'observe, puis ricane dans sa barbe. Je suppose que je mens moins bien qu'avant, car il ne me croit pas une seule seconde. Il se penche vers moi et dit tout bas, sur le ton de la confidence :

— Tu la veux toujours ? Je vais te dire un truc : si tu déclares forfait, je te la donne.

Je manque de lui mettre mon poing dans la gueule à cet instant précis. Il le voit, ce qui élargit encore son sourire. Comment peut-il dire une chose pareille ? C'est sa fille ! C'est lui qui l'a traînée là.

Le plus choquant, en définitive, c'est que je sois étonné. Après tout, cet homme a trahi mon père et tenté de me renverser avec une voiture. Il est bien plus dangereux que ce que je pensais. Il mérite de pourrir en prison pendant très longtemps.

Je vais m'en assurer.

Je jette un dernier coup d'œil douloureux à Rose, frustré. J'ai du mal à digérer le fait qu'en un claquement de doigts elle soit devenue une étrangère dans ma vie, une personne que je mentionnerai plus tard comme un vague souvenir, voire une blessure du passé dont j'essaie de guérir.

J'aurais juste voulu qu'elle reste. Qu'elle me force à l'écouter. Qu'elle se batte pour moi.

S'il y a encore une chance que je me sois trompé, je compte bien tenter le tout pour le tout. Mais en attendant, Tito ne doit rien savoir. C'est pourquoi je mens avec nonchalance :

— Non merci. Taylor Swift l'a assez répété : « Nous ne nous remettrons plus jamais, jamais, jamais ensemble. »

Chapitre 27

ROSE

Juin. Las Vegas, États-Unis.

J'ai replongé.

Je le sais pertinemment, même si je n'ose pas me l'avouer à voix haute. Ma mère ne cesse de m'appeler pour me demander pourquoi j'ai annulé mon retour, mais je l'évite. Je me sens piégée. Tito dit vouloir que je l'aide, pourtant il ne me demande rien. Je devine qu'il souhaite juste m'avoir à l'œil.

Ou alors il m'oblige à rester pour me tourmenter.

Ce serait bien son genre.

Je fais tout pour ne pas avoir à le croiser. Je dors à peine dans ma nouvelle chambre. Je passe mes nuits au casino de l'hôtel ou au bar, selon mon humeur. Évidemment, j'ai déjà perdu les trois quarts de l'argent que j'avais réussi à me faire grâce à Levi.

Le premier soir, j'ai décidé de jouer quelques parties pour soulager mon stress, oublier les derniers événements. Sauf que « quelques parties » s'est transformé en « toute la nuit ». Cela m'a permis de pallier le tsunami d'émotions négatives qui m'a submergée, du moins le temps de plusieurs heures.

Puis le lendemain, ça a commencé.

Les premiers symptômes du manque. Je les ai reconnus tout de suite, ces enfoirés. C'était comme retrouver une vieille amie. Une habitude, un rituel de vide qui m'avait manqué. Ça m'a fait du bien, de retrouver quelque chose que je connaissais. Puis au bout de deux jours, les effets néfastes ont commencé à se faire sentir.

Stress, angoisse, frustration, manque.

Dieu merci, au moins je ne suis pas encore tombée sur Levi ni aucun autre membre du groupe. Ils doivent probablement tous me détester, et ils auraient raison. J'ai quand même entendu dire que Lucky avait été éliminé, si proche des demi-finales. Ça m'a déçue pour lui.

— Tu rentres tôt, commente mon père lorsque je passe la porte de la suite, l'esprit encore embrumé par l'alcool.

Je prends une taffe de ma cigarette. Il m'ordonne de l'éteindre. Je l'ignore et continue de fumer sans lui prêter attention. Si Tito détestait l'idée que j'approche un casino à cause de l'addiction, il est resté étrangement silencieux ces derniers jours. J'imagine qu'il m'a vraiment abandonnée, cette fois.

Levi était la goutte de trop.

— J'ai quelque chose pour toi.

Je m'arrête net, tentant d'ignorer la migraine qui menace. Mon père se lève, un paquet à la main, et se poste devant moi en me disant de l'ouvrir.

— Un cadeau ? je me moque. Sans façon.

— J'ai été un peu dur avec toi, avoue-t-il d'une voix douce. Je suis désolé. Tu as fait du bon travail. Je suis fier de toi.

Je cligne des yeux, abasourdie. Un sentiment étrange gonfle dans ma poitrine. Je ne saurais dire ce que c'est. Mon père ne m'a jamais dit une chose pareille. Premièrement, il ne s'excuse jamais. Deuxièmement, j'ai passé ma vie dans l'attente de cette fameuse phrase, « Je suis fier de toi », sans jamais l'entendre.

Avant aujourd'hui.

— Tu t'es fait avoir, c'est vrai, mais ça aurait pu arriver à tout le monde, dit-il. Oublions tout ça.

Il pointe le paquet du menton, m'intimant l'ordre de l'ouvrir. J'écrase ma cigarette dans le cendrier le plus proche et lève des mains tremblantes vers la boîte en velours. Un bijou, de toute évidence. Sans le vouloir, je repense au moment où Levi m'a passé la bague au doigt. Mon cœur se serre.

Cette fameuse bague que je garde bien précieusement dans une paire de chaussettes, au fond de ma valise.

— Oh, waouh...

Il s'agit d'un sautoir sublime avec une chaîne en or et un pendentif, une aventurine en forme de cœur. La pierre est translucide et présente des inclusions marbrées qui lui confèrent une couleur verte unique et lumineuse. Une multitude de petits diamants l'entourent. C'est une vraie beauté.

Je suis soudain prise dans un conflit intérieur. Prendre le collier pour ce qu'il représente, ou le refuser parce que je me suis promis de ne plus jamais rien accepter de lui ? Il a fait des choses horribles que je ne cautionne pas, mais peut-être peut-il changer ? C'est pourquoi je le remercie poliment.

— Il est magnifique.

— Tant mieux. Je suis content.

Il m'aide à le mettre à mon cou, puis embrasse mon front avant de disparaître dans sa chambre. Je reste plantée là quelques minutes, secouée. Je pose la main sur la pierre réconfortante, le cœur palpitant. C'est le premier vrai cadeau de femme qu'il me fait.

Je vais me passer de l'eau sur le visage, revigorée, et enfile un pantalon camel et un top ivoire en satin. Je mets mes lunettes de soleil pour cacher mes yeux rougis par l'alcool et sors à nouveau. J'ai besoin d'avaler quelque chose.

Je vérifie que le couloir est vide, ne souhaitant pas tomber sur Levi, et marche en direction de l'ascenseur. Je l'attends quelques minutes, impatiente. Lorsqu'il est là, je monte dedans et appuie sur le bouton rez-de-chaussée. Je m'adosse à la paroi, les bras croisés, tandis que les portes se referment.

Au dernier moment, une main s'infiltre dans l'entrebâillement. L'ascenseur se rouvre, découvrant une silhouette que je ne connais que trop bien. Je me fige, le souffle coupé.

Levi se trouve juste en face de moi, habillé tout de noir, tel un ange de la mort. Magnifique. Son regard est braqué sur moi, ou plutôt sur mes lunettes de soleil. Je ne bouge pas, le cœur battant à cent à l'heure. Le voir me fait mal, trop mal. Je ne respire plus.

Je crois d'abord qu'il va sortir, mais non. Il entre, les mains dans les poches, et se poste devant moi en me tournant le dos. La tension est palpable.

— Joli collier.

Je manque de sursauter, surprise qu'il m'adresse la parole. Bon Dieu, ce que sa voix m'a manqué. Il faut que je me ressaisisse. Je l'ignore, silencieuse. Faire comme s'il n'existait pas est ma meilleure arme, malheureusement.

— Toutefois, j'aurais plutôt choisi du quartz rutile pour toi. Ce n'est pas ta couleur.

Je me retiens de ricaner. Qu'est-ce qu'il en sait ? Il ne les voit pas de toute façon. Cela dit... il a raison. Le quartz rutile me va bien mieux, dans ses tons beiges et bruns. Mais plutôt mourir que de l'avouer.

Soudain, il appuie sur le bouton d'arrêt d'urgence. L'ascenseur tremble légèrement, ce qui me prend par surprise. Je veux lui demander ce qu'il fait mais il se trouve soudain en face de moi, ses yeux intenses cherchant désespérément les miens. Je garde le masque en place, terrifiée à l'idée de ce qu'il va me dire.

— Je croyais que tu étais repartie en Italie, dit-il d'un ton neutre.

Je lui offre un sourire railleur, imperturbable.

— J'ai changé d'avis. Désolée de te décevoir.

Il garde le silence quelques instants, me scrutant avec attention. Mes bras se hérissent de chair de poule, ce qui m'agace. Il faut absolument que je sorte de là.

— Tu as recommencé à jouer ?

Je ne vois pas où il veut en venir. C'est quoi, son problème ? Je retire mes lunettes pour lui faire face, un sourcil arqué.

— Qu'est-ce que tu me veux, Levi ? Fais vite, je n'ai pas toute la journée.

Son visage ne laisse rien paraître. J'ai été une excellente professeure. Je suis très surprise quand il lance :

— J'aimerais qu'on parle.

— On s'est déjà tout dit, non ?

Il secoue la tête, et cette fois je crois discerner une once de regret et de honte sur ses traits. Les mots qu'il prononce après semblent être pénibles.

— Je ne t'ai pas laissée parler ce soir-là. J'étais trop énervé... Mais j'aurais dû.

— Je ne vois pas ce que ça change.

— Beaucoup, soupire-t-il. J'ai besoin de savoir une bonne fois pour toutes. Tu le pensais, quand tu m'as dit que tu avais changé de camp ?

Je le dévisage sans comprendre. Pourquoi venir me demander une chose pareille après tout ce qui s'est passé ? Je veux mentir, mais quelque chose dans son regard me pousse à être honnête pour la première fois de ma vie.

— Oui.

Voilà, c'est dit. Mes jambes tremblent sous moi. Levi ferme les yeux en secouant légèrement la tête. Il soupire profondément, puis rouvre les paupières. Il a l'air de réfléchir à quelque chose. Quand son regard se pose à nouveau sur le mien, il est déterminé.

— J'ai menti.

Mon cerveau se vide complètement. J'ai peur de ce que cela signifie. Il continue, le visage placide :

— Quand j'ai dit m'être servi de toi. J'ai menti. Le jour où j'ai appris qui tu étais, je n'ai rien dit, c'est vrai. Parce que je voulais voir ce que tu prévoyais. Parce que je pensais pouvoir te contrer. Te faire changer d'avis, même.

Je n'entends que les battements de mon cœur frapper frénétiquement dans mes tempes.

— Ça s'est vite retourné contre moi, ajoute-t-il. J'ai commencé à nourrir un espoir... Celui que tu me choisisses.

Je fonds complètement à l'intérieur. Je ne peux m'empêcher de déglutir, pétrifiée sur place. Levi est en train de m'avouer qu'il tient à moi. C'est bien ça, hein ? Je ne rêve pas ?

Est-ce encore l'un de ses jeux ? C'est très possible aussi. Je ne peux pas lui faire confiance. Je ne peux pas me permettre de souffrir davantage.

— Rose, murmure-t-il en s'approchant lentement, jusqu'à s'arrêter à quelques centimètres seulement de mon visage. Je suis prêt à tout oublier. Tout pardonner. J'ai juste besoin que tu répondes par oui ou par non à une question. OK ?

J'ai terriblement envie de pleurer. Parce que c'est ce que je rêvais d'entendre, mais aussi parce que je ne suis pas certaine de pouvoir le croire. Je soutiens son regard douloureux, toujours muette, et remarque avec stupeur que son masque est tombé depuis longtemps.

Il est à nu devant moi.

— Rose Alfieri... est-ce que tu m'aimes ?

Son souffle n'est qu'une fine brise sur mes lèvres. Pourtant, mes jambes manquent de céder sous mon poids. Ma poitrine menace elle aussi d'exploser, alourdie d'un trop-plein d'émotions.

Il me demande si je l'aime. Je veux lui répondre que oui, mais j'ai terriblement peur qu'il s'en serve contre moi. Prétendre être une connasse au cœur de pierre est bien plus facile. Et puis, même si c'était vrai, ça ne changerait rien.

Tito et son chantage me gardent prisonnière.

— Non.

J'aurais pensé qu'il se fermerait, qu'il m'insulterait, voire qu'il me dévoilerait son vrai visage en me disant qu'il s'agissait d'un nouveau tour.

Au lieu de ça, un sourire triste étire ses lèvres tandis qu'il lève la main et caresse tendrement ma joue.

— Tu sais quelle a été ta plus grosse erreur ?

Silence. On n'entend que mon cœur battre la chamade dans l'ascenseur.

— M'apprendre à débusquer les menteurs, chuchote-t-il alors, son doigt glissant le long de ma gorge. Tu respires lourdement... comme si ton rythme cardiaque avait changé. Tu es totalement figée, aussi... à croire que tu luttes en te préparant à une éventuelle confrontation.

Mon pouls s'accélère davantage au contact de son doigt sur moi. Je n'aurais pas dû lui apprendre tout ça... Je le regarde sans ciller tandis qu'il penche la tête sur le côté et susurre tout bas :

— Je crois que tu m'aimes, Rose. Beaucoup.

J'en ai assez. Je ne peux pas supporter une chose pareille. Je le pousse légèrement pour me dégager mais il me rattrape par le poignet. Je le regarde, prise au piège.

Ses prochains mots sont ma perte :

— Demande-moi si je t'aime... et vois si je mens.

Je ne peux pas faire ça. C'est au-dessus de mes forces. Je suis trop faible pour supporter ces mots, ce regard. Tout.

— Je n'en ai pas envie.

— Je t'avais prévenue, tu t'en souviens ? me coupe-t-il d'une voix pleine de reproches. Je t'avais bien dit que tu ne voulais pas t'aventurer là-dedans avec moi. Mais Madame n'écoute personne. Sauf qu'il faut que tu assumes tes responsabilités, maintenant. Alors dis-moi... qu'est-ce que tu comptes faire ? Fuir ? Tu es douée, pour ça.

Je suffoque. Je ne suis pas prête pour une autre dispute, pas s'il prévoit à nouveau d'appuyer là où ça fait mal. J'ai terriblement envie de l'embrasser, de le toucher, de lui dire que je regrette, que je tiens à lui plus qu'à n'importe quoi d'autre.

Mais je ne suis pas prête, bordel.

— Si c'est un autre de tes jeux, ce n'est pas drôle, je le préviens furieusement, arrachant mon poignet de ses mains.

— Je ne joue pas.

— Permets-moi d'en douter. Je ne peux jamais savoir avec toi ! Tu trompes tout le monde, tu as toujours un coup d'avance, comment veux-tu que je me confie à quelqu'un en qui je ne peux même pas avoir confiance ?

Cette fois, je suis allée trop loin. Je reconnais la colère qui déforme ses traits quand il rétorque :

— C'est toi qui te permets de dire ça ? Vraiment ? T'es culottée, Rose.

En effet. C'est bien là où je veux en venir. Si nous jouons constamment, si nous sommes incapables de nous faire confiance, à quoi ça sert ? Je ne veux pas être avec un homme si c'est pour toujours m'interroger sur sa sincérité. Je ne veux pas non plus qu'il passe sa vie à douter de mes sentiments.

— Je suppose qu'on n'est juste pas faits l'un pour l'autre.

Son sourire est glacial sur sa belle bouche.

— La fuite, donc. Peu surpris mais quand même déçu. Rose reprend ses vieilles habitudes parce qu'elle a peur du noir, comme une petite fille qui est effrayée par le monstre sous son lit...

— Je t'emmerde.

— Non, *je* t'emmerde, crache-t-il en retour. T'es une lâche, Rose. Tu parles de Lucky, mais t'es bien pire que lui.

Si tu refuses de me croire alors que je t'ai révélé mes pires secrets... je ne peux rien faire de plus.

Il ne me laisse pas le temps de répondre. Il appuie de nouveau sur le bouton d'arrêt d'urgence, ce qui fait repartir l'ascenseur. Je me sens mal. Il a raison, je suis d'une lâcheté sans pareille.

— Je suis fatigué, ajoute Levi tout bas tandis que les portes s'ouvrent enfin sur le rez-de-chaussée. J'arrête de te courir après.

Sur ce, il disparaît sans un mot de plus.

Je me retiens à la paroi pour ne pas m'effondrer, les genoux flageolants. Le problème n'est plus de savoir si je le crois ou non. Ce n'était qu'une excuse. J'ai bien vu l'éclat de sincérité dans ses yeux.

Levi Ivanovitch tient à moi comme je tiens à lui.

Le problème, le vrai, c'est Tito. Je ne veux pas imaginer ce qui se passera si je décide de revenir auprès de Levi. Mon père lâchera probablement une bombe pour se venger. Cette option est impensable.

Je préfère encore que Levi me déteste plutôt qu'il aille en prison. Il me maudira... mais au moins il sera libre et réuni avec sa mère. Comme il l'a toujours voulu.

Ma famille leur a déjà fait assez de mal comme ça.

Je ne perpétuerai pas la malédiction.

***

Je ne vais pas manger. J'ai perdu l'appétit.

Je remonte aussitôt, me débarrassant de ce collier maudit qui pèse soudain trop lourd autour mon cou. Je n'arrive pas à croire que j'aie pu me laisser acheter par mon père. C'était un pot-de-vin, rien de plus. Il est doué, pour ça.

Je prends une douche et m'endors peu après. Je sombre dans un lourd sommeil sans rêve. Cela dure trois heures. En début d'après-midi, je suis réveillée par des coups sur la porte d'entrée. Je les ignore en pensant que Tito ira ouvrir, ou que nos visiteurs impromptus finiront par abandonner, mais le bruit persiste.

Je me lève alors et vais ouvrir la porte, encore à moitié endormie. Je me raidis en découvrant trois agents de sécurité.

— Bonjour. Vous êtes bien Rose Alfieri ?

— Euh... oui.

— Est-ce que vous confirmez qu'il s'agit de vous sur cette photo ?

Je plisse les yeux devant la feuille qu'il me présente. Il s'agit d'un cliché imprimé en noir et blanc, provenant à coup sûr d'une caméra de surveillance. Je m'y vois en train d'attendre l'ascenseur, plus tôt ce matin.

— Oui, c'est moi. Qu'est-ce qui se passe ?

— Je vais vous demander de bien vouloir me suivre.

Mon cœur s'emballe. Je leur demande pourquoi ils m'ordonnent ça, mais l'homme qui s'est adressé à moi me fusille du regard en répondant :

— Vous êtes accusée de vol.

Chapitre 28

LEVI

Juin. Las Vegas, États-Unis.

— Vol ? je répète, interloqué.

Thomas hoche la tête. J'ai encore du mal à y croire. Après ma conversation avec Rose, j'ai rejoint le tournoi pour quelques heures. À peine suis-je remonté que mon ami me tombe dessus pour m'annoncer que Rose a été arrêtée par la sécurité de l'hôtel. Elle est accusée d'avoir volé un collier à six mille dollars. Rien que ça.

— Tu crois que c'est vrai ? demande Lucky.

Je secoue la tête immédiatement. Rose a beaucoup de défauts, mais ce n'est pas une voleuse. Toutefois, j'ai bel et bien vu le bijou à son cou. Je suis perdu.

— Elle aurait dû partir, comme prévu...

Je regarde Li Mei, qui a les yeux baissés sur ses ongles. Je sais que Rose lui manque. Elle reste à mes côtés par loyauté, c'est tout. Je demande à Thomas de me répéter ce que je sais déjà, frustré.

— Une cliente a dit avoir perdu un pendentif avec une agate rouge et des diamants autour. Elle a affirmé qu'il n'existait qu'un seul modèle comme celui-ci car il avait été fait sur mesure pour elle. Rose a été filmée avec par les caméras de surveillance, mais quand ils l'ont arrêtée, le collier était introuvable...

— Attends deux secondes, je l'interromps en levant la main. Tu as dit une agate rouge ?

— Oui.

Ce n'est pas elle. Je suis pris d'une immense vague de soulagement, que je ne montre pas aux autres.

— Alors ils se trompent. La pierre n'était pas rouge.

Tout le monde me regarde en silence. Je comprends avec un temps de retard qu'ils ne me croient qu'à moitié. Li Mei grimace, puis murmure :

— Sans vouloir te vexer, tu n'es pas la première personne vers qui je me tournerais quand il s'agit de couleurs.

— Je sais. Mais je peux vous l'assurer, ce n'était pas de l'agate.

— OK, je te crois, dit Thomas. Mais ça veut dire que tu es le seul témoin, car elle est remontée juste après. Elle n'a croisé personne d'autre.

Ah. Un autre silence nous enveloppe, pesant. Si Rose est remontée tout de suite après m'avoir croisé, alors oui, je suis le seul capable d'attester de son innocence.

Je sais déjà ce que je compte faire, mais je demande quand même l'avis des autres. Doit-on l'aider ? Aucun d'entre eux ne répond d'abord, puis Li Mei hausse les épaules d'un air coupable. Lucky ose avancer :

— Je ne sais pas, Levi... je l'adore, mais elle nous a entubés.

— On doit l'aider.

Tout le monde se tourne vers Thomas avec stupeur, sauf moi, qui me contente de sourire. Je m'en doutais. Thomas fait le fier, mais je crois qu'il s'est pris d'affection pour Rose. Comme nous tous.

— C'est une menteuse, dit Lucky.

— Et nous, on ne l'est pas ? contre-attaque Li Mei. On n'a pas été honnêtes avec elle non plus, que je sache. Pas au début, en tout cas. Elle n'avait aucun compte à nous rendre. Certes, elle aurait pu nous avouer la vérité par la suite, mais imagine combien ça devait être dur, pour elle, en sachant qu'on détestait son père ?

Lucky semble s'en vouloir un peu, car il fait la moue et baisse le regard sans plus rien ajouter. Je garde le silence, puis je tranche :

— Donc ?

— Donc Rose fait partie du groupe, maintenant, dit Thomas. Et on ne laisse personne derrière.

Je ris sans pouvoir m'en empêcher, agréablement surpris. Il faut croire que Rose est l'une des nôtres, désormais, qu'elle le veuille ou non.

— Super. Alors c'est parti !

***

Je suis conduit dans une salle de sécurité, où je retrouve deux agents, un homme en costume, deux policiers... et Rose, assise à une table dans un silence morose.

Son visage ne laisse rien paraître. Elle ne lève pas les yeux vers moi, mais ses épaules se raidissent, preuve qu'elle reconnaît ma présence. On me demande de m'asseoir en face d'elle, ce que je fais.

L'homme en costume se présente et je comprends qu'il s'agit du directeur de l'hôtel.

— Vous êtes Levi Ivanovitch, joueur de poker au *Main Event*, dit-il en croisant les bras. Je vous connais.

— C'est ça.

— Et mademoiselle Alfieri est... votre femme, c'est ça ?

— Fiancée, je rectifie.

Rose reste silencieuse, les dents serrées et le regard noir.

— Je vois. Votre fiancée a été vue avec un collier à six mille dollars autour du cou, un modèle unique qui appartient à l'une de nos clientes. Cette dame affirme que le sien a disparu. Mais lorsqu'on demande à votre fiancée où est ledit bijou, elle est incapable de nous répondre. Il se révèle introuvable.

Je résiste à l'envie de jeter un nouveau coup d'œil vers Rose. Le fait qu'on soit faussement fiancés me rend la tâche difficile. Ils peuvent croire que je la défends parce que nous sommes amoureux.

— Vous apparaissez vous aussi sur les images de caméra, continue l'homme. Dans le couloir, puis dans l'ascenseur. Pourtant, vous n'êtes pas repartis ensemble.

— Effectivement, nous avons eu... une légère dispute. Je ne suis pas particulièrement fan de beau-papa, j'ajoute sur le ton du secret, ce qui le rend curieux.

— Est-ce que vous parlez de Tito Ferragni ? Est-ce pour cette raison que mademoiselle Alfieri réside actuellement dans sa suite ?

— C'est exact, une petite querelle d'amoureux, rien de grave. Tito et moi sommes rivaux, d'où la dispute.

Il opine, compréhensif, intrigué. Il finit par se racler la gorge, puis laisse l'un des agents faire le reste. L'homme chauve s'approche et m'explique que la police a été appelée mais qu'ils préfèrent gérer ça entre nous.

— Vous êtes la seule personne à avoir aperçu votre fiancée portant le collier. Pouvez-vous nous le décrire ?

Je m'exécute, ce qui semble le satisfaire. Il me montre la photo en noir et blanc, capture des bandes de surveillance, et me demande si je parle bien de ce collier. Je confirme.

— Très bien. Vous avez parlé d'une pierre en son milieu. Pouvez-vous m'en donner la couleur ?

La tête de Rose se tourne brusquement vers moi. Je me doutais bien qu'il poserait la question, mais pas si tôt dans la conversation. Je n'ai aucune réponse de prête. Je sais juste qu'elle n'était pas rouge.

— Votre fiancée affirme que le collier qu'elle portait n'est pas le même que celui qui a été déclaré perdu. La couleur de la pierre est différente. Votre témoignage nous aidera beaucoup.

— Elle était rouge, pas vrai ? me demande le second agent, un regard meurtrier posé sur Rose.

Je le regarde et réponds d'un ton calme :

— Vous êtes en train d'influencer ma réponse, Monsieur.

— Dites-nous ce que vous avez vu, c'est tout, grogne-t-il avec agacement. De quelle couleur était-il ?

Silence. Je réfléchis longuement, puis hausse les épaules. Je n'ai pas d'autre choix que de dire la vérité. Je ne peux pas donner une couleur au hasard et risquer de contredire la version de Rose.

— Je ne sais pas.

— Mentir ne vous avancera à rien. Si vous êtes reconnu complice...

— J'aurais préféré, malheureusement je ne mens pas.

Rose intervient d'une voix sèche :

— Tais-toi, espèce d'idiot.

Je souris doucement sans même la regarder, amusé. Je comprends son inquiétude, mais elle n'est pas nécessaire. Je sais ce qu'il me reste à dire. Je sais aussi que c'est la meilleure chose à faire. Même si au fond, j'ai peur.

Je calme mon cœur palpitant et avoue :

— Je ne suis pas en mesure de vous répondre, tout simplement parce que je n'ai aucune idée d'à quoi ressemble la couleur rouge. Ni aucune autre d'ailleurs.

Un profond silence s'abat dans la pièce. Les hommes échangent des regards et Rose continue de me fixer, n'en croyant pas ses oreilles. Elle leur dit que je plaisante ; le patron de l'hôtel soupire en pensant que je me fous d'eux.

— Ce n'est pas une blague. Je suis né achromate, j'explique alors pour les convaincre. Toutes les couleurs que je vois sont grises.

— Vous mentez.

— Je peux vous donner le numéro de mon médecin traitant, si vous voulez. Il parle russe, par contre. Et il n'est pas très commode.

Certains d'entre eux plissent le front en redevenant sérieux, j'ai toute leur attention, désormais. Mon cœur bat plus fort quand le blond me demande :

— Vous ne voyez pas les couleurs mais vous êtes joueur de poker ? Comment vous expliquez cela ?

— Je ne vois pas en quoi les deux s'annulent. Vous connaissez Jay Lonewolf Morales ? Il souffre d'achromatopsie, et pourtant il est peintre.

Je sens le regard lourd de Rose sur moi, mais je l'ignore. Je ne peux pas me permettre de la regarder maintenant. Les hommes se concertent entre eux, l'air un peu perdus. Je devine qu'ils sont déçus de ne pas avoir de preuve.

Malheureusement, cela veut aussi dire qu'il est impossible de l'innocenter. Ils vont devoir enquêter, issue à laquelle je n'avais pas pensé. Cela ne m'arrange pas.

— Ce n'est pas parce que je ne vois pas les couleurs de la même façon que je ne les vois pas, dis-je alors.

Ils se retournent tous vers moi, intrigués.

— Pardon ?

C'est un risque, mais je suis prêt à le prendre. Rose n'a pas consacré deux heures de son temps à me faire des fiches pour rien.

Celle-ci ne me quitte pas des yeux tandis que j'explique en croisant élégamment les jambes :

— Avec l'expérience, j'ai appris à associer les couleurs aux objets du quotidien que je connais. J'ai pris connaissance de toute une palette de nuances de gris. Par exemple, le gris de l'herbe n'est pas le même que le gris de votre pantalon, et puisque je sais que l'herbe est verte, j'en déduit que votre pantalon ne l'est pas. En revanche, votre pantalon ressemble beaucoup à la couleur du ciel en été, et j'ai appris très tôt que le ciel était bleu, comme tout le monde, j'en conclus donc que votre pantalon est bleu. C'est par ailleurs la couleur du jean, si je ne me trompe pas. J'aurais pu facilement le déduire au contact, mais je ne touche pas les inconnus – sans vouloir vous offenser.

Personne ne parle. Je devine avoir réussi à leur en boucher un coin.

— OK... et donc ? De quelle « nuance » était le collier que vous avez vu ? insiste-t-il lourdement.

Je ne dis rien pendant de longues secondes, laissant planer le suspense. Il est encore temps de faire demi-tour. Et si je me plantais ? Je pense à Thomas, qui m'a répété je ne sais combien de fois que mon plan était trop risqué... et je me lance.

Je jette un regard à Rose, le tout premier depuis que je suis entré dans la pièce. Ses yeux hésitent entre choc et inquiétude. Elle porte le même chemisier que ce jour-là, quand je lui ai dit qu'elle était belle et qu'elle a rougi pour la première fois.

Quand elle est partie, j'ai demandé à Thomas de quelle couleur était ses vêtements.

— Celle-ci, dis-je sereinement en pointant sa poitrine du doigt. Vert canard.

J'arrête de respirer, angoissé d'avoir dit une connerie. Mais Rose me regarde toujours avec de grands yeux quand l'agent aux cheveux blonds soupire.

— Effectivement, votre fiancée affirme que la pierre sur le collier était de l'aventurine. Donc verte.

Oh bordel de merde. Je cache ma surprise et acquiesce, pas peu fier. Rose avait raison d'insister pour me faire apprendre tout le nuancier. Ça sert, mine de rien.

— Comment sommes-nous censés vous croire ? rétorque le second agent, agacé. Ce n'est pas fiable, votre truc. Vous pourriez être en train de nous baratiner et on n'en saurait jamais rien.

— Je pourrais être en train de vous baratiner même si je voyais les couleurs. Votre raisonnement est idiot.

Il n'apprécie pas le ton sur lequel je lui parle, je le vois bien. Son collègue lui fait signe de se taire et me remercie pour ma collaboration. Il me fait sortir sans plus tarder et lorsque nous nous retrouvons dans le hall d'entrée, je lui demande ce qu'il va arriver à Rose.

— Je crains qu'il ne faille...

— Excusez-moi ?

Nous nous tournons vers une femme brune et élégante. L'agent de sécurité semble la reconnaître car il la salue et lui demande si tout va bien. Celle-ci grimace en sortant quelque chose de son sac. Je hausse les sourcils de stupeur en reconnaissant le collier dit disparu.

— Je crois qu'il y a eu erreur... j'ai retrouvé mon bijou !

L'agent ne semble pas en croire ses yeux. Il lui pose des questions, je ne les écoute plus. Ce pourrait être une coïncidence, mais mon père m'a appris à me méfier de tout.

Madame accuse Rose et affirme qu'il n'existe qu'un seul modèle de son collier alors que les deux sont très différents, puis retrouve l'objet perdu comme par magie... juste après mon témoignage ?

Je frissonne, mal à l'aise. Mon regard tombe sur la source de mon inconfort : Tito, en pleine conversation avec quelqu'un près de la fontaine, et dont le regard est braqué sur moi. Je l'observe, n'attendant rien de particulier, mais...

Il sourit et m'adresse un clin d'œil complice.

Oh, l'enflure.

— Je dois y aller.

Je disparais et prends l'ascenseur pour rejoindre les autres dans la suite, les mains tremblantes et le cœur battant. Je me traite mentalement d'imbécile. Évidemment que Tito était derrière tout ça. Je parie que c'est lui qui lui a offert ce sautoir maudit.

C'est lui aussi qui l'a fait disparaître avant que la police vienne chercher Rose. Il a fait arrêter sa propre fille, mais pourquoi ? Quel était le but de tout ça, si c'est pour l'innocenter juste après ?

Quand je rapporte tout à Thomas, il répond ce que je redoutais le plus :

— Pour t'atteindre.

Je lâche un rire incrédule, les mains dans mes cheveux. Je ne l'ai même pas vu venir. J'ai foncé tête baissée parce qu'il s'agissait de Rose, et c'est justement ce qu'il prévoyait.

Il connaissait mon secret. Il a su que je ne pouvais pas voir les couleurs, je ne sais comment. Par Rose, peut-être. Il a concocté ce petit plan machiavélique en sachant que je me précipiterais pour l'innocenter... sans avoir d'autre choix que d'avouer mon handicap.

— Je suis prêt à parier que dès demain tout le monde le saura.

C'est certain. Ce connard a utilisé sa fille comme appât pour m'atteindre. Je regrette de m'être fait avoir comme un bleu. J'ai été affaibli le temps d'une minute, mais ça ne se reproduira plus.

— Peu importe. Qu'ils sachent, pour ce que ça me fait ! Il est temps que j'arrête de me cacher de toute façon.

Thomas opine.

— Et Rose ? Qu'est-ce qu'on fait ?

Qu'elle m'aime ou non, Rose est de notre côté.

Il ne reste plus qu'à la convaincre de nous aider à détruire Tito une bonne fois pour toutes.

Chapitre 29

ROSE

Juin. Las Vegas, États-Unis.

Les médias s'affolent.

Quand je suis relâchée par la sécurité, innocentée de toute accusation, tout le monde ne parle plus que de ça :

« Levi Ivanovitch est daltonien. »

« Le fils du grand Jacob ne voit pas les couleurs. »

« Je parie qu'il triche. »

Certains s'interrogent, d'autres le prennent en pitié, et de rares idiots pensent qu'il ment. Tout ce que Levi voulait éviter en cachant son achromatopsie. Et tout ça, c'est ma faute. Si sa réputation en prend un coup la veille des demi-finales, c'est parce que j'ai été assez bête pour tomber dans le piège de mon père.

Cette enflure m'a bien eue. Des excuses ? Un collier ? « Je suis fier de toi » ? J'aurais dû m'en douter. À croire que je ne le connais pas. Ça ne pouvait pas être vrai. Il a bien évidemment compté sur mon amour pour lui ; il savait que c'était ce que je rêvais d'entendre et il s'en est servi contre moi.

Pour atteindre Levi.

Il n'a aucune considération pour moi. Encore une fois, il ne voit que les Ivanovitch. Je ne suis qu'un moyen de parvenir à ses fins. J'ai été bête de croire que le secret avec lequel Tito me faisait chanter pouvait être le meurtre de Jacob. Il n'aurait jamais pu savoir une chose pareille.

Quand j'ai compris qu'il m'avait piégée, j'ai ri intérieurement. J'étais persuadée qu'il avait mal calculé son coup, parce qu'il était impensable que Levi vienne me sauver. Pas après tout ce qui s'est passé entre nous, pas après cette conversation dans l'ascenseur.

Je l'ai encore sous-estimé apparemment.

Levi a avoué être achromate en sachant ce que cette bombe susciterait, tout ça pour tenter de m'innocenter, sans même savoir si ça marcherait vraiment. Il n'aurait jamais fait ça s'il ne tenait pas vraiment à moi.

Il est sincère. Cela m'échappe encore un peu, je l'avoue. Mais me voiler la face plus longtemps serait débile. Le plus dur est désormais de revenir vers lui. En ai-je la force ? N'est-ce pas trop tard ?

J'attends devant les portes de la salle de tournoi, espérant l'intercepter avant qu'il commence sa journée, mais la sécurité ferme les portes sans que je réussisse à le croiser. Les demi-finales se passent dans une salle à part, aux murs bleus, avec plusieurs caméras.

J'espère simplement que Levi ne fera pas de connerie si jamais Tito le provoque.

— Qu'est-ce que tu fais là ?

Je fais volte-face et découvre Thomas, les cheveux attachés en un chignon bas. J'ouvre la bouche, surprise. J'imagine qu'il me hait – plus qu'avant, je veux dire.

— Je devrais te poser la même question. Tu n'es pas censé jouer ?

— J'ai perdu il y a deux jours.

Je ne savais pas. Je doute que ça le touche tant que ça, mais je ne sais pas quoi dire d'autre, alors je hoche la tête.

— Oh. Désolée.

— Li Mei est toujours en lice, cela dit.

Cela ne m'étonne pas. Li Mei est un vrai requin. Je pensais qu'elle ne savait pas cacher ses émotions en jouant, mais c'était avant de comprendre qu'il s'agissait d'un rôle. Elle est plutôt incroyable, en vrai.

— Je lui dirai que tu le cherches, lance Thomas.

— Pas la peine. J'allais partir de toute façon.

— Où ça ?

Qu'est-ce que ça peut lui faire ? Je hausse les épaules. Je ne sais pas du tout, en fait. Récupérer mes affaires, pour commencer, parce qu'il est hors de question que je continue à dormir dans la même suite que mon père.

Peut-être devrais-je vraiment rentrer à Venise, cette fois.

Je n'en ai juste pas envie. Pas avant d'avoir pu revoir Levi.

Juste une dernière fois.

— N'importe où.

Je m'en vais. Il ne me rattrape pas.

***

Je laisse un mot sur le comptoir de la cuisine avant de partir, en espérant que Tito le verra. Rien de très poétique, juste un beau : « Va te faire foutre. »

Je me réfugie au bar comme je sais si bien le faire et visionne la demi-finale sur mon téléphone portable, puisqu'elle est filmée et diffusée gratuitement. Mon cœur bondit à la vue de Levi, plus beau que jamais, avec ses lunettes de soleil vintage.

Tito a son sourire charmeur qui me donne envie de me taper la tête contre le mur. Ils sont encore vingt-sept dans la course, répartis sur trois tables différentes. Je bois en analysant le jeu de Levi, concentrée. Il était déjà bon quand je l'ai rencontré au Venetian, mais il s'est nettement amélioré en quelques semaines.

Je n'irai pas jusqu'à dire que c'est grâce à moi, mais... quand même un peu. Il contrôle beaucoup mieux sa gestuelle et ses expressions. Il analyse davantage celles des autres aussi. Parfois, je devine aisément qu'il tente de compter les probabilités.

Tito et lui sont sans doute les meilleurs joueurs, mais d'autres se démarquent également ; dont Li Mei, qui ira jusqu'à la finale, j'en mets ma main à couper.

Quelques heures plus tard, ma théorie est prouvée. Dix joueurs réussissent à monter jusqu'à la table finale, qui se tiendra dans plusieurs jours. Tito a le stack le plus épais, mais de peu. Levi peut se débrouiller. Il a de quoi endurer deux mauvais coups, peut-être trois. Pas plus.

Lorsque la dernière partie se termine, je suis déjà pompette. La tête me tourne, mais je ne le montre pas. J'ai terriblement envie de jouer, moi aussi. Je me contrôle comme je le peux. De toute façon, je n'ai presque plus d'argent. Si je parie et perds tout, je n'aurai pas de quoi payer mon billet d'avion de retour.

Mais d'un autre côté... c'est une bonne occasion de gagner tout ce que j'ai perdu ces derniers jours, non ? Je ne peux pas revenir à Venise la queue entre les jambes. J'ai promis à ma mère.

Rien que ce soir. Une fois que j'aurai regagné ce que j'ai perdu, j'arrêterai. Promis.

C'est comme ça que je me retrouve à une table de Blackjack à une heure du matin, un verre vide à la main. Je n'ai pas réussi à stopper plus tôt. Mais pourquoi s'arrêter en si bon chemin ? Je suis en train de tout rafler ! C'est si facile. Si satisfaisant. Si galvanisant.

Je ne veux *jamais* m'arrêter.

Je migre très vite vers les tables de poker. Là encore, je gagne la majorité des parties. Je fais tomber mes jetons à plusieurs reprises, ce qui me fait rire. J'ai demandé un autre verre au serveur, mais cela fait plusieurs minutes déjà et il n'est toujours pas revenu.

Ah tiens, le voilà !

— Tenez, Mademoiselle, dit-il en me tendant un Martini.

Je vais pour le remercier mais une voix familière intervient, stoppant net mon geste :

— La même chose, s'il vous plaît.

Je me fige, tressaillant de tout mon corps. Levi s'assied à la table, en face de moi, et retire sa veste d'un geste aussi nonchalant qu'élégant. Je le regarde faire, ignorant les papillons au fond de mon estomac.

Le serveur repart, en posant mon verre sur la table. Levi ne me quitte pas des yeux. Je ne sais même pas quoi dire. La première chose qui me vient à l'esprit en le voyant, c'est : bordel, ce que tu m'as manqué. Pourtant, il n'était pas loin. On s'est même vus hier ; deux fois.

Il hausse un sourcil dans ma direction, ses doigts jouant avec ses jetons, et lance :

— Une partie ?

Comme un sentiment de déjà-vu.

Je ne réponds rien, me contentant de faire signe au croupier. Celui-ci nous distribue des cartes. J'hérite d'un as et d'un trois de carreau. Je fais la première mise sans vraiment réfléchir, mon sang bouillonnant dans mes veines. Je me sens chanceuse, invincible, ce soir.

Levi me suit sans hésiter une seule seconde, ses yeux intenses braqués sur moi. Le *flop* tombe : un huit de cœur, puis un sept et un huit de trèfle. Je cache mon insatisfaction. À ce stade, je n'ai que très peu de chances de gagner. Bien sûr, je ne connais pas le jeu de Levi, mais c'est mal parti.

Il n'a pas l'air très inquiet, mais là encore, il cache bien ses émotions. Lorsqu'un trois de cœur tombe, j'hésite. Je l'observe, joueuse, et lui demande :

— Qu'est-ce que tu en dis ?

Il s'humidifie les lèvres, l'air pensif.

— Je pense que je vais gagner.

Je laisse échapper un rire arrogant.

— C'est ce que tu dis toujours.

— Et j'ai souvent raison.

C'est vrai, mais pas contre moi.

— Je me donnerais... environ quatre-vingt-huit pour cent de chances de gagner. Tu devrais te coucher.

— Tu me connais. Je crois beaucoup trop aux miracles pour cela, dis-je en souriant froidement.

Il me rend mon sourire, ce qui suffit à enflammer mon pauvre cœur. Je le déteste. Je le déteste tellement. Je déteste qu'il soit là, témoin de mes faiblesses. Je déteste le fait qu'il soit venu à ma rescousse et qu'il m'ait pour ainsi dire confessé ses sentiments, je déteste la rapidité à laquelle il fait battre mon cœur, je déteste toutes les choses qu'il me fait ressentir sans même le vouloir.

C'est pourquoi je fais tapis, le menton haut. Il ne m'aura pas. Même si, quelque part, je croise les doigts pour qu'il se couche. Je le vois réfléchir longuement, jetant un nouveau coup d'œil à ses cartes, puis à moi.

— Et si l'on faisait un pari, pour pimenter tout ça ? propose-t-il d'une voix tentatrice.

Cela ne me dit rien de bon.

— Lequel ?

— À toi de me le dire. Qu'est-ce que tu veux, si tu gagnes ?

Toi.

Je m'empourpre violemment, heureuse qu'il ne puisse pas le voir. Tout ce que je veux, c'est qu'il me pardonne. Évidemment, je ne peux pas lui dire ça.

— Une nouvelle Carlotta.

Il sourit, amusé, et accepte.

— Et si tu gagnes ? je l'interroge, curieuse.

Je crois d'abord qu'il demandera quelque chose d'indécent, juste pour m'embêter. L'espace d'une seconde, je l'imagine me demander des informations secrètes sur Tito.

C'est tout ce qui l'a toujours intéressé, non ?

Mais rien ne m'a préparée à ce qu'il me répond à la place, le visage redevenu sérieux :

— Si je gagne... je veux que tu me promettes de ne plus jouer. Ni au casino, ni en ligne.

Je m'immobilise, pétrifiée.

— Plus jamais, ajoute-t-il en insistant sur le mot.

Je ne m'attendais pas à cela. Je vois. Il n'est donc pas là pour s'amuser. Il est là pour me materner. Parce qu'il a pitié de moi. Pour une raison que j'ignore, cette idée me met en rogne autant qu'elle me donne envie de pleurer.

Je lui avais promis que j'allais bien, qu'il ne devait pas s'inquiéter. Mais de toute évidence, je lui ai menti ; à lui comme à ma mère. Une fois encore, il essaie de me sauver.

— Tu pourrais demander quelque chose de bien plus intéressant, tu sais ?

— C'est la seule chose que je veux. Est-ce que c'est un problème ?

Oui. Un très gros problème. Parce que je ne sais pas si je serai capable de tenir ma promesse, et je me détesterais de la briser ; de le décevoir.

— Pas du tout. Deal.

Ce que je suis idiote, parfois...

Mon pouls s'accélère tandis que le croupier prend la dernière carte et la dévoile au centre de la table : un dix de pique. C'est la douche froide.

Je viens de tout perdre. Comme ça, d'un claquement de doigts. Levi me regarde sans même jeter un œil aux résultats, curieux de ma réaction. Il ne fait aucun mouvement vers les jetons, qui lui appartiennent désormais.

Mes yeux me piquent. J'ai passé des heures à gagner cet argent en me promettant de rentrer riche. J'ai voulu arrêter plusieurs fois, ma conscience m'assenant que c'était assez, mais j'ai tenu à continuer. À gagner plus.

Comme d'habitude.

Mais bien sûr, on ne peut pas toujours remporter la partie. On tombe toujours sur meilleur que soi. Et ce soir, Levi l'est.

— Rose.

Son ton est tendre. Je serre les dents de peur de dire quelque chose que je regretterais. Quand je le regarde à nouveau, sa tête est penchée sur le côté.

— Un deal est un deal, murmure-t-il.

J'avais presque oublié. Non seulement il a raflé tout mon argent, mais je dois aussi lui promettre d'arrêter de jouer – pour *toujours*. Je panique intérieurement. Je n'avais clairement pas réfléchi à ce que cela impliquerait. Je suis incapable de promettre une chose pareille. Je dis, la voix étranglée :

— Je ne peux pas.

— Tu es Rose Alfieri. Il n'y a rien que tu ne sois pas capable de faire.

Mes mains se mettent à trembler. Mon esprit s'embrouille et je comprends ne plus avoir un rond sur moi. J'étais venue pour gagner de l'argent, dans l'unique objectif de rembourser mes dettes. Au lieu de ça, je reviens les mains vides. Je me déteste. Je ne suis pas guérie. J'étais en rémission, c'est tout, mais j'ai rechuté. Parce que je suis *faible, faible, faible.*

— Rose, répète Levi.

Je me lève, le souffle court, et secoue la tête. Je m'apprête à le supplier de me redonner mes jetons, de ne pas m'obliger à faire ça, mais soudain une main rassurante se pose sur mon bras.

Li Mei apparaît, bientôt suivie de Lucky, qui me sourit timidement. Thomas se trouve à ma gauche, me saluant d'un hochement de tête cordial. Je veux leur demander ce qu'ils font là, mais Li Mei me devance :

— Tu n'as pas cru que tu allais te débarrasser de nous comme ça, si ?

— Tu ne trouveras d'autres fêlés comme nous nulle part ailleurs, tu sais, renchérit Lucky en essuyant les larmes de mes joues.

Je n'avais même pas conscience de pleurer. Maintenant que je le sais, je ne peux plus m'arrêter. Mon amie passe un bras autour de mes épaules, et aussi choquant que cela puisse paraître, Thomas se laisse faire.

J'ai mal jusque dans la moelle des mes os. J'ai mal, mais j'ai le sentiment étrange que, désormais, ça va aller. Parce que, contrairement à ce que je pensais, je ne suis pas seule. J'ai des amis. J'ai un gang de tarés qui m'acceptent comme je suis et qui, malgré mes erreurs, viennent m'empêcher de me détruire.

Je me cache le visage des mains, pleurant de plus belle. Li Mei me prend dans ses bras, serrant très fort.

— Câlin collectif ? propose Lucky avant de nous étreindre toutes les deux.

J'entends quelqu'un soupirer à ma gauche, très probablement Thomas, suivi d'un rire que je reconnaîtrais entre mille. Puis soudain, deux autres corps se joignent à nous. Tout le monde m'encercle, si bien que je peux à peine respirer.

Je me sens entourée, aimée, soutenue.

— OK, qui est celui qui ne s'est pas douché depuis plusieurs jours ? demande Li Mei en reniflant avec dégoût. Et lequel de vous a sa tête entre mes seins ?

— Malheureusement, ce n'est pas moi, dit Lucky.

— Je crois que c'est moi, ris-je doucement. Pardon.

— Bon, ça va alors.

Quand j'émerge, mon regard croise celui de Levi au-dessus de moi.

— Merci, je murmure entre mes larmes.

Ce n'est pas grand-chose, mais je sais qu'il comprend. Merci pour hier, merci pour ce soir. Merci de me courir après, même quand je ne te rends pas les choses faciles.

Il opine sans rien dire, un léger sourire aux lèvres.

— Et maintenant ? demande Lucky.

Thomas grimace de dégoût, tentant de se retirer.

— Maintenant, on finit par se reculer un peu. Li Mei a raison, on sent tous atrocement la sueur.

— Et pour de vrai ?

Nous fixons tous Levi avec curiosité. Il regarde les autres un par un, pensif, avant de s'arrêter sur moi et de tendre la main d'un air déterminé.

— Alliés ? lance-t-il doucement. Pour de vrai, cette fois.

Tout le monde tourne les yeux vers moi, en haleine.

Je repense à Tito, à ses magouilles, et à l'humiliation que j'ai ressentie lorsque la police m'a arrêtée comme une criminelle... et je serre la main de Levi en souriant d'un air machiavélique.

— Alliés.

Chapitre 30

LEVI

Juillet. Las Vegas, États-Unis.

Rose a réemménagé dans ma suite. Même si elle a retrouvé son ancienne chambre plutôt que de dormir avec moi, j'ai comme l'impression de mieux respirer. Maintenant que je l'ai récupérée, je me rends compte à quel point elle m'a manqué.

Li Mei et Lucky ont été assez « généreux » pour partager leur lit – personnellement, je pense qu'ils n'attendaient que ça. Tout est redevenu comme avant, ou presque. Je les ai tous laissés s'expliquer et rattraper les jours perdus, prétextant devoir dormir. Mais à travers les murs de ma chambre, je les entendais. Rose s'est excusée et mes amis lui ont dit que c'était du passé, qu'elle faisait partie de l'équipe désormais.

Plus important encore, elle a bel et bien promis de faire tout son possible pour ne plus jouer. J'ai donc décidé de la virer. Hors de question qu'elle me coache au poker si c'est pour lutter contre ses démons ensuite. Je me prépare dans ma chambre en compagnie de Li Mei et Thomas pendant que Lucky distrait Rose en lui faisant regarder des comédies romantiques tout au long de la journée.

— On a quelque chose à te dire, s'exclame ce dernier quand nous nous retrouvons tous dans le salon pour dîner.

Rose fronce les sourcils.

— Ça ressemble drôlement à un début de rupture, ça.

— Non, promis. Maintenant c'est pour la vie, bébé.

Lucky imite des pistolets avec ses doigts, puis lui adresse un clin d'œil séducteur. Li Mei lève les yeux au ciel. Ils finissent par tous se tourner vers moi, patients. Je plante mon regard dans celui de Rose et explique doucement :

— On prévoit de faire tomber Tito.

Je ne savais pas comment le lui dire. Évidemment, elle s'en doutait déjà. Mais ça va bien plus loin que cela. Je ne veux pas seulement qu'il perde le tournoi. Je veux l'envoyer en prison pour ses crimes.

Rose le devine dans mes yeux. Je préfère lui en parler au lieu de faire ça dans son dos. Elle a beau le détester, il reste son père.

— Tu n'es pas obligée de nous aider. Si ça ne te plaît pas, on n'en parlera pas devant toi. Mais je voulais que tu le saches.

Je ne veux pas non plus qu'elle pense que je n'ai pas confiance en elle. Je sais qu'elle ne caftera plus rien à Tito. Rose réfléchit, puis hoche la tête.

— Qu'est-ce que tu prévois ?

Les autres semblent surpris. Pas moi. Tito a commis une énorme erreur en dénonçant sa fille à la police : il avait son amour et sa loyauté sans limite, et au lieu de les garder, il les a souillés. Sauf que ces sentiments ne sont jamais éternels, ni inconditionnels. S'ils ne sont pas nourris, ils ne peuvent survivre.

Et Rose déteste qu'on lui marche dessus ; famille ou non.

— Il a prévu de tricher à nouveau.

— À la table finale ? Devant tout le monde, devant les caméras ? s'indigne-t-elle. Il faut être complètement fou !

— Il n'est pas bête, intervient Thomas. Il prévoit une triche de qualité, à base de lentilles infrarouges et d'encre invisible sur les cartes.

Rose ouvre grand la bouche, interdite. Elle nous dit que c'est impossible, qu'on n'est pas dans un film d'action, que ce genre de choses n'arrive pas dans la vraie vie. Cela a le mérite de nous faire rire de concert.

— Pour du poker ? Sérieusement ?

— Pas pour du poker. Pour douze millions de dollars.

Cela suffit à la convaincre. Tito ne sera pas le premier à tricher lors d'un tournoi de poker de cette envergure, ni le dernier d'ailleurs. Il est bon joueur, riche, malin, et il connaît du monde. Il a tout intérêt à tricher s'il n'est pas confiant.

— Comment vous êtes au courant ?

— On le surveille depuis plusieurs semaines. L'un de ses infiltrés, qui est croupier, a été plus sensible à notre arrangement.

— Tu lui as donné combien ? raille Rose en arquant un sourcil.

— Beaucoup trop, répond Thomas en soupirant.

Nous expliquons tout à Rose, qui écoute avec beaucoup d'attention, et prévoyons ensemble une façon de le contrer. Rose propose de prévenir le casino, mais je refuse catégoriquement en lui expliquant que le dénoncer est la dernière chose qu'on souhaite.

— Le tournoi serait interrompu. Ça nous empêcherait de gagner.

— Même si on le fait après avoir remporté le tournoi ? demande Lucky.

— Ça revient au même, dit Rose, qui a compris. Ce n'est même pas la victoire de Levi qui sera remise en question, mais le tournoi tout entier. On ne sait pas depuis combien de temps Tito triche. Sûrement depuis le début. Ce qui veut dire que des joueurs ont peut-être été éliminés alors qu'ils n'auraient pas dû l'être.

Effectivement. Ainsi, le but est d'empêcher Tito de tricher au lieu de le dénoncer.

— Simon, le croupier soudoyé, est dans la confidence. Reste plus qu'à savoir comment faire.

Nous commandons à manger et dînons autour de la table basse en prévoyant notre coup. C'est comme si rien ne s'était jamais passé. Rose sourit et plaisante avec tout le monde ; tout le monde sauf moi.

Nous sommes cordiaux l'un envers l'autre, mais l'atmosphère reste tendue. Comme si aucun de nous deux n'osait faire le premier pas. Toutefois, il est nécessaire qu'on en parle.

Elle sait ce que je ressens pour elle, et je sais que, malgré son mensonge dans l'ascenseur, elle éprouve la même chose. La situation est compliquée, digne d'une pièce shakespearienne, mais je veux tenter le coup. J'ai trop longtemps repoussé les bonnes choses qui m'arrivent dans la vie par crainte de ne pas les mériter.

Je suis fatigué. Je veux Rose. Je ne la mérite peut-être pas, mais j'ai décidé de continuer à être égoïste. Si je vais en enfer de toute façon, pourquoi me retenir ?

Sauf que ce n'est jamais le bon moment. Chaque fois que j'arrive à la trouver seule, soit je me dégonfle, soit quelqu'un nous interrompt. Je me contente donc des contacts minimes qu'on a, comme se frôler les mains en attrapant quelque chose au même moment ou un sourire timide échangé à l'autre bout de la table.

Chaque jour est un calvaire. Je ne me reconnais pas.

— Qu'est-ce que tu attends ? se plaint Li Mei un soir pendant que je joue aux cartes sur le sol de ma chambre.

Je grogne pour lui faire comprendre de me laisser tranquille, mais Lucky apparaît et ferme la porte derrière lui.

— Je suis d'accord. Qu'est-ce que tu fous ?

— J'ai une finale très importante, demain, vous vous souvenez ? Voilà ce que je fous.

— Tu joues les poules mouillées, plutôt. Ça ne te ressemble pas. D'habitude, tu fonces sans te soucier du reste.

Je serre les dents.

— Justement. Là, c'est différent. Pour une fois, je n'ai pas envie de me planter.

Lucky me regarde avec des yeux attendris, à l'écoute. Ce genre de gossips sont ses favoris. Dès qu'on parle d'amour, il est là. Li Mei s'en mêle et me conseille de ne pas traîner si je ne veux pas risquer que Rose change d'avis.

— Et après quoi ? je rétorque malgré moi. Le tournoi se termine, et ensuite ? Elle habite à Venise et moi à Saint-Pétersbourg.

— Et alors ? L'amour n'a aucune frontière.

— Ma mère sort de prison bientôt. Je dois rattraper le temps perdu avec elle. Puis je dois m'occuper du *Raspoutine*. Je n'ai pas le temps de...

— Bla-bla-bla, que des excuses bidons, marmonne Li Mei. Les relations à distance, ça existe. Regarde Lucky et moi.

— Justement, parlons-en, souris-je malicieusement. Qu'est-ce que vous avez prévu de faire ? Lucky étudie à Los Angeles, toi tu as le *Raspoutine* en Chine. Comment c'est censé fonctionner, au juste, votre truc ?

Les deux se regardent, puis haussent les épaules. Ils n'ont pas l'air aussi inquiets que moi, à ce que je vois.

— Le sexe par téléphone, tu connais ? On a Skype et Snapchat maintenant. Et si tout fonctionne comme prévu, on sera tellement blindés qu'on pourra prendre l'avion tous les mois si l'envie nous prend.

Je grimace de dégoût, mais au fond, je les trouve mignons. Au moins, ils cherchent des solutions. Li Mei a raison, ce ne sont que des excuses. Je suis incapable de laisser Rose s'échapper. Hors de question qu'elle reparte en Italie sans que j'aie essayé avant.

— Je ne sais pas comment le lui dire, j'avoue misérablement. J'ai déjà essayé, mais... je crois que ce n'était pas très concluant.

Li Mei secoue la tête avec désespoir.

— On dirait que tu n'as jamais fait ça.

— Je *n'ai* jamais fait ça. La seule copine que j'ai pu avoir date du lycée.

Ils me regardent avec de grands yeux, bouche bée.

— Levi... tu as vingt-sept ans !

— Oui je connais mon âge, merci. Et alors ? Le sexe, je connais. Les relations amoureuses, en revanche... je n'ai pas vraiment eu le temps de me pencher dessus ces dix dernières années.

— Mon Dieu.

Je les fusille du regard. Ce n'est pas si grave. Ils en font tout un plat pour rien. Quand j'y pense, je n'ai aucune idée du passé romantique de Rose. A-t-elle beaucoup d'expérience ? Quel est son genre d'homme ?

— Tu as beaucoup à apprendre, alors, dit Lucky en posant les mains sur ses hanches. Il faut que tu regardes...

— Ne dis pas *Bridget Jones.*

— ... *Bridget Jones.*

Je souris, sarcastique, ce qui fait rire Li Mei dans sa barbe. Lucky commence à parler seul puis me dit de l'attendre avant de disparaître. Je suis à peu près sûr qu'il va chercher son ordinateur pour me torturer le reste de la soirée.

— Je croyais qu'il était trop jeune et trop fleur bleue ? dis-je à Li Mei, qui soupire en souriant faiblement.

— Il l'est. Mais... je l'aime quand même. Je ne peux pas contrôler ça. Alors j'ai décidé de l'accepter et de faire avec. Qui sait ? Peut-être que c'est exactement ce qu'il me faut.

Je hoche la tête, pensif. Elle a raison. Le cœur n'en fait qu'à sa tête. Le mien veut Rose malgré tous les obstacles, et qui suis-je pour l'en priver ? Si je ne tente rien, je risque de le regretter pour le restant de ma vie.

***

Nous passons les deux jours suivants à tout préparer. Tito n'a aucune idée de ce qui va lui tomber dessus. Je le plains – bon, d'accord, c'est faux. J'ai hâte de voir sa tête quand il s'en rendra compte. La seule chose qui m'inquiète, c'est Rose. Elle aide et fait comme si cela ne l'atteignait pas, mais je la connais mieux que les autres.

Ça la touche, qu'elle le veuille ou non.

Forcément, je culpabilise. Je ne veux pas être celui qui détruit sa famille. Ça ferait de moi un mauvais petit ami, non ? Mais là encore... Rose et moi n'avons jamais eu une relation très normale.

— Prête pour demain ?

Rose sursaute, prise par surprise. Elle est seule dans la cuisine, en train de fouiller les placards à la recherche de quelque chose à manger. Elle abandonne et s'adosse au comptoir, les bras croisés sur sa poitrine.

— C'est plutôt à toi que je devrais demander ça. Ce n'est pas moi qui y serai.

Je ne bouge pas, les mains dans les poches de mon pantalon. Rose, Thomas et Lucky ont prévu de regarder la finale sur la télévision du salon. Je regrette de ne pas l'avoir en face de moi, mais je suppose que c'est mieux comme ça. Au moins, je ne serai pas déconcentré.

— Quoi que dise Tito... ne réponds pas à ses provocations, dit-elle tout bas. Il le fera exprès pour t'atteindre.

Je le sais déjà, mais j'acquiesce sagement sans détacher mon regard du sien. Elle est absolument sublime. Je me demande à quoi elle ressemblerait, seulement vêtue d'un de mes tee-shirts, et cela suffit à me faire frissonner de tout mon corps.

C'est le moment.

— Rose.

Elle hausse un sourcil, curieuse. Je vois à ses traits qu'elle sait, elle aussi. Qu'on doit en parler une bonne fois pour toutes. Je ne sais toujours pas par quoi commencer, alors j'improvise :

— Qu'est-ce qui se passe, entre nous ?

Elle ouvre la bouche sans rien dire, l'air un peu perdue. Je veux juste l'entendre le dire. Je veux entendre les fameux mots de sa bouche, et alors, seulement là, je trouverai toutes les solutions possibles pour nous permettre de tenter notre chance.

— Qu'est-ce qui se passera, dans deux jours ? j'insiste en ignorant la manière dont elle se mord la lèvre. Je gagne le tournoi, et ensuite ? Tu rentres chez toi... je rentre chez moi... et c'est tout ?

— C'est ce que tu veux ?

— Non. Et toi ?

Une pause. Un souffle quasi inaudible.

— Non.

Mon pouls s'accélère. Ma tension monte. J'avance d'un pas sans la lâcher des yeux. Je suis terrifié, mais je me lance :

— Tout ce que je t'ai dit dans l'ascenseur ce jour-là, je le pensais. Je sais qu'on s'est dit des choses terribles, des choses que je ne pensais même pas, des choses que j'ai dites parce que je savais qu'elles te blesseraient. La vérité, c'est que je suis un connard. Je ne réagis pas bien à la douleur. Je veux rendre coup pour coup parce que j'ai trop peur qu'on abuse encore de moi. Et toi... toi, tu étais différente. Je voulais que ce soit vrai, et ça m'a fait d'autant plus mal.

Elle déglutit, muette. Je prie silencieusement pour que personne ne me coupe dans ma tirade, car je suis lancé.

— Sauf que j'avais tort. Parce que ce qui m'a fait le plus mal... c'est quand tu es partie. Je ne veux plus revivre ça. Et je sais que c'est rapide, je sais qu'on ne se connaît pas bien, je sais qu'il y a certaines circonstances qui nous empêchent d'être ensemble, mais je m'en fous. De ma vie, je n'ai jamais rien voulu aussi fort. Alors j'ai besoin de savoir si tu ressens la même chose... ou si tout était dans ma tête.

J'approche d'un pas encore, réduisant l'espace qui sépare nos deux corps. Je vois sa respiration s'accélérer malgré elle. Cela ne m'aide pas à me contrôler. Je n'ai qu'une envie, fondre sur elle et poser ma bouche sur la sienne. Je n'ai plus envie de dormir seul. Je veux ses bras autour de ma taille quand je fais des cauchemars. Ses doigts dans mes cheveux au réveil. Sa langue sur le reste de mon corps.

J'ai peur qu'elle ne me croie pas. Elle m'a dit ne pas pouvoir me faire confiance l'autre jour, et je comprends son inquiétude. Mais elle doit bien voir que le masque est tombé, non ?

— Je sais que tu es sincère, commence-t-elle dans un murmure hésitant, à croire qu'elle lit dans mes pensées. Mais Levi, je suis un vrai bordel. Mon quotidien est bien différent des paillettes de Las Vegas. Je suis malade. J'ai des dettes, un père mégalomane, et je suis au chômage. Plus important encore, je suis la fille de l'homme qui t'a tout pris, ajoute-t-elle douloureusement. Et si tu venais à me détester malgré toi ? Et si, chaque jour que Dieu fait, tu voyais mon père lorsque tu me regardes ? Je ne pourrai pas t'en vouloir... mais je serai incapable de le supporter.

Comment peut-elle penser une chose pareille ? Je m'approche davantage encore, osant poser mes mains sur ses hanches divines. Je sens son cœur battre la chamade contre mon torse.

— Je ne t'ai jamais détestée parce que tu étais la fille de Tito, je chuchote, ma bouche frôlant la sienne. Jamais. Rose... Je ne veux savoir qu'une seule chose : est-ce que tu veux de moi, oui ou non ? Le reste, je m'en fous.

Elle soutient mon regard de longues secondes, tellement longues que je perds confiance peu à peu. Alors que je m'apprête à fuir pour de bon, je sens ses bras s'enrouler autour de ma taille et me serrer contre elle.

— C'est réel, susurre-t-elle tout bas. Toi, moi, nous. Ça a toujours été réel.

Un instant plus tard, mes lèvres sont sur les siennes.

Chapitre 31

ROSE

Juillet. Las Vegas, États-Unis.

Levi me porte jusqu'à la chambre, ses mains sous mes fesses et mes jambes fermement enroulées autour de sa taille. Je tremble encore de la confession que je viens de faire, le cœur prêt à imploser.

— Tu m'as tellement manqué, souffle-t-il en refermant la porte derrière nous.

Contrairement à nos deux premières fois, la sauvagerie a laissé place à la douceur. Je sens tout de suite la différence. Nous ne sommes plus dans la compétition ni dans la rivalité ; nous avançons désormais ensemble. Pourtant, la passion demeure toujours aussi forte.

Ses lèvres sont douces et sa langue est chaude contre la mienne. J'embrasse son cou, léchant sa pomme d'Adam au passage, et déboutonne sa chemise avec soin.

Elle tombe par terre, tout comme ma robe et son pantalon. Mon corps tout entier est en feu rien qu'à penser à la suite des événements. Levi m'admire dans ma lingerie assortie, la respiration courte.

— Si tu savais les choses qui me viennent en tête...

Je me contente de sourire, puis de reculer vers le lit. Il ne me suit pas. Il reste à sa place, ses yeux glissant le long de ma silhouette dénudée. Je m'installe au centre du matelas. Je lui demande pourquoi il ne vient pas, me sentant soudain timide.

— J'enregistre la scène pour plus tard. En souvenir.

J'ai envie de lui dire qu'on n'a pas besoin de souvenirs, parce que je ne compte plus le quitter.

— Et si tu me prenais en photo ?

Il n'hésite que quelques secondes. L'instant d'après, il réapparaît avec son appareil, à genoux sur les couvertures. Je m'allonge tandis qu'il ajuste mes cheveux étalés sur l'oreiller de manière artistique. Je n'ai jamais fait ça, mais je m'en fiche. Ce n'est que Levi.

Je pose en sous-vêtements tandis qu'il me prend en photo, allongée, assise, dans des postures parfois osées, parfois prudes. Je lui demande si je suis belle et il répond « la plus belle », alors je baisse l'appareil et l'embrasse en récompense.

Je me dénude petit à petit. Je laisse d'abord tomber une bretelle, puis deux. Ses mains me touchent elles aussi, faisant naître la chair de poule sur ma poitrine. Lorsque je dégrafe mon soutien-gorge, celui-ci glisse le long de mon ventre.

Je prends la main de Levi et la pose sur mon sein, le souffle haletant. Son regard transperce le mien au-dessus de l'objectif. Mon corps se réchauffe à mesure qu'il touche mes tétons de ses doigts aimants.

— Plus, je supplie. J'ai besoin de plus.

Il ne se fait pas prier. Laissant l'appareil de côté, il se penche et embrasse mon téton avec révérence. Sa langue le lèche, s'enroulant autour, ce qui suffit à me faire gémir. La sensation est divine. Je frémis davantage encore lorsqu'il se met à le sucer, serrant les cuisses.

Ma poitrine est humide quand il en a terminé avec elle. Il donne un dernier coup de langue, puis souffle doucement dessus. *Nom d'un chien.*

— Laisse-moi immortaliser cette expression sur ton visage, dit-il en reprenant son appareil.

Il me prend en photo, les bras autour de mon visage, tandis que je reprends difficilement mon souffle. Mes seins sont mouillés et brûlants, presque douloureux. Sa bouche brille de sa salive.

— Retourne-toi,

Je m'exécute et il saisit les bords de ma culotte pour la faire glisser sur mes jambes. Je l'entends retirer son boxer à son tour, puis sa main se pose sur mon dos nu. Ses doigts tracent une ligne le long de mon épine dorsale jusqu'à mes fesses. Je frissonne, remplie d'excitation.

Je meurs d'envie de le toucher, c'est d'ailleurs ce que je veux faire avant que Levi s'empare de ma main en faisant claquer sa langue contre son palais.

— Laisse-moi faire.

— Vite, je gémis.

— Mets-toi à genoux, m'ordonne-t-il.

J'obtempère à nouveau et je l'entends déchirer l'emballage d'un préservatif. Ce simple son suffit à me faire tressaillir d'impatience. Je pense qu'il va entrer en moi tout de suite, mais il fait durer le suspense. Je ferme les yeux pour savourer les sensations puissance mille pendant que sa main caresse mon dos, puis mes fesses.

Soudain, un doigt titille mon clitoris. Je gémis de surprise et sursaute, mais son autre main empêche mes fesses de se dérober.

— Ne bouge pas.

Levi effectue des mouvements circulaires qui suffisent à me rendre complètement dingue, puis il entre deux doigts en moi. Le plaisir commence doucement à me submerger. Je me tiens aussi tranquille que possible, mais je suis forcée d'onduler doucement des hanches sur sa main.

— Plus vite, s'il te plaît, je l'implore.

Il accélère le rythme, puis se baisse pour ajouter le plaisir de sa bouche. Un juron s'échappe de mes lèvres.

— *Oh, Dios mio.*

Sa langue me lèche et je gémis plus fort, le cœur prêt à lâcher prise. Ses doigts massent ce point si sensible qui assure l'orgasme chaque fois. La minute d'après, je jouis avec la force d'un tsunami.

Je n'ai jamais rien connu d'aussi bon. Mes joues sont rouges d'excitation et de chaleur. Je baisse la tête, mes cheveux recouvrant mon visage, et soupire de fatigue quand Levi m'embrasse les fesses.

— Désolé, mais c'est loin d'être fini...

Ses mains me tirent à lui et la seconde d'après je le sens pousser en moi. Je viens tout juste d'avoir un orgasme, et pourtant l'excitation reprend immédiatement forme au creux de mon ventre. Mes bras tremblent, à bout de force, mais je tiens bon.

Levi gronde quand il est entièrement en moi, ses mains sur mes hanches.

— Appuie-toi sur tes coudes, ça fera moins mal.

Je m'exécute avant que ses doigts s'accrochent à mes cheveux courts et tirent délicieusement. J'accueille chaque coup de reins avec un gémissement, les yeux toujours résolument fermés.

Il embrasse mon dos, déposant mille et un baisers chastes, et se penche pour coller son torse contre moi. Son bras s'enroule autour de ma taille pour me soutenir, puis pour me caresser à nouveau entre les jambes.

J'ai du mal à tenir à genoux. J'ai peur de m'écrouler avant de jouir.

— Dis-moi ce que tu veux, susurre-t-il en me mordillant le cou.

— Je veux te voir.

Aussitôt dit, aussitôt fait. Il me redresse et me tourne de sorte que je sois face à lui. Je rouvre les yeux en m'asseyant sur lui, nos corps amoureusement imbriqués.

Son regard me fait l'effet d'une décharge électrique. Je tremble entre ses mains délicates, émue par l'intimité de notre position. Mon cœur sous drogue papillonne dans ma poitrine. Ses joues sont rouges et brûlantes, ce qui le rend plus beau encore.

Je bouge contre lui, mes bras enlaçant son cou dans une étroite étreinte. Il m'emprisonne de la même façon, si bien que j'ai l'air d'un bébé koala autour de lui.

— Levi ?

Il m'embrasse avant que je puisse dire quoi que ce soit. Nous restons comme cela de longues et langoureuses minutes, jusqu'à ce qu'il n'en puisse plus et me renverse sur le dos pour me pénétrer avec force.

Nous atteignons l'orgasme au même moment.

Levi s'effondre sur moi, sa joue contre la mienne, et m'embrasse l'oreille.

— Qu'est-ce que tu voulais me dire ? chuchote-t-il.

Je reprends difficilement mon souffle, la peau poisseuse, et fourre une main dans ses cheveux sombres. Je suis sereine.

— J'ai décidé que j'allais tomber follement amoureuse de toi. Si tu veux fuir, c'est maintenant. Après, ce sera trop tard.

Il ne bouge pas pendant de longues secondes, silencieux, mais je peux sentir son cœur s'accélérer sous son pectoral gauche. Enfin, il tourne la tête vers moi et me caresse la joue.

Son expression heureuse et insouciante est la même que la mienne.

— Je suis très bien là où je suis.

***

— Je ne suis pas certaine de pouvoir me passer de ça, je soupire, la joue sur mes genoux repliés.

Levi me lave le dos d'un mouvement lent et doux, allongé derrière moi dans la baignoire. Assise entre ses grandes jambes, je souffle sur la mousse pour la faire voler tels des flocons de neige.

— Quoi, le sexe ?

Je ferme les yeux, détendue. Je le sens tracer des lettres invisibles sur mes omoplates, ce qui me chatouille légèrement.

— Tout. Le sexe, mais aussi les moments comme celui-ci. C'est triste... mais j'ai l'impression qu'on n'a encore rien vécu ensemble, et qu'on doit déjà se séparer.

Je ne saurais l'expliquer. On s'est rencontrés il n'y a pas longtemps de cela, et même si l'on a été obligés de s'apprécier très vite, on ne se connaît pas beaucoup. Je sais qu'il a tué son père par accident et que sa mère a porté le chapeau, mais je ne connais pas son plat préféré, ni le film qu'il regarde quand il est malade.

Il ne dit rien pendant un si long moment que je doute qu'il me réponde un jour. Puis il passe ses mains autour de mon ventre et m'attire à lui en douceur. La mousse bouge en vagues autour de nous, ce qui me fait sourire.

Je m'allonge contre lui, la tête sur son épaule, tandis qu'il joint nos mains sur mon ventre nu.

— Je ressens la même chose, répond-il contre mes cheveux. Je sais que c'est un peu rapide, mais... on n'est pas obligés de se séparer. Tu pourrais me suivre en Russie.

Mon cœur bondit dans ma poitrine. Je sais qu'il ne propose pas de venir avec moi à Venise, car c'est impensable. Sa mère va tout juste sortir de prison, il doit prendre soin d'elle et rattraper le temps perdu. Lui offrir la vie qu'elle souhaite.

J'en ai terriblement envie. Je ne veux pas dire au revoir, pas déjà. Sauf que...

— Ma mère me manque, j'avoue faiblement. J'ai voyagé trop longtemps. J'en ai marre de fuir. Je veux retrouver mon chez-moi, mon lit, mes draps...

Il hoche la tête, compréhensif. Je sais qu'il ne m'en veut pas, au contraire. Il joue avec mes doigts et me demande comment est ma mère.

— Incroyable, dis-je dans un grand sourire. Elle est très douce, très pure, et très forte aussi. Elle est née sourde, alors au début, ça n'a pas toujours été facile pour communiquer. Mais aujourd'hui, on ne pourrait pas être plus proches.

— Je me demande comment elle a pu tomber sous le charme d'un homme comme Tito. Je suppose qu'il était différent, jeune.

— Pas vraiment... c'était un mauvais garçon. Elle a succombé parce qu'elle était trop gentille, c'est tout. Puis quand elle s'est retrouvée enceinte, elle était piégée. Ce n'était pas un mariage d'amour.

Il me serre plus fort, remontant nos mains entre mes seins.

— Je suis désolé.

Je hausse les épaules. Pour être honnête, cela m'affecte peu. Je lui demande s'il pense que sa mère m'aimerait. Cela le fait rire. Je tourne la tête pour le fusiller du regard, vexée.

— Ça veut dire quoi, ça ?

— Elle t'adorerait, je ne dis pas le contraire, se reprend-il. Mais je pense qu'elle serait... plutôt surprise.

— Comment ça ?

— Je ne pense pas qu'elle s'attende à ce que son fils épouse une fille comme toi. Il n'y a rien de mal à cela, s'empresse-t-il d'ajouter en voyant mon regard noir. Mais tu es très libre, très décomplexée, très indépendante, très... passionnée.

Je garde le silence quelques instants, mon ventre se réchauffant à ses paroles. Je repense à la bague, cachée dans ma valise, et me moque doucement :

— Personne n'a parlé d'épouser qui que ce soit.

Il m'embrasse la joue sans rien dire. Mes pieds taquinent les siens au bout de la baignoire. Je lui demande ce qu'il compte faire une fois que sa mère sera de retour. Il m'explique vouloir revendre le *Raspoutine* et mettre les voiles dans un pays où le soleil brille tout le temps.

— Quelque part où ma mère pourra se reposer, et où je pourrai... peut-être... reprendre la photo.

Je cache mon sourire étonné et heureux, mais je sais qu'il l'a vu car il rit doucement.

— Pour combien de temps ?

— Pour toujours.

Oh.

— Tu sais... il fait beau, en Italie... Je dis ça, je dis rien. On a l'Espagne et la France à côté. Tu adorerais Paris. Ils n'ont pas de casino, mais de beaux cabarets.

— Je sais, sourit-il. Un bon ami à moi travaille au Moulin Rouge. Je t'y emmènerai, dans ce cas.

— Frimeur.

Il passe un doigt sous mon menton et soulève mon visage pour m'embrasser. Je mêle ma langue à la sienne dans un soupir.

— Arrête de t'inquiéter, chuchote-t-il. On va vite se retrouver, promis. Et en attendant, il paraît qu'on peut faire l'amour via Skype, maintenant ! C'est Li Mei et Lucky qui me l'ont dit.

Mon Dieu. Je m'esclaffe sans pouvoir m'en empêcher, amusée par l'absurdité de la chose. Je ne veux même pas savoir comment c'est arrivé dans la conversation.

— Et puis on est encore là, non ? Alors profitons à fond.

Il a raison. Chacun rentre chez soi pendant un temps, mais ça ne veut pas dire pour toujours. J'ai juste peur que la distance n'affecte notre relation, qui n'en est pourtant qu'à ses débuts. Et s'il se rendait compte que son intérêt pour moi n'était qu'un effet secondaire de l'ambiance surréaliste de Las Vegas ?

Et si, de retour chez lui, il réalisait que je n'ai aucune place dans son quotidien ?

— Stop, ne réfléchis plus et embrasse-moi, gronde-t-il.

Je m'exécute volontiers.

Chapitre 32

LEVI

Juillet. Las Vegas, États-Unis.

Le grand jour est arrivé.

La table finale des WSOP, avec pas moins de dix joueurs encore dans la course, dont Tito, Li Mei et moi. Nous prévoyons six heures de jeu, pas beaucoup plus. C'est déjà énorme, surtout après un mois et demi de poker intense dans les pattes.

Je ne suis pas stressé. Je ne ressens rien d'autre que de l'excitation tandis que je rejoins les autres dans le hall de l'hôtel, habillé d'un pantalon noir et d'une chemise beige.

— Tout est prêt ? je demande à mes coéquipiers.

Thomas hoche la tête, tendu. Tout le monde l'est, même Rose à mes côtés, sauf moi. Pourtant, c'est le moment dont j'ai longuement rêvé ces dix dernières années. Le moment où jamais, celui où je fais tomber Tito une bonne fois pour toutes.

— Comment tu te sens ?

Je jette un regard à Rose, qui prend discrètement ma main dans la sienne. Je m'apprête à lui répondre lorsque j'aperçois quelque chose briller à son annulaire. Il s'agit de la bague poivre et sel que je lui ai offerte...

Elle l'a gardée et a décidé de la porter de nouveau. Ma poitrine se réchauffe à cette idée, pourtant futile, et je lui souris pour la rassurer.

— Très confiant.

Notre plan est risqué. Un rien peut tout faire capoter, mais j'ai confiance.

— Il est là.

Nous nous tournons vers Tito, qui débarque dans le lobby d'une démarche assurée. Il sourit aux autres participants, puis semble nous remarquer. Son regard me transperce avant de glisser vers sa fille et nos mains entrelacées.

Rose se raidit à mes côtés. Je crois d'abord qu'il va passer sans rien dire mais il faut croire qu'il ose tout et n'importe quoi, car il s'arrête devant nous.

— C'est donc aujourd'hui que tout se joue, dit-il en me tendant la main. Jouons dignement, veux-tu ?

Li Mei le regarde d'un air de pur dégoût. Personne ne dit rien tandis que je le fixe sans prendre sa main.

— Tu devrais vérifier la définition du mot « dignement » dans le dictionnaire, car je ne crois pas qu'on lui donne le même sens.

À cela, il sourit d'un air amusé en reprenant possession de sa main. Son regard se baisse sur Rose une nouvelle fois. Il lui accorde un regard faussement déçu.

— Quand tu auras compris qu'il se sert de toi pour m'atteindre, on reparlera de tout ça, OK ?

— Ça, c'est ta spécialité, pas la sienne, rétorque-t-elle froidement.

Sur ce, nous sommes sur le point de faire demi-tour en groupe quand Tito nous interpelle encore :

— Dommage que Simon soit bizarrement tombé malade hier soir. Intoxication alimentaire, il paraît.

Je stoppe net, tout comme les autres. Li Mei ouvre grand les yeux, me fixant avec effroi. Lucky et Rose ont l'air tout aussi inquiets.

Je me tourne vers Tito, l'expression indéchiffrable. Je veux lui demander ce qu'il a fait, mais je connais déjà la réponse rien qu'à voir son sourire victorieux. Il a anticipé notre plan et a fait en sorte que Simon se fasse remplacer aujourd'hui.

Le croupier fait très peu de différence pour lui, puisque les cartes sont déjà marquées par l'encre. Moi, en revanche... je comptais sur lui pour qu'il détourne le regard de Tito sur mon jeu.

— *Buona fortuna* [35] *!*

Il s'en va sur ces paroles sarcastiques. Nous nous regardons en silence, tendus. C'est Thomas qui brise la glace :

— Pas d'inquiétude. Ça va aller.

À ce moment-là, un membre du personnel nous interrompt pour nous dire qu'il est l'heure de se mettre en place. Rose saisit ma cravate et me tire à elle, l'air menaçant :

— Levi, écoute-moi très attentivement. Si notre plan échoue, au diable l'honneur. Tu le balances, c'est clair ? Hors de question qu'il gagne.

Je souris en lui promettant de faire mon possible, puis j'embrasse tendrement sa bouche. Je fais signe à Thomas de rester avec elle et suis Li Mei vers la salle de jeu. L'endroit n'a rien à voir avec les pièces bondées de monde dans lesquelles nous nous sommes affrontés jusqu'ici.

Il s'agit d'une salle privative avec une large table et un fond bleu, entourée de caméras. Des sièges sont disponibles sur les côtés, dans l'ombre, et des techniciens courent un peu partout. Je devine que les caméras tournent déjà quand nous nous installons.

C'est comme si quelqu'un criait soudain « Action ! » : il est dix-sept heures et la table finale du *Main Event* démarre en fanfare. Je suis assis à côté de Li Mei, en face de Tito. Le croupier arrive peu après nous, et mon pouls s'accélère quand je m'aperçois que Tito n'a pas menti.

35. « Bonne chance ! » en italien

Ce n'est pas Simon. Il y a eu un changement de dernière minute. Li Mei cache son stress à merveille, jouant son rôle habituel. Chaque joueur est présenté d'une manière digne d'un show à l'américaine, comme d'habitude à Las Vegas.

Lorsque le croupier bat les cartes et nous distribue notre premier jeu, mon regard est fixé sur Tito. Un sourire triomphant naît sur mes lèvres au moment précis où il prend conscience de la tromperie. Je me nourris de cette sensation délicieuse qui s'éprend de moi alors qu'il écarquille les yeux, stupéfait.

Soudain, il me jette un coup d'œil et comprend.

« *Buona fortuna !* » j'articule silencieusement, ironique.

Bizarrement, la seule personne à laquelle je pense à ce moment précis, c'est mon père. Pour la première fois depuis longtemps, mon cœur n'est pas rempli de rancœur. Au contraire, il est apaisé.

Regarde-moi, papa. Regarde-moi devenir meilleur que toi.

***

ROSE

Je n'ai jamais été aussi angoissée de toute ma vie. Thomas, Lucky et moi sommes assis sur le canapé de la suite en train de visionner le direct diffusé sur ESPN.

Officiellement, Simon était censé protéger le jeu de Levi. Mais puisque Tito a fait en sorte qu'il soit absent, mon faux fiancé a désormais ses cartes à la vue de tous ; du moins, c'est ce que Tito croit.

Je reconnais l'exacte seconde où il comprend qu'il a été dupé. La vérité, c'est que Levi savait parfaitement que Tito allait faire remplacer Simon. Il comptait dessus, même. Le croupier n'était qu'une distraction, une couverture. Notre plan, le vrai, a été de faire changer le jeu de cartes.

Tito avait fondé sa victoire sur sa triche, mais voilà qu'il se retrouve avec des lentilles infrarouges... et des cartes non marquées. Il devra désormais jouer comme tout le monde.

— Il a la trouille, commente Lucky. Bien fait pour lui... Par contre, j'ai toujours du mal à comprendre comment c'est censé faire gagner Levi.

— Ce n'était pas le but, dis-je en secouant la tête. Levi refuse de tricher. Il veut gagner à la loyale. Le but, c'était d'offrir un match tout ce qu'il y a de plus réglo. Et c'est le cas !

La première partie commence doucement. Li Mei la remporte. Tito semble un peu secoué, je devine qu'il a du mal à s'adapter aux nouvelles circonstances de jeu ; ça doit faire longtemps qu'il n'a plus joué sans triche. Levi ne s'en préoccupe pas et joue comme il le fait toujours, avec rigueur et concentration.

Les heures passent comme au ralenti. Mes nerfs sont à vif. Ils se débrouillent bien, mais plus le nombre de joueurs diminue, plus mon angoisse augmente. Très vite, ils ne sont plus que cinq autour de la table. Li Mei a dû accuser plusieurs gros coups, ce qui lui a valu de perdre beaucoup d'argent.

Je ne pense pas qu'elle fera long feu, et comme prévu, elle perd en quatrième position.

— Elle s'est bien battue, commente Lucky.

Thomas et moi confirmons. Parmi les trois finalistes, je reconnais l'homme au tee-shirt Jurassic Park d'il y a quelques semaines. Il est fort, mais pas encore assez expérimenté face à Levi et Tito.

Une nouvelle partie commence. On approche peu à peu de la fin. Levi hérite d'un as de trèfle et d'un dix de carreau. Wittelsbach, qui est allemand, a un roi de trèfle et une reine de cœur en main. Il a un stack bien plus mince que celui de Levi, ce qui le met en désavantage. Pourtant, il est très confiant et l'annonce tout de suite.

— *Snap call* [36], murmure Lucky.

En effet, il ne réfléchit même pas et effectue un *all-in pré-flop* – aussi communément appelé « tapis dans le noir », car le joueur fait tapis sans même connaître les cartes communes. Tito se couche le premier avec un as de carreau et un trois de trèfle. Levi suit avec cinquante pour cent de chances de gagner.

— Il est fou.

— Il est avantagé.

— Pas de beaucoup, je grimace.

Mon cœur bat à cent à l'heure. Je comprends qu'il veuille se débarrasser de Wittelsbach au plus vite, mais quand même. C'est l'effervescence totale dans la salle. Les présentateurs semblent très curieux également.

Le *flop* tombe alors... révélant un huit de cœur, un sept de trèfle et un roi de carreau.

— Eh merde.

Wittelsbach sourit d'un air victorieux. Il arrive en tête avec quatre-vingt-sept pour cent de chances de remporter le tout. Levi ne réagit pas, le menton posé sur sa main. Je n'en crois pas mes yeux. Il est en train de perdre et ce n'est même pas face à Tito !

Impossible. Qu'est-ce qui lui a pris ?

Le stress est visible sur leurs visages quand une quatrième carte est révélée, un valet de carreau. Les chances de Levi augmentent de quelques pour cent seulement. Ce n'est pas assez. Je me mords la lèvre, pessimiste.

Je l'entends presque me dire dans l'oreille : « Et moi qui pensais que tu croyais aux miracles ? » Croyez-le ou non, la dernière carte tombe et fait l'effet d'une bombe : un neuf de pique.

Levi gagne à cent pour cent à l'aide d'une quinte. Il ferme les yeux, le soulagement se lit sur son visage.

---

36. Au poker, on appelle ça un *call* très rapide, c'est-à-dire une action qui n'est pas réfléchie à première vue.

Lui-même n'était pas certain d'en sortir indemne. Il récupère donc les parts de Wittelsbach, qui lui sert la main et quitte la table avec dignité.

— Malgré notre plan, Tito se débrouille assez bien, grimace Lucky en se frottant les mains sur son jean. C'est serré.

Thomas le rassure en lui disant que même si Tito gagnait, c'est trop tard. La vengeance de Levi est déjà en marche. Ne comprenant pas le sous-entendu, je lui demande ce qu'il veut dire par là.

— Levi a toujours au moins trois plans différents, histoire d'assurer ses arrières. Quoi qu'il arrive, Tito n'a aucune idée de ce qui va lui tomber dessus, c'est tout.

Je reporte mon attention sur la télévision, toujours aussi perplexe, tandis que Tito revient à sa place, les yeux fixés sur Levi.

Il ne reste plus que quelques minutes... et deux joueurs en lice.

***

LEVI

Avec plus de vingt millions de dollars en poche, j'ai désormais l'avantage en matière de jetons, tout ça grâce à Wittelsbach. Tito le sait, mais il ne semble pas très inquiet. Pas encore. Je manque d'éclater de rire.

Il croit déjà avoir tout gagné, tout ça parce qu'il est plus expérimenté que moi. Tout ça parce qu'il a fait changer le croupier que j'ai soudoyé. Il pense que je suis piégé. À croire qu'il ne me connaît pas.

Je suppose qu'il sous-estime mon envie de gagner. Je refuse de tricher face à lui, c'est vrai, tout simplement parce que la victoire n'aurait pas la même saveur. Mais pour le reste, tous les coups bas sont permis. Je n'attends qu'une chose : que le tournoi se termine afin qu'il affronte les conséquences de ses actes.

Plus nous jouons, plus je gagne, et plus son sourire s'évapore. Son jeu devient plus maladroit également. Son stress le fait agir trop vite, et il accumule les erreurs de débutant. À force de tricher, il a perdu l'habitude.

Il évite désormais de me regarder, comme s'il avait peur que je ne le déconcentre. Un sentiment galvanisant s'empare de mon cœur à mesure que les minutes passent.

Je réprime un sourire en découvrant ma prochaine main : un cinq de pique et un cinq de carreau. C'est un bon jeu. Il faut croire que la chance est de mon côté.

Comme pour me contredire, Tito plonge le regard dans le mien et déclare :

— *All-in.*

***

ROSE

Tito fait tapis avant le *flop*.

Son jeu se compose d'un as et d'un deux de pique. Il n'est pas avantagé. Le jeu de Levi est le meilleur pour le moment. J'espère juste que ça restera le cas en fonction du *flop*...

— C'est maintenant ou jamais.

En effet, c'est le dernier coup. La dernière partie. La dernière chance que Levi a de détruire Tito. Tout le monde panique un peu dans la salle – Levi quitte son siège pour rejoindre Li Mei dans l'ombre, un petit sourire timide errant sur ses lèvres. Je devine qu'il est stressé, mais excité aussi.

Je souris comme une idiote, les mains moites.

— Bordel, je sue comme un porc, se plaint Lucky. J'ai peur.

Moi aussi, mais je ne le dis pas. Je serre les poings, silencieuse. Tito prend une gorgée de son verre d'eau à l'écran, l'air un peu méfiant.

Les deux joueurs sont appelés à revenir à leur siège pour la révélation du *flop*. La croupière effectue un mouvement rapide de la main et révèle les trois premières cartes : un roi de cœur, un valet et un dix de trèfle. Je souffle de soulagement, en sueur. L'avantage reste du côté de Levi.

— Rien n'est gagné, me rappelle Thomas.

— Attention à la doublette qui pourrait amener à la contrefaçon *river*, je murmure comme pour moi-même.

La doublette du dix serait effectivement excitante, mais c'est un trois de cœur qui apparaît. Lucky laisse échapper un couinement heureux qui me fait rire de nervosité. Levi a désormais quatre-vingt-quatre pour cent de chances de gagner.

C'est quasiment dans la poche. Tito l'a compris, car son expression est sombre et dangereuse.

— Il va le faire, chuchote Thomas. Il va gagner, j'en suis certain.

Je veux lui dire de ne pas s'avancer, que ça va lui porter la poisse, mais je n'en ai pas le temps. La croupière dégaine une nouvelle carte...

Et révèle un dix de pique.

Chapitre 33

LEVI

Juillet. Las Vegas, États-Unis.

Je reste figé sur place, les yeux fixés sur la dernière carte. Je ne ressens rien. Les gens autour de nous éclatent de joie mais je suis paralysé sur mon siège.

Je viens tout juste de gagner douze millions de dollars.

Je suis millionnaire... et champion du monde de poker.

— Tu l'as fait ! s'écrie Li Mei en se jetant à mon cou. Levi, tu as réussi !

J'ai encore du mal à y croire. Je me lève dignement et la prends dans mes bras, les mains un peu tremblantes. J'ai maintes fois imaginé ce moment très précis. Chaque fois, j'imaginais que je ressentirais une vague de soulagement... de fierté... de satisfaction, au moins, à l'idée d'avoir réussi à tenir cette promesse que je me suis faite il y a six ans.

Je n'éprouve rien de tout ça.

Je suis juste... triste. Vide. Je pense à mon père et j'ai terriblement envie de pleurer. Est-ce que ce simple moment de victoire valait tout le reste ? Je n'en suis pas certain, finalement.

Je tends la main vers Tito en sachant pertinemment qu'il ne la serrera pas. Je souris cruellement en le voyant me fusiller des yeux devant les caméras ; il se ridiculise tout seul.

— Tu savais, gronde-t-il.

Je sais tout de suite à quoi il fait allusion. Oui, je savais qu'il changerait de croupier. Oui, je savais qu'il tricherait. Malgré tout ça, j'ai réussi à gagner contre lui. J'espère qu'il se sent comme une merde, là tout de suite.

— Tu peux dire adieu à Rose, dit-il d'un ton assassin, car tu ne risques pas de la revoir.

Je m'esclaffe. Même Li Mei hausse un sourcil en souriant. Croit-il encore avoir un semblant de contrôle sur elle ? À mourir de rire, vraiment.

— Sans vouloir vous offenser, beau-papa, je ne vois pas comment vous pourrez m'empêcher de côtoyer votre fille de là où vous serez.

Il ne saisit pas un mot de ce que je dis, mais je ne m'en fais pas. Il comprendra bien assez tôt. Justement, Rose m'attend à l'extérieur de la salle en compagnie de Thomas et Lucky. Je leur adresse un sourire fier mais détendu, comme si je savais la victoire mienne depuis le début.

Rose s'approche à grandes enjambées et finit par me sauter dans les bras en criant de joie. Surpris, je la rattrape tandis qu'elle accroche ses jambes autour de ma taille.

— J'étais comment ? je demande sous les yeux des caméras.

— Super sexy, souffle-t-elle avant de m'embrasser.

J'accueille le baiser avec plaisir, comme une récompense.

— Ton fiancé est blindé de thunes.

Elle hausse un sourcil et plaisante :

— Évidemment. Je sais bien les choisir.

Rose n'accorde aucune attention à son père, qui se tient pourtant tout près. Je la repose par terre, ma main dans la sienne, et le reste du groupe vient me féliciter. La réalité de la situation me heurte alors de plein fouet.

J'ai gagné. J'ai vraiment gagné. Moi, un handicapé doublé d'un abruti, comme le disait si bien mon père.

Je vais pouvoir utiliser cet argent pour offrir une vie de détente et de bonheur à ma mère. Quant à Tito, il ne devrait pas tarder à payer pour ses péchés.

Réglée comme une horloge, la vengeance s'invite à la fête et me félicite plus tôt que prévu. En effet, un homme se rue vers Tito, l'expression inquiète, la mine urgente. Il lui parle en italien, mais je n'ai pas besoin de comprendre la langue pour savoir ce qu'il lui dit.

Je regarde Thomas, qui opine silencieusement en retour. Rose, qui a capté notre échange, plisse le front en direction de Tito. Je sais qu'elle comprend ce qu'ils se disent, car elle pâlit au fur et à mesure.

Le visage de Tito s'assombrit à son tour. Il se tourne brusquement vers moi, les yeux écarquillés.

— Qu'est-ce que tu as fait, petite ordure ?

Je garde une main dans la poche de mon pantalon, nonchalant, et joue l'innocence incarnée.

— Qui ça, moi ?

Je n'ai pas le temps d'en dire plus. Il explose et s'élance vers moi, agrippant le col de ma chemise. La violence de son geste me propulse contre le mur. Je ne réagis pas, conscient des caméras qui s'empressent de tout enregistrer.

— Souris, tu es filmé, je chuchote tout bas de sorte qu'il soit le seul à m'entendre.

— C'est toute ma vie, que tu viens de foutre en l'air ! hurle-t-il, une veine gonflant dangereusement sur sa tempe. Ma carrière ! Mon héritage ! Espèce de pourriture...

Mon sang ne fait qu'un tour. C'est lui qui parle ? Il a pourri ma vie en premier ! Je n'ai rien fait, si ce n'est dénoncer ces crimes. Il aurait dû se montrer plus intelligent, c'est tout.

Quelqu'un s'approche pour nous séparer mais je réussis à lâcher entre mes dents serrées :

— Dans ce cas, on est quittes. Pourris bien en prison, connard.

Sur ce, je lui offre un clin d'œil suivi d'un sourire carnassier. Rose nous regarde sans rien dire, les bras croisés sur sa poitrine. Son père jure dans sa barbe, une main frustrée dans ses cheveux, et la prend par le poignet.

Il lui lance quelque chose en italien, mais elle s'arrache de sa poigne en l'ignorant totalement. Les journalistes profitent qu'il soit seul pour s'élancer vers lui en hâte. Cela fait six heures qu'ils attendent qu'on sorte de cette pièce. Six heures qu'un article du *New York Times* est sorti, révélant le « Scandale Ferragni ».

Je suppose qu'ils ont beaucoup de questions à lui poser.

— Je ne comprends pas tout ce qui se passe, là, dit Lucky.

— Jette un œil aux réseaux sociaux du *New York Times*, lui conseille Thomas.

Les journalistes tentent d'avoir quelques mots de la part de Tito, mais celui-ci nie tout ce qui est allégué contre lui, hurlant à la diffamation. Finalement, il me fusille du regard et disparaît.

À mes côtés, Rose est toujours muette. Elle sait déjà ce qui se passe. Li Mei lit par-dessus l'épaule de Lucky, qui a sorti son téléphone :

« Tito Ferragni, créateur de la plateforme italienne de distribution numérique *Speakup*, accusé d'altération de preuves, de subornation de témoins et de blanchiment d'argent. » Oh, bordel. C'est pour de vrai ?

Elle se tourne vers moi, sous le choc. J'opine sans rien ajouter. Je les laisse lire la suite, de toute façon je sais déjà ce que dit l'article. Les pots-de-vin et le blanchiment d'argent, tout le monde s'en doutait déjà. La modification de preuves, en revanche...

Il y a sept ans, un employé de Tito du nom de Muzio a trouvé la mort sur son lieu de travail : il s'apprêtait à sortir d'un ascenseur quand la cabine s'est décrochée. La chute aurait été causée par la présence d'air dans les vérins. *Speakup* était évidemment en cause, puisque Tito n'avait pas fait faire d'intervention de maintenance.

Cela, le public l'ignorait avant aujourd'hui. Tito a évidemment tout fait pour étouffer l'affaire, quitte à modifier les preuves et à soudoyer les témoins. C'est grâce à un coup de chance que j'ai pu déterrer ce secret, en creusant bien profondément depuis des années.

Ce simple article suffira aux Italiens pour mener une enquête. Il n'aura jamais le temps de tout cacher avant de rentrer. Tito est dans un sacré pétrin, son entreprise aussi.

Il va prendre une peine de prison de plusieurs années, tout dépendra de sa défense devant le tribunal italien. Quant au gars qui a tenté de nous écraser avec Lucky, la police s'en occupe déjà.

— Waouh, ça m'a donné la chair de poule, murmure Lucky.

Je lance un regard inquiet à Rose, qui n'a toujours pas bougé. J'ai peur qu'elle ne m'en veuille. Tito reste son père, et un scandale pareil ne peut qu'avoir des répercussions sur sa famille. J'ai même hésité à le faire, avant de me rassurer : non seulement Tito a eu l'intelligence de ne jamais mêler sa femme et sa fille aux médias, ainsi personne ne les connaît vraiment, mais surtout, je suis désormais assez riche pour prendre soin d'elles deux si besoin.

Tito devrait être le seul à souffrir de cette situation, pas les autres. Surtout pas parce qu'elles l'ont aimé et soutenu toutes ces années sans rien avoir en retour.

— Hé...

Je vais pour poser ma main sur son bras mais elle se dégage aussitôt.

— J'ai besoin de prendre l'air.

Je la laisse partir.

***

Rose disparaît tout le reste de la journée.

Après quelques interviews et séances photos, je m'isole près de la piscine pour profiter du calme et du soleil. La vérité, c'est que j'espère l'y trouver, en vain.

Li Mei propose d'aller la chercher, mais je lui dis de la laisser tranquille. Elle a besoin de temps, et je le comprends.

— Alors c'est vraiment fini ? demande Lucky lorsqu'on se retrouve tous dans la suite pour dîner.

Thomas a ouvert une bouteille de champagne, qu'on se partage pour fêter ça. Après ces dernières années à planifier et à se préparer, autant moi qu'eux trois, nous voici libres et riches.

— C'est vraiment fini, je confirme d'un petit sourire.

J'ai encore du mal à y croire, mais je suppose que c'est normal. Il va me falloir un certain temps d'adaptation. Maintenant que je n'ai plus de but, que suis-je censé faire de ma vie ?

— Bordel... on est tous millionnaires, là ? Sérieux ?

— Je ne suis pas très surprise, répond Li Mei. Mon nom veut dire « argent ». C'était dans mon ADN depuis le début.

— Qu'est-ce que vous allez en faire ? demande Thomas.

Je leur avais promis de partager les douze millions en quatre, et je compte bien tenir ma promesse. J'avais aussi promis une part à Rose si jamais je gagnais, déjà à Macao. J'espère qu'elle l'acceptera. Je n'y serais peut-être jamais arrivé sans son aide précieuse.

— Payer mes études, pour commencer, ainsi que celles de ma petite sœur Jasmine, dit Lucky avec conviction. Puis acheter une immense maison à mes parents.

— Est-ce que je vais passer pour une vraie bimbo superficielle si je réponds « des chaussures » ? grimace Li Mei.

— Pas plus que d'habitude.

— Cool. Et toi, Thomas ?

Mon ami hausse les épaules, pensif. Personne ne sait rien de sa famille ni de son passé, pas même moi.

— J'y réfléchis encore.

Personne ne me demande ce que je vais en faire. Ils le savent déjà.

Nous mangeons et buvons jusqu'à n'en plus pouvoir. Lucky est censé repartir dès demain à Los Angeles ; il a déjà manqué trop de jours de fac. Li Mei profite de son amoureux tout au long de la soirée puis ils s'éclipsent les premiers dans leur chambre.

— Je vais devoir dormir avec des boules Quies, si je comprends bien, soupire Thomas. Vous ne vous arrêtez jamais, dans cette maison ?

— Tu es jaloux ? je raille en lui adressant un sourire lascif.

— Non, ment-il.

Je veux lui demander ce qui l'empêche de trouver quelqu'un, mais au même moment, j'entends la porte de l'entrée s'ouvrir dans un *bip* sonore. Thomas finit sa bouteille de bière et me souhaite bonne nuit en disparaissant. J'attends dans le canapé, les jambes écartées et les joues brûlantes.

Rose apparaît, un sac en plastique à la main. Elle n'a pas l'air très bien, mais elle sourit tristement malgré tout.

— J'ai ramené du chinois, mais je vois que vous avez déjà mangé... J'aurais dû m'en douter.

Son air dévasté me prouve qu'elle a bu. Je tends le bras en lui faisant signe d'approcher. Elle laisse tomber le sac et vient s'asseoir sur ma cuisse.

— Tu m'en veux ?

Elle secoue la tête immédiatement.

— Non. Tu as eu raison, il le mérite. J'ai juste... du mal. Je culpabilise un peu, je suppose. J'espère que ça ira pour ma mère.

— Évidemment, que ça ira. Je ferai tout pour que vous ne soyez pas touchées, Rose, je te le promets.

Elle hoche la tête, tout en jouant avec mes doigts. Elle en porte un à sa bouche, l'embrassant chastement, puis fait de même avec chacun des autres. Je frissonne douloureusement.

Quelque chose d'autre pèse sur nos têtes, et même si nous n'en parlons pas, nous savons. Lucky part demain, Li Mei ne tardera pas à suivre, tout comme Thomas. Quant à moi... je dois retrouver ma mère. Et elle, la sienne.

On ne peut pas rester ici indéfiniment. Tôt ou tard, on va devoir se dire au revoir.

— Tu as merveilleusement bien joué, aujourd'hui. Tu m'as impressionnée, dit-elle.

— Waouh. Je suis ému, merci.

— Comment tu te sens, alors ? Maintenant que tu as accompli ta vengeance... Soulagé ? Apaisé ?

— Pas vraiment. C'est con, hein ? Je crois... que tu avais raison. Ça ne sert pas à grand-chose. Évidemment, je suis soulagé que Tito paye pour ses crimes, mais la douleur que je ressens quand je pense à mon passé, elle est toujours là. Et quelque part, je regrette presque de lui avoir accordé dix ans de ma vie.

Elle pose sa tête sur mon épaule et je sais qu'elle comprend parfaitement ce que je veux dire.

— C'est vrai. Mais dis-toi que dix ans, dans une vie, ce n'est rien. Maintenant, tu peux profiter du reste de celle-ci auprès de ta mère, sans te faire aucun souci. Et pour le reste... le trauma et la culpabilité... tu travailleras dessus. Ça tombe bien, ta ravissante et brillante petite amie a fait des études de psychologie.

— Modèle, peintre *et* psychologue ? J'ai gagné le gros lot.

— Bah écoute, chacun ses talents. Moi je suis multitâche, toi t'es millionnaire. On s'est bien trouvés.

J'éclate de rire en lui mordillant le cou. Elle m'embrasse, tendrement d'abord, puis plus fougueusement. Je la hisse sur mon épaule et l'emmène dans notre chambre, où nous faisons l'amour jusqu'à ce qu'elle s'effondre sur moi et s'endorme comme un ange.

Chapitre 34

ROSE

Juillet. Las Vegas, États-Unis.

Tito est reparti dans la nuit sans prévenir. J'imagine qu'il veut se dépêcher de rentrer pour tenter de réparer ses bêtises. J'ai évidemment prévenu ma mère, à qui je n'ai pas beaucoup parlé ces derniers temps.

Je l'évitais parce que je fuyais mes problèmes, mais j'ai récemment décidé d'y faire face.

Je suis désolée pour l'autre fois... J'avais peur.

Je sais. Je ne t'en veux pas. Mais il va falloir en discuter, Rose.

Je lui promets que, cette fois, j'écouterai. Lorsque je lui demande ce qu'elle compte faire concernant papa, elle me dit de ne pas trop m'inquiéter. Ils sont en plein divorce de toute façon, ainsi ce qui lui arrive n'aura pas trop d'incidence sur nous.

Et ce garçon ?

... il repart en Russie :(

Est-ce que c'est du sérieux ?

Peut-être.

Alors il va falloir que je le rencontre.

Je souris en lui disant de ralentir la cadence. Levi et moi nous connaissons depuis presque deux mois seulement, calmons-nous. Et pourtant, l'idée ne me déplaît pas tant que ça. J'imagine Levi assis à notre table de jardin, sous le soleil, ses lunettes sur le nez, et mon cœur fond.

— Bon... je ne vais pas tarder.

Je me lève et rejoins les autres devant la porte d'entrée, où Lucky tient une immense valise noire. Il n'a pas voulu qu'on l'accompagne à l'aéroport car il n'aime les adieux larmoyants et dramatiques « que dans les films ».

Les garçons se serrent la main, mais Lucky les force à s'étreindre, ce qui me fait sourire. Je rêve ou... il pleure ?

— Lucky, tu nous fais ça tous les ans, soupire Li Mei. On va se revoir.

— Et on a même une conversation groupée WhatsApp. Tu peux nous parler tous les jours si tu le souhaites.

Thomas m'adresse un regard mauvais avant de murmurer :

— Ne lui donne pas des idées.

Lucky semble toutefois un peu rassuré. Il remercie Levi, qui lui promet de lui virer l'argent au plus vite, et embrasse Li Mei à pleine bouche.

— À dans... un an, max ! On pourra partir en vacances ensemble, si ça vous dit. Santorini a l'air trop sympa pendant l'été. On fera un pèlerinage spécial « Mamma Mia 2 » !

Li Mei interrompt ses projets fous et lui dit qu'il est temps d'y aller s'il ne veut pas louper son avion. L'instant d'après, nous refermons la porte derrière lui. Le silence s'abat à nouveau sur la suite. Li Mei prétend avoir des choses à faire, mais je devine qu'elle a besoin d'être seule.

Levi passe la journée à m'apprendre à cuisiner des plats traditionnels russes. Il me fait répéter quelques mots également, autres que « *любимая* ». J'ai pu constater qu'il insistait tout particulièrement sur la phrase « *Я тебя люблю* » [37].

C'est d'ailleurs ce que je lui murmure plus tard dans la nuit, alors qu'il bouge entre mes cuisses. Ça a le don de le faire jouir immédiatement.

— *Ti amo anch'io* [38], murmure-t-il en retour. Non, mieux : *Sono pazzo di te* [39].

Je ris, surprise.

— Quelqu'un a pris des cours d'italien ou je rêve ?

— J'ai peut-être téléchargé quelques applis... Parler plusieurs langues, c'est très important. Je vais désormais être quadrilingue.

Je lui demande quelles langues il parle, curieuse.

— Le russe, bien évidemment. L'anglais. Et bientôt l'italien, du coup.

— Et quelle est la quatrième, petit génie ? je me moque.

Une lueur indécente brille dans ses yeux tandis qu'il soulève les draps pour dénuder mon corps.

— Laisse-moi te montrer.

***

Li Mei nous abandonne deux jours plus tard.

Elle doit retourner au *Raspoutine*, qui tourne sans elle depuis plus d'un mois. Elle m'avoue aussi vouloir renouer avec ses parents. Je lui demande si elle pense que ça ira, mais elle hausse les épaules.

— Je ne sais pas. Je crois... que ça ne sera pas une partie de plaisir. Ils ont beaucoup de fierté et ils sont très

37. « Je t'aime », en russe.
38. « Je t'aime aussi », en italien.
39. « Je suis fou de toi », en italien.

têtus. Mais s'ils m'aiment, ils prendront le temps qu'il faut pour me pardonner.

— Tu vas leur donner de l'argent ?

— Évidemment. Ils le méritent bien plus que moi, sourit-elle tristement. Tu viendras me rendre visite ?

Je le jure sur Jimmy Choo, ce qui suffit à la convaincre. Cette fois, nous l'accompagnons à l'aéroport. Levi la garde dans ses bras plus longtemps que nous, chuchotant à son oreille des choses que je ne peux pas entendre.

Je devine qu'il s'inquiète pour elle. Dans un sens, Levi est le papa de tous ces gens brisés, tel Peter Pan et les Enfants perdus. Jusqu'ici, ils avaient le prétexte du tournoi pour se retrouver chaque année. Mais désormais... c'est chacun pour soi.

Même si je sais pertinemment que leur amitié sera plus forte que la distance. Le soir même, je propose à Levi d'organiser une rencontre groupée annuelle. Ainsi, nous serons obligés de nous voir au moins une fois par an. Il adore l'idée, si bien qu'on la soumet au vote dans notre conversation WhatsApp. Acceptée à l'unanimité.

Quelque part, on se parle si souvent que c'est comme s'ils étaient encore là. J'ai parfois l'impression de les connaître depuis toujours, et ce sentiment me galvanise autant qu'il m'effraie.

— Tito a été arrêté, nous annonce Thomas un matin, son portable en main.

Je me raidis, abasourdie. Ça a été plus rapide que je ne l'aurais pensé. Il faut croire que les preuves étaient donc accablantes. La police italienne n'a pas chômé, ça c'est certain. Ma mère ne m'a rien dit... mais j'imagine qu'elle évite de m'inquiéter.

— Il encourt une peine de combien d'années ? je demande tout bas.

— Toutes accusations combinées... environ huit ans, je dirais. Mais on sait tous qu'il écopera de moins. C'est toujours comme ça.

Oh, bordel. Huit ans de prison. C'est énorme. Et pourtant, la mère de Levi a tenu dix ans dans un centre pénitencier russe.

— Les crimes d'argent font partie des plus impardonnables, c'est pourquoi tu peux très vite prendre cher.

Je ne sais pas trop ce que je ressens. J'ai essayé d'éviter d'y penser, mais maintenant c'est du concret. Mon père va comparaître devant un tribunal et probablement perdre son entreprise au passage. Qui va en prendre la tête ? L'un des investisseurs principaux ? Ma mère ? Certainement pas moi !

— Ton père a de très bons avocats, me rassure Levi, ainsi que beaucoup d'influence. Sa peine ne sera pas aussi lourde.

Je ne sais plus si c'est une bonne ou une mauvaise chose à ce stade.

***

Cela fait une semaine que le tournoi est terminé. Ce matin, je me réveille dans les bras de Levi, comme chaque jour, et je sais. Je le sens. Aujourd'hui est le jour J. Parce que toutes les bonnes choses ont une fin.

Je déjeune au bord de la piscine de l'hôtel quand Levi me rejoint, seulement vêtu d'un maillot de bain. Rien ne change de d'habitude. Mais lorsque le silence entre nous dure, je comprends que j'ai raison. Il ne sait pas encore comment le dire, c'est tout.

Alors je joue le jeu. Je profite de ma journée le plus possible. Je l'entraîne pour faire du shopping, et il m'invite à déjeuner dans un beau restaurant de fruits de mer. Sur le retour, nous nous retrouvons devant *The Little Vegas Chapel,* où se sont mariées de nombreuses célébrités telles que Johnny Depp, Frank Sinatra, ou encore Marilyn Monroe.

— Tu veux jeter un œil ? s'amuse Levi.

— Nous sommes déjà mariés, *amore mio,* je plaisante en le suivant malgré tout.

Nous passons l'entrée en forme de cœur, curieux. À l'intérieur, un couple déjanté se fait prendre en photo par une petite blonde au sourire immense, sûrement la demoiselle d'honneur.

Je ris en apercevant la mariée du jour, une fille aux cheveux d'un rose délavé qui tient une bouteille de champagne d'une main et le cou de son fiancé de l'autre.

— Zoé Camara, voulez-vous prendre pour époux Jason Delaunay, ici présent ? demande la copie confirme d'Elvis.

— Je le veux ! s'écrie-t-elle dans un anglais approximatif, visiblement un peu pompette. Je t'accepte toi, tes chats de *nerd* et ton stupide tatouage fessier...

Levi ricane à mon côté, murmurant au creux de mon oreille :

— Tu crois qu'ils regretteront une fois sobres, ceux-là ?

Je les regarde, attendrie malgré moi. Ledit Jason accepte également, non sans s'indigner de l'insulte faite à ses chats, et l'embrasse à en perdre haleine. La demoiselle d'honneur pleure comme une madeleine, vite consolée par ce qui semble être son petit ami. Ils ne parlent pas anglais, mais je crois comprendre que ses hormones lui jouent des tours. En baissant le regard, je me rends compte qu'elle est effectivement enceinte.

— Non, réponds-je doucement. Je crois qu'ils savent très bien ce qu'ils font, au contraire.

Et au fond de moi, je les envie. Je ravale ma jalousie et accepte la main de Levi dans la mienne tandis que nous sortons. Je reste silencieuse le reste de la balade. À peine sommes-nous rentrés dans notre suite que je ne lui laisse pas le temps de se poser et file à la douche.

J'y reste bien trente minutes. Je n'y fais rien, je tente juste de gagner du temps, laissant les volutes de vapeur embuer les murs. Je ne suis pas très surprise quand je sens les bras de Levi s'enrouler sous mes seins. Il embrasse mon cou, tendre, et je devine qu'il me demande pardon pour ce qu'il s'apprête à dire.

Je profite du contact, les yeux fixés sur le mur.

— Je sais ce que tu as fait toute la journée, souffle-t-il. Mais il faut qu'on en parle...

Je ne dis rien, le laissant embrasser mon cou, puis ma nuque. Lorsqu'il me retourne pour me regarder dans les yeux, toute résolution s'envole. Son regard est à la fois doux et suppliant. Son ton, quant à lui, est désolé quand il chuchote :

— Rose... je dois rentrer chez moi, maintenant.

Je m'attendais à avoir mal, mais pas autant. Pas d'un coup. Je hoche la tête, les lèvres pincées. Ses mains caressent mes cheveux mouillés sous le jet d'eau, rassurantes.

— Et toi aussi, continue-t-il tout bas. Ta mère t'attend.

— Je sais.

Je sais aussi qu'il n'a pas plus envie de me quitter que moi, mais je suis agacée du fait qu'il le cache mieux que moi. Il saisit mon visage à deux mains, aussi prudemment que s'il soulevait un poussin, et m'embrasse.

Je lui rends son baiser, les mains dans son dos nu. Tout son corps est pressé contre moi, dur et mouillé.

— Ce n'est pas la fin de nous, Rose Alfieri, sourit-il contre ma bouche. Ce n'est que le prologue. Je t'en fais la promesse.

***

Thomas a décidé de rester encore un peu. Ma mère me réserve un billet d'avion et Levi prend le sien quasiment à la même heure. J'ai encore du mal à m'y faire. C'est comme si c'était la fin de la colonie de vacances et que chacun repartait de son côté. Pire sentiment au monde.

Je retourne chez moi avec deux valises pleines à craquer et des souvenirs plein la tête. Cela se révèle très dur de quitter la suite où j'ai connu tant de beaux moments – des moins beaux aussi. Je reste silencieuse tandis que Thomas conduit pour nous accompagner à l'aéroport. Levi ne lâche pas ma main.

Quand nous sommes arrivés, Thomas est le premier à parler.

— S'il vous plaît, pas de câlin. J'en ai fait assez cette semaine, je crois qu'au prochain, je vous vomis dessus.

— N'y compte pas, je rétorque d'un air faussement dégoûté.

Levi secoue la tête en roulant des yeux.

— À plus, Chris Hemsworth ! je lance par-dessus mon épaule juste pour l'embêter.

Quelques secondes plus tard, j'entends des pas dans mon dos. Je me retourne pour voir Thomas marcher vers moi d'un air déterminé. Je crois d'abord qu'il va me crier dessus, mais au dernier moment, il... me serre contre lui.

Je reste pétrifiée, sous le choc. Je rêve ? Non, Thomas est en train de me faire un câlin. Et contrairement à ce qu'il dit, il a l'air d'apprécier le contact. Je pose mes mains dans son dos, reconnaissante. Malgré nos débuts difficiles, Thomas et moi nous apprécions plus que nous n'aimerions l'avouer.

C'est un mec bien sur lequel on peut compter.

— T'es une chieuse, se plaint-il en reculant.

Sur ces belles paroles, Thomas repart dans la direction opposée. Mon rire s'éteint progressivement alors que je prends conscience de ce que son départ signifie. Il ne reste plus que Levi et moi, désormais. Nous nous enregistrons et passons la douane en silence. Lorsqu'il est l'heure de trouver notre porte d'embarquement, Levi tire légèrement sur mes mains pour m'arrêter.

Nous nous faisons face, un peu mal à l'aise.

— Tu m'appelles quand tu es arrivée.

— Toi aussi.

Silence.

— N'oublie pas ta promesse, me rappelle-t-il. Pas de casino. Pas de jeux en ligne. Ne bois pas trop non plus, et diminue sur les clopes. C'est pas bon pour ta santé.

Je roule des yeux en râlant.

— Oui, maman. C'est tout ?

Il m'attire à lui d'un coup sec, si bien que je rebondis sur son torse. Son nez effleure le mien avant qu'il pose une main dans ma nuque et m'embrasse violemment. J'enroule les bras autour de son cou et mêle ma langue à la sienne.

Notre baiser a le goût du regret, de la peur et de la mélancolie d'un moment pas encore terminé, à peine partagé. Il n'est pas encore parti qu'il me manque déjà.

— Tu gardes ça bien au chaud, dit-il en tapotant du doigt sur la bague de fiançailles que je porte toujours.

— Et toi, prends soin de ta mère. Profite de ces moments avec elle, d'accord ?

Il hoche la tête avant de nicher son visage dans mon cou, caché par mes cheveux courts. Notre étreinte me rappelle celle que nous avons partagée sur le tournage de *Glamour*. Je refuse de le lâcher. C'est comme si j'étais... à la maison. En sécurité. J'aimerais ne jamais partir.

Au bout de quelques minutes, je m'apprête à m'écarter mais il me serre plus fortement encore, chuchotant contre ma peau :

— Pas tout de suite. Encore un peu.

Je caresse ses cheveux d'un geste maternel. Quand l'heure de mon vol approche, je le force à me lâcher. Son visage est impassible, comme s'il avait remis un masque en place.

Je devine aisément qu'il ne souhaite pas que je sois témoin de ses vraies émotions.

— Je dois y aller.

Je l'embrasse une nouvelle fois, puis je lui fais signe de la main en m'éloignant. Il me le renvoie, les lèvres pincées. Son expression me brise le cœur. Je m'en détourne alors, espérant qu'il ne voit pas les larmes au coin de mes yeux.

Je me sens seule au monde, une fois de plus.

Chapitre 35

LEVI

Août. Saint-Pétersbourg, Russie.

J'ai le trac.

C'est débile, non ? Je ne vais pas à un entretien d'embauche, ni à un rencard. Je vais seulement chercher ma mère à sa sortie de prison. Rien de grandiose. Pourtant, j'ai les mains moites dans le taxi, un bouquet de fleurs posé sur le siège vide à mon côté ; des pivoines, ses favorites.

Le moment que j'attends depuis dix ans est enfin arrivé, et la vérité, c'est que j'ai la trouille. Ma mère m'a toujours connu adolescent. Elle ne sait rien de l'adulte que je suis, si ce n'est ce que je veux bien lui montrer lors de mes visites mensuelles.

Et si la réalité la décevait ? Et si elle détestait l'homme que je suis devenu ? J'ai déjà peur de sa réaction lorsqu'elle apprendra que je joue au poker. Que je suis champion du monde. Que je suis tombé fou amoureux de la fille de l'homme qui nous a volé papa.

Eh merde, voilà que je panique encore.

Devant le centre pénitencier, je ne suis pas le seul à attendre. Je suppose que plusieurs détenues sont libérées aujourd'hui. Je dis au chauffeur de taxi de se garer et de couper le contact, puis je sors avec mes fleurs à la main.

Je jette un dernier coup d'œil à ma tenue : un pantalon et un tee-shirt blancs, classique, surtout rien qui crie « bandit ».

Mon téléphone vibre et je découvre un message de Rose, qui me fait immédiatement sourire.

COURAGE POUR AUJOURD'HUI !

Elle s'est souvenue.

Cela fait un mois qu'on s'est quittés. Je ne vais pas mentir, les deux premiers jours se sont bien passés. Je ne réalisais pas trop. J'avais toujours l'impression qu'on allait se retrouver. Puis quand j'ai compris que ce n'était pas le cas... je suis tombé en déprime totale. Elle me manque beaucoup trop.

Ça ne m'est jamais arrivé de ma vie. Sérieusement, je me fais honte. Mais je ne regrette rien, car je sais qu'elle avait besoin de rentrer chez elle, de retrouver ses sources, sa mère, un environnement sain et chaleureux.

Quant à moi, j'ai été trop occupé par le *Raspoutine.* J'ai commencé à m'occuper de sa vente, puis à gérer mon argent dans l'optique de partir. J'ai enfin l'impression d'avancer. J'ai encore du mal à me dire que Tito et moi, notre rivalité, c'est fini. Je m'attends presque à ce qu'il toque à ma porte et me provoque en duel.

Les cauchemars ne s'arrêtent pas pour autant, et cette fois je n'ai pas Rose pour me calmer. Mais souvent, je l'appelle au beau milieu de la nuit et elle répond toujours. Elle me raconte sa journée et je me détends aussitôt. Nous passons les heures suivantes à imaginer des projets futurs complètement fous.

Ma note de téléphone n'a jamais été aussi élevée.

Au fait, tu as pensé à ce que tu allais lui dire quand elle verra dans les journaux que son fils est fiancé à une ancienne stripteaseuse enceinte ?

Pour commencer, personne n'a entendu ta petite tirade ce soir-là, Dieu merci. Et ensuite... non, je n'y ai pas réfléchi.

Tu ferais mieux de t'y mettre dès maintenant.

Trop tard, car les portes de la prison s'ouvrent et mon cœur bondit comme un cinglé dans ma poitrine. Je range mon téléphone dans ma poche, les mains serrées autour de mon bouquet. Je souffle dans l'espoir de calmer mon rythme cardiaque, en vain. On dirait un gamin qui a le trac de monter sur scène.

J'ai presque peur de ne pas la reconnaître, mais c'est totalement idiot car je l'ai vue il y a exactement quatre mois. Effectivement, elle est restée la même. Mes poumons se compriment quand mes yeux se posent enfin sur elle.

Ma mère est arrêtée devant les portes, les yeux fixés vers le ciel et les bras ballants. Elle porte un jean et un pull, ainsi qu'un sac en tissu où sont probablement rangées ses affaires personnelles. Elle a l'air un peu perdue. J'hésite à approcher.

Au lieu de ça, je préfère attendre qu'elle vienne jusqu'à moi. Je veux lui laisser un peu de temps, seule à profiter de sa liberté, de l'air frais, du paysage. Après un temps qui me paraît durer une éternité, elle me cherche enfin des yeux.

Lorsqu'elle me trouve, je me raidis comme un enfant pris en flagrant délit. Elle s'avance, un sourire aux lèvres, et ouvre ses bras, une fois devant moi. Ma réponse est immédiate : je fonds en larmes. Je pleure silencieusement, réduisant la distance qui nous sépare, et l'emprisonne dans un câlin.

Je n'ai pas tenu ma mère dans mes bras depuis dix ans. Depuis ce jour fatidique où j'ai refusé de la lâcher et qu'elle m'a souri en me disant que tout irait bien. Mon cœur saigne dans un tourbillon d'émotions, à la fois bonnes et mauvaises. C'est comme si je redevenais soudain un adolescent, et que je n'étais pas un adulte à la soif de vengeance grotesque.

— Maman, je murmure. Je suis désolé... je suis désolé...

Elle me serre fort, malgré notre grande différence de taille, puis me caresse les cheveux d'un geste maternel. Le même que Rose. Je cache mon visage dans ses cheveux, ému.

— Qu'est-ce que tu es grand... et beau !

Évidemment, c'est la première chose qu'elle trouve à me dire. Je souris à travers mes larmes, amusé. Quand je recule, elle essuie mes pleurs sans se soucier des siens, puis accepte mon bouquet de fleurs.

— Waouh. Elles sentent incroyablement bon.

Je la regarde prudemment, résistant à l'envie de commenter son teint pâle, ses joues creuses et ses bras fins. Quoi qu'elle ait vécu là-dedans, c'est terminé. Plus jamais. Je passerai le reste de ma vie à me faire pardonner de l'avoir mise dans une telle situation, même si elle s'évertue à dire que c'est sa faute à elle et non la mienne.

Je lui demande si elle va bien et nous partageons quelques banalités. La scène me paraît totalement surréaliste. Je ne réalise pas encore, je crois. C'est comme si je venais la récupérer à la gare après un long voyage. J'ai presque peur qu'on vienne me la reprendre en me disant qu'il y a eu erreur.

C'est pourquoi je lui propose de partir aussitôt. Nous montons à l'arrière du taxi, à qui je donne l'adresse d'un restaurant près de chez moi.

— Qu'est-ce que tu veux manger ? je lui demande timidement. Quelque chose dont tu as envie depuis des années, quelque chose que tu n'as pas eu depuis longtemps.

Elle ne réfléchit pas bien longtemps, preuve qu'elle a eu le temps d'y penser maintes et maintes fois.

— Un hamburger. Et des frites.

Je ris sans pouvoir m'en empêcher, surpris. C'est tellement... ordinaire.

— Parfait. Alors c'est parti.

Nous avons prévu de vivre ensemble pendant un moment, aussi long qu'elle le voudra, au moins jusqu'à ce qu'elle en ait marre de moi. Nous savons qu'elle sera soumise à une surveillance de sûreté pendant quelque temps, par crainte qu'elle ne récidive, ainsi nous n'avons pas le droit de quitter le pays.

Ce n'est que partie remise. Nous avons beaucoup de choses à nous dire, beaucoup de choses à rattraper, beaucoup de choses à apprendre l'un de l'autre.

— Est-ce que... Est-ce qu'on peut faire un selfie ensemble ? je demande, hésitant, une fois au restaurant. C'est pour l'envoyer à mes amis.

Bordel, j'ai l'impression d'avoir dix-sept ans, c'est terrible.

— Un quoi ? répète ma mère d'un air amusé.

Je lui explique ce que c'est et elle accepte en se recoiffant. Ma mère est toujours très soignée. Je parie qu'elle n'a pas cessé de l'être, même en prison.

Nous prenons une photo à table, devant nos burgers, et je l'envoie à la conversation groupée WhatsApp « Ocean's Eleven » – le nom de groupe vient de Rose, bien évidemment.

— Comment sont tes amis ?

Ma mère prend son burger à deux mains et croque dedans avant de fermer les yeux pour savourer. Je n'ai jamais vu autant de plaisir sur les traits de quelqu'un.

Cela me rend à la fois triste et heureux.

— Bizarres, mais incroyables. Tommy est bodyguard entre la Suède et les US. Li Mei tient le *Raspoutine* chinois. Lucky étudie l'architecture à la fac de Los Angeles. Et Rose... Rose a fait des études de psychologie. Elle pose pour des étudiants d'art également, et elle peint. Elle est sublime. Et très intelligente, aussi. Même si j'évite de le lui dire parce qu'elle prend le melon un peu vite...

Je m'arrête en me rendant compte qu'elle me fixe sans rien dire, un doux sourire aux lèvres. Je lui demande si j'ai dit quelque chose de drôle, mais elle secoue la tête.

— Mon fils est un homme, c'est tout. C'est étrange.

— OK...

— Et est-ce qu'elle habite dans le coin, cette Rose ?

Je prends une frite pour cacher ma déception lorsque je réponds :

— Pas vraiment, non.

— Je vois... Comment vous vous êtes rencontrés ?

C'est le moment. Elle me donne l'occasion parfaite de tout lui avouer. Le poker, Tito, Rose, ma victoire. Elle le saura bien assez tôt de toute façon, et j'aimerais autant que cela vienne de moi.

— Maman... j'ai quelque chose à t'avouer. S'il te plaît, ne t'énerve pas.

— Si tu me dis que tu es marié et que tu as deux enfants, je te préviens, je risque de faire un AVC.

Non, juste faussement fiancé.

— Rien de tout ça. En fait, je te l'ai caché, mais... je suis joueur professionnel de poker.

Mon cœur manque de s'arrêter dans l'attente de sa réaction. Elle hausse les sourcils un bref instant, surprise, et pince les lèvres sans rien dire. Ce n'est pas bon signe. Avant qu'elle dise quoi que ce soit, je lui explique mon envie de rivaliser avec Tito.

Elle veut m'interrompre, les joues rouges de colère, mais je la devance et continue. Je lui cache les détails les plus sordides ; je ne lui dis pas que Rose était une taupe, ni que je suis responsable de l'accusation de Tito. Elle m'écoute en refusant de me regarder dans les yeux, silencieuse.

— Mais c'est fini, maintenant, dis-je pour conclure. J'ai fait ça pour me prouver que j'en étais capable. Comme une revanche sur la vie. Pour l'argent aussi, c'est vrai.

— Alors c'est pour ça, ton tatouage de mafieux, marmonne-t-elle. Je ne l'aime pas.

Je souris en rougissant, gêné.

— Entre autres. S'il te plaît, tu dois me croire : le poker, c'est derrière moi. Derrière *nous*.

— Je ne veux pas que tu finisses comme lui, me supplie-t-elle. Je sais que tu n'es pas ton père, que c'est injuste de ma part, mais...

— Je sais. Je sais, je la rassure en posant ma main sur la sienne. Moi aussi.

Ma mère hoche la tête, rassurée, et essuie ses yeux embués. Elle dit avoir hâte de tout connaître de ma vie, certaine que je lui cache beaucoup d'autres choses encore. Elle n'a pas beaucoup réagi au fait que Rose soit la fille de Tito. Quand elle me demande si je compte la revoir, j'acquiesce.

— C'est dans mes plans, oui.

— Dans ce cas, tu dois faire les choses bien, me sermonne-t-elle. Et bien sûr, je dois la rencontrer d'abord. Est-ce qu'elle parle russe ?

Je grimace. Les seuls mots que j'ai pu lui apprendre ne lui seront pas d'une très grande aide dans une conversation avec ma mère.

— Autant que je parle italien, je dirais.

Elle me pose davantage de questions sur ma fausse fiancée, c'est pourquoi nous passons les deux heures suivantes à discuter de tout et de rien ; de mon quotidien, de mon travail, de mes amours. Puis bien sûr de ses projets futurs.

Avant la prison, ma mère était nourrice. Je lui demande si elle veut continuer dans cette branche, mais son air se fait soudain triste.

— Aucun parent ne voudra confier son enfant à une ancienne détenue. Et je le comprends.

Je n'ai rien à dire à ce sujet. Elle a raison. Je sais que ma mère ne pourrait pas faire de mal à une mouche, mais pas eux. À leur place, je ne confierais pas mon bébé à n'importe qui non plus.

Je lui demande alors ce qu'elle voudrait faire.

— Dis-moi tes rêves, même les plus fous, et je les réalise.

Elle rit, comme si elle n'en croyait pas un mot. Je lui affirme être sérieux.

— Maman, c'est pour cette seule et unique raison que j'ai réuni tout cet argent : pour toi. Je sais que la réinsertion est difficile, mais on trouvera quelque chose. Tu adores cuisiner ! Pourquoi ne pas ouvrir un petit restaurant ? Ou alors tu préférerais peut-être voyager ? Tu n'es pas obligée de travailler. On s'en fout, de ça. Va te prélasser sur une plage aux Maldives, un cocktail à la main. Tu pourras même te faire masser, j'ajoute en lui adressant un clin d'œil. Tu serais bien, là-bas.

— Doucement, doucement, m'arrête-t-elle, un peu secouée. C'est... beaucoup trop d'informations d'un coup. Je n'ai aucune idée de ce que je veux faire pour l'instant si ce n'est dormir dans un bon lit moelleux.

— Pardon... Je suis juste un peu excité.

— Je sais. Moi aussi.

Je lui souris en tentant de calmer mon impatience. Nous ne disons rien durant de longues minutes. Je me contente de terminer mon assiette. Je sais qu'elle me regarde, mais je la laisse faire sans rien dire. Quand soudain, elle lâche :

— Tu ne dors toujours pas ? Tu as des cernes.

Je secoue la tête en gardant la tête baissée. Elle me demande si je vois toujours la psy qui m'a été recommandée par son frère. Je lui dis avoir arrêté il y a plusieurs mois. Le silence retombe entre nous, et cette fois il persiste. Mon regard se pose sur son assiette vide, qu'elle a dévorée en un instant.

J'ai soudain envie de pleurer à nouveau. Je crois que ça se voit sur mon visage, car ma mère se penche vers moi et prend mes joues entre ses mains pour me forcer à la regarder.

— Levi. Mon ange. Il faut que tu arrêtes, chuchote-t-elle. Il faut que tu arrêtes de t'en vouloir. Pour ton père, comme pour moi. C'était un accident, tu m'entends ? Tu t'es défendu. Tu m'as défendue. Cela ne fait pas de toi une mauvaise personne.

Je veux m'arracher à son contact, mais elle insiste :

— Quant à moi... C'était la meilleure décision de ma vie.

— C'était à moi d'assumer mon erreur, c'était ma responsabilité.

— Tu étais un enfant ! rétorque-t-elle tout bas sans me laisser finir. Le fait de vivre avec ça pour le reste de ta vie est une punition assez grande, selon moi. Tu comprendras le jour où tu auras un enfant... tu comprendras qu'aucune mère ne peut laisser son bébé aller en prison sans rien faire. C'est du passé maintenant. On est de nouveau ensemble. Je ne veux plus qu'on en parle. D'accord ?

Je hoche la tête, si bien qu'elle caresse ma joue et me sourit une dernière fois. Après quelques secondes de silence, elle reprend :

— Finalement, voyager un peu, ça me dit bien.

Cela suffit à me rendre le sourire. Je lui propose de partir tous les deux dans quelques mois, n'importe où pourvu qu'il fasse beau et chaud. Elle propose l'Amérique latine et l'Australie. Je nous y vois déjà. Il y a juste un dernier détail...

— Est-ce que ça te dérangerait, si quelqu'un se joignait à nous ?

Je sais qu'elle s'en doute déjà, mais elle a le mérite de jouer l'innocente.

— Pas du tout.

— Super. Alors on va faire un petit détour par Venise, OK ?

Elle hausse un sourcil, perdue.

— Venise ? Pourquoi ?

Je lui adresse un sourire mystérieux sans pouvoir cacher mon bonheur.

— J'y ai laissé quelque chose de *très* important.

Épilogue

ROSE

Décembre. Venise, Italie.

Levi Ivanovitch est un connard et un menteur.

« On se revoit très bientôt », mon cul. Ça fait exactement six mois qu'on s'est quittés à l'aéroport de Las Vegas. J'ai eu le temps de :

– faire pousser mes cheveux (ils m'arrivent jusqu'aux épaules désormais, ma mère m'a promis de me les couper cette semaine) ;

– reprendre contact avec ma psy (elle aussi pense que Levi est un connard et un menteur... Enfin, dans ma tête, elle est d'accord avec moi) ;

– trouver un job dans un petit magasin de poterie ;

– décider de reprendre mes études (mais cette fois, en école d'art !).

Beaucoup de choses peuvent se passer, en six mois. À peine de retour, ma mère et moi avons eu la plus longue et la plus éreintante discussion de ma vie. Je n'ai plus aucun secret pour elle désormais.

Nous nous sommes occupées de me créer un nouvel environnement, plus sain, plus heureux, pour que je puisse guérir de l'addiction – pour de bon, cette fois ! Je suis fière de dire qu'aujourd'hui cela fait six mois que je n'ai pas joué au poker ni à tout autre jeu d'argent. J'ai tenu la promesse que j'avais faite à Levi et aux autres. Mes dettes sont payées elles aussi, à mon plus grand soulagement, et ce malgré les intérêts.

De plus, j'ai commencé à moins boire, même si ça se révèle plus difficile que je ne le pensais. Ma mère me dit toujours : « Il faut que tu apprennes à être patiente. » J'ai encore du mal. Quant à la cigarette... je crains de ne jamais pouvoir arrêter. Levi devra faire avec, c'est tout.

De toute façon, il n'a pas son mot à dire ! Il m'a complètement abandonnée, ce traître. Pour m'appeler tous les deux jours, pas de souci. Mais pour passer un week-end à Venise... plus personne. Pourtant, le type est millionnaire.

— Il a besoin de temps avec sa mère, me rassure toujours Li Mei quand je l'appelle pour me plaindre.

Et je le sais, je le comprends parfaitement. Je suis ingrate et idiote d'être jalouse de cela. Il n'a pas vu sa mère depuis dix ans, c'est normal qu'il veuille rester avec elle. Mais je ne peux rien y faire... il me manque horriblement. Le temps commence à passer au ralenti. J'ai besoin de le voir, de le toucher, de l'embrasser.

Mes sentiments ne se sont pas essoufflés avec le temps et la distance, bien au contraire. Je brûle encore plus de le retrouver. Quand j'en ai parlé à ma mère, elle m'a souri en signant :

— *Accroche-toi à ce sentiment, surtout. C'est rare.*

Je sais ce qu'elle pensait à ce moment-là. Jamais elle n'a pu ressentir ce genre de choses, tout simplement parce qu'on l'a précipitée dans un mariage où l'amour était absent. Mais désormais elle est libre, divorcée et célibataire, et j'espère qu'elle pourra retrouver une seconde jeunesse. Elle continue de penser à mon père, plus par loyauté et par habitude qu'autre chose, ce que je comprends. Moi aussi, ça m'arrive.

Je l'ai revu une seule fois, peu après son arrestation. Le voir aussi démuni m'a fait culpabiliser. Puis je me suis rappelé que c'étaient ses propres erreurs qui l'avaient amené là.

— Si j'en suis capable, je vais essayer de te pardonner, lui ai-je dit calmement. Mais je pense que ça prendra du temps.

Il n'a rien répondu. Je crois avoir vu du regret dans ses yeux, mais je n'en suis pas certaine. Il est temps de faire le deuil de ce père imaginaire que je fantasmais. Le mien ne sera jamais comme ça, et je dois l'accepter et passer à autre chose.

Bref. Tout ça pour dire que Levi, contrairement à moi, n'a *pas* tenu sa promesse. C'est pourquoi j'ignore son premier appel puis le second tandis que je me balade dans Venise. Il n'y a pas beaucoup de monde dans les rues ces derniers temps. Les touristes ne viennent jamais ici à cette période, tout simplement parce qu'il pleut et vente la plupart du temps.

Mais aujourd'hui, l'air est étrangement doux. Je ne porte qu'un pantalon et une veste par-dessus un top à manches longues. Je me pose sur les marches du Ponte del Parucheta et sors mon carnet à dessins.

Depuis que je me suis mis en tête de postuler à la NABA (Nuova Accademia di belle arti), à Milan, je ne m'arrête plus de peindre. Mais ce matin, c'est au crayon à papier que j'esquisse le paysage des gondoles vides sur ma feuille blanche. Peu à peu, je réussis à dessiner autre chose que des auto-portraits. Comme si j'avais eu un déclic.

Le moment me détend jusqu'à ce que mon portable sonne encore une fois. Je grogne dans ma barbe et décide de décrocher.

— Qu'est-ce que tu veux ?

— Bien le bonjour à toi aussi, *amore mio*.

Quel salopard. Il utilise toujours ces mots en italien quand je suis énervée. Il sait ce qu'ils suscitent en moi, j'en suis persuadée. Quand c'est lui qui est énervé, il m'appelle *Bambina* – parce qu'il sait que je déteste ça.

— J'aimerais beaucoup passer l'heure qui suit à tenter de savoir pourquoi tu me fais la tête, mais je n'ai pas tout ce temps, dit-il d'un ton moqueur. Qu'est-ce que tu fais de beau ?

— Je joue aux fléchettes sur une photo de toi.

— C'est faux, tu n'as aucune photo de moi. Moi, en revanche... j'en ai de toi. Et de très belles.

Je fusille le vide du regard. Je me souviens soudain de nos nuits à la fois tendres et sauvages, dans notre chambre du Caesar's Palace. J'ai l'impression que c'était il y a une éternité.

Depuis, nous avons couché ensemble via Skype, comme Li Mei et Lucky nous l'ont si vivement conseillé – et c'était génial... *vraiment* génial –, mais rien de comparable à ce que nous avions. La vérité... c'est que, chaque jour, je crains qu'il ne m'oublie et ne se lasse.

— Il suffit de taper ton nom sur Google, tu sais.

— Je vois. Tu t'amuses, donc. Super.

— Pourquoi tu m'appelles, Levi ?

Il ne répond pas tout de suite. Puis sa voix prend un ton de reproche quand il soupire :

— Tu m'as menti.

Je me raidis, sur mes gardes.

— Moi ? Qu'est-ce que j'ai fait ?

— Tu m'as dit qu'il faisait beau, en Italie. C'est faux.

Quel culot. Est-ce pour cela qu'il évite de venir me voir ? Vraiment ? Je réplique avec passion, les joues brûlantes :

— Alors ne viens pas, s'il ne fait pas beau !

Je l'entends ricaner à l'autre bout du fil. Puis sa voix me semble soudain double tandis qu'il dit :

— Trop tard.

Quelqu'un s'assied tout à coup à côté de moi sur les marches et j'écarquille les yeux en découvrant Levi, son téléphone plaqué contre son oreille, un fin sourire aux lèvres. Oh bordel. Je manque de faire tomber le mien tellement je suis surprise. Comment est-ce que c'est possible ? Comment savait-il que j'étais là ?

— Qu'est-ce que tu fais ici ? je souffle, abasourdie.

Son regard descend sur ma bouche, puis il se penche pour m'embrasser tendrement. J'ai à peine le temps de savourer le goût de ses lèvres qu'il me les retire aussitôt.

— Tu me manquais.

Je peine à en croire mes yeux. Je lève la main et pointe mon doigt sur sa joue pour m'assurer qu'il existe vraiment. Cela le fait sourire. Il tente de me mordre le doigt, mais je le retire avant.

— Tu es vraiment là.

— J'ai entendu dire que ma petite amie s'impatientait, explique-t-il, les coudes sur ses genoux. Alors je voulais m'excuser de vive voix. Est-ce que tu me pardonnes ?

Évidemment, c'est déjà tout pardonné. Parce qu'il est là, en chair et en os, *enfin* ! Je m'efforce de ne pas lui sauter au cou et lève le menton avec un air faussement nonchalant.

— Tu as pris ton temps... Ça fait déjà six mois.

— Je sais. Je suis désolé. J'ai été occupé.

Je m'en veux tout de suite d'être si égoïste. Pour la peine, je lui demande comment va sa mère. Cela a le mérite de lui faire retrouver le sourire.

— Bien. Elle profite de sa liberté. On va bientôt partir en voyage pour Dieu sait combien de temps, en commençant par Bali.

Je savais déjà qu'ils feraient ça, mais pas si tôt. Je lui demande où ils ont prévu d'aller ensuite et il me dresse la liste de nombreux pays – certains que je connais, d'autres où j'aimerais aller un jour.

— Mais j'ai tenu à faire escale ici avant, ajoute-t-il avec un regard intense qui me donne tout de suite chaud. Parce que tu m'avais dit qu'il faisait beau... et voilà dans quoi je débarque. Ce n'est pas ce que tu m'avais vendu, Rose.

— En été, espèce d'idiot ! Pas en plein mois de décembre.

Il s'esclaffe et je ne peux résister plus longtemps. Je prends son visage entre mes mains et presse mes lèvres sur les siennes. Il y répond immédiatement, comme s'il l'attendait désespérément lui aussi. Il enroule sa langue à la mienne dans un soupir de plaisir. Ses mains passent dans mon dos, possessives, et me collent contre son torse.

Nous nous embrassons de longues minutes. Finalement, il s'écarte et reprend son souffle avant de murmurer :

— Sans vouloir te faire flipper... c'est ta mère qui m'a dit où tu étais.

Je cligne des yeux, perdue.

— Attends, quoi ? Comment tu as réussi à parler avec ma mère ?

— Elle me l'a écrit sur un bloc-notes. J'ai pourtant appris quelques signes juste pour l'occasion, mais visiblement pas assez...

Il est tellement adorable. Je commence néanmoins à paniquer, cela signifie qu'il va falloir faire les présentations ; ça commence à devenir du sérieux. Levi doit voir le stress dans mes yeux parce qu'il me prend la main et me relève doucement.

— Relax. Rien d'officiel, OK ?

— OK... et tu restes combien de temps ?

— Quelques jours, si tu veux bien de moi.

Je souris pour toute réponse, heureuse. Nous rentrons ensemble main dans la main, rattrapant le temps perdu. On a beau s'appeler toutes les semaines, on a toujours quelque chose à se dire.

J'entends des voix lorsque je passe le portail de la maison, ce qui m'intrigue. Qui ça peut bien être ? On n'a que très rarement des invités. Levi pose la main dans mon dos, une présence rassurante, tandis que j'ouvre la porte d'entrée et me dirige vers le salon.

— Je te jure ! j'entends rire. J'avais quoi, vingt ans ? Pire rencard Tinder. Le mec m'a donné rendez-vous dans une chambre d'hôtel, et là je rentre et je vois quoi ? Deux autres personnes, assises sur le lit avec des caméras.

Attendez, quoi ? Je reconnais cette voix.

— Mais attends, c'était un rencard ou un entretien d'embauche pour un porno ? rigole quelqu'un que je reconnaîtrais entre mille.

Je presse le pas et quand je débarque dans le salon, la scène qui s'offre à moi me stoppe net. Thomas, Li Mei et Lucky sont tous les trois assis autour de ma table à manger, hilares. Ils ne me voient pas tout de suite, mais Levi embrasse ma tempe et chuchote à mon oreille :

— Surprise.

C'est Thomas qui lève la tête et m'aperçoit le premier. Il donne un coup de coude à Li Mei, et soudain, elle crie en s'élançant vers moi pour me prendre dans ses bras. Je la serre fort, les yeux fermés.

C'est la dernière chose à laquelle je m'attendais. Tous mes amis sont réunis dans mon salon, au fin fond de Venise ! Je ris, incrédule. Lucky me fait un câlin à son tour, puis Thomas m'accorde l'un de ses rares sourires.

Il faut croire que le câlin de la dernière fois était une offre limitée dans le temps. Je ne m'en plains pas.

— Qu'est-ce qui se passe, ici ?

— Tu ne lui as pas dit ? s'étonne Li Mei en direction de Levi.

— Pas encore.

Je me tourne vers lui, méfiante, mais il se contente de passer un bras autour de mes épaules. J'insiste, et il lâche dans un soupir :

— Disons qu'on va s'incruster une bonne semaine. Puis si ça te dit... tu peux venir avec moi et ma mère à Bali.

Attendez... quoi ? Je le regarde, cachant ma stupeur. J'ai peur, mais rien ne me retient ici à part ma mère. Je ne reprends mes études que l'année prochaine de toute façon. En attendant, je suis libre comme l'air...

— Pourquoi pas ? dis-je en souriant mystérieusement. Après tout, tu sais combien j'aime voyager.

Lucky soupire et fait remarquer à quel point c'est romantique. Li Mei lui conseille de le marquer quelque part pour son projet de roman érotique historique. Seul Thomas regarde Levi de travers en bougonnant :

— T'as changé, mec. Qu'est-ce qui t'est arrivé ?

Levi ne s'en froisse pas, bien au contraire. Il se penche et m'embrasse avant de chuchoter contre mes lèvres :

— Un dicton russe dit que « quand on vit au milieu des roses, on en prend malgré soi le parfum ».

Je souris à la métaphore doublée du jeu de mots avec mon prénom. J'imagine qu'il a raison. En nous fréquentant, malgré nos personnalités imparfaites, nous avons réussi l'impossible : adoucir nos plaies et nos désirs vils.

Je ne suis toujours pas convaincue qu'il existe ce qu'on peut appeler une bonne ou une mauvaise personne. Je ne sais pas non plus sur quels éléments l'être humain est censé se fonder dans l'espoir de vivre une vie honnête. Je pense... que la vie est comme le monde que Levi voit chaque jour.

En noir et blanc.

Parfois, l'homme est bon, parfois l'homme est mauvais. Parfois, deux personnes brisées se rencontrent et apprennent à s'aimer. Levi a vu le bon en moi quand je ne pensais plus pouvoir le reconnaître. Quant à moi, j'ai su rassurer l'enfant bouffé par la culpabilité qui hantait ses rêves et ses pensées.

Quelque part, dans ce miroir que sont nos yeux, nous nous sommes reconnus. Nous aimer était un peu comme un instinct de survie. Aujourd'hui, c'est devenu bien plus.

Une façon de respirer.

Parce que Levi connaît le pire de moi. Et j'ai vu le pire de lui.

Tout ce qu'il nous reste maintenant, c'est de partager le meilleur. Ensemble.

Remerciements

Si je devais résumer cette incroyable aventure que je vis, aujourd'hui devenue mon quotidien, ce serait :

- 5 années passées depuis mon premier roman, « Viens, on s'aime ».
- 6 livres publiés dans le monde.
- 12 personnages qui ont marqué ma vie, et peut-être la vôtre, à jamais.
- et enfin, des milliers de lecteur.ices qui lisent mes histoires depuis le premier jour.

Il y a dix ans, je rêvais d'une vie similaire sans oser imaginer que c'était possible. J'ai encore du mal à réaliser la chance que j'ai de vivre de ma passion. Tout ça, ce ne sont que des chiffres, et je sais qu'il est impossible de mesurer le bonheur. Pourtant, c'est ce qui me rend le plus heureuse. J'ai passé l'année 2020-2021 stressée, malade et débordée, écrivant non pas un mais trois romans à la suite. Malgré tout, c'est le plus beau cadeau qu'on pouvait me faire.

Je ne changerais ça pour rien au monde.

Cette aventure qu'est désormais ma vie, je la dois tout d'abord à Hugo Roman. Merci à Hugues de m'avoir donné ma chance en 2016, toujours, et par la suite à Arthur de me faire autant confiance au fil des années. Merci à mon éditrice Sylvie, comme d'habitude, de me suivre aveuglément dans chacune de mes idées. Et bien sûr, merci à tout le reste de la team Hugo pour toujours prendre soin de moi.

Je tiens également à remercier Johan, Marie (#Spidey dans mon téléphone) et Marie (Alhinho) pour avoir été les tout premiers à lire « L'as de cœur » (je n'ai pas été trop chiante, cette fois ?) Vos retours m'ont énormément aidée. Vous êtes au top, comme toujours. Mention toute particulière à la belle Dana Delon, pour avoir répondu à toutes mes questions sur la Russie (plein de bisous de Paris !)

Évidemment, merci à mes parents – Hulk et Sandrillon – et à mes frères – Nénette (qui me détestera à vie pour l'avoir appelé comme ça dans un livre) et Rorodu6 (non, je ne donnerai pas ton snapchat) – de me soutenir au quotidien, ainsi qu'à Moh pour avoir répondu à mes questions incessantes sur le poker (je te dois une partie !) Je vous aime.

Je me devais de remercier Levi Stewart (*Fangirl*) et Levi Ackerman (*L'attaque des Titans*) pour m'avoir inspiré mon Levi Ivanovitch, un homme incroyable malgré ses imperfections.

Et bien sûr, merci à vous qui lisez ce livre. Votre engagement, votre soutien et vos messages me motivent toujours plus chaque jour et me réchauffent le cœur. On peut écrire des histoires pour soi-même, mais mon plus grand trésor est de pouvoir les partager avec vous. Sans cet échange unique, rien de tout cela ne serait possible. J'espère continuer à écrire des histoires et des personnages qui vous toucheront

Playlist

Do I Wanna Know? – Arctic Monkeys
Everything i wanted – Billie Eilish
Gorgeous – Taylor Swift
Tomboy – Destiny Rogers
Rumors – NEFFEX
Bad – Christopher
Sweet but Psycho – Ava Max
Nightmare – Halsey
Daddy Issues – The Neighbourhood
Saints – Echos
No Manners – SuperM
Human – Christina Perri
Emperor's New Clothes – Panic! At the Disco
Get On Your Knees (feat. Ariana Grande) – Nicki Minaj
Cold Heart Killer – Lia Marie Johnson
Adore You – Harry Styles
Wreak Havoc – Skylar Grey
I Feel Like I'm Drowning – Two Feet
I Fell in Love with the Devil – Avril Lavigne
Human – Maggie Lindemann
Bullett To The Heart – Jackson Wang
Look What You Made Me Do – Taylor Swift
Father – Demi Lovato
Teeth – 5 Seconds of Summer
River – Bishop Briggs
Demons – Hayley Kiyoko
Slave – TAEMIN
I'm Kissing You – Des'ree